QUEM SABE
UM DIA

LAUREN GRAHAM

QUEM SABE UM DIA

Tradução de
Elaine Moreira

EDITORA RECORD
RIO DE JANEIRO • SÃO PAULO
2014

CIP-BRASIL. CATALOGAÇÃO NA FONTE
SINDICATO NACIONAL DOS EDITORES DE LIVROS, RJ

G769q   Graham, Lauren, 1967-
        Quem sabe um dia / Lauren Graham; tradução de Elaine Moreira. - 1. ed. -
        Rio de Janeiro: Record, 2014.

        Tradução de: Someday, someday, maybe: a novel
        ISBN 978-85-01-40447-3

        1. Romance americano. I. Moreira, Elaine. II. Título.

13-06871   CDD: 813
                                                        CDU: 821.111(73)-3

Título original em inglês:
Someday, someday, maybe: a novel

Copyright © 2013 by Lauren Graham

Tradução publicada mediante acordo com Ballantine Books, um selo da
Random House Publishing Group, uma divisão de Random House, Inc.

A editora gostaria de agradecer a Hal Leonard Corporation por permitir o uso
do trecho de "The Miller's Son" de *A Little Night Music*, letras e melodia por
Stephen Sondheim, copyright © 1973 (renovado) por Rilting Music, Inc.
Todos os direitos administrados por WB Music Corp. Todos os direitos
reservados. Uso através de permissão de Hal Leonard Corporation.

Texto revisado segundo o novo Acordo Ortográfico da Língua Portuguesa.

Todos os direitos reservados. Proibida a reprodução, no todo ou em parte,
através de quaisquer meios. Os direitos morais da autora foram assegurados.

Projeto gráfico e editoração eletrônica: Renata Vidal da Cunha

Direitos exclusivos de publicação em língua portuguesa somente para o Brasil adquiridos pela
EDITORA RECORD LTDA.
Rua Argentina, 171 – Rio de Janeiro, RJ – 20921-380 – Tel.: 2585-2000,
que se reserva a propriedade literária desta tradução.

Impresso no Brasil

ISBN 978-85-01-40447-3

Seja um leitor preferencial Record.
Cadastre-se e receba informações sobre
nossos lançamentos e nossas promoções.

Atendimento e venda direta ao leitor:
mdireto@record.com.br ou (21) 2585-2002.

EDITORA AFILIADA

Acho que o eu surge com mais clareza com o tempo.
— *Meryl Streep*

Atuar é uma feliz agonia.
— *Jean-Paul Sartre*

Janeiro 1995

2 Segunda-feira

---

③ Terça-feira

6 MESES PARA O PRAZO FINAL!

(AAARGH).

---

4 Quarta-feira

filofax

Janeiro 1995

Quinta-feira 5

Sexta-feira 6

Personal. *filofax*

Sábado 7

Domingo 8

filofax

1

— Comece quando estiver pronta. — A voz vem lá do fundo da casa.

Ah, eu estou pronta.

Afinal, há anos que me preparo para este dia: O Dia do Teste Mais Importante da Minha Vida. Agora que ele finalmente chegou, tenho certeza de que vou causar uma boa impressão. Posso até conseguir o papel. O pensamento me faz sorrir, então respiro fundo, cabeça erguida, corpo alerta, mas relaxado. Sim, estou pronta. Estou pronta para minha primeira fala.

— Eeessssaaheeehaaa.

O som que sai de mim é fino e estridente, um gemido agudo e chiado, como um balão se esvaziando devagar ou um gato sufocando de asma.

Ignore. Não fique nervosa. Tente de novo.

Limpo a garganta.

— Uaaaaaarrrblerp.

Agora a voz sai baixa e grave, como a buzina rouca de uma balsa chegando à costa com um som de arroto no final. "Uarblerp?" Isso não pode ser a minha fala. Nem acho que seja uma palavra. Ah, Deus, espero que eu não tenha arrotado *de verdade*. Foi mais um gargarejo, digo a mim mesma, embora não saiba o que seja pior. Posso muito bem imaginar a cena após o teste: *Aquela* atriz? Nós a mandamos entrar, e ela literalmente *arrotou* o diálogo. Se é boa? Bem, acredito que poderíamos usá-la, caso o papel exija muitos *gargarejos*. Risadas cruéis, telefones sendo batidos, fotos 20x25 virando aviões de papel e sendo miradas em cestos de lixo. Fim de carreira, ponto final.

— Franny?

Não consigo ver quem fala porque o holofote está muito forte, mas sei que estão ficando impacientes. Meu coração dispara e minhas palmas começam a suar. Preciso encontrar minha voz, senão vão me mandar sair. Ou pior: vão me arrastar do palco com uma daquelas bengalas gigantes de filme antigo. No período elisabetano, o público atirava ovos podres no ator quando não gostava da atuação. Não se faz mais isso, faz? Isto aqui é a Broadway, ou, pelo menos, acho que é. Ninguém iria *atirar*...

O tomate acerta minha perna e atinge o piso de madeira do palco. *Splash*.

— Franny? Franny?

Abro parcialmente os olhos. Pela janela acima da cama, vejo que é mais um dia cinzento e chuvoso de janeiro. Sei disso porque tirei as cortinas logo depois do Natal para conseguir realizar uma das minhas resoluções de ano-novo, me tornar uma pessoa que se levanta cedo. Atrizes de sucesso são pessoas disciplinadas que acordam cedo para se concentrar em sua arte, disse a mim mesma, inclusive as que ganham a vida como garçonete, como eu. Passei a deixar o despertador no lance de escadas entre o quarto de Jane e o meu para que eu realmente tivesse que me levantar da cama para desligá-lo, em vez de apertar o botão de soneca várias vezes, como de hábito. Também decidi parar de fumar de novo, parar de perder bolsas, carteiras e guarda-chuvas, e não comer mais Cheetos, nem mesmo em ocasiões especiais. Mas já fumei dois cigarros ontem, e, embora o céu esteja encoberto, sei que já passou muito das oito da manhã, o horário que estipulei para acordar. Meus três dias de abstinência de Cheetos e meu guarda-chuva ainda lá embaixo, junto à porta da frente, são meus únicos feitos do ano até o momento.

— Franny?

Semiacordada, rolo na cama e fito as ranhuras do piso de madeira até notar ali um Reebok cano alto de couro preto. Que estranho. É meu, um dos meus sapatos de garçonete, mas pensei que os tinha deixado fora do... *Ploft!* Um segundo Reebok passa voando, atinge o bolo de poeira e desaparece debaixo da cama.

— Franny? Desculpa, você não respondeu quando bati à porta. — A voz de Dan soa abafada e ansiosa por trás da porta do quarto. — O tênis bateu em você?

Ahhh, foi o *tênis* que me atingiu na perna, e não um tomate. Que alívio.

— Sonhei que tinha sido um tomate! — grito para a porta semiaberta.

— Quer que eu volte mais tarde? — pergunta Dan, ansioso.

— Pode entrar! — Acho que o melhor seria sair da cama e acalmá-lo, mas está frio demais. Vou continuar deitada só mais um minutinho.

— O quê? Desculpa, Franny, não consigo ouvir direito. Você me pediu para conferir se estava acordada, lembra?

Devo ter pedido, porém ainda estou grogue demais para me ater a detalhes. Em geral, teria pedido a Jane, nossa outra colega de quarto e minha melhor amiga, mas ela tem trabalhado à noite como assistente de produção no novo filme do Russell Blakely. Desde que Dan se mudou para o quarto de baixo alguns meses atrás, não prestei muita atenção nele, apenas no quanto é desnecessariamente alto, nas muitas horas que passa digitando no computador e no intenso medo que parece ter de se deparar com uma de nós duas quando não estamos *decentes*.

— Dan! Entra!

— Você está decente?

Na verdade, fui dormir num modelito que em muito *excede* a decência, mesmo para os padrões puritanos de Dan: uma calça de moletom grosso e um colete forrado de penas que vesti na noite passada depois que meu aquecedor soltou um estalo e cuspiu água quente no chão, antes de morrer completamente com um patético *shhh*. Mas é isso que se consegue em Park Slope, no Brooklyn, por 500 dólares ao mês.

Jane e eu dividíamos os dois últimos andares deste prédio caindo aos pedaços com uma amiga de faculdade, Bridget, até o dia em que ela subiu em sua mesa na firma de investimentos em que trabalhava e anunciou que não ligava mais para ser milionária aos 30 anos.

— Todos vocês estão mortos por dentro! — gritou ela.

Então desmaiou. Chamaram uma ambulância, e a mãe veio de Missoula para levá-la para casa.

— Nova York — resmungou a mãe de Bridget, enquanto colocava as últimas coisas da filha na mala — não é lugar para mocinhas.

O irmão de Jane era amigo de Dan, em Princeton, e nos garantiu que Dan era inofensivo: quieto, responsável e noivo da namoradinha de faculdade, Everett.

— Ele estava prestes a cursar medicina, mas agora está tentando ser roteirista — disse o irmão de Jane. E então a recomendação suprema para se tornar um colega de quarto: — A família tem dinheiro.

Nem eu nem Jane jamais tínhamos dividido o apartamento com um homem.

— Acho que seria bem moderno da nossa parte — falei para ela.

— Moderno? — questionou ela, revirando os olhos. — Fala sério, estamos em 1995. Seria retrô da nossa parte. Seríamos o *Three's Company* outra vez.

— Mas com duas Janets.

Jane e eu somos diferentes sob diversos aspectos, mas estudamos juntas e com afinco na faculdade, somos morenas e ambas lemos *The House of Mirth* mais de uma vez, só por diversão.

— Verdade — suspirou ela.

— Franny? — chama Dan, a voz ainda abafada. — Não voltou a dormir, voltou? Você disse que tentaria se eu deixasse. E prometi que checaria...

Respiro fundo e uivo, no tom shakespeariano mais alto que meu diafragma é capaz de sustentar:

— Daaaaaaan. Eeeeeentraaaaa.

Por um milagre, o lado esquerdo do rosto dele aparece pela abertura da porta, mas é só depois de Dan ter confirmado minha condição completamente coberta e entrado no quarto, encostando sua estrutura gigantesca e desengonçada contra a estante do canto, que me lembro, de repente:

Meu cabelo.

Não tenho qualquer interesse em Dan, porém sou muito sensível quanto ao meu cabelo tremendamente cacheado e rebelde, que prendi num elástico de veludo verde no alto da cabeça na noite anterior, quando ainda estava úmido do banho, uma técnica que, segundo minha experiência, tem grandes chances de tê-lo transformado numa assustadora torre de cabelo arrepiado durante o sono. Numa tentativa de avaliar se está muito ruim, finjo bocejar ao mesmo tempo que estico uma das mãos sobre a cabeça, na esperança de parecer indiferente enquanto arrumo o estrago da pilha emaranhada. Por alguma razão, essa combinação de movimentos me faz engasgar com absolutamente nada.

— Já é... (*cof, cof*) ... Já é muito tarde?

— Bem, fui à delicatéssen, então não sei muito bem há quanto tempo seu despertador está tocando — diz Dan. — Mas o Frank já está de pé há pelo menos duas horas.

Merda. Estou atrasada. Frank é o vizinho cujo apartamento vemos das janelas nos fundos da nossa casa. Ele leva uma vida misteriosa e solitária, mas pela qual se pode acertar um relógio. Levanta às oito da manhã, fica sentado na frente do computador entre nove da manhã e uma da tarde, sai e compra um sanduíche, volta para o computador entre duas e seis e meia, some entre seis e meia e oito da noite, e depois assiste à TV de oito às onze, quando vai direto para a cama. O horário nunca muda. Ninguém jamais aparece. Nós nos preocupamos com Frank do mesmo modo que nova-iorquinos se preocupam com estranhos cujos apartamentos conseguem ver. Ou seja, inventamos um nome para ele e teorias sobre sua vida, e ligaríamos para a polícia caso víssemos algo assustador acontecer enquanto o espionamos, mas, se eu esbarrasse com ele no metrô, viraria a cara.

— Está meio frio aqui, sabe — anuncia Dan, examinando o quarto por baixo de sua longa franja castanha. Ele está sempre precisando de um corte de cabelo.

— Dan — começo, me sentando e puxando a coberta até as orelhas. — Tenho que dizer... esse seu faro para o óbvio? Combinado à sua pontaria para atirar sapatos? Você devia se inscrever para trabalhar na recepção do Plaza Hotel ou algo assim e começar um serviço próprio de despertador. Nova York *precisa* de você. Sem brincadeira.

Dan enruga a testa por um momento, como se preocupado sobre realmente ser convocado a apresentar as qualificações para o serviço, mas então uma luzinha surge em seus olhos.

— Arrá! — diz ele, apontando o indicador e o polegar para mim, como se brincasse de pistola. — Você está brincando.

— Hum, sim — respondo, tirando um braço de baixo do casulo do meu cobertor para revidar o tiro de pistola. — Estou brincando.

— Sabia, Franny — começa Dan, num insípido tom professoral, e me preparo para a inevitável e chata preleção que está por vir —, que a estátua diante do Plaza é de Pomona, a deusa romana dos pomares? Acho que se chama *Abundância*. — Satisfeito com sua não solicitada aula de história da arte, Dan aperta os olhos e balança sobre os calcanhares.

Contenho um bocejo.

— Não diga, Dan. *Abundância?* É esse o nome da escultura de bronze da moça de topless no topo do chafariz?

— É. *Abundância*. Tenho certeza agora. Everett fez um estudo abrangente das esculturas figurativas nuas com relevância histórica em Manhattan quando estávamos em Princeton. Na verdade — diz ele, baixando a voz de maneira conspiratória —, o texto foi considerado um tanto *provocador*. — Ele ergue e abaixa as sobrancelhas de uma maneira que me faz temer que suas próximas palavras sejam "oba-oba".

Dan e Everett, noivos. Dan e Everett, e seu interesse mútuo nas figuras nuas historicamente relevantes de Manhattan. Pelo que parece, esse é o tipo de paixão compartilhada que diz que duas pessoas devem passar o resto da vida juntas, mas não se diria isso caso os visse. Para mim, mais parecem colegas de laboratório que respeitam a pesquisa um do outro que um casal apaixonado.

— *Fascinante*, Dan. Vou anotar no meu diário. Será que você poderia dar uma olhada no despertador na escada e me dizer que horas são agora?

— Claro — responde ele, fazendo uma reverência formal e curta, como se fosse um antigo serviçal. Dan sai do quarto por um instante, depois estica a cabeça para dentro. — São, exatamente, dez e trinta e três.

Algo a respeito da hora faz meu coração pular, e tenho que engolir um presságio, a sensação de que estou atrasada para alguma coisa. No entanto, meu turno no clube de comédia em que trabalho como garçonete só começa às três e meia. Pretendia acordar cedo, mas, na verdade, não estou atrasada para nada, não estou perdendo nada. Nada de que me lembre, pelo menos.

— Sabe, Franny, só uma ideia — declara Dan, solene. — No futuro, se você colocar o despertador bem ao lado da cama, talvez consiga escutá-lo melhor.

— Obrigada, Dan — respondo, contendo uma risadinha. — Talvez eu tente isso amanhã.

Ele começa a sair, mas então se volta, outra vez hesitando à porta.

— Sim, Dan?

— Faltam seis meses a partir de hoje, não é? — pergunta ele, sorrindo em seguida. — Gostaria de ser o primeiro a desejar boa sorte. Não tenho dúvida de que você será um grande sucesso. — E então faz sua reverência curta mais uma vez e sai, arrastando os chinelos Adidas número 46.

Eu me deixo cair de novo no travesseiro, e, por um abençoado instante, minha cabeça está cheia de nada.

Mas então me lembro.

Que dia é hoje.

A razão pela qual pedi a Dan que verificasse se eu estava acordada.

O porquê dos sonhos ansiosos com os testes.

Uma onda de pavor desaba sobre mim assim que me lembro: quando olhei para o calendário anual da minha agenda de couro marrom na noite anterior, percebi que, a partir de hoje, restavam exatamente seis meses para o final do acordo que fiz comigo mesma ao chegar a Nova York. Eu veria o que poderia conquistar em três anos, mas, se até lá não estivesse indo bem na meta de ter uma carreira de verdade como atriz, decididamente não iria continuar tentando. Justo na noite passada, eu havia prometido a mim mesma que levantaria cedo, decoraria um soneto e assistiria a uma matinê de algum filme cabeça estrangeiro. Faria alguma coisa, *qualquer coisa*, para me aprimorar, para tentar com todo o afinco possível *não fracassar*.

Atiro as cobertas para longe, agora abençoando o choque do frio. Tenho que acordar, tenho que acordar, me vestir, para... ora, ainda não sei bem para o quê. Eu poderia sair para correr... correr — sim! — tenho tempo antes do trabalho e já estou de moletom, então nem preciso mudar de roupa. Troco a meia felpuda de dormir por um par de meias esportivas que encontro no fundo da primeira gaveta e calço um dos Reebok jogados no chão. De agora em diante, vou correr todos os dias, penso comigo mesma enquanto me dobro sobre o estômago, um braço engolido por baixo da cama, pescando às cegas o outro pé. Sei que não existe relação alguma entre correr esta manhã e alcançar qualquer um dos meus objetivos nos próximos seis meses — acho que nunca ouvi a Meryl Streep atribuir seu sucesso como atriz à saúde cardiovascular —, porém, como provavelmente ninguém vai me dar um trabalho hoje, e provavelmente não haverá nenhum amanhã também, tenho que fazer alguma coisa além de sentar e esperar.

E não vou estourar meu prazo como já vi certas pessoas fazerem. Você começa com uma meta de três anos, que se transforma em cinco, e, antes que se dê conta, está se chamando de atriz, mas na maior parte dos dias foi apenas escalada para ter um armário do lado de fora do refeitório do prédio da GE, usando um uniforme cor-de-rosa de garçonete emprestado e servindo lasanha morna para um bando de empresários que a chamam de "Com licença".

Obtive algum progresso, mas não o suficiente para me dar a segurança de que estou fazendo a coisa certa com a minha vida. Levei a maior parte do primeiro ano para conseguir o cobiçado emprego de garçonete no clube de comédia O Engraçadíssimo, onde finalmente comecei a ganhar o bastante com as gorjetas para pagar meu próprio aluguel sem precisar da ajuda do meu pai. No ano passado, depois de mandar fotos de rosto por meses a fio a todo mundo da revista *Ross Reports*, fui contratada pela Agência Brill. No entanto, eles só trabalham com comerciais, além de serem inconstantes — às vezes, fico várias semanas sem um teste. Neste ano, fui aceita no curso de teatro de John Stavros, que é considerado um dos melhores da cidade. Mas, quando me mudei para Nova York, eu me imaginava começando nos teatros experimentais, talvez até trabalhando na off Broadway, não esfregando minhas têmporas, fingindo que preciso de um analgésico para a dor de cabeça tensional causada pelo meu estressante emprego no escritório. E uma conquista por ano não era bem o que tinha em mente.

Ainda com metade do corpo enfiado debaixo da cama, gasto todas as minhas forças para tirar do caminho um Rollerblade quase intocado. A esta altura, estou apenas sacudindo meu braço de um lado para o outro, fazendo debaixo da cama o mesmo movimento que faria para desenhar um anjo na neve, só que o lixo acumulado é bem mais difícil de mover.

Desisto por um momento, descansando, com um suspiro, a bochecha no piso frio de madeira.

— Você tem noção de quão poucos atores conseguem? — é o que as pessoas sempre dizem. — Você precisa de um plano B.

Não gosto de pensar nisso. A única coisa que sempre quis ser foi atriz, mas tenho um plano B, só por garantia: virar professora, como meu pai, e casar com meu namorado da faculdade, Clark. De forma alguma é um cenário terrível — meu pai faz com que lecionar inglês no ensino médio pareça vagamente atraente, e, se eu não conseguir alcançar meu sonho aqui, bem, acho que consigo me visualizar tendo uma vida normal e feliz com Clark, morando no subúrbio, onde ele é advogado e eu, ora, faço alguma coisa o dia inteiro.

Fiz o papel principal em muitas peças no colégio e na faculdade, mas não posso exatamente sair andando por Nova York, dizendo:

— Sei que não tenho nada no currículo, mas você devia ter me visto em *Alô, Dolly!*

Talvez eu devesse pedir uns conselhos a algum dos poucos atores da minha turma que estão trabalhando, como James Franklin. Ele está fazendo um filme com Arturo DeNucci e já tem um papel agendado num outro de Hugh McOliver, mas eu teria que reunir coragem para falar com ele. E só de imaginar, já começo a suar:

— Com licença, James? Sou nova na turma e *(inspira buscando ar)*, e... nossa, está quente aqui? Eu só estava imaginando... *(risadinha histérica/engole em seco)* hum... como alguém tão talentoso pode ser também *tão lindo?* Hahahaha, com licença *(ri histericamente, foge com vergonha)*.

Só preciso de uma chance, e para isso preciso de um agente de talentos de verdade. Não um que só me mande para comerciais, mas um agente legítimo que possa me mandar para testes importantes. Preciso de pelo menos um papel com fala ou, na melhor das hipóteses, um trabalho estável, algo que justifique todos esses anos de esforço, que talvez de alguma forma acabe me levando ao *Uma noite com Frances Banks* no centro de artes 92nd Street Y. A maioria das pessoas provavelmente se imagina recebendo um prêmio Tony ou fazendo um discurso de agradecimento no Oscar, mas o 92nd Street Y é o lugar preferido do meu pai, o lugar em que sempre me levava quando menina, então é mais fácil me imaginar me tornando bem-sucedida lá, mesmo que, até hoje, só tenha me sentado na plateia.

Seis meses a partir de hoje, penso outra vez, e meu estômago dá uma pequena guinada.

Tentando imaginar todos os passos que estão entre ficar deitada no chão frio do meu quarto no Brooklyn e minha conclusiva aparição no 92nd Street Y, fico meio desnorteada. Não sei o que acontece entre hoje e a noite da retrospectiva da minha carreira. Mas, olhando pelo lado bom, consigo visualizar pelo menos essas duas coisas, posso imaginar os eventos como apoios para livros, mesmo que os livros entre eles na prateleira ainda não tenham sido escritos.

Por fim, meus dedos resvalam no sulco fofo no topo do meu tênis, e eu aperto ainda mais o ombro por debaixo da cama, me esticando para agarrá-lo. O calçado emerge com uma caixa de fitas cassetes velhas do tempo do colégio, meu ursinho Paddington sem uma das galochas amarelas e um chapéu de palha com flores artificiais costuradas na aba que Jane implorou que eu jogasse fora no último verão.

Empurro essas lembranças surradas do passado para debaixo da cama, calço o tênis e me preparo para correr.

Janeiro 1995 FELIIIIIZ ANO-NOOOVO

2 Segunda-feira

Ligar mais pro papai
Emagrecer
Arrumar um trabalho

↝ Trevo da sorte do Ano-Novo

③ Terça-feira   CORRI 5KM.   ENVIAR CHEQUE DO ALUGUEL

6 MESES PARA O PRAZO FINAL!

(AAARGH).

Não esquecer
saca-rolhas
removedor
de migalhas

PRIMEIRO TURNO 15H ⟶

4 Quarta-feira

Ensaio c/ Thad
12H30
Esquina da 19 c/ 5ª

PRIMEIRO TURNO 15H ⟶

filofax

Janeiro 1995

Quinta-feira 5

PAGAR ALUGUEL
$500

Sexta-feira 6

AULA DO STAVROS Cena de: Dreamer examines his pillow

CORRI 5KM

Sábado 7

COMPRAR
canetas
água c/ gás
papel hig.

SEGUNDO TURNO 16H30 ~ até fechar

Domingo 8

SEGUNDO TURNO 16H30 ~

Cinema c/ Jane
PRÊT-À-PORTER
17h45 no Angelika

+ DE 1 SEMANA S/ CHEETOS =

2

Você tem duas mensagens.

BIIIP

Alô, este recado é para Frances Banks. Estou ligando do consultório da Dra. Leslie Miles, nutricionista. Temos o prazer de informar que sua vaga na lista de espera para uma consulta com a Dra. Miles finalmente foi atualizada. Agora você está na verdadeira lista de espera para ver a doutora. Parabéns. Ligaremos novamente em até 16 meses.

BIIIP

Alô, Franny, é a Heather da agência. Tudo certo para o Niágara hoje? Onde está o... Desculpe, é tanto papel! Achei. Fora isso, estava aqui pensando, você tem algum problema com cigarros? Estou trabalhando na inscrição para uma campanha de cigarros que vai ao ar na França, acho, ou algum lugar na Europa. De qualquer forma, você não teria que fumar o cigarro de verdade, acho... Jenny, ela tem que colocar o cigarro na boca? Não? Certo, então você só teria que segurar o cigarro aceso enquanto a fumaça sai dele. E teria um pagamento extra por insalubridade. Me avise!

BIIIP

Hoje tenho um teste de verdade, o que me ajudou a levantar exatamente no... bem, só uns minutos depois do meu horário ideal de oito da manhã. Mas essa vitória já é passado, e, agora, estou parada diante do espelho do banheiro, fitando meu reflexo, na tentativa de parecer ameaçadora. Sou um toureiro encarando o touro mais furioso, porém não serei derrotada. Armada com o difusor do secador de cabelos ao meu lado, mergulho fundo os dedos no pote do gel Dep, viscoso e com cheiro de pinho, e puxo um bocado gigantesco da gosma verde. Hoje ganho de você pela *quantidade* — por essa você não esperava! Tome isso, cabelo!

Finalmente consigo terminar de secar e ajeitar os cachos para encarar meu minúsculo e abarrotado guarda-roupa. Com o tempo, percebi que os personagens dos comerciais costumam se dividir em três tipos, então consegui compor três uniformes: Casual Chique (pessoa que trabalha num escritório — blazer preto com ombreiras, camisa de gola), Mãe Casual (pessoa que trabalha em casa — camisa de sarja ou um suéter simples, calça cáqui) e Mulher Fácil (pessoa que se veste como mulher fácil). Estou tão acostumada a vestir roupas para me passar por outra pessoa que, nos meus dias de folga, sofro para me vestir como eu mesma. Vivo testando visuais diferentes, mas ainda não tenho certeza do que "eu" visto. Há algumas semanas, pensei ter descoberto: *sou boêmia*, é isso. Uso saias hippies e camisas de tecido bordado à mão. Sou colorida mas relaxada. Combinei o melhor de minhas peças fluidas e desfilei com orgulho para Jane.

— Teve liquidação na Putumayo? — perguntou ela, depois de um momento de silêncio.

— É o meu novo visual — revelei.

— Para o fã-clube da Stevie Nicks?

— Jane, sério. Diga algo que ajude.

Ela inclinou a cabeça, me estudando com atenção.

— Sinceramente, Franny, tudo o que consigo pensar em dizer é que parece que você trabalha numa excelente padaria no Maine.

Tenho aula essa noite, depois do teste, então hoje vou de uma combinação entre jovem mãe e aluna de teatro: suéter preto, meia-calça preta, saia curta de lã preta e meu sapato da Doc Martens — não é muito maternal, mas é prático para caminhar. Já usei essa roupa tantas vezes que hoje o traje todo preto parece um pouco monótono, sem graça. *O que Jane faria*, penso comigo mesma, e puxo um cinto grosso de couro marrom da prateleira de cima do guarda-roupa, ajustando-o baixo, ao redor dos quadris. Por fim, levando o tempo e o produto em consideração, pego a parte de cima do cabelo e prendo num pequeno elástico de veludo preto no topo da cabeça.

No lance de escadas entre meu quarto e o de Jane, o telefone toca.

— Oi, pai.

— Alô?

— Sim. Eu disse: "Oi, pai."

— Franny? É o seu pai.

— Pai, eu sei.

— Como você sabia?

— Já falei. Temos um bina agora.

— E tem cura?

— Pai. É aquela coisa que mostra o número quando alguém liga.

— Que invenção horrível. Por que alguém iria querer isso?

— Para saber quem está ligando antes de atender.

— Por que você não diz apenas: "Alô, quem fala?"

— Pai. O que foi? Tenho um teste.

— Vou direto ao assunto então. Sua tia Mary Ellen quer que você se lembre de reservar um quarto para o casamento da Katie.

— *Merda*... hum, droga. Vivo esquecendo.

— Claro que o casamento é só em junho, mas ela avisou que, se você quiser ficar no Sands, perto da praia, tem que reservar cedo.

— Certo, obrigada.

— Franny, estou preocupado com você.

— Por quê?

— Ora, pelos meus cálculos iniciais, esse seu novo sistema de identificador de chamadas pode economizar de vinte a 25 segundos por dia. Fico preocupado pensando como você vai se ajustar a todo esse tempo livre.

— Rá-rá.

— Além disso, um dos meus alunos falou de um programa novo chamado *Friends*. Parece que é bem popular. Talvez você devesse se candidatar.

— Pai, não é assim que funciona. Além do mais, não sou magra o suficiente para a televisão.

— Quem quer ser magra como essas meninas? Parecem doentes. Você é saudável.

— Não quero parecer saudável.

— Quem não quer ser saudável?

— Eu *quero* ser saudável. Só quero *parecer* doente.

— E, para isso, você estudou os clássicos — diz ele, com um suspiro.

Meu pai se importa com literatura e poesia, sinfonias e ópera. Tem apenas uma televisão pequena e em preto e branco, com papel-alumínio na antena, que usa acima de tudo para assistir ao jornal. Não entende muito bem o que estou fazendo, mas tenta me apoiar. No ano em que me mudei para Nova York, ele me deu uma agenda de couro marrom.

— Para registrar seus compromissos — explicou ele. — Você não terá poucos, tenho certeza.

Meu pai e eu sempre fomos próximos, principalmente desde o dia em que ele me tirou da escola, quando estávamos fazendo cinzeiros de barro na aula de artes da Sra. Peterson, no sexto ano, e contou, sentado em seu velho Volvo, num estacionamento, que mamãe tinha morrido. Ele explicou que o carro dela havia sido atingido quando ela pegou por acidente a contramão numa rua de mão única, e pensei:

Ele está enganado.

Mas, lá dentro, eu sabia que meu pai estava falando a verdade.

Por alguma razão, em vez de imaginar o rosto da minha mãe, ou tentar me lembrar da última coisa que ela me dissera, tudo o que consegui imaginar foi a capa usada e de cor vinho de *Franny and Zooey*, de J.D. Salinger, o livro de onde ela tirou o meu nome. Acho que eu estava em choque, pois virar por acidente na contramão numa rua de mão única simplesmente não parecia algo possível de ter acontecido com minha mãe inteligente e observadora, que notava até os mínimos detalhes.

— Olha que coisa linda, Franny — dissera ela sobre uma xícara lascada de porcelana que eu havia conseguido por alguns centavos no mercado de pulgas. — Olha o pontinho amarelo nas pétalas cor-de-rosa. Viu?

Então fingi que aquilo não estava acontecendo comigo. Imaginei que era com outra pessoa. Não sei se isso teve a ver com o fato de eu me tornar atriz, mas essa foi a primeira vez que me lembro de ter percebido que era mais fácil pensar o que eu faria se estivesse no lugar de outra pessoa, e que fingir era uma maneira de me sentir melhor.

Quase.

Encerro a ligação com meu pai e acho que posso ouvir Jane lá embaixo, chegando do set, o que significa que eu talvez consiga de fato algo para comer antes de pegar o trem.

— Consegui entrar na verdadeira lista de espera! — grito, enquanto vou descendo os degraus.

— Para ser atendida pela nutricionista famosa?

— É. Além disso, tenho algum problema com cigarros?

— Você parece estar se saindo muito bem com eles — diz Jane, largando com vontade um imenso saco marrom sobre o nosso fogão jamais usado.

Está usando um trench coat que encontramos numa loja da Goodwill, em Prospect Heights, e seus imensos óculos de sol vintage vermelhos de praxe. Jane nasceu em Greenwich Village, em Manhattan, e tem estilo. Enquanto luto para combinar uma camisa preta com uma calça preta, ela coloca uma calça jeans, uma camiseta e nove pulseiras grossas num punho com ar de quem diz: "E aí? Duvido que não ache descolado." Faz compras na Century 21, na Bolton's e em brechós, e de alguma forma faz com que tudo pareça caro.

— Espera... Jane Levine, você não está chegando em casa *agora*, está? — pergunto, olhando um dos sacos marrons. — Eles podem fazer isso?

— Eles podem fazer qualquer coisa comigo. Não tenho sindicato. — Jane se recosta dramaticamente no batente da porta entre a cozinha e o quarto de Dan e leva as costas da mão à testa, como se fazia nos filmes em preto e branco quando se estava prestes a desmaiar. — Esse filme — suspira ela. — Eles estão tentando me matar. Russell me mandou comprar um hambúrguer às quatro da manhã. O McDonald's da Times Square estava fechado por causa de uma filmagem. Mas encontrei outro aberto na Midtown, e agora Russell quer ter uns 10 mil bebês comigo. Hoje de manhã, depois do encerramento, parte da equipe ficou à toa no trailer dele. Tomamos mimosas! — Ela ri feito louca. — Estou meio bêbada!

Jane está tentando se tornar produtora, o que é perfeito, porque ela é muito esperta e uma daquelas pessoas que inspira confiança nas outras por parecer possuir todas as respostas, mesmo quando não tem qualquer informação factual. Enquanto isso, é assistente de produção no novo filme de Russell Blakely, *Hora de matar*. O trabalho parece, em grande parte, estar vinculado a buscar comida, entregar papelada e atender aos caprichos da estrela do filme. Sempre que Jane fala de Russell Blakely, tudo o que consigo visualizar é aquela fala que todos ficavam repetindo de seu último filme, *Cilada de aço*, em que ele grita para Cordelia Biscayne, "Querida, cheguei", pendurado pela mão no trem de pouso de um helicóptero, o peito nu.

— O menu de hoje, direto do set de *Hora de matar*: bagels variados que ficaram apenas três horas na mesa do pessoal da produção, mas que, infelizmente, não vêm acompanhados de cream cheese, e aquele arroz chinês que o Dan gosta, que acredito não ter sido cheirado de muito perto por ninguém.

— Bagel, por favor. E uma aprovação do meu visual, caso consiga ver alguma coisa com esses óculos.

— Faça-me o favor. Sou uma profissional. — Jane desliza um pouquinho os óculos ao longo do nariz, mas só um pouquinho, e me estuda com cuidado. — Bem, claro, já vi esse modelito antes. Mas hoje ele está *realmente* falando comigo, na verdade, está cantando para mim de tanta personalidade. Hoje ele diz: dona de casa feliz que adora ficar em casa, é devotada à família e possui um entusiasmo por cera de chão raramente visto no mundo ocidental.

— Chegou perto. Um amor intenso por roupas limpas.

— Ah. Sabão em pó! Está perfeito. Tão saudável que quero correr até a lavanderia neste segundo. Esse rosto! Familiar, porém com um sopro de frescor, *e* o seu cabelo parece mesmo domado.

— Obrigada, Janey.

— Eu, porém, tiraria o cinto.

Penduro no corrimão minha tentativa frustrada de criar um estilo e, por nenhum motivo em especial, decido sair da cozinha/alcova e fazer uma entrada triunfal na sala de estar, onde Dan está trabalhando, e paro numa pose ao estilo de *O preço certo*, como se estivesse salientando as características de um CARRO NOVO!

— Ei, Dan — falo. — Pareço alguém com roupas muito limpas?

— Hein? — diz ele, sem erguer o olhar.

Como a primeira pose não teve uma boa recepção, decido tentar uma atitude ainda mais dramática, um visual meio rei Tut, meio tumba egípcia.

— Dan — chamo, parada feito uma múmia, as mãos formando um ângulo reto com os punhos. — Jane chegou. Ela trouxe comida.

— Grunf — resmunga ele, digitando furiosamente no laptop.

Por fim, bato palmas na direção dele.

— Dan, emergência! Sua braguilha está aberta!

— O quê? — pergunta ele, por fim erguendo o olhar, soprando a franja para longe do rosto. — Desculpe, Franny, estou penando com estes Photars.

Dan está tentando escrever um filme de ficção científica para algum tipo de competição. Tenho certeza de que vai ganhar. Parece que era um aluno nota 10 em Princeton, e ninguém é mais apaixonado por alienígenas do que ele. Quando tenta me descrever a história, me vejo contando as tábuas do piso, considerando os méritos dos legumes frente ao cream cheese com cebolinha, mas garanto que ela é melhor do que parece.

— Como está o meu cabelo? Estou fazendo uma enquete. — Por alguma razão, desta vez minha pergunta é acompanhada por um tipo estranho de sapateado afetado, para melhor "vendê-la".

Eu me odeio. Devia ser impedida.

— Hum, alto? — tenta ele, esperançoso.

— O quê?

— Ora, é isso o que você está querendo, não? Alto, com essa coisa parecendo um chafariz cacheado no topo?

Da cozinha/alcova, ouço Jane bufar como se tivesse acabado de espirrar suco de laranja pelo nariz. Pior, percebo que, enquanto estava esperando pela resposta de Dan, fiquei meio que paralisada, mantendo as mãos como se estivesse numa apresentação de jazz do colégio inspirada num filme de Bob Hope. Dan continua me encarando.

Derrotada, deixo minhas mãos caírem ao lado do corpo.

— Sim, "chafariz cacheado" era exatamente o que eu queria ouvir. Obrigada, Dan.

Ao iniciar a caminhada de seis quadras até a estação de metrô da Sétima Avenida, decido o seguinte: devo trabalhar mais para alcançar meu objetivo de não buscar a aprovação daqueles cuja aprovação nem sei se é importante para mim. Isso inclui, mas não se limita a: pessoas da família que só vejo quando vou para casa no feriado de Ação de Graças; pessoas com empregos de verdade de qualquer espécie, principalmente os que exigem terno ou salto alto; pessoas da classe artística; pessoas que trabalham na Barney's New York; pessoas no metrô; taxistas que questionam minha escolha de rota; pessoas que trabalham na delicatéssen da Oitava Avenida, onde às vezes costumo pedir maionese extra; as mães de outras pessoas; professores de dança, instrutores de aeróbica e todos aqueles que geralmente usam ou já me viram de roupa de lycra; e sujeitos estranhos e gigantescos que escrevem sobre Photars.

Na verdade, não devo procurar aprovação de todo mundo nem de ninguém. Atrizes devem ser equilibradas e confiantes, como Meryl Streep e Diane Keaton. Eu devia ser mais original e única, como elas. Vou começar a usar gravatas masculinas.

A mulher no guichê do metrô me olha com cautela. Sou conhecida por pagar os 1,25 dólares da passagem com dinheiro trocado, às vezes com muitas moedas do menor valor possível. Não é um momento de orgulho quando fico segurando a fila enquanto ela conta meus centavos, mas, às vezes, é inevitável. Hoje, contudo, tenho dinheiro de papel. Nós nos cumprimentamos com um aceno de cabeça, como se as coisas estivessem melhorando para ambas.

Coloco meu bilhete na roleta e decido usar meu tempo de espera do trem na plataforma para ter apenas pensamentos positivos, na esperança de poder criar um resultado mais positivo no teste de hoje. Li em algum lugar que o pensamento positivo é muito poderoso, e que devemos treinar a mente para pensarmos em coisas felizes com mais frequência, em vez de deixar que ela se pergunte por que seu jeans parece apertado ou se você tem o suficiente no banco para o saque mínimo de 20 dólares ou se algum dia vai chegar um momento em que sua vida não será mais medida por saques de 20 dólares.

Pense positivo. Pense positivo.
Nem sempre é fácil pensar positivo.
Hum.
Apenas comece de algum lugar.
Conquistas.
Coisas positivas em minha vida neste instante.
Hum.
Estou viva.
O óbvio. Sempre um bom lugar para se começar.
Foi bom passar as festas de fim de ano com Clark.
Não é exatamente uma conquista, mas, mesmo assim, é uma coisa divertida para se pensar.

Clark e eu nos conhecemos na semana de calouros, no início da faculdade, e, desde então, nos tornamos inseparáveis. Todos que nos conheciam achavam que iríamos nos casar. Nunca chegamos a conversar sobre isso, mas estou bem certa de que nós dois também achávamos o mesmo.

Porém, Clark só conseguiu passar para a escola de direito de Chicago, e não para a de Columbia, em Nova York, como tínhamos planejado. Ele me pediu para ir com ele, queria que morássemos juntos.

— Chicago também tem teatros ótimos — argumentou, mas eu não poderia desistir de Nova York, não antes de tentar.

Então fizemos um daqueles "acordos" de dar um tempo e ver em que pé estaríamos quando ele terminasse a faculdade, após três anos. Daí o meu prazo final: imaginei que, se ele podia conseguir um diploma naquele período, era tempo suficiente para eu também fazer algum progresso mensurável. Desde então, saí com outras pessoas, e ele provavelmente também, mas nunca houve nada sério. E, quando nos vemos, ainda é como se não tivesse passado tempo algum. Ele sempre me diz que sabe que vamos terminar juntos.

— Tem certeza de que não quer vir comigo *agora*? — perguntou na última vez, enquanto eu fazia companhia a ele no aeroporto.

— Eu só... Ainda não.

— Certo — disse ele. Então, deu uma piscadela. — Me liga quando mudar de ideia.

Às vezes, quando as gorjetas são ruins e meus pés doem, me pergunto por que estou adiando o inevitável. E me pergunto por que simplesmente não pego o telefone e me mudo para Chicago em vez de continuar tentando alcançar algo que tem um índice de menos de cinco por cento de sucesso.

Mas, por alguma razão, não faço isso.

Por mais que me divirta com Clark, também fico confusa quando estou com ele. Sinto saudade dele, às vezes, muita saudade...

Merda.

Viu como se concentrar no positivo é um negócio traiçoeiro? Você entra no quesito do cara instável por um minuto, e ele fica logo todo negativo. Vou ser mais específica: só terei pensamentos positivos *com o trabalho*. Pensar em minha vida pessoal não está ajudando. Vim para Nova York para ser atriz, não uma namorada ou uma pessoa feliz.

Pensamentos positivos com o trabalho.

Bem.

Consegui aquele trabalho.

Antes do Dia de Ação de Graças, logo depois que Dan veio morar conosco, consegui um pequeno comercial regional, meu primeiro, para um outlet de roupas chamado Bazar da Sally. Era uma promoção de fim de ano que iria ao ar por poucas semanas, anunciando suéteres grossos, feitos de acrílico e rami, seja lá o que isso for. O meu era xadrez cinza e branco, com ombreiras, além de gola e punhos de pelo branco. Tive que me abraçar e dizer: "Tão fofinho." Em outra cena, eu pulava no ar e gritava: "Estou esperando um Natal branquinho de neve!" Depois tive que olhar para o nada e dizer: "Ahhh, flocos de neve."

Nós três fomos comemorar naquele restaurante chinês, cujo nome jamais conseguimos lembrar. Então, poucas semanas depois, o comercial passou enquanto assistíamos a *Law & Order*. Primeiro todos nós gritamos, depois Jane praticamente caiu na gargalhada. Não de maneira maldosa, mas ela não conseguia acreditar que eu pudesse parecer feliz usando um suéter tão feio. Foi chocante me ver na televisão. Ninguém pensou em programar o videocassete, e o comercial terminou após o que pareceram ser poucos segundos. Tudo o que consegui fazer depois foi pensar que meu rosto dava a impressão de ser redondo e que eu era muito mais alta que a outra menina que estava comigo.

— Sou uma gigante! — exclamei, cobrindo o rosto e espiando entre os dedos.

— Você não é uma gigante — falou Jane, ainda rindo/tossindo/soluçando. — Você é uma atriz e tanto, isso sim. Eu acreditei mesmo que você adorou aquele suéter feito de angorá morto.

— Aqueles flocos de neve que eles colocaram ficaram tão falsos — comentei, ainda em choque.

— Mas *você* estava ótima — elogiou Jane. — Muito bonita.

Por fim, Dan falou:

— Então é uma propaganda de suéteres para o Natal? — Mais uma vez, evidenciando o óbvio.

— Hum, sim, Dan — concordou Jane, revirando os olhos para mim. — Acho que todos podemos concordar que o que aprendemos nesses trinta segundos foi que o comercial era de suéteres para o Natal.

Dan assentiu lentamente, como se estivesse tomando uma decisão muito importante a respeito de algo, depois sorriu para mim.

— Olha, Franny, eu entendi — disse ele. — Foi muito natalino. Você parecia o próprio Natal, Fran.

O que isso significa, dizer que alguém "parece o próprio" Natal? Jane e eu trocamos um olhar, e imediatamente comecei a formular minhas réplicas mordazes, como sempre faço quando sou elogiada. Mas algo na sinceridade dele me detém, e, por alguma razão, pela primeira vez na vida, assenti para Dan, fiquei um pouquinho corada e apenas mantive a boca fechada.

Ganhei 700 dólares com o comercial de suéter, a maior quantia que jamais vi num único cheque. Porém, não consegui mais nada depois disso. Na certa, foi um golpe de sorte. Provavelmente nunca mais vou trabalhar de novo.

Pensamentos positivos.

Bem.

Eu consegui aquele trabalho.

E hoje tenho a chance de conseguir mais um.

Isso. Muito bem.

Quando o metrô chega, encontro um assento e respiro fundo. O trem D entre o Brooklyn e Manhattan é uma das minhas linhas preferidas porque, em dado ponto, ele emerge do subsolo e segue sobre o rio pela Manhattan Bridge. Às vezes coloco o fone de ouvido e vou escutando música, às vezes faço as palavras cruzadas do *New York Times*, e às vezes leio, mas, não importa o que esteja fazendo, considero má sorte se esqueço de olhar quando o trem cruza o East River, mesmo que por apenas um segundo, antes que volte para o subterrâneo. É só uma superstição, mas olhar para o rio, os barcos, a placa na saída do Brooklyn que diz "torre de vigia" em grandes letras vermelhas, é um ritual que me lembra que sou pequena, uma entre milhares, não, uma entre *milhões* de pessoas que olharam para esse rio antes de mim, num barco ou num carro ou numa janela no trem D, que veio para Nova York com um sonho, que o conquistou ou não, mas, ainda assim, fez o mesmo esforço que estou fazendo agora. Isso mantém as coisas em perspectiva e, estranhamente, me dá esperança.

Janeiro 1995

16 Segunda-feira

RETORNAR
LIGAÇÃO
DO PAPAI

PREciso
   LeiTE
   Café
   Pagar JaNe pela conta de gás

franny   banks

17 Terça-feira | 5,2KM | PELO PARQUE
CORRI

Descontar o cheque

½ bagel de atum
 Iogurte de amora
Sushi premium é caro demais pra você. Pare de pedir.
         O comum é bom o suficiente.

TURNO 15H   VOCÊ NÃO precisa de peças extras.
                                    Blurb
                                    blá
18 Quarta-feira   blarp

CLUBE
SEGUNDO TURNO 16H30

franny banks

PEGAR NO CONSERTO
DOC MARTENS

Janeiro 1995

Quinta-feira 19

CORRI/ANDEI 3,2KM

SABÃO
NIÁGARA
Agência de
Elencos
Donna
DeSeta
Broadway,
584/1001

É um péssimo chapéu de caubói

Parece a Golden Gate

AULA DO STAVROS

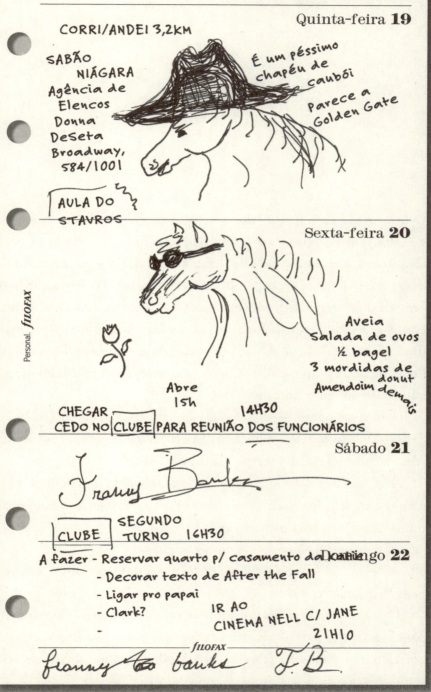

Sexta-feira 20

Aveia
Salada de ovos
½ bagel
3 mordidas de donut
Amendoim demais

Abre 15h

CHEGAR CEDO NO CLUBE PARA REUNIÃO DOS FUNCIONÁRIOS
14H30

Sábado 21

Franny Banks

CLUBE   SEGUNDO TURNO 16H30

A fazer - Reservar quarto p/ casamento da mamãe
        - Decorar texto de After the Fall
        - Ligar pro papai
        - Clark?
        -

Domingo 22

IR AO
CINEMA NELL C/ JANE
21H10

franny banks   F.B

3

O local onde está sendo feita a seleção de elenco para o comercial de sabão em pó Niágara tem um daqueles antigos elevadores nova-iorquinos do tamanho de uma cabine de banheiro que se move tão devagar que parecia estar parado, e estou espremida com o que parecem ser dois atores mirins com a mãe. São gêmeos, acho, um menino e uma menina, com cabelos ruivos e sardas. A menininha me exibe um imenso sorriso que dava a impressão de ter sido aperfeiçoado por horas de prática no espelho. Ela torce e retorce um cachinho grande e brilhoso ao redor do dedo.

— Cabelo bonito — digo a ela.

— Durmo com um travesseiro especial para os cachos não amassarem — comenta ela, um sorriso radiante no rosto.

— Que chique — respondo, sorrindo de volta, mas nem perto de atingir a mesma intensidade. — Vocês poderiam apertar o botão para mim? Estou indo para o quarto andar.

— Eu aperto! — oferece-se o menininho.

— Não! *Eu* aperto — diz a irmã, dando um pequeno empurrão nele. — É o *meu* teste.

O menininho se afasta dos botões do elevador, e sorrio com simpatia para a mãe, que parece hipnotizada por um ponto em algum lugar ao norte do topo da minha cabeça, então decido sentir um súbito interesse por meus sapatos e passo o resto da longa e ruidosa viagem em silêncio. Acho que mesmo nos melhores elevadores não existe lugar em que o tempo passe tão devagar.

Lá em cima, a sala de espera está lotada, o que significa que devem estar acontecendo outras seleções de elenco. Há meninos e meninas de idade próxima à dos gêmeos do elevador; dois homens na faixa dos 50, ambos de terno e gravata; e várias garotas que lembram eu mesma, mas uma melhor e mais arrumada eu. A eu que faria o meu papel no filme para televisão da vida ficcional da verdadeira eu.

Assino minha chegada.

Nome
Hora de chegada
Hora agendada
Agência
Nº Previdência Social

Enquanto escrevo meus dados nos espacinhos reservados na folha de identificação, tento sutilmente analisar a lista dos que foram vistos antes de mim. Sou uma investigadora em busca de pistas. Estou me esforçando para descobrir quantas pessoas já foram avaliadas hoje, se conheço alguém, se são da minha agência, se chegaram na hora, se têm caligrafia melhor que a minha. Qualquer coisa que indique o que uma pessoa capaz de conseguir um trabalho faz de diferente de mim. Se minha entrevista fosse cinco minutos mais cedo, será que eu conseguiria o papel? Se eu fizesse uma carinha feliz no "o" de Penelope, como fez a pessoa que assinou pouco acima, será que conseguiria mais trabalhos? Se fosse a primeira pessoa vista hoje em vez da décima, será que...

— Franny? É você? É Franny, certo?

Minhas bochechas ficam quentes. Fui flagrada. Largo a caneta mais depressa do que uma pessoa inocente de verdade faria e ergo os olhos.

— Franny Banks, certo? Do curso do Stavros? Ou enlouqueci de vez? — A garota parada diante de mim ri. Na verdade, ela se dobra de tanto rir, como alguém que poderia de fato estar louco, e continua rindo num volume que diz não se importar se todas as outras vinte e tantas pessoas na sala de espera estejam olhando para ela.

Nunca vi essa pessoa antes, e não sei como ela conhece a mim ou ao meu professor de teatro, John Stavros, mas a primeira coisa que me chama a atenção é seu cabelo louro incrivelmente comprido e brilhante. Além disso, é pequena, como uma boneca que virou gente, ou uma pessoa fingindo ser uma boneca, as mãos formando um ângulo elegante, os dedos esticados e prontos para segurar uma variedade de objetos, e sempre na ponta do pé, esperando por seus sapatos de salto alto de plástico trocáveis. Está usando uma pilha grossa de braceletes dourados e ruidosos, e seu pequeno pulso parece prestes a quebrar sob o peso deles. Embora seja um frio dia de janeiro, veste uma calça jeans branca perfeitamente ajustada até os tornozelos, como se fosse Mary Tyler Moore num episódio especial de férias no Havaí de *The Dick Van Dyke Show*.

— Hum, sim, sou eu. Franny. — Eu me sinto agigantar sobre ela. De repente, me sinto desengonçada, como se tivessem me dado um braço extra por acidente e eu não soubesse como usá-lo.

— Sabia! Ah, nossa, você deve estar me achando tão mal-educada. Oi! Sou Penelope Schlotzsky. Eu *sei*, nome terrível, né? Eles provavelmente vão me mandar mudar. — Ela ri de novo e joga seu manto de cabelo formando uma cascata sobre um dos ombros. É tão espesso que quase dá para sentir uma brisa.

Fico sem saber o que dizer, o que raramente acontece. Tudo o que quero descobrir é quem são "eles" e se têm algum conselho sobre o que devo mudar em mim mesma.

— Acabei de entrar na sua turma! — guincha ela, antes que eu consiga me recompor. — Tive minha primeira aula na semana passada, só que estava sentada bem lá atrás, tipo, petrificada, então é por isso que não sabia se você era *você*, ou só alguém que se parecia com *você*, mas *tive* que arriscar e dizer oi porque, juro por *Deus*, você era, tipo, a *melhor atriz*. Tão *engraçada*. Você, tipo, *realmente* se esforça. Você vai se dar bem na *Apresentação*.

Stavros não encoraja esse tipo de conversa entre os alunos.

— Quem é melhor, Pacino ou DeNiro? — diria ele. — Não percam tempo fazendo comparações. Se concentrem em seu próprio personagem.

E, embora me sinta secretamente animada com os elogios dela, fico abalada com sua (altíssima) menção à Apresentação: a Apresentação que acontecerá daqui a exatas duas semanas, a Apresentação para qual venho trabalhando há meses, a Apresentação que é a grande oportunidade que temos todos os anos de sermos vistos por agentes e diretores e recrutadores de elenco, que compareçam porque respeitam Stavros e seu gosto para atores. É uma noite em que qualquer coisa, ou pelo menos *alguma* coisa, pode acontecer. No ano passado, Mary Grace foi chamada para o coro de um musical da Broadway por causa da Apresentação, e outras duas pessoas conseguiram agentes, e foi assim que James Franklin obteve o teste de vídeo que por fim o levou ao filme do Arturo DeNucci. Ele é o melhor exemplo do que pode acontecer. Mas é um ator incrível; eu jamais poderia esperar algo tão grande. Tudo o que quero é um agente, ou até uma entrevista com um agente. Isso é tudo o que me permito esperar.

— Uau, obrigada! — digo. — E bem-vinda à turma. Você vai *amar* Stavros.

Estou falando a verdade, porém algo em minha voz não soa sincero. Estou tentando imitar o entusiasmo dela, mas com menos volume, e a combinação me faz soar falsa, como uma daquelas mulheres que vendem calça *stretch* florida naquele canal de compras novo. A cintura elástica é *tão confortável*. Você vai *viver dentro dela*.

— Ah, Stavros é o melhor! — exclama Penelope. — Tão sexy, né?

A verdade é que nosso professor de teatro é muito atraente, mas é constrangedor ouvi-la falar dele como se fosse um de nós. Não me parece respeitoso.

— Bem, ele realmente fala muito rápido. — É o máximo que consigo chegar de concordar com ela.

— *Não é?* Tão apaixonado! Ainda estou totalmente chocada por ter entrado, principalmente porque em geral ele não aceita alunos novos logo antes da Apresentação. Mas acho que deve ter pensado: ela já *tem* um agente na Incomparáveis e dois filmes no currículo, então, tipo, sabe como é, tudo bem, é só uma magrela a mais!

Esse é o tipo de confiança que uma atriz deveria ter, acho. Digo, eu jamais anunciaria que tenho um agente na Artistas Incomparáveis, a melhor agência da cidade, ou falaria dos filmes que fiz, ou me referiria a mim mesma como "magrela", ainda mais tão alto, numa sala cheia de gente. Por outro lado, no meu caso, nada disso é verdade.

— Vai para a aula depois dessa sessão de tortura? — pergunta ela, jogando uma mecha incrivelmente brilhante do cabelo louro para longe do rosto. — Quer ir comigo naquela lanchonete na Oitava e comer uma salada entre uma coisa e outra?

Salada. Ah, sim. Eu deveria comer mais salada. É que nunca me parece atraente. Na verdade, já estava planejando ir "naquela lanchonete" na Oitava para meu jantar pré-aula de sempre: sanduíche de queijo quente, batata frita e as palavras cruzadas do *New York Times*. Mas, por alguma razão, invento uma desculpa.

— Hum... Não posso. Tenho outra sessão de tortura depois dessa.

A mentira sai antes que eu possa sequer considerar impedi-la. Estou completamente despreparada, caso Penelope pergunte para que é o meu outro teste, ou onde é. Talvez possa reciclar algum antigo, mas e se eu escolher algum que ela também tenha feito?

Por sorte, Penelope não parece se importar.

— Que bom — diz, me socando de leve no ombro. — Você é PERFEITA para comerciais. Sou péssima neles. Fui um completo FRACASSO lá dentro.

De alguma forma, duvido que Penelope tenha sido um "fracasso" lá dentro. Aposto que dificilmente seja um "fracasso" em qualquer lugar. E algo na maneira como diz que sou "perfeita para comerciais" me deixa indignada. O que é a única explicação para o que sai da minha boca em seguida.

— Sim, e, na verdade, depois disso, tenho... hum... um ensaio também. — Reviro os olhos, como quem diz: ensaios, ora, tenho ensaios todos os dias.

Em certo verão, no acampamento, tentaram nos ensinar a esquiar na água. Fiquei de pé por cerca de dois segundos antes de cair. Esqueci tudo que me ensinaram, segurei a corda e fui arrastada, batendo na água até o piloto notar e parar o barco. É a mesma sensação que tenho agora, contando mentira atrás de mentira para Penelope; sou incapaz de deter a mim mesma.

— Testes *e* ensaios! — exclama Penelope, como se tivesse acabado de encontrar suas duas melhores amigas no mundo inteiro. — Isso tudo não é uma grande *loucura*?

— É *mesmo* uma loucura — concordo. — Loucura.

— Bem, fica para a próxima então. Prazer em conhecê-la, oficialmente — diz ela, e aperta minha mão, os braceletes dourados retinindo e tilintando. — Vejo você nos letreiros!

Ela dá uma risadinha e acena por cima do ombro, um aceno comum para mim, mas que também parece incluir generosamente a sala inteira. *Carisma*, penso comigo mesma. Isso é o que alguém com carisma faz com uma sala cheia de estranhos. Juntos, observamos Penelope em sua diminuta calça branca desaparecer pelo corredor.

Após ela ir embora, fico um pouco deprimida, mas não sei por quê. Os espectadores na sala também parecem abalados. Olham para a porta com anseio, como se já sentissem sua falta e desejassem seu retorno. Aos poucos, parecem perceber que seu entretenimento não retornará, e, um a um, voltam a ler, olhar o jornal ou o texto do comercial, algo que eu deveria estar fazendo esse tempo inteiro.

Nunca mais vou mentir de novo, penso. Por que recusei o convite de Penelope para comer uma salada, além de minha hesitação diante de saladas? Porque ela é o tipo de pessoa que usa a palavra "loucura" como se fosse uma britânica? Agora terei que ir à pior lanchonete da Sexta Avenida, dois extensos quarteirões mais longe do curso e muito mais cara.

Concentre-se em seu próprio personagem, ouço Stavros dizer, e, no mesmo instante, decido ficar amiga de Penelope. Imagino o quanto serei maravilhosamente incentivadora de agora em diante, batendo palmas bem forte depois de cada cena que ela fizer na aula. Serei graciosa, serei gentil, comerei mais salada.

— Frances Banks, você é a próxima — diz uma voz monótona. Uma garota de ar entediado e com óculos vintage dos anos 1950, vestido babydoll com um clipe de suspensório nas costas e usando coturno lê meu nome numa folha de identificação.

Merda. Pensei que tivesse mais tempo. Nem mesmo olhei o que deveria dizer, nem uma palavra. Devia ter chegado mais cedo, não devia ter perdido tempo tagarelando. Fiquei aproveitando elogios e invejando cabelos quando deveria me preparar. Não posso me dar ao luxo de estragar uma oportunidade. Meu coração está batendo intensa e rapidamente agora.

— Pronta? — pergunta ela, com um esgar lânguido que, para ela, talvez devesse passar por sorriso.

— Hum, sim. Totalmente. Totalmente pronta.

Eu me sairia bem num acidente de carro, fazendo reanimação cardíaca. Seria aquela a quem pediriam para fazer a manobra de Heimlich se alguém começasse a engasgar num restaurante. Porque, numa crise, fico muito, muito calma. Fico mais calma numa crise do que em situações realmente calmas. Então, enquanto ela coloca filme na Polaroid, examino o texto depressa, mantendo a tranquilidade, me concentrando nas falas, ignorando as instruções de palco. Não serão úteis para este tipo de comercial mesmo. Em geral, são descrições como "ela inala o perfume inebriante da toalha fofa". Nunca há nada de real: "Ela senta na lavanderia, respirando pela boca, por causa do cara suado que não desgruda da secadora ao lado."

As falas, memorize as falas: "... aroma de um dia fresco de primavera no ar... deixo a queda-d'água me levar... Niágara: a lua de mel numa garrafa". Não decorei tudo, mas vou me virar. O material não parece muito original, felizmente. É a primeira vez que fico aliviada por ter o mesmo comercial genérico "de mãe" que já fiz dezenas de vezes antes.

Respiro fundo enquanto a Óculos Vintage tira uma foto minha com a Polaroid contra uma parede branquíssima, grampeando-a no meu currículo com minha foto de rosto 20x25, para que o pessoal do elenco possa ver como realmente estou hoje, em comparação ao meu rosto quando tenho a chance de aprimorá-lo e retocá-lo.

Eu a acompanho até a sala de teste, que é acarpetada, sem janelas e vazia, exceto por duas cadeiras onde estão as recrutadoras e um carrinho com TV e videocassete. Uma câmera de vídeo está arrumada sobre um tripé, que está apontado para uma marca em formato de T feita com fita-crepe no chão, onde devo me posicionar. Me encarando a cerca de 5 metros estão duas mulheres, ambas com uns 30 anos, ambas com cabelo lisíssimo repartido no meio. Óculos Vintage insere uma fita na câmera e uma luz vermelha perto da gigantesca lente preta se acende. A lente se assemelha a outra pessoa na sala, uma pessoa que nunca fala ou sorri, que apenas olha sem piscar, sem nunca desviar o olhar.

— Oi, Franny, como você está, tudo bem? Ótimo. Prazer em conhecê-la — entoa uma das lisíssimas, sem levantar os olhos da prancheta. — Se você não tiver nenhuma pergunta sobre o material, diga seu nome e agência e siga em frente quando estiver pronta, muito obrigada.

Tento engolir, mas minha garganta está muito seca. Este é o tipo de sala na qual é difícil se sair bem. Quando os avaliadores estão com humor para conversar, posso fazer algumas piadas, tentar me conectar um pouco com eles e me dar um momento para me preparar. Mas essas garotas não perdem tempo.

Baixo os olhos para o papel. Não vou entrar em pânico ou pedir mais tempo ou dizer que não tive exatamente a chance de repassar o texto. Vou ficar calma, como se fosse uma profissional. *O que seu personagem deseja mais do que qualquer coisa?*, sempre nos pergunta Stavros. *Roupas limpas*, digo a mim mesma. *Mais do que tudo, queria que minhas roupas ficassem ainda mais limpas.* Tento respirar, só consigo inspirar um bocadinho de ar. Isso vai ter que servir.

— Sabe qual é a parte mais difícil de ser mãe? Nenhuma. — *Roupas limpas.* Sorrio, como se tivesse total controle sobre esse lance de mãe/roupa suja. *Não há nada que eu queira mais do que brancos mais brancos.* — Sempre tenho tempo para os meus filhos. Eles são a minha prioridade número um. — Relaxo um pouco, imaginando um menino chamado George, de quem eu costumava ser babá na época do colégio. Ele gostava de cócegas e não conseguia pronunciar os "F"s, então me chamava de "Whanny". — Sempre tenho tempo para os meus amigos. É tudo uma questão de equilíbrio, sabia?

As lisíssimas estão dando risadinhas ou é só minha imaginação? Não consigo ouvir direito por causa do volume de sangue bombeando em meus ouvidos. Decido dizer as falas com ainda mais energia, para que elas saibam que estou levando a roupa suja mais a sério que qualquer outra pessoa.

— E *sempre* tenho tempo para mim mesma. O aroma de um dia fresco de primavera no ar torna tudo muito mais fácil.

As lisíssimas estão realmente gargalhando agora; não há como negar. Devo estar mesmo fazendo um péssimo trabalho. Tento terminar com força redobrada, para que não vejam o quanto estou decepcionada. *Tenho a roupa mais limpa!*

— Quando o meu marido me pergunta como consigo, eu digo: "É fácil!" Todos os dias, penso na nossa lua de mel no Niágara e deixo a queda-d'água me levar. Niágara: a lua de mel numa garrafa.

Baixo o papel e ergo o olhar, derrotada, só para ver que as lisíssimas estão sorrindo, satisfeitíssimas, na verdade. Olham uma para a outra e compartilham um aceno de cabeça.

Fico totalmente confusa.

— Perfeito! — exclama uma delas. — TÃO engraçado.

— Muito sagaz.

— Com personalidade!

— Obrigada! — respondo e digo, do nada: — Algum ajuste? — *Estúpida. Estúpida. Não peça para fazer de novo, você nem sabe o que fez na primeira vez.*

— Hummmm... — As duas inclinam a cabeça no mesmo ângulo, como dois cachorrinhos na vitrine de uma loja de animais. Depois acenam uma para a outra mais uma vez.

— Claro, sim, vamos fazer mais uma vez, só por brincadeira!

— Isso! Olha, foi muito bom! Mas, agora, vamos nos divertir de verdade com isso!

— Isso! Mas leve a sério também, como você fez.

— Isso! Sério mas divertido, como se estivesse falando com sua melhor amiga.

— Isso! Como se estivesse dividindo um segredo com sua melhor amiga.

— Isso! É um segredo importante mas é também algo bem casual. Tipo, é um segredo mas não é grande coisa.

— Isso! Apenas desembuche.

— Isso! Mas é importante também.

— Isso! E você poderia, talvez, fazer um rabo de cavalo?

— Isso!

Estou ainda menos segura na segunda vez, porém as lisíssimas ainda assim gargalham de novo.

— Acho que o cabelo dela fica mais engraçado para baixo, não acha? — diz uma delas para a outra, que concorda vigorosamente.

Quando deixo a sala, enfio o papel com o texto na bolsa, mesmo que não deva levá-lo comigo, e disparo para o elevador.

Caminho alguns quarteirões sem saber direito em qual direção. Estou tão empolgada por terem gostado de mim que me sinto tonta e desorientada. Por fim, desacelero um pouco e, percebendo que estou perto do Union Square Park, decido parar e sentar e tentar analisar o que acabou de acontecer. É importante descobrir por que elas acharam que fui bem. Um cigarro. Preciso muito de um cigarro. Acho que talvez haja algum sobrando num maço amarrotado no fundo da bolsa. Na verdade, sei que tem, porque finjo para mim mesma que esqueci, mas secretamente sei que ele está lá.

Pego o maço que fingi esquecer, mas não encontro um isqueiro. Fico vasculhando minha bolsa, esperando que algo apareça. Nada de fósforo, nada de isqueiro, nada. Sou uma péssima fumante. Nunca tenho as duas coisas que devo ter ao mesmo tempo. Seguro o cigarro apagado na mão mesmo assim, por amparo, e desamarroto o papel do teste. Pela primeira vez, leio a coisa toda.

Presumi pelo diálogo qual seria a ação: cenas genéricas de alguém sendo uma grande mãe, brincando com as crianças genéricas perfeitas, tomando o chá genérico perfeito com as amigas genéricas perfeitas, e outras atividades genéricas previsíveis de uma mãe perfeita.

Não é nada disso que a descrição diz.

Meu estômago revira.

A ação entre cada fala é o exato oposto do que o texto diz. Depois de "As crianças são a minha prioridade número um", está escrito: "Mãe apressada deixa a filha na escola no momento em que o sinal está tocando." Depois do trecho em que diz sempre ter tempo para os amigos, está: "Olha para a secretária eletrônica com culpa e decide ignorar a ligação." No final, a dona de casa arrasada enfia uma quantidade impossível de roupa suja na máquina de lavar, que sai miraculosamente limpa, e ela ganha um grande abraço de aprovação do marido.

Era para ser um comercial engraçado.

Elas pensaram que eu estava me levando a sério por escolha, quando estava, na verdade, tentando me vender como a pessoa perfeita com a vida perfeita. Se tivesse entendido direito, teria atuado de outra forma. Teria encenado com um sarcasmo mais óbvio ou algo assim. Tentaria fazer com que elas soubessem que percebi que era cômico, mostrar que compreendia a graça. Mas encenei tentando parecer séria, e elas riram mesmo assim. O que significa que não entendo nada de comédia, ou que entendo de comédia melhor que ninguém.

Elas me acharam engraçada; não é isso o que importa? Ser acidentalmente engraçada conta como ser engraçada? Não sei direito o que aconteceu lá. Este dia foi um grande sucesso ou um grande fracasso. Queria ter alguém para ligar e perguntar, algum tipo de juiz de testes onisciente lá no céu, o onipotente Deus da Comédia, que pudesse me ajudar a decifrar esse interminável desfile de incidentes desconcertantes. Mas tudo o que tenho hoje é a mim mesma num banco, com um pedaço amarrotado de papel e um cigarro apagado, esperando alguma luz, ou, quem sabe, só um isqueiro.

4

A maioria das ruas de Manhattan é de mão única. Algumas das maiores avenidas, que vão de norte a sul, são de mão dupla, mas, em geral, as ruas de número ímpar vão para o oeste, na direção do rio Hudson, e as "pares, para o leste", como Jane, a nova-iorquina nativa, me ensinou. Até a nossa vizinhança no Brooklyn tem, em grande parte, ruas de mão única, então devo ver a placa com a conhecida seta branca e as grandes letras pretas indicando o sentido do trânsito centenas de vezes por semana, mas jamais confio inteiramente nela. Para a maioria das pessoas, é uma indicação para olhar o tráfego que vem de uma única direção, mas sempre tomo o cuidado de olhar para os dois lados, para o caso de alguém não ter visto a placa e acidentalmente entrar na contramão. Tem sido assim a minha vida inteira. Não olho apenas uma vez, nem duas, mas três vezes antes de atravessar uma rua de mão única. E é assim que, numa tarde de terça, antes do curso, vejo James Franklin.

Tenho certeza de que ele não estava ali nas primeiras duas vezes em que conferi se havia algum carro vindo na direção oeste na 45, mas, quando olho pela terceira vez, lá está ele. James Franklin, o ator profissional que ainda está no curso, aquele que conseguiu um papel no filme do Arturo DeNucci. Está usando uma jaqueta militar verde e calça jeans desbotada e tem um longo cachecol listrado azul e vermelho enrolado no pescoço. O cabelo é escuro e um pouco ondulado. É tão bonito que quase fere os meus olhos. Mesmo do outro lado da rua, ele se destaca como se o sol estivesse brilhando um pouquinho mais forte sobre ele, dando-lhe um pouquinho mais de atenção e calor do que aos outros.

Ele está do outro lado da Sexta Avenida, indo para oeste, e eu estou prestes a seguir para o norte. Se eu conseguir atravessar a 45 antes que o sinal mude e diminuir o passo por um instante, há uma chance de que esbarremos por acaso um no outro. Talvez James Franklin me reconheça, talvez até se lembre do meu nome, embora só tenha voltado às aulas há pouco mais de um mês, após retornar da locação, e, na época em que saiu, eu tivesse acabado de entrar no Stavros. Mas, se não me reconhecer, talvez eu possa pedir um isqueiro a ele, e vamos ficar parados na esquina fumando e falando sobre as aulas, ou talvez ele pergunte se quero um café, então vamos para uma lanchonete e nos sentaremos para conversar sobre... *Merda*. Sobre o que vamos conversar? Vou pensar em alguma coisa. Vou pensar em algo engraçado, e James Franklin vai dizer:

— Você é engraçada. Nunca percebi o quanto você é engraçada. Estou feliz por ter esbarrado com você.

E talvez a gente marque de sair em algum momento, e talvez a gente se apaixone. E um dia estaremos passando por esta mesma rua e ele vai dizer:

— Lembra do dia em que nos encontramos aqui por acaso?

Mas nada disso vai acontecer se ele passar direto por mim na rua hoje.

Atravesso a 45 e paro perto de uma lata de lixo, vasculhando minha bolsa como se estivesse à procura de algo que preciso jogar fora, esperando que o sinal dele mude de cor. Por fim, eu o vejo começar a atravessar a rua. Desvio o olhar, para que não note que está sendo observado, e, quando ergo os olhos de novo, o perdi na multidão. Meu coração começa a bater em pânico, mas então James Franklin surge outra vez, e meu rosto enrubesce de vergonha. *Fique calma*. Ele está com uma pasta de lona bege cruzada sobre o peito e um pager na cintura. A bolsa parece bem cheia, e me pergunto o que tem dentro. Talvez tenha pegado um roteiro para se preparar para um teste. Ou talvez receba os roteiros em casa — soube que fazem isso quando você começa a se sair muito bem. Talvez esteja carregando livros do John Osborne ou do Charles Bukowski porque está tentando compreender sua visão misteriosamente romântica do mundo. Aposto que carrega um caderno consigo aonde quer que vá, para o caso de ter um pensamento profundo sobre algo, o que estou bastante certa de que acontece com frequência.

Quando James Franklin se aproxima do meu lado da rua, eu me concentro atentamente em minha bolsa, virada para a lata de lixo, suspirando exasperada e sacudindo-a num esforço dramático de "encontrar o que estou procurando".

— Onde *está?* — falo bem alto para ninguém.

Por fim, recupero o único lixo crível que consigo encontrar, a embalagem metálica de um chiclete, tão leve que, mesmo com a força da minha pontaria melodramática, flutua, passando longe do lixo, e, quando ergo o olhar, James Franklin desapareceu.

Fico boquiaberta de desgosto, e minha bolsa escorrega alguns centímetros em meu ombro, que se curva em derrota. Segundos depois, alguém esbarra em mim, e a bolsa aberta cai do meu ombro e bate no chão. Eu mereço, claro, por minha tenebrosa e afetada atuação e por tirar a bolsa da firme posição transversal para a mais vulnerável, sobre o ombro, apenas para conseguir atrair a atenção de James Franklin — que, de repente, está parado bem na minha frente.

James Franklin está parado bem na minha frente.

A bolsa dele bateu na minha quando ele passou por mim. É como se elas tivessem se beijado.

Pensar em nossas bolsas se beijando e depois se apaixonando e morando juntas me faz sorrir um pouquinho, o que é ruim, porque achar graça em mim mesma significa ocupar o espaço de que meu cérebro precisa para conjurar uma maneira de ser charmosa. Preciso pensar em algo para dizer. Algo devastadoramente perspicaz. Estou ficando sem tempo. Ele só fica me olhando. Pego a bolsa do chão e também o encaro, congelada como aqueles ganhadores da loteria na TV que gritam, sem formar palavras de verdade, ou um daqueles atores que recebe um prêmio sem ter escrito um discurso antes e fica sem saber a quem deveria agradecer enquanto o relógio vai passando. "Sua esposa!", grita você diante da televisão, mas a orquestra toca e a oportunidade passa.

— Opa... desculpe pela...

— Estou na mesma turma que você! — anuncio, com uma voz estridente demais.

— Ah, é?

— É! No Stavros? Entrei há poucos meses, e você havia saído... você... ator profissional, você... — Fico sem palavras, sorrindo feito idiota.

— Ah, sim. Sim. Acho que me lembro de você... — Ele acena com a cabeça, lentamente, e sorri de um jeito meio torto. — Sim.

James Franklin possui certo sotaque, fala quase arrastado. É de algum lugar no Sul. Talvez tenha crescido numa fazenda no Texas ou na Geórgia. Talvez tenha trabalhado no celeiro todos os dias e ajudado o pai a colher milho.

Ainda não parou de olhar para mim. Está perfeitamente parado, sem se mexer nem um pouquinho. Posso sentir meu corpo balançando sobre os pés. Tento permanecer parada, como ele, mas para mim é impossível.

— Gosto muito do seu trabalho em aula — digo, inclinando a cabeça.

— Ah, é? — Ele fica encabulado, olha para os pés. *É tímido*, penso. A cidade deve ser muito barulhenta depois de todo aquele amplo espaço de tranquilidade ao qual está acostumado.

— É! Quero dizer, todos nós já vimos caras gritando "Stella! Stella!" igual ao Brando? Mas você tornou Stanley realmente... hum... *seu*. Acho.

Preciso tomar jeito. Espero não soar pretensiosa. Sempre que uma pessoa usa "Brando" numa frase, as chances de soar pretensiosa são altas. Respiro pelo que parece ser a primeira vez durante toda a conversa.

— Enfim... — Sorrio e tento sustentar seu olhar da mesma forma que ele sustenta o meu, depois estendo a mão. — Franny.

— Franny. Do curso. — James Franklin estreita um pouco os olhos, provavelmente para evitar a fumaça enquanto dá uma tragada em seu cigarro, mas sinto que está me avaliando. — Você disse que era nova?

— Quem, eu? Bem, mais ou menos. Sou nova na turma, mas já moro em Nova York faz um tempinho... dois anos. Mais de dois anos. Trabalhei para o meu pai na escola dele, e depois fiquei numa companhia de teatro por bastante tempo. Em turnê. E também já fiz um comercial. E... hum... é isso!

Ui! Estou falando demais. Ao menos não disse que a companhia se chamava VAI, GAROTADA!, que encenávamos personagens estúpidos de contos de fadas e que os únicos lugares por onde "fizemos turnê" foram as escolas primárias de Nova York e de outros dois estados vizinhos. Ah, nossa, e se ele perguntar qual era a companhia? Queria não ter mencionado o comercial também. Ele provavelmente nunca faz comerciais.

— Que legal, que legal — diz, com a voz arrastada, abrindo um sorriso. — Trabalho é trabalho, certo?

— Certo. Sim! Trabalho é trabalho, não é? É verdade! — Fico aliviada. Mas preciso parar de repetir o que ele diz.

Ouvimos um estranho zumbido, e James dá uma olhada no pager em seu cinto.

— Sinto muito. É o meu agente — diz, casualmente. — Estava indo me encontrar com ele.

— Então não vai à aula? — pergunto, com pânico demais na voz.

— Não — responde. E completa, fazendo beicinho: — Hoje não, gata.

James parece quase com pena, como se estivesse cancelando um encontro já marcado, ou como se eu fosse uma menininha de 5 anos e ele tivesse acabado de dizer que não podemos ir ao zoológico. Fico ressentida pela suposição de que eu esteja até mesmo um pouco decepcionada por ele faltar à aula de hoje, embora a verdade é que estou inexplicavelmente arrasada.

— Nem eu. Também não vou à aula porque... é engraçado, mas também tenho que pegar uns roteiros. — *Merda. Mentindo. Pare de mentir.*

— Ah, é?

— Sim. E depois, tenho... hum... coisas, sabe... com todos os meus... hum... agentes também — acrescento, as mãos agitando vagamente no ar.

— Muito legal. Com quem você está?

Percebo que estou exausta demais para continuar.

— Com a Isso É Tudo Fruto da Minha Imaginação S.A.?

— Você o quê? Ah, entendi. Você está brincando. Rá.

— Sim, estou brincando. Estou sem agentes no momento. No momento e no passado.

— Ah, bem... — hesita James.

Parece envergonhado. Estraguei tudo. Nunca mais nos falaremos de novo. Vou acenar para ele no teatro de vez em quando, mas na maior parte do tempo vou fingir que nada disso aconteceu. Meu rosto está ardendo enquanto tento pensar numa despedida inusitada, como a de Diane Keaton em *Noivo neurótico, noiva nervosa*, quando James baixa o cigarro e abre um lento sorriso sulista.

— Você pode me dar seu número? — pergunta.

Eu definitivamente não estava esperando aquilo. Parece ter vindo do nada. Penso que talvez seja a maneira dele de me compensar por eu não ter um agente. Decido que não estou nem aí.

— Meu número? Sim. Claro. Você quer ser o meu agente?

James Franklin parece confuso.

— Não, eu... ah. Você está brincando de novo. Rá.

É um pouco estranho o jeito como ele diz a palavra "rá" em vez de rir de fato. Deve ser uma daquelas pessoas descoladas que aprecia o humor sutilmente por dentro, que nunca ri sem perder o controle, vertendo lágrimas e cuspindo milk-shake na camisa.

Rasgo um pedaço de papel da agenda e escrevo o número. Quando James se despede, me dá um beijinho na bochecha, roçando meu rosto no dele de modo que posso sentir a barba por fazer em seu queixo.

— Estou contente por ter esbarrado em você — declara ele, em sua voz rouca, e meus joelhos quase envergam.

— Literalmente — digo com tranquilidade, e desta vez ele ri de verdade.

Sucesso!

Agora terei que correr para chegar à aula a tempo, mas não me importo. Navegar pela multidão na calçada é um desafio do qual gosto. Corro sem tocar em ninguém na rua. Sou a protagonista de um vídeo game humano, evitando que minha bolha de espaço seja invadida, enxergando uma fresta vazia na calçada, acelerando para pegá-la antes que alguém a alcance, desacelerando até ver outro espaço, interagindo com estranhos como se todos nós estivéssemos executando uma dança elaborada, perfeitamente coreografada por milhares de pessoas.

Estou feliz. Um cara de quem gosto pegou meu telefone. Vai ficar tudo bem.

Mas estou tão empolgada que corro um pouco rápido demais, e consigo chegar na aula na hora errada. Stavros abre a porta do teatro com precisão às cinco e cinquenta e cinco e a fecha às seis em ponto. Se você chegar cedo demais, encontra praticamente a turma inteira amontoada ao redor dela, com uma tensão nervosa no ar, e não há como não ouvir quase todas as conversas.

CONSEQUÊNCIAS DE CHEGAR À AULA NA HORA ERRADA

Personagens se sobrepõem, todos falam ao mesmo tempo

CASEY: *(na casa dos 20 anos, bonita, sabe chorar, falando com Franny)* Franny! Graças a Deus! Você ouviu? Ouviu o quê? Franny, deixei um recado na sua secretária eletrônica, como pode passar uma hora que seja sem checar os recados? Certo, escuta. Lembra da dieta que falei que todas as garotas de Los Angeles estão fazendo? Que você come uma banana, espera até ficar quase morrendo de fome, depois come um ovo cozido e espera até quase desmaiar, e depois come outra banana? Então...

CHARLIE: *(na casa dos 20, emburrado, falando com outro cara emburrado)* Por que você iria ver essa porcaria de peça, cara, por quê? É a maior merda comercial que existe atualmente na cidade... Estão? Ah, mesmo? Vão substituir o cara naquele papel? Como soube disso? Sério? Você vai entrar na seleção? Acha que eles me aceitariam? Quero dizer, não, mas você se importaria? Posso contar para o meu agente? Quero dizer, nós somos bem diferentes, cara, não é como se estivéssemos competindo, nós dois somos muito diferentes. Não, bem, eu falei, mas não quis dizer que era a pior coisa que eu JAMAIS vi na vida. Definitivamente já vi coisas piores, e, de qualquer maneira, só entrei de fininho no intervalo, então só assisti ao segundo ato. Talvez se tivesse visto desde o início a coisa inteira teria feito mais sentido...

DON: *(homem, na casa dos 20, enérgico, falando com outro colega de turma)* Não conhece? Está de brincadeira. Conhece sim. De *A Little Night Music*? Vou cantar só um pedacinho. Desculpe, sou péssimo... Estou com uma leve sinusite: *(canta na cara do amigo)*
    OR I WILL MARRY THE MILLER'S SON
    PIN MY HAT ON A NICE PIECE OF PROPERTY
    FRIDAY NIGHTS FOR A BIT OF FUN

>   WE'LL GO DANCING
>   MEANWHILE...

(*cof, cof*) Desculpe. Não, tudo bem, estou bem. Quero fazer isso por você. Vou tentar de novo...

CASEY: Óbvio que você não tentou ainda, sem ofensa, mas graças a Deus que consegui falar com você, porque acabei de descobrir que uma banana tem MUITO açúcar, ou enzimas ou algo assim, esqueci qual é exatamente o termo médico, mas é uma descoberta que acabaram de fazer e estão contando para todo mundo em Los Angeles primeiro, mas parece que as bananas são, tipo, tão açucaradas ou densas ou qualquer coisa que acho que seu corpo fica todo confuso e trata a banana como se fosse um pedaço de bolo...

CHARLIE: Bem, não estou dizendo que eu seria incrível no papel, mas obrigado pelo elogio. Acho que me sairia bem. Quero dizer, é meio que a minha especialidade, mas acho que você ficaria ótimo no papel, estou falando sério. O que quero dizer é que você poderia fazer, acho, e eu provavelmente faria se me pedissem, mas acho que o meu problema não é a peça em si, mas o cara que está nela agora, qual é o nome dele? Mesmo assim, não importa, só acho que ele fica mais bancando o gostosão em vez de atuar, e, sério, cara, não dá para ser sexy em todas as cenas, digo, não é uma escolha produtiva... O cara precisa ter certa profundidade e tal... Não, eu sei, eu sei, estão dizendo que ele pode ser *indicado* ou qualquer coisa assim, provavelmente é por isso que está saindo, agora que acha que vai conseguir o prêmio, provavelmente está indo fazer um filme ou algo assim...

DON: (*canta*)

>   IT'S A PINCH AND A WIGGLE
>   AND A GIGGLE IN THE GRASS
>   AND I'LL PITCH THE LIGHTS FANDANGO

CASEY: ... e sério, para o seu corpo, você bem que poderia estar comendo um bolo inteiro. Não é assustador?

CHARLIE: Sabe quem ele me lembra? E não é desdém, eles realmente se parecem. Chega mais. James. Não é? O sacana do James da nossa turma, cara.

Em outro foco, vemos Franny (fim da casa dos 20 anos, cabelo ruim) virar a cabeça para Charlie.

CHARLIE: (CONTINUAÇÃO) Todas as garotas gostam dele, mas será que ele é mesmo talentoso? Calma, eu *estou* falando baixo. Mas tem algo um pouco falso nele, não acha? Não tem ninguém escutando, cara, relaxa. Por que todo mundo está tão apaixonado pelo sujeito? É só uma opinião. De qualquer forma... que seja. Provavelmente só estou amargurado. Soube que ele começou a sair com a Penelope Schlotzsky, cara. Fiquei puto. Eu meio que tinha uma queda por ela. James e Penelope, cara. Por que as pessoas bonitas e superficiais sempre se dão bem?
DON: *(canta)*
>OR I
>SHALL MARRY
>THE MILLER'S
>SON

(cof, cof) Sério? Não conhece? *Ui.* Como pode? É Sondheim!

A porta abre, a turma entra. Franny é a última a entrar e, conforme ela fecha as portas da sala de aula, com lentidão, tristeza, nós:
>ENCERRAMOS

Janeiro–Fevereiro 1995

30 Segunda-feira

CORRI 3,2KM

COMPRAR
 Cerveja
 Tomates
 Pão

ANTES do AMANHECER   c/ Jane 12H30   no Angelika.

Comida daquele restaurante chinês $30   NÃO NÃO NÃO NÃO $

---

31 Terça-feira

BAD HAIR DAY

CLUBE 16H30 — Subst. Fechar pro Ricky

---

1 Quarta-feira

CORRI 5KM

CLUBE 15H

filofax

Fevereiro 1995

Quinta-feira 2

CORRI 5KM

LEVAR:
    Roupão da Jane
     Blazer
    Salto Preto
    Óculos falsos para a cena do advogado
      (Pegar pasta emprestada c/ Dan)

REPASSAR TEXTO C/ CASEY 16H

AULA DO STAVROS

APRESENTAÇÃO

Sexta-feira 3

- ENviaR cheQue do aluGuel
- Reservar quarto pro casamento da Katie
- AluGaR caRRo p/ casaMeNto

CLUBE 16H30

Sábado 4

"ADoro interPRetar. É tão mais real Que a viDA"
    — OscAR WilDE

CLUBE 15H

Domingo 5

VENCIMENTO DO AluGUEL
EnVIAR até SEXTA

Personal. *filofax*

5

Você tem quatro mensagens.

BIIIP

Frances, é o seu pai. Acho que sua aparição na Apresentação é hoje. Se nós de fato nos falássemos, eu poderia desejar a você boa sorte pessoalmente, mas nestes dias de tecnologia avançada creio que terei que me conformar em desejar uma boa sorte gravada e registrada. Vamos começar O coração das trevas na semana que vem. Por favor, me ligue pelo menos quando estivermos em O Senhor das Moscas. E sobre o casamento da Katie, ah, bem, não se incomode... me liga.

BIIIP

Franny, é a Casey. Encontro com você no teatro às cinco, tá? Podemos repassar as falas? Vivo me confundindo na parte em que confesso o assassinato. Estou quase enlouquecendo, e você? A gente se vê à noite!

BIIIP

Oi, Franny, é o Clark. Só... hum... queria saber como você está. Me liga.

BIIIP

Menina, é a prima Katie. Seu pai disse que você só pode vir para o casamento e não para o jantar de ensaio porque precisa fazer seu turno nas sextas. Por favor, não se preocupe, estou contente por você simplesmente poder vir. Mal posso esperar para que você conheça o meu noivo. Vejo você em junho.

BIIIP

Os aplausos vão cessando, mas o sangue ainda está pulsando tão alto em meus ouvidos que não sei dizer se eram palmas de quem gostou ou de quem "ficou com peninha". Sinto o rosto arder quando corro para sair do palco, ainda tentando compreender o que acabou de acontecer. Justo hoje.

Até agora, o que mais me preocupava era Herb ter ficado mal-humorado porque precisei tirar uma noite de folga do clube e o estranho fato de que James Franklin tenha pedido meu telefone embora ele esteja saindo com Penelope. Mas, diante do que aconteceu esta noite, tudo com o que me preocupei nas duas últimas semanas — ou na minha vida inteira, para falar a verdade — parece absolutamente insignificante.

A cena com Casey ficou muito boa. Fiz uma advogada que a interrogou até ela sucumbir e confessar ser a assassina e chorar, claro. Enquanto os assistentes de palco tiravam a mesa e as cadeiras, tive apenas um instante para trocar de roupa para a do monólogo na pequena área acortinada dos bastidores. Não sei o que estava pensando.

Bem, eu *sei* o que estava pensando. Estava pensando que minha personagem supostamente havia acabado de fazer sexo com o patrão, então ela estaria usando um roupão, nua por baixo. Quero dizer, eu estava com roupa de baixo, mas nada de oncinha ou uma combinação ou algo assim, então deveria ter um sentimento extra de... o quê? Vulnerabilidade?

Ninguém vai saber, pensei. Seria apenas um segredo meu, um segredo entre mim e eu mesma que esperava que me desse uma vantagem especial na competição.

Mas então aconteceu.

Quem cai no palco usando só um roupão?

Por quê? Por quê? Por quê? Por quê?

O monólogo estava indo muito bem também, ou ao menos acho que estava. Agora não tenho certeza de nada. O público parecia rir em todos os momentos certos. Acho que foi isso o que me derrubou. As risadas acabaram com o meu ritmo, eu tinha que esperar que elas terminassem antes de continuar. Porém, mesmo assim, estava tudo indo bem até eu tentar sentar. O palco estava muito escuro. E as luzes estavam nos meus olhos. Foi como naquele sonho em que sempre fico paralisada no palco, confusa quanto à peça que deveria estar interpretando, tão nervosa que perco a capacidade de falar.

Mas não deveria ser complicado encontrar a única mobília num cenário que, do contrário, estaria vazio. Uma cadeira: apenas *sentar* na cadeira, como isso poderia ser difícil? Eu jamais devia ter planejado me sentar; esse foi o primeiro erro. Minha personagem não teria de forma alguma se sentado, ela estava agitada demais por ter acabado de dormir com o patrão. Por que decidi que ela deveria sentar? Se ao menos... *não, nem pense nisso*.

E então eu *apenas* errei a cadeira. Por uma distância ínfima. Percebi, assim que comecei a me sentar, que a cadeira não estava onde eu pensava, que não estava totalmente debaixo de mim, mas pensei que estava no controle, pensei mesmo.

No entanto, o roupão de seda de Jane é escorregadio demais, muito mais escorregadio que o de toalha que usei nos ensaios. Fiquei empolgada quando ela me emprestou o roupão porque é justo o tipo de coisa sexy que você usaria se achasse que talvez fosse dormir com o chefe, e eu achava que o azul forte e as flores brancas ajudariam a me destacar.

Jamais deveria ter pegado aquele roupão emprestado. Se tivesse usado o do ensaio, nada disso teria acontecido.

Para meu horror, o roupão abriu quando escorreguei. Subiu completamente, como se eu tivesse passado por uma grade de metrô.

Não tem como ninguém da plateia não ter visto pelo menos alguma coisa...

Ah, Deus, não pense nisso.

E o que aconteceu depois? Eu falei alguma coisa? Acho que falei alguma coisa, depois que desabei no chão e corri para me cobrir com as pontas soltas do roupão. Houve um momento desconfortável de silêncio, e eu não sabia o que fazer. Era como se todos na plateia estivessem segurando o fôlego, esperando que eu dissesse algo.

E o que foi que eu disse?

Ah, é.

— QUEM COLOCOU ISSO AÍ?

Ah, não, foi isso que eu disse?

Sim, foi isso. Não sei por quê. Nem faz sentido.

— Quem colocou isso aí?

Que estúpido! Simplesmente não consegui pensar em nada melhor. Mas eles riram. Acho que riram. Talvez estivessem arfando de horror. Não, eles realmente riram quando falei aquilo. Arfaram quando caí, foi o que aconteceu. Será que foi uma arfada de desgosto, ou só estavam expressando preocupação comigo? Não consigo me lembrar. Mas não importa mesmo. De qualquer forma, estraguei tudo.

Talvez não tenha sido tão ruim, foi do que tentei me convencer quando saí do teatro escuro para o corredor onde ficam os camarins. Talvez ninguém tenha visto nada muito revelador. Talvez eu tenha conseguido pegar uma das pontas do roupão a tempo.

— Ei, Franny, que traseiro!

Ah, ótimo. Charlie viu tudo. Todo mundo já sabe. Todo mundo sabe que caí. Eles viram tudo. Me sinto humilhada.

— O quê? — perguntei, tentando ganhar tempo para pensar em como responder com dignidade.

— Eu disse "que maneiro".

— Ahn?

— Você não acha? Parece que todo mundo está se saindo bem hoje.

— Ah, sim. Sim, pois é. Você, por acaso, viu o meu monólogo?

— Não, sinto muito. Mas ouvi parte pelo monitor. Parece que você foi com tudo.

— Ah, obrigada. Sim, acho que fui com tudo, pelo menos em parte.

— Legal. Bem, boa sorte com as entrevistas.

As entrevistas. Esqueci as entrevistas. Agora provavelmente não tenho qualquer chance de ser chamada para uma. Mas talvez não tenha sido tão ruim quanto pensei. Talvez ainda exista esperança. Se ao menos — não consigo deixar de pensar —, se ao menos eu tivesse ficado de pé, se ao menos não tivesse errado a cadeira, se ao menos tivesse escolhido melhor as roupas de baixo.

Quero perguntar a alguém se foi mesmo muito ruim, mas a área dos bastidores é tão pequena que todos os alunos ali estão esperando sua vez, nervosos demais para falar. Qualquer um que pudesse ter assistido dos bastidores provavelmente está lá embaixo na coxia agora, fumando e falando de si mesmo. Por mais que eu quisesse um retorno, não estou com disposição para descer. Sou capaz de encarar uma pessoa que tenta em vão me convencer de que não foi tão ruim, mas não um mar de rostos pesarosos.

Em vez disso, me esquivo para o beco atrás do teatro. Resolvo apenas fumar, ficar sozinha e talvez decifrar o que realmente aconteceu.

Mas claro, também não sou a única que pensou no beco; cinco ou seis colegas já estão lá fumando e conversando baixinho.

— Ei, como se sente? — pergunta Don, parecendo genuinamente interessado.

Don pode ser maldoso e competitivo, mas também é uma enciclopédia teatral ambulante. Ele tem uma coleção enorme da revista *Playbill* que herdou do pai, que era um diretor da Broadway, e as decorou a ponto de talvez acreditar mesmo que não apenas viu cada uma das produções, como também que esteve em todas elas.

— Não sei ao certo. Acho que havia algo de estranho no monólogo, mas não sei o quê.

— Não assisti — diz Don, dando de ombros.

Que alívio. A notícia não se espalhou. Não ainda, pelo menos.

— Mas ouvi um bocado pelo monitor. Você pulou uma parte — declara ele, estreitando os olhos.

— Pulei?

— Pulou. Você esqueceu a parte sobre sua mãe saber aonde você vai nas noites de segunda, e sobre ela ter uma queda pelo seu chefe também. Mas foram só duas falas. Garanto que ninguém notou.

Don volta para sua conversa, e minha cabeça começa a girar. Pulei uma parte. Eu caí, expondo uma porção ainda indeterminada do meu corpo nu, *e* pulei uma parte. Tal informação destrói o último pedacinho de esperança que tinha de que, apesar da mancada, pudesse ter me saído melhor do que pensei.

Imagino a plateia, os agentes e os recrutadores que provavelmente jamais conhecerei, e, de repente, fico esmagadoramente cansada. Queria poder ir para casa. Queria poder voltar para o Brooklyn, ir para a cama e me esconder, porém tenho que esperar até todos se apresentarem para ajudar a limpar o teatro, e, depois, receber a avaliação de Stavros, como se ele pudesse ter qualquer coisa a me dizer além de "da próxima vez, não caia".

Não queria me deparar com mais ninguém, no entanto não há outros lugares onde me esconder. Eu poderia esperar no saguão, mas a plateia vai sair em breve. Talvez devesse ficar parada lá fora e voltar de fininho quando as pessoas começarem a sair. Pelo menos posso ficar sozinha lá.

Evitar a coxia significa evitar meu casaco, e, após uns minutos de bobeira do lado de fora, diante do teatro, já estou tremendo. Mas é uma sensação boa também. Quero sentir algo que seja verdadeiro. Um sentimento que seja identificável e real.

Uma sensação de melancolia me envolve. O frio está me ajudando a pensar com mais clareza, e quase consigo colocar em palavras esse pensamento agourento que ainda não identifiquei.

Então, de uma só vez, as palavras me vêm: *E daí?*

Ninguém saberia ou se importaria se eu deixasse o show business amanhã. E que tipo de pessoa quer trabalhar num mercado completamente indiferente aos seus esforços? Se eu ficasse, ninguém agradeceria pela minha presença também. Não sou bem o Alexander Fleming, que descobriu a penicilina, algo que as pessoas ainda agradecem até hoje. Se nunca tivesse vindo a Nova York, outra pessoa teria tomado o meu lugar: na turma, no trem, como garçonete do clube. Ninguém estaria sentado em casa dizendo que tem algo faltando no comercial do Bazar da Sally. Ninguém agradece por *eu* o ter feito. Ninguém diria:

— Se Frances Banks ao menos tivesse trabalhado mais. Que contribuição ela poderia ter dado! Pense em todas as vidas que ela poderia ter salvado vestindo aquele suéter esfiapado de acrílico.

Sinto um tapinha no ombro.

— Não está com frio?

É James Franklin. A última pessoa que quero ver agora. Nada poderia me deixar pior depois do que aconteceu esta noite do que lembrar que o cara por quem eu tinha uma queda pegou meu número de telefone, mas nunca me ligou. Mesmo após descobrir que ele e Penelope eram meio que um casal, prendi o fôlego todos os dias nas duas últimas semanas enquanto esperava a secretária rebobinar, torcendo para que ele tivesse deixado um recado. Mas nunca deixou.

James sorri para mim e bate os pés no chão, esfregando e soprando as mãos. Está com sua jaqueta verde do exército e seu cachecol de listras azuis e vermelhas. Parada assim tão perto dele pela segunda vez, percebo que o cachecol é artesanal, e sinto uma pontada de inveja, imaginando quem o tricotou para ele.

— Gosto do frio — respondo, no que espero que seja uma maneira atraente, porém misteriosa, que o fará se arrepender por não ter me ligado, enquanto tento não tremer. — Você... estava lá dentro? — pergunto, fitando-o com atenção. Por favor, Deus, diga não.

— Na plateia? Sim. Estava de pé no fundo. Já terminou. Acabaram de fazer os agradecimentos. Stavros está dando seu pequeno discurso sobre como preencher os formulários de entrevista. Vão sair em um minuto.

Perdi a sessão de agradecimentos, esqueci até mesmo que havia uma. Perdi a chance de me curvar para todos e ser vista uma última vez de pé. E as entrevistas. Stavros agora está recolhendo os formulários em que os agentes, os diretores e os recrutadores de elenco vão marcar os nomes das pessoas que querem ver de novo. De repente, sinto um frio intenso e terrível. Abraço a mim mesma, tentando me esquentar, e fito meus pés, procurando parecer durona.

— Tem certeza de que está bem aquecida? Quer minha jaqueta?

— Não, obrigada, estou bem.

— Bem, pegue isso pelo menos.

James desenrola o longo cachecol listrado do pescoço e o passa pela minha cabeça, fazendo voltas com cada uma das pontas. Quero protestar, mas meus joelhos estão tremendo de frio, e tenho medo de chorar se falar. Além disso, pensar que ele não estaria me oferecendo o cachecol se fosse um presente valioso de uma antiga namorada me faz sentir melhor. Essa pequena luzinha na minha noite, que do contrário seria miserável, me encoraja.

— Então você me viu cair? — Talvez eu devesse acabar logo com isso. Quero saber o quão ruim foi por alguém que viu tudo.

— Vi, mas não foi nada. Um dia você vai rir disso. Você aguentou firme.

Não era o que eu queria ouvir. As pessoas que são admiradas por "aguentar firme" não são as prestes a arrumar um agente; são as que estão se recuperando de um câncer, ou sendo julgadas por assassinato.

— E pulei uma parte — acrescentei, esperando que ele não tivesse notado.

— É, eu sei. Mas só porque sou obcecado pelo trabalho do cara. Ninguém vai dispensar você por causa disso.

Não é bem uma crítica elogiosa, mas ele não parece totalmente horrorizado. Mesmo assim, está evitando a coisa que mais quero saber.

— Mas quando eu caí... quero dizer, foi muito ruim? Foi mesmo...

— Posso falar a verdade? — James soa muito sério. Pela cara dele, vai me contar que foi ainda pior do que eu pensava. Por que tem que ser James a pessoa a me dizer isso? Nunca mais serei capaz de olhar para ele de novo.

— Claro. — Eu me empertigo para ficar um pouquinho mais alta, me preparando para o que está por vir.

— Em geral, você... espero que não leve a mal... Em geral, você anda um tanto... coberta, eu acho. No jeito de se vestir. Mas esta noite, e espero que não fique ofendida com o que vou falar, mas o que vi esta noite me revelou que você tem um corpinho bonito aí debaixo. Devia exibi-lo com mais frequência. Não apenas por acidente.

James fica vermelho, enfia as mãos nos bolsos e sustenta meu olhar com o seu. Nem ligo se está mentindo para me fazer sentir melhor, porque me sinto; eu me sinto melhor. Quero agradecer, talvez até dar um abraço nele, mas então a pesada porta do teatro se escancara, e Penelope aparece num curto e ofuscante casaco de pele branco. Ela sorri quando vê James, mas depois seu olhar fica oscilando entre nós dois e enfim se crava no cachecol dele ao redor do meu pescoço, e o sorriso de Penelope parece rachar, os olhos se estreitam um pouco. No entanto, ela se recupera num instante e inclina a cabeça para mim, fazendo um rosto triste e um biquinho com o lábio inferior.

— Poooobrezinha — diz, vindo em minha direção com os braços estendidos. — Venha aqui, querida. Aposto que alguém precisa de um *abraço*. — Ela me envolve num abraço surpreendentemente apertado e deita a cabeça em meu peito, sacudindo-nos como se fôssemos um casal do oitavo ano dançando lentamente ao som de "Freebird". — Ahhhh — sussurra ela na minha clavícula.

Com os braços atados ao longo do corpo, olho impotente para James por cima da cabeça de Penelope.

— Hum... Pen? — chama ele, com gentileza. — Eu estava justamente dizendo a Franny que o lance da cadeira não foi nada...

— Ora, claro que não! — exclama ela a todo volume, me largando com tanta intensidade que tenho que dar um passo para trás. — Não foi nada *mesmo*!

— Eu estava dizendo que a atuação dela ainda se destacava — acrescenta ele.

— Com certeza!

— E que, um dia, ela vai rir disso.

— Claro que vai! — concorda Penelope com um aceno de cabeça, afastando-se de mim e exibindo um grande sorriso para James. Ela se aproxima dele e desliza casualmente o braço no de James.

— Sim, já estou quase pronta para rir disso agora, na verdade. Rá-rá — cantarolo.

James acena a cabeça para mim com simpatia e dá um tapa no próprio joelho com falso entusiasmo. Penelope sorri e depois tenta conter uma risadinha, mas não parece ser capaz de controlá-la, pois irrompe numa plena gargalhada que por fim transborda numa espécie de bufo.

— Bem, *isso é um alívio* — cacareja ela. — Quero dizer, isso é *mesmo* muito engraçado. — Ela está rindo tanto agora que tem dificuldade para respirar. Sorrio, com espírito esportivo, e dou uma risadinha, tentando concordar. Afinal, eu falei mesmo que estava pronta para rir daquilo, mas Penelope está curiosamente à beira da histeria. Ela segura a barriga e se curva um pouco, ofegando. — A parte mais engraçada... (*risadinha, risadinha*)... é que... (*arfa, tosse*)... *nem é segunda-feira*. — E deixa escapar uma gargalhada que trespassa o ar frio da noite, depois me dá um soco no braço de uma maneira que deveria ser brincalhona, porém é forte o bastante para que algo dentro de mim estale.

Ela tem um agente, ela tem um namorado, ela não caiu no palco esta noite revelando sua inadequada opção por roupa íntima comum, e eu inexplicavelmente fico zangada com ela sem qualquer motivo.

— É de verdade?

— Ahn? — pergunta Penelope, ainda ofegando um pouco.

— Seu casaco. É de pele de verdade?

Isso é maldade. Mas meu braço dói onde ela socou, e estou chateada. Acho que não me importo muito se o casaco é de pele de verdade. Acredito que, se eu pensasse no assunto, seria contra casacos feitos com a pele do que um dia foram coelhinhos fofinhos, mas não é algo em que passei muito tempo pensando. E, mesmo que reflita bastante e um dia decida que sou definitivamente contra vestir o mesmo animal que traz ovos de Páscoa para criancinhas, não é do meu feitio julgar alguém por suas escolhas relacionadas aos coelhos.

Penelope baixa o rosto e olha para o casaco.

— Sabe — diz ela —, é de verdade sim. Eu mesma não tinha muita certeza. Mas era da minha mãe, então pensei, é vintage...

Sua voz falha, e, distraidamente, ela corre os dedos pela sedosa gola branca. Quando ergue o olhar para James, ele passa o braço pela cintura dela e a aperta de leve.

Agora me sinto péssima. Queria que minha mãe tivesse me deixado algo, além do encantador legado de ter o nome de uma personagem numa história de J.D. Salinger que não faz nada mais notável do que beliscar um sanduíche de salada de frango e um copo de leite e depois desmaia num péssimo encontro com um universitário pretensioso. Queria que ela tivesse me deixado algo que fizesse mais sentido, algo que eu pudesse vestir ou olhar e me lembrar dela. Mas minha mãe acidentalmente entrou na contramão numa rua de mão única e, depois disso, a visão de seus livros, calças jeans e camisas de algodão branco era demais para o meu pai, e ele deu tudo. Como ele poderia saber que, 15 anos depois, eu estaria parada diante de Penelope Schlotzsky, sentindo inveja do casaco de pele da mãe dela?

Penelope está vestindo o casaco da mãe falecida, e eu estou tentando fazer uma declaração política sobre algo com que só decidi me importar há cinco minutos.

— Não... eu não queria... não estava dizendo... sua mãe...? Isso é tão bonito. Ela o deixou para você, depois que...?

Penelope enruga a testa geralmente lisa, mas depois seus olhos se iluminam, e ela joga a cabeça para trás e dá uma gargalhada.

— Ah, você pensou que ela...? Ah, nossa, não, minha mãe não está *morta*. Ela está viva e muito bem, provavelmente sentada na piscina do condomínio dela. Só me deu o casaco porque achou que havia um certo glamour hollywoodiano nele!

Depois de devolver o cachecol a James, eu me esgueiro para o interior do teatro e desço correndo para pegar minha bolsa e meu casaco. A coxia está quase vazia agora, mas tenho que encarar Stavros e os resultados, e estou apavorada. Tenho quase certeza de que arruinei a única chance que tive em mais de dois anos de conseguir alguma coisa. Vai haver outra Apresentação no ano que vem, mas meu prazo expira muito antes disso, e me recuso a extrapolá-lo. Não quero me tornar uma daquelas pessoas que não aceitam a verdade de que a carreira não vai deslanchar para elas.

Algo frio agarra meu coração, e minha boca se escancara.

Talvez eu já tenha me tornado uma delas enquanto não estava olhando.

Talvez não possa aceitar a verdade de que minha carreira não vai deslanchar.

Talvez já saiba, mas não consiga admitir. De quantos dias de espera realmente preciso antes de ter que encarar os fatos?

Talvez já exista evidência suficiente, não preciso esperar pelos resultados da Apresentação para desistir. Talvez tenha que aceitar que o tempo acabou.

Essa revelação faz com que minhas mãos comecem a suar.

Estou em Nova York há dois anos e meio. Levei esse tempo todo só para conseguir um emprego semilucrativo como garçonete e uma agência de comerciais que me chama esporadicamente. Que trabalho artístico eu poderia arranjar nos próximos meses que me diria que, sem dúvida, nasci para isso?

O teatro está quase vazio. É minha vez de ver Stavros. Não posso deixá-lo esperando. Vou contar logo que estou pensando em sair, para deixar mais fácil para ele admitir que acha que é a coisa certa a ser feita. Talvez ele fale que pretendia dizer que não via futuro para mim, mas de todo modo estará aliviado por eu ter percebido isso por mim mesma.

Depois ligarei para o meu pai e falarei que estou deixando Nova York.

— Você está fazendo a coisa certa, querida — dirá ele. — Agora você pode tirar seu certificado para ser professora.

Imagino que alívio será ter um emprego de verdade. Terei um contracheque, uma escrivaninha e um telefone com fax. Terei um computador, que com sorte virá com alguém que me ensine a usá-lo, e terei pessoas com quem sair às vezes depois do trabalho para beber no Bennigan's, que me contarão sobre o namorado, ou as crianças, ou o projeto no qual estão trabalhando na garagem. Talvez meus colegas de trabalho e eu conversemos sobre o que assistimos na TV na noite anterior, e eu diga:

— Sabe, tentei ser atriz durante um tempo.

Ninguém me culpará por desistir. Todos dizem que é mesmo impossível. Serei normal, e talvez isso seja bom. Talvez minha história de vida seja a de uma pessoa com um emprego normal e uma vida normal.

É o que a maioria das pessoas tem. Eu estava errada por acreditar que era diferente. Vou ligar para Clark. Explicar que finalmente estou pronta para casar, como todos sempre pensaram que faríamos. Na verdade, meio que quero ligar para ele exatamente neste instante. Talvez compre uma passagem para vê-lo em Chicago depois do meu turno de amanhã. Meu plano B está me parecendo bem atraente agora.

Penso em todas as despedidas. Sentirei falta do papai e, estranhamente, do grande e desajeitado Dan. Será difícil ficar sem Jane, mas Chicago não é tão longe.

É a decisão certa. Agora sei disso.

Devagar, dou os últimos passos pelo corredor em direção à porta do escritório sem janelas de Stavros, nos fundos do teatro. Respiro fundo, depois bato três vezes.

(Adeus, Nova York.)

6

Sabe, Frances, você se saiu realmente bem esta noite. Você tem duas entrevistas e as duas com agências respeitadas, mas, por mim, você estudaria por mais um ano antes de começar a fazer testes. É uma habilidade muito diferente do trabalho que fazemos aqui, e você pode desenvolver alguns vícios, então, por favor, seja lá o que acontecer, não pare de praticar. O show business vai tirar sua energia e as aulas vão ser mais necessárias do que nunca; precisa continuar enchendo a fonte. Você é muito jovem e, céus, essa profissão pode ser muito extenuante. Queria que não fosse assim, porém tente trabalhar no teatro. Não esqueça os objetivos que tinha para si mesma. É tão fácil se render a um contracheque, mas, se não fizer um trabalho que a alimente e alimente o público, então você só está contribuindo para o que há de pior em nossa sociedade. Precisamos ver a condição humana refletida através dos artistas, é disso que se trata essa vocação, e não se esqueça de que você tem muita capacidade e é uma comediante talentosa, e essa pode ser a pior armadilha de todas. É um talento tão grande ser capaz de fazer as pessoas rirem, mas que Deus não permita que você termine com algo sem vida e esmagador como aquele programa com todas aquelas enfermeiras.

(Olá, Nova York!)

A primeira pessoa que vejo fora do teatro é Deena, fumando com outros colegas. Deena é uma das alunas mais velhas da turma, talvez já esteja na casa dos 40, e ainda é um tanto famosa pelo programa que fez nos anos 1980, chamado *Lá está Pierre*, que me lembro de assistir quando menina. Mas ela nunca fala dele, então também não toco no assunto. É uma das minhas melhores amigas no curso, mas às vezes me pergunto como se sente fazendo comerciais, que é praticamente o que faz agora, depois de ser protagonista num programa de sucesso na TV. E não são comerciais em que ela é Deena Shannon, do antigo e popular *Lá está Pierre*, mas apenas uma atriz comum fingindo preferir certa marca de suco de laranja a outra.

— Alguma coisa? — pergunta ela, atirando cinzas no chão.

— Hum, na verdade, sim. Recebi dois chamados, de duas agências.

— Uau! — exclama ela. — Você só precisa de um.

— Quase larguei o show business esta noite — comento, um pouco sem fôlego, ainda espantada por ter passado do completo desespero a algo semelhante a euforia num espaço de tempo tão curto.

— De novo? Você quase largou duas semanas atrás.

— Ah é?

— Você é uma menina sensível — diz ela, rindo. — Mas tudo bem. Vai ficar mais durona. Agora vamos tomar um drinque pelo seu não afastamento do show business. Vou me encontrar com Leighton, no Joe Allen. Quer ir?

Deena e eu sentamos no lustroso bar de madeira do Joe Allen, lotado de artistas que acabaram de sair de seus espetáculos e de clientes que vieram do teatro. Esta noite, quase sinto que pertenço à multidão ou que um dia possa pertencer.

— Agência Incomparáveis! Está brincando! Veja só. — Deena me abraça com força quando conto a novidade, as unhas perfeitamente pintadas de vermelho apertando meus braços. — Uma estrela!

— E outra agência chamada Sparks.

— Sparks! É o Barney Sparks. Trabalha sozinho. Só tem ele no escritório. É ótimo, está na ativa há muito tempo. — Deena ergue sua taça de vinho, já meio vazia, e sorri. — Outro brinde. Estou muitíssimo feliz por você. É um verdadeiro sinal de estímulo. Acho que você ainda pode conseguir dentro do prazo.

Mais tarde, o namorado de Deena, Leighton Lavelle, chega. É alto, tem o nariz comprido e cabelo castanho-claro ondulado que o faz parecer um guitarrista de uma banda de rock dos anos 1970. Deena acena, e ele atravessa com facilidade a multidão e a beija nos lábios.

— Olá, meu anjo — diz ele, e pede um drinque a Patrick, o barman, antes de abrir espaço na multidão entre nossos bancos, onde sua estrutura magricela mal consegue se encaixar.

Já o encontrei algumas vezes, mas nunca fiquei tão perto dele. Leighton ganhou um Tony no ano passado, por *País radiante*, e é ridículo, mas fico sem fôlego pela proximidade com um ator premiado. Um pouco da maquiagem do trabalho ainda está visível ao redor do colarinho. Tento imaginar como deve ser acabar de sair de um espetáculo na Broadway. Tal pensamento faz meu coração disparar, mas para eles parece não ser grande coisa.

— Como foi a noite, querido?

— Nada boa. Péssima plateia. É este tempo estúpido. Exageraram no aquecedor, o que deixou todo mundo sonolento. — Ele baixa o olhar, remexendo os pés, depois ergue a cabeça e dá um sorriso. — Nossa. Olhe para mim. Colocando a culpa neles. É o que todos nós fazemos, não é? A culpa não poderia ser *nossa*, poderia? — Deena ri, e eu também. Leighton revira os olhos para mim, me incluindo, mesmo que mal me conheça. Eu me permito imaginar que acabei de vir de um espetáculo também, e que tenho minha própria teoria sobre a temperatura da casa e seus efeitos no humor do público.

— E você, Franny? — pergunta Leighton. — Quando a veremos por lá?

— Não sei — digo, e basta a ideia para deixar minha cabeça tonta. — Um dia, espero.

A mão de Leighton repousa nos ombros de Deena enquanto ele brinca com seu cabelo escuro e brilhoso.

— E você, meu amor?

— Provavelmente nunca — responde Deena, animada.

— Mas por que não? É o sonho de todo ator encenar na Broadway — protesto, mas ela me lança um sorriso indulgente.

— Não quero estragar seu sonho, querida. Mas estou praticamente fora do show business hoje. Isto é o mais perto que quero estar desta vida — diz ela, passando o braço pela cintura de Leighton. — Já não sei mais qual é a razão para tudo isso, e, de qualquer forma, ninguém está exatamente batendo à minha porta.

— Nunca se sabe, querida — replica Leighton. — O *New York Times* disse algumas coisas muito boas sobre ela, Franny.

— História antiga — comenta Deena, mas está sorrindo.

— E o...? — Desde que vi Deena na turma, quis perguntar sobre o seriado que fez, e esta noite, com um drinque na mão e a agitação do dia que ficou para trás, finalmente me sinto ousada o bastante para tocar no assunto.

— O seriado? — pergunta ela, compartilhando um olhar com Leighton, que sorri com simpatia.

— Desculpa... não queria...

— Tudo bem — diz Deena, balançando a cabeça. — Olha, não me importo de contar. — Ela respira fundo, e expira com um sorriso. — Bem, tudo aconteceu assim: eu fiz uma peça quando estava apenas começando...

— A que o *Times* gostou — acrescenta Leighton.

— Sim, mas não tinha trabalhado muito depois disso, e, mesmo que a peça tenha conseguido boas críticas, foi só uma coisa pequena, no centro da cidade, não rendeu bem. Em geral, eu quase não tinha dinheiro. Mas meu agente ligou...

— Seu agente *na época* — diz Leighton.

— Sim, um cara que não está mais com a gente...

— Ele *está* entre nós, por assim dizer — explica Leighton.

— Mas não é mais meu agente...

— Um cafajeste — diz Leighton, piscando para mim.

— Ele se revelou um cafajeste mais tarde, sim, mas, naquele ponto, eu ainda estava empolgada por trabalhar com ele, e ele disse...

— "Tenho um teste para você, querida" — imita Leighton, na sua melhor voz de agente de Hollywood desprezível. — "É uma coisa meio especial."

— Ele disse que "os elementos" estavam lá — continua Deena. — Não sabia o que ele queria dizer, mas fez parecer importante. Era um piloto de meia hora de alto conceito, disse ele; acho que a expressão exata foi "de ponta". Falou que foi preciso certa lábia para me conseguir o teste, já que eu não tinha experiência televisiva, mas eles aceitaram me ver. Então li o roteiro, e não me pareceu ser um programa de TV, mas estava acostumada a ler peças em que qualquer coisa pode acontecer, no mundo imaginário de alguém, ou sei lá...

— Você estava acostumada a ler coisas abstratas — diz Leighton.

— Ou imaginárias, não estabelecidas totalmente na realidade, sim; então fico imaginando o que poderia ser, se feito corretamente. Além disso, era muito político...

— *Era?* — pergunto, surpresa.

— Ah, sim. Antes de ser transformado e testado e acabar parando nas noites de sexta? Era para ser o próximo *Tudo em família*. Então liguei para o meu agente...

— O cafajeste — diz Leighton.

— Liguei para o cafajeste e disse: o que é isso? É pra valer? E ele... — Deena faz uma pausa, como se o que está por vir fosse especialmente difícil de contar. — E ele disse "Só duas coisas podem acontecer com esse programa: um, virar um sucesso gigantesco, e você estará me agradecendo todos os anos no Emmy, ou dois, eles farão o piloto, não vai funcionar e nunca vai ao ar. Não há um cenário de meio-termo. E se, por alguma razão, eles colocarem isso no ar e não for cem por cento fantástico?".

— *"Não vai durar"* — dizem Deena e Leighton juntos, depois Deena leva a mão à testa, como se ainda não pudesse acreditar.

— Mas ele se enganou, durou por muito tempo.

— Exatamente — concorda Leighton. — Demitiram o produtor, arrancaram fora toda a política, colocaram piadas de peido no lugar, acrescentaram aquela criança detestável ao elenco...

— York, o Desprezível?

— É — diz Deena. — E transferiram o programa para sexta às oito da noite, e lá permaneceu, sem ganhar prêmios ou um misericordioso cancelamento, por sete anos. Sete anos da minha carreira, da minha juventude! O cara que fazia o chefe era um bêbado, nunca chegava na hora, York transava com as extras no seu trailer, o roteirista-chefe se achava algum tipo de gênio, e tudo isso foi uma experiência completamente deprimente. E esta, meus amigos, é a história de como gastei sete anos na série que com certeza não era nada de ponta, *Lá está Pierre*.

— O gato falante da França! — conclui Leighton, triunfante. — Todos juntos agora!

— *Sacre bleu!* — exclamamos em coro.

— E também o porquê de estar praticamente fora desse tal show business — diz Deena.

— Então por que você continua tentando? — pergunta Leighton, um sorriso brincando no rosto, e percebo que ele já sabe a resposta, mas me aproximo para ouvir, porque não sei e muitas vezes me perguntei a mesma coisa.

— Porque, Leighton, como você sabe muito bem, tem uma coisa que me resta fazer, algo com que realmente me importo, um último sonho que não me foi tirado, e não largarei essa carreira horrível sem isso.

— Conte para ela, Dee — encoraja Leighton, com um sorrisinho.
— Conte para Franny o que é.

Deena se vira, me olhando por debaixo dos longos cílios.

— Praticamente qualquer ator desta cidade que valha alguma coisa tem algo no currículo que não tenho. E não vou parar enquanto não conseguir.

— O que é?

— Um papel num programa para o qual fui feita, posso afirmar isso com cem por cento de certeza. — Ela respira fundo, estreita os olhos e diz, lenta e deliberadamente: — Não paro enquanto não conseguir alguma coisa no meu programa preferido: *Law & Order*.

— Você nunca participou de *Law & Order*? — pergunto, surpresa. — Mas você é perfeita para isso...

— Eu sei. E ainda por cima sou irlandesa *e* italiana. Quem entende melhor de policiais e criminosos?

— Então por quê? Não fez nenhum teste com eles, ou...?

— Pessoas conhecidas por terem participado do programa do animal falante mais ridículo da última década às vezes têm dificuldades para serem levadas a sério.

— Mas isso foi há oito anos! — protesto, indignada.

— É a ironia desta carreira — conclui ela, com um pouco de tristeza. — É difícil dizer antes do tempo o que será esquecido e o que será lembrado.

Por fim, nós três cambaleamos para fora do bar, entre os últimos a sair. Formamos um triângulo na 46, igual àquele que tínhamos feito lá dentro: Deena e eu de frente uma para a outra com Leighton no meio. Percebo que estou oscilando um pouco. O ar está frio, só que agora é mais gentil, e me sinto tonta.

— Amo vocês — digo, lutando contra as lágrimas, e Deena me dá um grande abraço.

— Uau. Você não sabe beber mesmo, né? — diz ela, ainda me abraçando.

— Bem, amo vocês também, então chega — declara Leighton. — Deena, minha amada, vamos para casa.

— Está tarde, querida — diz Deena para mim. — Vai pegar um táxi, certo?

Pode ser perigoso ir de metrô até o Brooklyn tão tarde assim. Eu deveria pegar um táxi, ela tem razão, mas estou envergonhada demais para dizer que só tenho uns 8 dólares comigo, e provavelmente menos de 20 na conta bancária, então nem posso ir até o caixa eletrônico. Amanhã à noite, no clube, vou receber o dinheiro das gorjetas e um cheque de baixo valor que vou descontar de imediato numa parte suspeita da Quinta Avenida, no Brooklyn, que me cobra quase um quarto do valor em troca de dinheiro na hora, mas não posso esperar o prazo de cinco a sete dias para que o banco o compense senão não terei dinheiro para a conta de luz. Jane é a melhor das amigas, mas uma conta vencida a deixa bastante mal-humorada.

Sem esperar minha resposta, Deena enfia tranquilamente uma nota de 20 na minha mão e faz sinal para um táxi.

— Você me devolve na próxima. Mantenha contato esta semana, tá? Me avise como as coisas estão.

Enquanto me ajeito no banco traseiro do táxi e aceno em despedida pela janela, Leighton e Deena acenam de volta.

— Desculpas adiantadas pela ressaca! — grita ele, e Deena me sopra um beijo.

Digo meu endereço ao motorista, que, apesar de resmungar sobre a distância até o Brooklyn, por fim resolve me levar, então disparamos pela Nona Avenida. As placas de neon que às vezes parecem luzir solitárias e fortes demais agora parecem calorosas e amigáveis. Elas piscam com alegria para mim esta noite, quase em uníssono, como se celebrassem, me dizendo que estão alegres por eu ter decidido ficar.

7

De volta em casa, subo os degraus rangentes, entrando da maneira mais silenciosa que consigo para não perturbar todo mundo, mas então lembro que estamos apenas eu e Dan em casa, pois Jane está no trabalho esta noite. Mesmo assim, tiro os sapatos na sala para não perturbar os vizinhos do andar de baixo e atravesso a cozinha a passos surdos, pairando um minuto na frente do quarto de Dan. Colo a orelha na porta, curiosa para ver se ele ainda está acordado. Espero que sim. Não estou pronta para ir dormir ainda. Quero compartilhar as novidades.

Como se ele pudesse ouvir meus pensamentos, a porta se abre, e pulo para trás bem a tempo de não ser esbofeteada.

Mas não é Dan. Ali, com um arco de tartaruga no cabelo e o roupão cor-de-rosa felpudo de laço verde que está sempre pendurado atrás da porta do banheiro de Dan, está Everett.

Ela deixa escapar um arquejo.

— Ah, minha nossa — diz, levando a mão ao coração, e, por um momento, acho que vai mesmo desmaiar.

— Desculpe, sou só eu — falo, tentando não parecer alguém cujo ouvido estava justamente tocando a porta do quarto dela.

Sorrio para Everett, mas meu coração afunda. Não devo ter visto a bolsa Chanel no lugar habitual sobre a mesa da sala de jantar. É azul-marinho, de couro, e tem uma corrente dourada em vez da alça; ela uma vez me disse que foi um presente dos pais pela formatura na faculdade. Everett costuma deixá-la sobre a mesa, sempre com um dos nossos guardanapos de pano debaixo dela. Sou fascinada pela bolsa, porque sei que é o único item caríssimo que já vi tão de perto, mas o lance do guardanapo sempre me aborrece; é como se ela estivesse insinuando que nossa limpeza não está à altura de seus padrões.

Mesmo assim, Everett é perfeitamente simpática, e quero que ela se sinta bem-vinda aqui. Ela tem um apartamento em Manhattan, e quase nunca passa a noite no Brooklyn, pois tem que entrar muito cedo no trabalho, no centro da cidade, todos os dias.

— Desculpe — repito. — Acordei vocês?

— Céus, não — diz. — Dan está dormindo feito pedra, mas tenho uma reunião importante amanhã, e mal preguei os olhos. Quer tomar um chá?

Na verdade, não tomo chá, e nem sabia que tínhamos algum na nossa dispensa quase vazia. É óbvio que a latinha vermelha de aparência estrangeira que Everett pega numa das prateleiras superiores da cozinha foi comprada por ela. É fascinante observá-la tirar o chá de folhas soltas e despejar água quente da chaleira. Fico hipnotizada pelo seu jeito tranquilo de lidar com o estranho coador em forma de colher que retém as pequeninas folhas e com o anel de noivado de diamante que cintila em sua mão. Eu me pergunto se ela o tira, e se ele tem um guardanapo no qual descansar à noite também.

— Leite ou limão? — pergunta.

— Hum, leite, acho.

Everett e eu temos a mesma idade, mas algo na formalidade com que ela faz tudo me leva a sentar mais ereta no sofá, como se eu estivesse na casa de algum parente idoso e não na minha sala de estar no Brooklyn.

— Então, Franny. — Ela baixa o arco sobre os olhos e o empurra de volta para trás das orelhas, arrumando um inexistente fio de cabelo solto na testa. — Como está indo esse negócio de atuar?

Não sei como explicar a Everett de uma maneira que ela vá entender. O que posso dizer? *Ah, bem, obrigada, hoje foi ótimo, mas isso não diminui meu temor geral de que não serei boa o bastante nem agora nem nunca.*

— Ah, bem, obrigada.

Faz-se silêncio enquanto nós duas bebericamos nosso chá.

— Minha família inteira acabou de ver *O fantasma da ópera* — conta Everett. — Você já viu?

— Não, não vi.

— Ah, é maravilhoso. Tão mágico. Tem um lustre gigante que desce do alto. Nós simplesmente amamos.

Eu me imagino como integrante do elenco, tendo que ouvir as pessoas falarem do lustre como a parte favorita. Não sei como responder. Então lembro que Everett disse que tinha uma reunião no dia seguinte.

— Na verdade, eu... hum... descobri justo esta noite que terei algumas entrevistas com agentes — digo, tentando encurtar a distância entre nós.

— Ah, entrevistas! — exclama ela, como alguém diria "Ah, sorvete!" ou "Ah, diamantes grátis!".

— É. Duas, na verdade. Duas entrevistas.

— Ahhh. *Duas* entrevistas? De trabalho? Isso é... isso é positivo, certo?

— Sim, eu... acabei de saber dos retornos, digo, das entrevistas, esta noite. Mas elas ainda precisam ser agendadas.

Everett concorda com um aceno de cabeça, mas parece preocupada, como se suspeitasse de entrevistas que não têm datas marcadas.

— É tão *difícil*, não é? — comenta, suspirando e balançando a cabeça com tristeza.

— É *mesmo* difícil, suponho. Bem, quero dizer, que parte você diz ser difícil?

Everett olha para o teto como se tivesse acabado de notar que existe, e pisca seus grandes olhos castanhos para ele algumas vezes. Seu perfil é pronunciado, o corpo inteiro uma série de ângulos que, de uma forma improvável, se dobraram sobre suas articulações para se acomodar na cadeira macia. Há algo de régio e linear nela. Não posso sequer imaginá-la gargalhando ou chorando histericamente. Ela considera o que deve dizer em seguida de um jeito que indica estar acostumada às pessoas esperarem por ela. Imagino como é nunca se preocupar em preencher o silêncio. Por fim, seus olhos voltam a me encarar.

— Bem, é o seguinte. Cá entre nós, quando escuto você, penso no Dan também e, francamente, fico preocupada. Sei que ele se esforça bastante, tanto quanto se tivesse um emprego *de verdade*, mas como é que se pode saber? Como você consegue saber se isso algum dia vai dar em alguma coisa? Como você consegue suportar a espera para que alguém, sabe, a reconheça? Como você suporta não saber?

— Na verdade, não sei. A pessoa só espera, acho. Não existe alternativa senão esperar para ver, pelo tempo que conseguir.

— Mas como saber a hora de desistir? Digo, no caso do Dan, ninguém chegou a lhe dizer não, e, como falei, eu sei que ele se esforça bastante, mas ninguém tampouco disse um sim. É como que ficar *no limbo*, não é?

— É. Pode ser, acho. — Everett não está dizendo nada que eu não tenha pensado antes, mas há algo muito deprimente na descrição dela, algo nada confortador em sua tentativa de ser compreensiva.

— No meu trabalho com fusões e aquisições — diz ela —, estamos vendo uma verdadeira explosão. Claro que aquisições alavancadas ainda são o alicerce do negócio, mas o aumento nos fluxos globais de capital está se traduzindo em proventos ainda maiores. É um momento empolgante. E existe uma segurança nítida. Trabalhamos muito, e existe um ganho mensurável, ou, sim, às vezes temos uma perda, mas no fim do dia, ganhando ou perdendo, todos nós podemos olhar para os mesmos números e reconhecer que alcançamos algo. É *real*, entende o que quero dizer?

Aceno a cabeça com vigor, para mostrar que concordo, mas, sinceramente, o mundo de Everett não soa nem um pouquinho mais mensurável que o meu, e o mais perto que consigo chegar de visualizar o que ela está explicando é imaginar números dançando, entusiasmados, numa tela de computador enquanto pilhas gigantes de dinheiro falso chovem do teto ao fim de cada dia. Minha mente começa a indagar o que seria uma aquisição alavancada.

Everett agora está se debruçando sobre a mesa, as bochechas coradas, e estou tentando me concentrar no que ela quer dizer, embora me distraia com o anel de diamante e a maneira como captura a luz, e suas unhas recém-feitas. São tão perfeitamente uniformes, brilhantes e polidas. Ou será que ela passou brilho? Será que existe algum esmalte cor de unha, ou é uma cor transparente e a pele debaixo das unhas por acaso é excepcionalmente rosada? Será que o estilo dela é parecer que está usando esmalte ou que não está? Será que ela usa a mesma cor nos pés, ou será que prefere algo mais ousado? No mundo dela, é mais elegante combinar a cor da mão com a dos pés, ou isso seria considerado cafona?

— Ele acha mesmo, sabia? — está dizendo Everett.

Merda. Perdi completamente o fio da conversa. Não faço ideia do que ela está me perguntando.

— Desculpe, quem acha o quê?

— Dan. Ele acha você muito talentosa.

— Acha?

— Sim. Acho que você fez algum tipo de comercial, não foi? E ele viu você em alguma coisa no Theatre Row, acho que foi isso, logo depois que se mudou para cá. Desculpe, mas isso é off Broadway ou Broadway? Você encenou dois papéis: uma psiquiatra e uma outra pessoa, uma governanta francesa?

— Uma empregada londrina. E foram só duas noites. Não chegava nem a ser off Broadway. Muito off Broadway, acho.

— Sim! É isso. Ele sempre fala que a princípio não a reconheceu como a empregada, porque as duas eram muito diferentes. Ele ficou impressionado. Então aí está. Você já pode contabilizar um fã!

Everett parece satisfeita consigo mesma, como se houvesse me dado o presente do meu primeiríssimo fã, como se eu tivesse um jarro em algum lugar onde guardá-los para que, quando estivesse cheio, eu fosse um legítimo objeto de afeição pública.

— Bem. Obrigada por me fazer companhia — diz ela, colocando sua xícara sobre o pires com um tinido delicado. — Isto foi ótimo. Estava doida para conhecer melhor vocês duas. Vocês têm sido tão amigas do meu Dan. Vou lhe dar o número do meu escritório. Quem sabe não possamos marcar um almoço um dia em que estiver na região?

Concordo com um sorriso, embora me distraia com as palavras "marcar um almoço". É isso que os executivos fazem, "marcam um almoço", deixando o bom e velho "tomar um café" para o restante de nós?

— É tão irônico — suspira Everett, levantando-se da cadeira. — Quando Dan e eu nos conhecemos, em Princeton, ele estudava para ser médico. Estava num caminho de verdade. Mas depois desistiu de tudo, por isso. Acho que todos nós precisamos colocar essas coisas para fora, né? Como cortar o cabelo bem curto por capricho ou fazer um mochilão pela Europa?

Há horas que as luzes no apartamento de Frank estão apagadas. Eu já deveria ter dormido, mas estou bem desperta. Revivi inúmeras vezes cada detalhe da Apresentação, mas meus pensamentos agora vagam, tentando visualizar Dan e Everett juntos na cama. É algo que, por alguma razão, não consigo imaginar, por mais que tente. É o arco no cabelo; não posso visualizar Everett sem o arco de tartaruga. Continuo a vê-la, ainda de arco, entrando na cama com ele, aninhando-se ao seu corpo e sussurrando "Eu te amo" no escuro. E talvez Dan desperte um pouquinho, se vire e sussurre "Eu te amo" para mim.

Uma ambulância passa lá fora, a sirene berrando, e meus olhos se abrem.

Para *ela*, foi o que quis dizer. Ele sussurra "Eu te amo" para *ela*.

Embora ninguém saiba o que andei pensando, meu rosto queima. Não sei por que estou tendo essas fantasias bobas e sem sentido de usar o arco de cabelo de outra mulher e ouvir que sou amada por uma pessoa em quem nem sequer penso dessa maneira, que é totalmente errada para mim. Acho que devo estar sentindo falta de Clark.

Talvez eu enfim ligue para ele amanhã para contar as novidades. Ele deixou um recado faz um tempo, mas, por algum motivo, fiquei adiando retornar a ligação. Ou talvez eu devesse esperar só mais um pouquinho. Quem sabe ouvir a história do meu pequeno triunfo o fará se sentir pior, ouvir que de alguma maneira mensurável eu talvez esteja chegando um tantinho mais perto de meu objetivo aqui, o que talvez signifique estar me afastando mais dele.

Vou esperar, penso comigo mesma, e, pela primeira vez, no lugar da eterna preocupação com o prazo pesando sobre mim, correndo na minha direção, cada vez menor, me permito um pensamento extravagante:

Ainda tenho tempo.

8

Você tem duas mensagens.

BIIIP

Frances, sou eu, seu pai. O de Connecticut. Digo isso para o caso de suas cartas, que sem dúvida você tem me enviado, terem sido redirecionadas para outro pai em outro estado. Mandei seu cheque. Não se preocupe com o dinheiro. Não precisa me ressarcir. Só me ligue antes de começarmos Ring Lardner na terça, certo?

BIIIP

Franny... hum... oi. (som de papel sendo amassado) *É o James. James Franklin?* (som do que poderia ser o exalar de um cigarro ou apenas uma respiração alta) *Hum... é... eu estava pensando se poderíamos... hum... que todos nós deveríamos tomar um drinque uma hora dessas. Então, hã, é.*

BIIIP

As coisas estão mesmo melhorando. Acabei conseguindo o comercial para o sabão em pó Niágara, agendei as duas entrevistas com aqueles agentes e James Franklin ligou, embora tenha deixado uma mensagem um tanto vaga. Mas, mesmo assim, lá estava ela, a voz rouca e sexy em minha secretária eletrônica, uma voz que não consigo me forçar a esquecer. Repeti a mensagem várias vezes, até por fim decidir que precisava da ajuda de Jane para decifrá-la.

— Ele está me chamando para sair, não está? — pergunto, depois de repassar a fita para ela pela terceira vez.

Jane balança a cabeça.

— Ele disse "todos nós". "Todos nós" não é convidar você para sair.

— Mas por que deixar uma mensagem só para "todos nós eu"? Acho que ele está me convidando para sair, à maneira dele.

— "Todos nós" significa: pedi seu telefone porque acho você bonita, mas estou saindo com outra, então estou tentando fingir para mim mesmo que só pedi seu telefone para ser seu amigo, e estou perguntando se você quer tomar um drinque a qualquer hora comigo *e a minha namorada*, o que jamais vai acontecer, mas me faz sentir menos desprezível por ter pedido seu telefone em primeiro lugar. Você virou "todos nós", minha amiga. Agora podemos apagar a fita? Lembre-se do que aconteceu da última vez.

A Agência Brill teve dificuldades de entrar em contato comigo a respeito do trabalho do Niágara porque nem Jane nem eu notamos que a fita da secretária eletrônica estava cheia. Então decidi arranjar um serviço em que eles fornecem a você seu próprio número de telefone e uma pessoa de verdade atende, como se você tivesse um escritório e ele fosse seu assistente. A princípio, era empolgante ligar para saber se eu tinha algum recado. Mas depois de uns dias sem mensagens, acreditei detectar um tom de pena na voz do rapaz do serviço de atendimento, então fiz Dan ligar, apenas para que eu tivesse uma mensagem para conferir.

— Mas o que eu digo? — perguntou ele, parecendo abismado com a perspectiva.

— Qualquer coisa. Apenas fale que fui chamada para alguma coisa. Algo crível, mas um pouco impressionante.

— Eu me sentiria melhor se entendesse com mais clareza os parâmetros dessa tarefa — comentou Dan, franzindo a testa.

— Dan, estou atrasada para o trabalho. Apenas escolha uma peça e invente um teatro. Ninguém vai dar nota para o seu desempenho, tá? Só quero que o cara pense que estou mandando bem. — Mesmo parecendo confuso, eu acreditava que Dan trataria o assunto como o perfeito estudante que era, então estava me sentindo bastante confiante quando liguei na manhã seguinte.

— Telefone de Frances Banks — disse a voz.

— Alô, aqui é ela — anunciei com afetação. — Algum recado?

— Sim, Srta. Banks. Você recebeu o retorno para uma peça.

— Ah, ótimo — respondi, com o tipo de confiança tranquila que dizia a ele que eu recebia muitos retornos. — Pode me passar os detalhes?

— É para o papel de Martha em *Quem tem medo de Virginia Woolf*.

Devo ser uns vinte anos jovem demais para o papel, mas Dan ao menos me deu a personagem principal em algo.

— Ah, maravilha. A boa e velha Martha — falei com carinho. Talvez ele pense que encenei o papel dezenas de vezes. Aquilo ensinaria a voz anônima a me respeitar.

— No Old Horse Theater, em Princeton, Nova Jersey — continuou ele. Será que detectei uma pontinha de sarcasmo em sua voz?

— Certo, obrigada. — Houve um silêncio do outro lado da linha. — Mais algum detalhe?

— Bem, não é da minha conta, mas nunca ouvi falar desse teatro, então pesquisei, e ele parece não existir.

Ele pesquisou? Como? Onde? Será que ele passou o dia viajando pelas cidadezinhas de Nova Jersey, tentando descobrir alegações teatrais fraudulentas?

— É um teatro pequeno — retruquei, um tanto indignada. — Pequeno, mas muito respeitado.

— Bem, se você diz. Nós temos o livreto com todos os teatros da LORT, categorias de A a D, e não o achei em lugar nenhum.

Droga. Existe um *livreto* da LORT, a Liga de Teatros Residentes, com todos os teatros da região? Existem *categorias*, de A a D? Não sabia de nada disso.

— Sim, bem, é novo. Eles acrescentaram, recentemente, uma categoria "E". E, de... experimental — acrescentei com hesitação, e desliguei de repente.

No dia seguinte, cancelei o serviço, e Jane e eu juramos ser pessoas que apagam suas mensagens.

Só que não vou apagar a mensagem de James. Ainda não.

Tive que me filiar ao meu primeiro sindicato, o Sindicato dos Atores de Televisão, o que custa mais de 1.000 dólares. Para o comercial anterior não foi necessário porque eles permitem que você trabalhe uma vez sem ser filiado, mas, no segundo trabalho, você é obrigado a se inscrever. Como só tenho 80 dólares na conta, liguei para o meu pai e pedi que ele me mandasse o dinheiro pela Western Union, o que ele disse que faria, embora tenha me custado certo tempo explicar por que arranjar um trabalho estava lhe custando 1.000 dólares.

— Por que você não pode pagar o sindicato depois que for paga pelo trabalho?

— Não posso fazer o trabalho se não estiver no sindicato.

— Mas eles deixam que você faça o teste para o trabalho mesmo que não esteja no sindicato?

— Deixam.

— E sabem que você será paga porque é um trabalho sindicalizado para o qual permitiram que você fizesse o teste. E agora eles sabem que você tem que se filiar ao sindicato porque sabem que você conseguiu o trabalho.

— Isso.

— Eles sabem que você será paga, já que sabem que eles lhe pagarão, mas não esperam que você seja paga antes de pagá-los?

— Sim, pai, é isso.

— E eu pensei que Marx era complicado.

E precisei tirar um turno de folga no trabalho. Herb disse que era o meu segundo aviso, e que era melhor eu tomar cuidado para não perder outro turno por pelo menos um mês, ou ele pensaria que não levo meu emprego a sério.

Naquela tarde, recebo um fax com a ordem do dia, dizendo aonde devo ir e a que horas chegar, e meu coração pula ao ver que meu nome é o primeiro na lista denominada "elenco". Debaixo de "personagem" está escrito "Esposa". No outro comercial, fui listada como "Garota do Suéter Nº 3". Mal posso esperar pelo dia em que farei alguém com um nome de verdade.

Meu despertador toca às quatro e meia da manhã, e, por um minuto, acho que estou sendo roubada.

— Olá? — pergunto para a escuridão. Então me lembro.

Fico pronta em tempo recorde e corro para pegar o trem. Os outros passageiros também estão com os olhos turvos, e o vagão está mais quieto que o normal. Na esquina da 72 com a Broadway, saio do metrô e caminho um quarteirão para o parque antes de perceber que estou indo na direção errada. Volto rapidamente em direção ao oeste, sem esperar que o sinal mude de cor, acenando em meio aos carros. O tráfego não está tão ruim ainda, e o sol ainda está baixo no céu. Passo por alguns caminhões estacionados na 72, cercados por cones laranja e cartazes pregados em postes de luz que dizem "Estacionamento Proibido – Autorização para Filmagem".

Esta deve ser a gravação, a *minha* gravação. Uma garota forte está parada na esquina junto aos caminhões, usando um gigantesco chapéu de pele com abas para as orelhas e falando num walkie-talkie.

— Oi, com licença — digo. — Ah, para que... hum... é isso?

— Comercial de maionese — responde ela, com aspereza.

Estou no lugar errado. Como posso estar no lugar errado? Como podem existir duas gravações de comercial exatamente na mesma locação?

— É um comercial — repito, só para ter certeza — de maionese?

— Sim — assente ela, como se eu fosse estúpida. — Com licença. — E me dá as costas.

Dou a volta no quarteirão, correndo um pouco, olhando para a esquerda e para a direita, começando a suar. Não há mais nada que pareça ser a minha locação. Não vai haver ninguém na agência para me ajudar. Não estou de relógio, mas tenho certeza de que agora estou atrasada.

Por fim, retorno ao comercial de maionese, onde os enormes caminhões estão sendo descarregados por caras corpulentos que carregam rolos de fiação elétrica nos ombros e sacos de areia com algum tipo de alça de nylon nas mãos.

A garota do chapéu de pele ainda está na esquina, agora fumando um cigarro e conversando com um cara que está usando um cinto de couro de aparência pesada com um walkie-talkie pendurado. Ela me vê chegando e estreita os olhos.

— Essa não — exclama, pelo canto da boca.

Quase continuei andando. Não quero falar com ela de novo. É óbvio que pensa que sou algum tipo de fanática por maionese. Mas preciso de ajuda.

— Oi, desculpe, eu de novo. Sei que você falou que era um comercial de maionese, mas sou atriz e deveria estar gravando um comercial para o sabão em pó Niágara. E deveria ser por aqui em algum lugar, e não sei se talvez vocês todos se conhecem ou qualquer coisa assim...

O rosto dela mudou por completo e ela largou o cigarro.

— Estão procurando por você — diz o cara com o walkie-talkie no cinto.

— Ah, merda — diz a garota. — Sinto muito. Pensei que fosse... oi. Sou Mavis. Sou a segunda-segunda. Vou mostrar onde fica o seu trailer. Posso levar sua bolsa?

Mavis caminha depressa à minha frente, tagarelando o caminho todo.

— Sinto muito mesmo, em geral trabalho em filmes com, você sabe, atores famosos, não que você não seja... droga, de qualquer forma, é isso o que sempre nos mandam dizer quando as pessoas perguntam o que estamos filmando, você diz "comercial de maionese", então isso faz com que as pessoas continuem andando e não fiquem ali fazendo perguntas e tentando dar uma espiadinha no Russell Blakely ou seja lá quem for, mas eu deveria... A personagem só está listada como "Esposa" na ordem do dia e, sem ofensa, mas você não parece ter idade suficiente para... quero dizer, garanto que vai fazer o papel de uma ótima esposa, mas...

Enquanto continua tagarelando, percebo que estou vivenciando uma sensação que jamais tive antes, algo que não consigo precisar. Antes eu estava completamente intimidada com Mavis e seu chapéu e seu walkie-talkie, mas agora tudo mudou, e ela está pedindo desculpas para mim, tentando fazer com que eu me sinta bem. Está me tratando como se eu fosse importante, como se ela trabalhasse para mim. Nunca tive um empregado sequer, e não quero que Mavis se sinta da maneira que me senti dez minutos atrás.

— Bem, aqui está o seu trailer. Cabelo e Maquiagem ficam no seguinte, está vendo aquele trailer com o toldo? Alguém do Figurino vai chegar num instante com as suas roupas, e vou avisar que fiz você se atrasar, a culpa é cem por cento minha, e vou falar com o diretor...

— Mavis — falo, parando diante da porta do trailer.

— Pois não? — diz ela, os olhos piscando por causa do sol, quase escondidos pelo chapéu felpudo.

— Esta é a minha primeira gravação de verdade. Não conheço nada. Por exemplo, não faço ideia do que seja uma segunda-segunda.

Mavis sorri e parece relaxar.

— Segunda assistente da segunda assistente de direção. Em resumo, falo aonde você deve ir e quando, e estou encarregada dos serviços gerais do seu dia. Aceita um café?

— Hum, claro. Onde fica?

— Posso trazer para você.

— Não, não, tudo bem, eu pego. — Não quero ver o lado ruim de Mavis outra vez.

— Ceeeerto. É que precisam de você no Cabelo e Maquiagem neste instante, e é meio complicado explicar onde fica o lanche. Posso pegar para você. A menos que precise... você gosta do café de algum jeito especial que acha que seria complicado demais para que eu faça?

Estou tentando ser educada, porque é claro que jamais sonharia em pedir a alguém que nunca vi para me trazer um café, mas Mavis parece de alguma maneira acreditar que estou sendo rude por não permitir que ela o traga para mim. Não sei o que estou fazendo de errado. Este mundo parece ter regras diferentes do outro no qual estive vivendo a vida inteira. Será que um dia vou aprendê-las?

— Não. Nada de especial. Acho que, tá... hum... só leite e açúcar, se não for um problema.

— Sem problema — diz Mavis, da maneira como as pessoas dizem "sem problemas" quando têm vários deles, ou "nada de mais" quando algo é uma dor de cabeça colossal.

No instante em que entrei no provador, num trailer próximo ao meu, fiquei confusa. Havia duas gigantescas araras com rodinhas, uma cheia de calças bege e a outra lotada com umas trinta ou quarenta camisas azuis idênticas.

— Ah, tem mais... tem mais gente vindo? — pergunto à mulher de ar ocupado ali perto. Ela me olha como se eu tivesse dito algo estranho.

— O quê? Ah, as araras? Nãããããão. É tudo seu.

— Mas não são todas as mesmas calças? — pergunto, rindo um pouquinho.

— Ora, não, na verdade, são bem diferentes — declara ela com gravidade, indicando que, para ela, as calças e suas similaridades não são assunto para riso. — A propósito, sou Alicia, a figurinista.

Eu me pergunto como Alicia se sente por ter o título de "figurinista" quando isso se refere, neste caso, à escolha de uma camisa azul e uma calça bege.

— Lamento se parece muito, mas eles não sabiam se queriam sarja ou gabardine, e nem queira saber sobre a limitada compreensão que têm de uma calça *fuseau*. Que Deus os proteja de um toque de *moda*. De qualquer forma, teremos que provar tudo. O cliente é muito específico sobre o que quer. Lutei por jeans como opção, mas o cliente não quer fazer um perfil urbano demais.

Não sei quem é o "cliente", mas já estou preocupada com a opinião que tem de mim e a estranha convicção no que se refere a calça cáqui *versus* calça jeans. Então eu, obedientemente, provo um interminável número de calças, que me parecem todas iguais, e finjo concordar com Alicia, que considera todas muito diferentes.

Por fim, Alicia encontra uma da qual gosta, exceto por ser um pouco apertada na cintura.

— Essa é perfeita. Vamos tirar uma foto com a Polaroid dessa também. Mas talvez precisemos cortá-la um pouco nas costas — diz ela. — Vocês não deveriam falsificar as medidas, sabia? — Ela tenta sorrir, mas posso ver que está irritada.

— Não falsifiquei as medidas — afirmo, da maneira mais simpática que consigo. — Ao menos acho que não.

— Ora, que tamanho de calça jeans você informou para eles?

— Hum, 38, acho?

— Estou falando de centímetros.

— Não tenho certeza. Não sabia que mediam calça jeans assim.

— Bem, é como medem agora. Provavelmente foi aí que houve a falha de comunicação. Não se preocupe. Por sorte, você passa a maior parte do tempo sentada, então podemos improvisar. Como disse, podemos cortá-la, se necessário.

Não acredito que ela vai cortar uma calça novinha só para que eu possa ficar sentada dentro dela por algumas horas. Eu me sinto culpada por não ter o tamanho certo de calça jeans.

— Qual seria o tamanho *bom*? Em centímetros, digo.

Alicia fica pensativa, depois parece decidir que vale a pena me educar. Ela respira fundo.

— Bem, costumo fazer filmes. — Ela faz uma pausa um tanto dramática.

— Uhum — digo, sem saber se é a resposta certa.

— Então, nesse último filme que fiz, trabalhei com Cordelia Biscayne. — Ela ergue as sobrancelhas.

— Ah, nossa! — Estou tentando parecer tão impressionada quanto vejo que Alicia quer que eu fique.

— Sim, eu sei. Fui uma das assistentes do estilista, mas mesmo assim. Aliás, Cordelia é uma *boneca*. E, de qualquer forma, ela tem 66, 68 de cintura. A sua provavelmente é 74, 76? Então — diz Alicia, com simpatia. — Não que você deva se sentir mal... quero dizer, você está ótima, e nem todo mundo pode ser Cordelia Biscayne, certo? Mas, é algo a aspirar.

De todas as listas de objetivos que fiz, e de todas as ideias que tive, nunca me ocorreu que eu poderia ser tão específica que poderia aspirar a um objetivo que é de fato mensurável em centímetros. É assim que as pessoas de sucesso fazem? A diferença entre sucesso e fracasso pode ser mais precisamente descrita em tamanhos de cintura de uma calça jeans?

"Ora, acho que estou indo bem", eu me imagino dizendo, "mas faltam 3 centímetros para a medida que realmente quero." Penso em todo o esforço que me custou chegar a 74. Não consigo imaginar o que poderia fazer para ter uma cintura 66. Mas também é certo que as Cordelia Biscayne deste mundo são mesmo mensuráveis de maneira diferente do restante de nós.

Hoje, 3 centímetros poderiam muito bem representar 300 para mim.

— Oi, sou Carol, vou fazer sua maquiagem. Alguma alergia ou preferência que eu deva saber?

Estou olhando para um espelho gigantesco numa parede de espelhos, cada um emoldurado por dezenas de lâmpadas fluorescentes. Sob a luz ofuscante, meu rosto não se parece em nada com o que tenho no Brooklyn. Eu me pergunto se esse é o meu rosto verdadeiro ou se o que tenho no Brooklyn é que é e como deve ser meu rosto no Queens.

— Hum, não, nada que eu me lembre.

Será que, com o tempo, vou desenvolver preferências, e quais poderão ser quanto à minha maquiagem? Espero fazer isso por tempo suficiente para adquirir algumas, para não me sentir tão despreparada para esse tipo de pergunta.

Ela aciona um interruptor na bancada, e o que parece ser mais uma centena de lâmpadas ganha vida.

— Uau, tenho mesmo todas estas sardas? — Apenas não consigo ignorar como meu rosto parece diferente naquele espelho.

— Hum, me deixe ver. — Carol coloca os óculos que estavam pendurados numa corrente ao redor do pescoço e leva o rosto a poucos centímetros do meu. Permaneço imóvel, como se estivesse sendo examinada num consultório médico. — Bem, você tem algumas sardas, é verdade. Mas acho que elas não causam distração. Não vejo isso como um problema, mas posso igualar o tom da sua pele, se isso é uma preocupação. — Carol suspira. Acho que não gosta de mim.

— Tá, ótimo. O que você achar melhor. Obrigada.

— Quer uma revista? — pergunta ela.

— Hum, sim, claro. Obrigada. De novo.

Não sei se Carol costuma ser sempre emburrada ou se eu a deixei assim. Folheio a edição do *National Enquirer*. MICHAEL VAI ATRÁS DOS 200 MILHÕES DE DÓLARES DE ELVIS! FARRA DE COMPRAS DE CORDELIA BISCAYNE! O DRAMA DE CANDICE BERGEN EM SEU LEITO DE MORTE! Queria ter levado algo para ler. Esta revista me dá dor de estômago.

São tantas as pessoas para se conhecer num set, penso, enquanto passo a vista pelas CARTAS AMOROSAS DA PRINCESA DI! Tantos nomes. Como posso me lembrar de todos que estou conhecendo num só dia? Mas não seria grosseiro não fazer pelo menos uma tentativa? *Mavis, Alicia, Carol*, falo comigo mesma. *Mavis, Alicia, Carol.*

— Você prefere fazer isso você mesma? — Tiro os olhos da revista e encontro Carol agitando um estranho objeto de metal diante do meu rosto. Não faço ideia do que seja ou para que serve.

— Desculpe... o que é isso?

Carol me espia por cima dos óculos com surpresa.

— Nunca viu um destes antes?

— Não.

— Mas é claro que já viu. É um curvador de cílios. Garanto que sua mãe tem um.

Minha mãe poderia ter um, é verdade, mas não tive minha mãe durante a época em poderia ter ficado interessada no que seria aquele instrumento, algo que não sinto vontade de explicar a Carol.

— Ah, sim, provavelmente — é tudo o que digo.

Carol leva o instrumento ameaçador ao meu rosto, segura meus cílios na abertura estreita e depois aperta com força. Sinto como se toda a minha pálpebra estivesse sendo esticada e puxada por cima da minha cabeça, e meus olhos começam a lacrimejar.

— Tudo bem?

— Tudo — respondo, com os dentes trincados.

Quero perguntar a Carol se posso fazer o segundo olho sozinha, mas temo já estar em sua lista negra, então suporto o desconforto mais uma vez. Quando ela termina, meus cílios parecem os de uma boneca que tive quando era pequena, cujos olhos nunca fechavam, mesmo quando você a deitava.

Por fim, a maquiagem está encerrada, e sou direcionada para o Cabelo, duas cadeiras adiante.

— Oi, sou a Debra, vou fazer seu cabelo.

(*Mavis, Alicia, Carol, Debra.*) Debra é uma mulher negra com covinhas, que parece ter uns 50 anos e não é nada emburrada.

— Nossa, que cachos! Tem certeza de que não tem um dos meus misturado na sua família? — Ela ri, apertando meu ombro. — Não se preocupe. Sei direitinho o que fazer com esta bagunça.

Miraculosamente, ela sabe mesmo o que fazer. Em vez de tentar achatar meu cabelo, ela o enrola com um babyliss, a última coisa em que eu pensaria. Faz com que todos os cachos pareçam arrumados e brilhantes, não com aquele frisado irregular e desigual de sempre.

Debra inclina a cabeça e me avalia no espelho.

— Pronto — anuncia, enrolando um cacho no dedo, alisando-o. — Eles vão dar uma abaixada até a hora de você entrar no set. Lindinha. — Ela afaga minha cabeça e começa a desligar seus instrumentos.

Sorrio para Debra, e a pessoa no espelho com rosto e cabelo dignos de Manhattan sorri em resposta. Pareço tão pouco comigo mesma, a minha versão Brooklyn, que até consigo de fato me olhar sem muito do rigor de sempre. Talvez o truque seja eu estar sempre um tanto disfarçada, sempre vestida para encenar outra pessoa. Só assim vou poder de fato apreciar a mim mesma.

"**O** cliente", conforme descubro, não é uma pessoa, mas um grupo de sete pessoas, cinco homens e duas mulheres, todos de terno e cabelo brilhante, cujos nomes mal assimilei, então nem tentei acrescentá-los à lista. Apertam minha mão e se apresentam um a um, e depois não os vejo pelo resto da gravação. Mas recebo relatórios periódicos quanto ao nível de entusiasmo deles por trás do monitor de onde estão assistindo.

— O cliente amou essa tomada — diz Bobby, o diretor (*Mavis, Alicia, Carol, Debra, Bobby*), de vez em quando, ou então: — O cliente quer saber se você poderia sorrir mais.

Sento na cadeira e faço o monólogo para a lente da câmera, minha calça apertadíssima aberta na parte de trás, minha camisa larguíssima ajustada por um pregador industrial no meio das costas. De frente, pareço composta, mas qualquer outro ângulo revelaria como a minha frente é falsa, quanto esforço foi feito para apresentar uma imagem unilateral de perfeição.

Bobby é um sujeito calmo de cerca de 30 anos, com o cabelo castanho encaracolado brotando sob um boné de beisebol do New York Mets. Parece ter muita confiança e aperta a minha mão com firmeza. Está de calça jeans, blazer e tênis de corrida. Ele me diz que normalmente faz filmes, então essa gravação deve ser moleza.

— Deixei a iluminação bem suave, para que as sardas desbotem um pouco. Soube que você estava preocupada. — Ele me olha nos olhos com seriedade, da maneira como imagino que um médico diria: "Você tem leucemia."

— Ah, isso, não, não quis dizer... — Quero explicar que foi tudo um mal-entendido, mas não sei como falar isso sem parecer que estou reclamando de Carol, a maquiadora. Concluo que é complicado demais. — Certo, tudo bem, obrigada.

Repito as mesmas falas inúmeras vezes até que elas percam qualquer significado. Alguém com um cronômetro monitora meu tempo, e, por cerca de quatro horas, fico acelerando ou desacelerando por um diferencial de um segundo, dois no máximo. Tomadas de 28 segundos estranhamente parecem maiores que as de 26. Sorrio mais, sorrio menos, inclino a cabeça, falo com a câmera como se fosse a minha melhor amiga, aumento a modulação no nome do produto, me divirto com a cena, me divirto muito mesmo com a cena. Por fim, uma combinação de velocidade, modulação e entusiasmo, ou apenas a exaustão, faz com que digam: É isso! É essa!

Fico confusa, porque sei que fiz muitas gravações diferentes: tomadas em close das minhas mãos, das bolhas de sabão, da roupa saindo da secadora. Sei que usarão muitas partes diferentes e, de alguma forma, irão juntá-las numa sequência coerente, então não sei por que era tão importante conseguirem uma tomada perfeita, mas me sinto tímida demais para perguntar, como se revelar agora o quanto sou novata pudesse fazer com que duvidassem da satisfação por mim.

Aperto as mãos do cliente, um por um, e digo obrigada, adeus, que tudo foi muito bom, o que, de certo modo, é verdade, e uma morena num terninho azul diz:

— Você ficou ótima! Você me lembra um pouco eu mesma quando tinha a sua idade. — Depois, ela se aproxima um pouquinho e sussurra ao meu ouvido: — Não se preocupe, eu também odiava as *minhas* sardas.

9

Foi o próprio Barney Sparks, da Agência Sparks, quem atendeu o telefone quando liguei. Devia estar com problemas no lado dele da linha, porque praticamente me gritou o endereço e me mandou aparecer no dia seguinte, por volta do meio-dia. O escritório fica bem longe, do outro lado da cidade, nas quadras entre a 40 e a 49 Oeste, perto da Nona Avenida. Concluí que a maneira mais segura de chegar lá era caminhando pela 42, que não é a minha rota preferida porque é cheia de prostitutas e de todos os tipos de casas de shows eróticos e de traficantes que andam de um lado para o outro tentando vender o que parece ser "sense, sense, sensamilia". Sei que é um tipo de droga, mas não sei exatamente qual, ou sequer se estou ouvindo direito. É uma caminhada angustiante, mas pelo menos há muita gente, cuja presença, embora um tanto esquisita, torna mais provável que haja alguma testemunha quando eu for raptada e forçada a me prostituir.

São quatro lances de escada até o escritório do Barney. Já estou ofegando quando consigo chegar lá em cima. Não há nenhuma secretária sentada à escrivaninha na pequena recepção.

— Olá? — falo para o vazio.

— Aqui atrás, querida! — responde uma voz alta e grossa.

Há uma escrivaninha, com uma janela ao fundo, e uma estante de cada lado, ambas entupidas até o teto com roteiros e revistas *Playbill* antigas. Os títulos estão escritos com caneta permanente na beira das páginas para que possam ser lidos quando elas estiverem empilhadas umas sobre as outras, e a letra de fôrma é bem grossa, mas trêmula. Barney usa um blazer azul-claro, e seu espesso cabelo branco está aparado bem rente à cabeça. O lugar inteiro cheira a fumaça de charuto e poeira, mas há algo de reconfortante nisso. Tenho medo de que meu nervosismo seja óbvio, principalmente quando descubro que a única maneira de sentar na imensa poltrona diante da escrivaninha é afundar nela e ser engolida. Luto com o móvel por um minuto, tentando me empoleirar com elegância na beirada, e depois desisto e me recosto, o que ao menos me faz parecer mais relaxada.

— Frances Banks! — vocifera ele.

Mesmo com seu aparelho de audição no máximo, conta Sparks, ele não tem a menor ideia do volume da própria voz. Nunca a levanta para as outras pessoas de propósito, mas sempre fala alto. Diz que o volume é sua marca registrada, e a comunidade o respeita por isso.

— Frances Banks — repete ele. — Ótimo nome! Um clássico! "BANKS abafa a BANCA!" Posso até ver a manchete no *Hollywood Reporter*. — Ele arfa de maneira profunda e chiada, o que parece acontecer sempre que junta mais de duas frases de uma vez. Sua respiração é elaborada e, assim como a voz, impressionantemente alta. — Um nome de classe para uma garota de classe! Veja SÓ! Você é uma viagem ao tempo! A típica moça americana, com um ar de Ava Gardner. Pena não ter o peito dela... mas EI! Eu vi aquela sua apresentação na outra noite. Minha parte favorita foi quando você CAIU.

Estou sorrindo, mas não sei se ele está me provocando ou não.

— Está brincando?

— Não, querida. Adoro os desajeitados. É quando se vê do que alguém é feito. Meu pai, o grande diretor da Broadway Irving Sparks, sempre dizia: "Qualquer um consegue sorrir no seu melhor dia. Gosto de conhecer homens que conseguem sorrir no seu PIOR." Eu era assistente dele, quando era rapaz. Tinha 19 anos e estava sentado lá na última fileira da plateia do *Best Foot Forward*, quando uma garota ruiva do coro teve um tombo feio. Ela se levantou e não parou de sorrir. Esperei perto da porta do palco para ver se poderia chamar um táxi para ela, e foi assim que a Sra. Sparks e eu começamos nossos 52 anos juntos. Mas EI. Já contei sobre Ruth Buzzi?

Será que Barney lembra que é a primeira vez que nos vemos?

— Hum, não?

— Atriz maravilhosa, uma BONECA, muito impetuosa. — Ele respira, chia, arfa, depois prossegue: — Um dia, me ligaram da Califórnia, procurando alguém "TIPO a Ruth Buzzi" para um novo show de variedades, e eu lhes disse, posso fazer melhor que isso, eu tenho a própria! Eu represento a RUTH BUZZI. Eles disseram que tornariam a ligar. Nunca ligaram. Ela não conseguiu o trabalho. HISTÓRIA VERÍDICA. Um dia, querida, posso prever que vão me pedir alguém tipo a Frances Banks. Agora me diga, o que você imagina para si mesma nesta carreira terrível?

Faz muito tempo que não me perguntam isso, então, de repente, me sinto tímida. Fico com vergonha de dizer a um estranho, mesmo um estranho gentil, tudo o que desejo.

— Que pergunta estúpida estou fazendo! É uma tortura dizer a alguém o que se quer quando ainda não se tem, não é? — diz Barney. — Como você já poderia saber, não ESTOU CERTO?

Aquilo me faz rir.

— É verdade!

— Como meu pai, o grande diretor da Broadway Irving Sparks, sempre costumava dizer: "Todos nós temos que começar de algum lugar." Então comece de algum lugar, qualquer lugar, e me dê uma ideia do que você gostaria de fazer. Me conte TUDO. Qual é o seu SONHO?

— Meu sonho? Para falar a verdade, acho que eu só... só quero... trabalhar. Quero muito trabalhar. Aqui, principalmente, em Nova York. No teatro. Foi o que imaginei para mim.

— O teatro é maravilhoso, concordo, embora acredite que você tenha um rosto para o cinema também — declara ele, dando uns tapas no peito para ajudar a liberar algumas tossidas. — O teatro SERIA maravilhoso, SE você fosse Ethel Merman naquela época. ELA possuía um contracheque. O teatro NÃO é maravilhoso hoje, SE você quiser comer ou ter um grande apartamento, mas EI! Quem sou eu para discutir? Estou aqui para ajudar VOCÊ.

Sinto uma onda de orgulho com o elogio de Barney. "Tenho rosto para o cinema" é o tipo de coisa que poderia imaginar Penelope dizendo com facilidade sobre si mesma, mas eu jamais ousaria.

— Agora escute, minha querida, tenho um bom pressentimento sobre o que vi você fazer no palco naquela noite, e gostaria de ajudá-la a começar. ENTÃO. — Ele bate palmas uma vez, para dar ênfase, como se tivesse acabado de tirar um coelho da cartola e quisesse ter certeza de que a plateia o estava vendo.

Estou pasma.

Ele acabou de dizer que quer trabalhar comigo. Pensei que seria muito mais difícil convencer alguém no mundo profissional a dizer isso um dia. Um agente de carne e osso quer me representar.

Não tenho que fazer isso sozinha.

Estou chocada.

— O quê? Isso... mas... sério?

— Sim, querida, sério. Meu pai, o grande diretor da Broadway Irving Sparks, sempre dizia: "A nata sobe ao topo." Você, minha querida, vai subir. EM ALGUM MOMENTO. Quem pode dizer quando? ISSO é questão de tempo, e sorte, e do quanto você mesma se esforça, MAS você é capaz. Eu reconheço a NATA quando a vejo.

Mais que tudo, quero dizer sim. Tenho uma sensação lá no fundo que me diz que Barney Sparks é o homem certo para mim. Mas algo está me contendo. Seria muito fácil falar sim e sair desta sala com um agente. Quase fácil demais. Olho ao redor, e as paredes com roteiros e *Playbills* antigas, que pareciam acolhedoras e amigáveis quando entrei, agora parecem entulhadas e cafonas. O couro nos braços da gigantesca poltrona velha está desgastado, o estofo aparece por uma das costuras, e a luz do sol que se infiltra pela janela está turva de poeira.

Gaguejo um pouco.

— Sabe, muito obrigada, mas esta é a minha primeira, quero dizer, é tudo muito novo, e...

— Você quer pensar a respeito. Você tem outras entrevistas. Isso é maravilhoso, querida. Basta me ligar quando sentir que está pronta.

Eu me levanto das profundezas da imensa poltrona e recolho desajeitadamente minhas coisas. Está claro que a reunião acabou, mas não quero sair ainda. Alguma coisa me segura ali, e paro por um instante à porta.

— Tudo bem com você, querida? — grita Barney. — Tem alguma outra pergunta que gostaria de fazer?

— Ah, não, obrigada. Só queria agradecer mais uma vez. E também acho que estava imaginando se não poderia me dar algum conselho.

— Pergunta maravilhosa. Estou no ramo há muito tempo. Estou cheio de conselhos. Algumas coisas que sempre digo aos meus atores, caso você venha a se tornar um deles.

— Sim?

— Meu pai, o grande diretor da Broadway Irving Sparks, sempre dizia: "Não conte histórias de um trabalho que quase conseguiu. Aprenda com a derrota e não fique insistindo nisso. Siga em frente."

— É, faz sentido.

— E também descobri que, quando você está começando, é útil manter um registro escrito dos seus testes. Escreva quem você conheceu e como se sentiu a respeito. Escreva o que deu errado ou o que deu certo. Arranje um daqueles, como é que chamam? A Sra. Sparks tem um. Um caderno organizador.

— Uma agenda?

— Isso.

— Já tenho uma!

— Ora, veja SÓ — comenta ele, sorridente. — E querida, se um dia você se tornar famosa, não escreva um livro de culinária.

— Hum. Certo.

— Não é um empecilho se você for uma Julia Child. Só uma implicância minha. Atores deveriam ATUAR. Não vender perfume ou escrever livros de culinária.

Não sei o que fazer com a informação.

— Certo! — digo com alegria. — Então vou guardar a minha caçarola de penne para mim mesma.

Nunca fiz caçarola de penne na vida, e, se tivesse tempo, teria pensado numa comida mais engraçada, porém, por alguma razão, isso faz Barney rir mesmo assim.

— Caçarola de penne! Parece HORRÍVEL!

Sua gargalhada áspera me acompanha escada abaixo.

Quando chego do clube naquela noite, por volta das duas da manhã, Dan está no sofá com uma cerveja equilibrada entre os joelhos e um filme preto e branco na TV.

— Me deixe adivinhar: 8½, do Fellini? — pergunto, deixando minha bolsa carteiro escorregar do ombro até o chão, junto à porta da frente.

Estou contente por alguém estar acordado, contente por não ser recebida por uma casa escura depois do longo dia que tive.

— Muito bem! — diz ele, parecendo impressionado.

— Não é difícil de reconhecer, você já deve ter alugado esse umas cinco vezes este mês.

— Eu sei — replica, sorrindo acanhado. — Espero não estar deixando vocês loucas. Jane ficou assistindo durante um tempo, mas desistiu e foi dormir. Ela disse que, da última vez em que sentou para ver o filme inteiro, sonhou que estava sendo devorada pelo travesseiro. Está quase acabando, quer ver o final comigo?

Eu me instalo ao lado de Dan no sofá, e tiro os sapatos para dar um pouco de alívio aos meus pés doloridos.

— É sobre um diretor que está fazendo um filme de ficção científica, certo? É por isso que você gosta tanto dele?

— Bem, é sobre um diretor que está em crise: está com um bloqueio artístico, perdeu todo o interesse no filme que está fazendo, e sua vida pessoal está uma bagunça. O fato de estar fazendo um filme de ficção científica é para mostrar que ele perdeu toda a criatividade. Está procurando um significado em sua vida e em sua arte.

— Ah, só isso?

— É. Só a velha e simples busca cotidiana pelo significado da vida.

Uma bela atriz de óculos diz algo para o diretor, interpretado por Marcello Mastroianni. A boca da atriz continua se mexendo mesmo depois de a voz ter terminado.

— Parece fora de sincronia.

— Era o estilo dos cineastas italianos da época dublar o diálogo depois — explica Dan, os olhos grudados na tela. — E como não estava preocupado em gravar o som ao vivo, Fellini era famoso por colocar música alta durante as filmagens para inspirar os atores, e fazia com que dissessem falas genéricas que eram substituídas mais tarde quando ele decidia quais deveriam ser as verdadeiras. É por isso que as bocas não batem com o que estão dizendo, mas é a mesma razão pela qual o movimento é tão fluido. Tem vezes que eles estão, na realidade, dançando ao ritmo da música.

— Que bonito!

Numa praia de areia branca, uma procissão de personagens do filme, misturada a pessoas vestidas como artistas de circo e palhaços, todos vestidos de branco, desfila. Então a cena muda abruptamente para um picadeiro de circo, vazio, exceto pela criança que encenava o jovem

Marcello Mastroianni, que toca flauta enquanto a luz do holofote sobre ele desvanece até escurecer. Fim.

— Hum — digo, perplexa.

— O fim quer mostrar que ele se acertou com quem ele é, que está curado.

— Hum — repito.

— Eu sei. Fellini pode ser meio abstrato — diz Dan, os olhos brilhando. — Veja comigo desde o começo um dia.

— Vejo sim. — Sorrio para ele, notando pela primeira vez as pintas verdes em seus olhos castanhos.

A sala parece escura e silenciosa demais sem o brilho da tela e o som do filme ao fundo para nos fazer companhia. Fico de pé depressa e apanho meus sapatos do chão.

— Preciso ir dormir.

— Claro. Eu também — concorda Dan, levantando e desligando a TV e o vídeo. — Espere... Você teve aquela reunião hoje, não teve?

— Tive.

— Como foi?

— Foi boa, muito boa, na verdade. Mas não tenho com o que comparar ainda e achei que devia continuar com o processo, sabe? Então vou me arriscar, sabe, manter as opções em aberto.

Aquilo soa estranho para mim mesma, como se eu estivesse encenando o papel de uma atriz profissional que tem entrevistas o tempo inteiro e as encara com ar um tanto *blasé*. Adorei Barney Sparks, e quero contar isso para Dan, mas desconfio de qualquer coisa que pareça fácil demais. Não sei por que não posso contar agora, e não sei por que não agarrei a chance de dizer sim no escritório de Barney.

É como ser uma atriz num filme italiano da década de 1960, recitando falas irrelevantes para a câmera, esperando que as verdadeiras cheguem mais tarde.

10

Joe Melville, agente sênior da Artistas Incomparáveis, só tem uma hora às três e meia de sexta-feira. Depois vai a Londres visitar um cliente numa locação, e só estará disponível de novo dali a duas semanas. Ao menos é o que a garota com sotaque britânico e fala rápida me disse ao telefone. Não quero esperar. Tudo poderia mudar até lá. Joe Melville talvez já tenha até se esquecido de mim.

Mas tenho que estar no clube às quatro e meia na sexta. Preciso do turno de sexta — preciso desse dinheiro —, mas, mesmo que se chegue só um minuto atrasado para o expediente, Herb o manda para casa e chama um dos garçons que ele deixou de plantão naquela noite. É um arranjo brutal, mas garante que sempre estejamos no horário certo e que Herb nunca fique sem funcionários.

Mesmo assim, imagino que Herb possa me entender se eu explicar a situação de antemão.

— Herb, existe uma pequena chance, e estou querendo dizer pequena mesmo, de eu chegar alguns minutos, só uns minutinhos, atrasada na sexta, porque tenho uma entrevista importante numa agência das grandes. — Normalmente não fico contando vantagem, mas Herb às vezes fica impressionado com esse tipo de coisa. Gosta de ganhar crédito por todas as pessoas que passaram pelo clube, pessoas que ele tratou como lixo, mas fica todo sentimental depois de se tornarem famosas.

— Se você já sabe que vai chegar atrasada, tenho que tirar seu turno, Franny — avisa com rigor.

— Não, não, eu não sei ao certo se vou chegar atrasada. É o que estou dizendo. Provavelmente não vou me atrasar, Herb, é só uma possibilidade.

— É um risco que não posso correr.

Herb assiste a seriados policiais demais.

— Esqueça — suspiro. — Não devia ter dito nada. Vou chegar na hora.

— Ricky! — berra Herb para meu colega de trabalho, que está ocupado completando saleiros e pimenteiros. — Pegue o turno da Franny na sexta.

— Herb! — Agora estou em pânico. Preciso muito daquele turno. — Não. Esqueça, já falei. Não se incomode. Estarei aqui, juro. Vou sair de lá com bastante antecedência.

Os comediantes do bar — os que ainda bebem — ouvem a conversa toda e se intrometem, chamando Herb de babaca na cara dele e me pagando uma dose de tequila, que insistem que eu tome na frente dele. A única pessoa de quem Herb recebe ordens são os comediantes que ainda bebem, porque são os mais engraçados, e ele não quer que eles fiquem sóbrios. Herb tenta amedrontá-los, estufando o peito e anunciando:

— Eu sou o chefe aqui!

Mas a voz sai alta e esganiçada e só provoca gargalhadas, então ele acaba desistindo e se retira para seu escritório no porão.

Os escritórios da Artistas Incomparáveis ficam no 32º andar de um elegante arranha-céu de vidro na 56, perto da Quinta Avenida, em meio a incontáveis lojas e apartamentos pelos quais eu jamais poderia pagar. Só venho a essa parte da cidade de vez em quando, para ir ao Central Park, embora goste bastante também do nosso parque no Brooklyn. As ruas aqui são mais largas e os prédios muito mais altos que no centro da cidade, e muitas pessoas estão de terno, carregando maletas e cruzando perigosamente a rua fora do sinal. Levo um minuto para distinguir o oeste do leste, mas enfim consigo encontrar o prédio, onde tenho que me identificar a um segurança na entrada e escrever a hora e o nome da agência num imenso livro no saguão.

O segurança interfona e diz meu nome para alguém no outro lado da linha. Fico nervosa enquanto espero ser liberada, como se estivesse tentando entrar de fininho em vez de ir a um compromisso. Eu me lembro de quando tinha 16 anos e tentei entrar num bar em East Norwalk com uma identidade falsa. Passei o tempo todo no carro decorando o aniversário da irmã mais velha de Joyce Antonio, mas, em vez de perguntar meu aniversário, o segurança me perguntou "Qual é o seu signo?" e me pegou.

Mas esse segurança não me expulsa. Ele me entrega um crachá de papel com meu nome impresso e diz que sim, posso subir.

O elevador esvazia por volta do vigésimo andar, então uso depressa as paredes de espelho fumê para conferir o rosto, o cabelo e a roupa. Estou usando minha blusa justa preta de gola rulê com a minissaia preta de lã, meia-calça preta e botas Doc Martens, e agora posso ver no reflexo do elevador que a saia é curta demais. Tento puxá-la, mas meu suéter não é comprido o bastante, e, se eu puxar a saia para onde ela fica melhor, aparece 1 centímetro de barriga.

Precisamos de um espelho melhor em casa, um de tamanho decente, que não me exija subir no vaso sanitário para ver minha metade inferior.

Talvez isso explique por que não consegui mais trabalhos. Só consigo ver a metade de cima ou a de baixo; não vejo a coisa toda de uma vez há muito tempo. Talvez minha metade de cima não seja o que pensei que fosse. Mesmo assim, devia ter comprado uma roupa nova para essa entrevista. Numa loja com espelho de corpo inteiro.

Preciso de um espelho de corpo inteiro. Preciso de roupas novas. Preciso de uma saia mais comprida. Deveria voltar para casa e me trocar.

As portas do elevador se abrem.

A recepção é de um tom de cinza claro e suave. Tudo é fofinho e aveludado. O carpete parece uma seda cinza reluzente, e o sofá é uma camurça prateada que parece que acabou de ser escovada, como se ninguém tivesse sentado nele. Há um comprido balcão de recepção, por trás do qual estão sentadas duas das pessoas mais bonitas que já vi, também cercadas de cinza. O perfeito espécime masculino está lendo um roteiro, e o perfeito espécime feminino está com um headset falando com alguém num sotaque britânico — talvez seja a pessoa com quem falei. Como os dois parecem ocupados, não sei a qual deles me dirigir, e, por um minuto, fico olhando apatetada de um para o outro. Temo que o sujeito esteja numa ligação, pois os telefones continuam tocando, embora os telefones da Terra Cinzenta não toquem de fato, eles ressoam educadamente e num volume muito baixo.

— Oi... hum... olá, eu... tenho um...

— Olá, Srta. Banks, bem-vinda à Artistas Incomparáveis. — O rapaz sorri e se levanta, surgindo de trás da mesa para apertar minha mão. Para meu alívio, o sorriso parece sincero e ele realmente parece gentil. — Meu nome é Richard; sou o número dois do Joe. Só estou sentado aqui na frente porque a Pamela desceu correndo para almoçar. Vou avisar ao Joe que você chegou, mas, enquanto isso, gostaria de uma água, ou um café, ou um chá de ervas, talvez?

Fico tão confusa naquele momento, imaginando o que seria o número dois, por que alguém estaria sentado na frente de qualquer coisa e por que Pamela saiu para almoçar às três e meia, que, de repente, não lembro o que gosto de beber ou se gosto de beber ou até mesmo se estou com sede. Então, em vez de responder a Richard, eu me vejo ponderando: *Será* que gosto de chá de ervas? Sempre pareceu algo que deveria gostar mais do que gosto, embora alguns sabores tenham gosto de água suja de banheira. Ou talvez não goste por princípios, porque sei que é algo supostamente saudável. Se fosse cheio de calorias e gorduras, gostaria mais, e por que, ah, por que estou pensando nisso agora? Esta não é a hora adequada para estabelecer regras sobre um assunto assim tão difícil.

— O quê? Não tem uísque? — pergunto, e, na mesma hora, sinto o rosto corar. Coloco a mão no quadril, esperando parecer descontraída e encobrir o fato de que estou fazendo muita força para ser engraçada.

Felizmente, Richard sorri.

— Quem me dera. — Depois acena para que eu o siga pelo corredor, me conduzindo a uma sala de reunião com uma imensa mesa oval e cerca de dez cadeiras ao redor dela. — Joe já vem. Você vai se sair bem. Na verdade, fui eu quem ele mandou para a Apresentação, e disse a ele que você era fabulosa. — Richard sorri e fecha a porta pesada com um estalo ao sair.

A menção à Apresentação ainda faz meu rosto arder. Espero que não tenha contado a Joe Melville sobre *aquela* parte. Imagino se as pessoas no metrô ficarão me cutucando no ombro pelos próximos anos para me perguntar "Com licença, pode me dizer que dia da semana é hoje?", e depois cair na gargalhada.

Recosto, desajeitada, na parede junto à porta, sem saber o que fazer enquanto espero. Talvez devesse me sentar. Muitas pessoas usam o ato de sentar como uma maneira de passar o tempo. Olho para a mesa gigantesca e a infinidade de cadeiras. Parece uma estranha sala para uma reunião entre duas pessoas, a menos que uma multidão se junte a nós.

Sim, penso, *vou me sentar*. Mas não sei bem que lugar escolher. Nem sei se quero me sentar, mas, se quero, é difícil dizer qual é a cadeira certa. São tantas entre as quais escolher.

Será que isso é parte da entrevista e as cadeiras são um teste? Será que estou sendo observada por uma câmera escondida? Será que deveria me preocupar com a alarmante frequência com que penso no conceito de ser observada por uma câmera escondida? Mas se eu *estivesse* sendo observada, qual cadeira as pessoas sentadas por trás do monitor na sala de controle escondida considerariam a certa? Será que a Artistas Incomparáveis trabalha apenas com pessoas que escolheriam sentar na cabeceira da mesa? Será que isso diz "Sou uma estrela"? Será que é por esse tipo de ousadia que estão procurando, ou será que isso transmite a mensagem errada? Será que aquela cadeira diz "Eu me acho tão especial e importante que mereço o melhor assento do lugar" e, portanto, isso passa a impressão de que serei uma pessoa exigente com quem se trabalhar?

Mas, por outro lado, por que eles desejariam trabalhar com alguém que escolheria uma cadeira no meio? Essa não é uma escolha que diz "Sou totalmente medíocre"? Não é como escolher ser a coadjuvante quando poderia ter ficado com o papel principal? Se fizer tal escolha, posso muito bem estar anunciando para todos que tenho inseguranças terríveis e não consigo me imaginar um dia sendo a estrela do que quer que seja, nem mesmo desta mesa de reunião.

Que bobeira. Estou pensando demais. Vou apenas pegar uma cadeira qualquer.

Estou quase sentada quando a porta às minhas costas se abre, quase atingindo a cadeira que escolhi.

— Franny Banks. Olá. Sou Joe Melville. Por favor, sente-se na outra ponta.

Merda. Escolhi a errada. Desajeitadamente, mudo minha posição quase agachada para ficar de pé, de modo a apertar a mão dele. Joe aponta uma cadeira na outra cabeceira da longa mesa. Depois se senta a poucas cadeiras de distância, numa das laterais, o que me surpreende. Eu meio que esperava que ele se sentasse na cabeceira oposta, para que pudéssemos nos enxergar de uma longa distância, como costumam fazer nos filmes de reis e rainhas, ou de casais que não se gostam muito.

Joe Melville parece trabalhar numa firma de advocacia ou num banco, não alguém que trabalha com tipos criativos. Seu terno azul-escuro tem caimento perfeito, e a pele é tesa, lisa, rosada e quase brilhante, como se tivesse acabado de fazer uma limpeza de pele e saído de uma sauna. Seu brilho faz com que eu me sinta desleixada e malvestida. Como ele havia enviado Richard, que obviamente é um subalterno no escritório, fui informada de que preciso fazer o monólogo da minha Apresentação novamente para ele.

Uma vez que estamos acomodados, Joe olha para mim por um momento, e não sei se devo apenas começar o monólogo ou iniciar alguma conversa fazendo uma pergunta, ou se devo esperar que ele me faça uma pergunta ou me mande começar. Já estou nervosa, pois me parece estranho tentar fazer no escritório de alguém o que fiz no teatro, com a energia do público e dos outros atores da turma. Estávamos iluminados por luzes fortes, então não dava para ver muito bem a plateia. Mas aqui, neste escritório claro, Joe Melville está tão perto de mim que poderia ver cada expressão de seu rosto, caso ele fizesse alguma.

— Por que não começamos? — diz ele. — Por favor, vá em frente e comece seu monólogo quando estiver pronta. Podemos conversar depois. Fique à vontade.

As palavras são encorajadoras, mas o rosto, na melhor das hipóteses, está neutro. E, quando existem duas pessoas numa sala e uma delas está lá só para ver a outra fazer algo, o significado de "ficar à vontade" parece ridículo.

Mas tento. Tento respirar fundo; no entanto, o ar fica meio preso e não desce direito até os pulmões. Preciso de um minuto para me acalmar, mas é pouco provável que possa desperdiçar tal tempo. Será que algum ator por aí abaixaria a cabeça num canto ou sairia para o corredor para balbuciar, meditar, pular ou fazer o que quer que goste de fazer para se aquecer, para "ficar à vontade", deixando Joe Melville lá, sentado à sua espera? Talvez alguém pudesse fazer isso, mas não eu. Vou começar de cara, para mostrar que estou pronta, que estou sempre pronta para seguir em frente.

Começo o monólogo, o mesmo que fiz na Apresentação. Durante a peça, minha personagem repete "Tenho 32 anos", como se isso explicasse tudo o que havia de errado em sua vida. Não sei como é ter 32 anos, mas posso imaginar. Imagino que ela queira dizer que está presa num meio-termo, que está numa idade que não é um marco, uma idade que está mais para terra de ninguém, uma idade em que sente que suas esperanças estão se esgotando.

Isso eu compreendo.

Quando encenamos a Apresentação no teatro, comecei de pé, mas a mesa nesta sala torna isso estranho, então decido ficar sentada o tempo inteiro. A cadeira que estou usando é uma daquelas estofadas de escritório com rodinhas, então, no meio do monólogo, percebo que fiquei meio que deslizando para a frente e para trás, o que seria equivalente a ficar andando de um lado para o outro. Firmo meus pés no chão e me ordeno a parar de me mexer, o que faz com que esqueça minha próxima fala.

Merda.

Eu me perdi completamente.

Fico calada, tentando manter a personagem. Olho pela janela como se eu (ela) estivesse pensando em algo importante. Se relaxar, o texto vai voltar; se entrar em pânico, não. Foi o que aprendi na aula. Se relaxar, ele vai voltar para mim.

Se entrar em pânico, não.

Relaxe.

Relaxe.

Finalmente, depois do que pareceu ser muito tempo, tempo demais, o texto volta. Concluo o monólogo, depois sorrio sem jeito para Joe, para que ele saiba, caso não tenha certeza, que terminei.

— Maravilhoso — ronrona ele. — Muito engraçado. — A voz parece acolhedora, mas o rosto ainda não se move muito. Não sei dizer se ele gostou mesmo ou não.

Depois de um momento, ele une as mãos diante do rosto, dedos indicadores para cima, descansando nos lábios franzidos ao estilo de um campanário. Depois bate algumas vezes os dedos nos lábios.

— Então, me fale, Srta. Banks — diz ele, afinal —, sobre você.

— Sobre, hum, mim?

— Sim. Gostaria de saber o que a trouxe aqui. Por que veio a Nova York. Que tipo de trabalho interessa a você?

— Hum. Bem. Teatro, em grande parte. Quero trabalhar no teatro e ser uma atriz de verdade, não do tipo que tem um perfume.

— Hum...? Lamento, o que tem a ver o perfume?

— Sabe, quero atuar, não ter meu próprio perfume.

— Entendo. Embora uma de nossas clientes, Cordelia Biscayne, esteja tendo muito sucesso com seu novo perfume, Helvética.

— Helvética? Isso é um perfume?

— Sim. Você já deve ter visto os anúncios: "Use a fonte que melhor se adapta." Ela entende muito desse bum recente dos computadores.

— Ah. Mas que ótimo. Digo, mal posso esperar para... hum... sentir o cheiro.

— Agora me conte, o que a atraiu para a dramaturgia?

Ele espera pela minha resposta, mas, em vez de lhe dar uma, eu me vejo imaginando como Joe Melville seria quando está nervoso, apreensivo ou em casa usando um roupão. Tento visualizá-lo vulnerável de alguma forma, mas não consigo pensar nele senão calmo, seguro, radiante e rosado. Não sei se gosto disso nele. Não sei se gosto de qualquer coisa nele.

Mas, principalmente, não sei se ele gosta de mim, e isso significa que tenho que conquistá-lo.

— Por que quero ser atriz? — digo, repetindo a pergunta feito uma idiota, tentando ganhar tempo.

Odeio essa pergunta, é o que quero dizer a ele. Na verdade, não tenho uma resposta.

É apenas o modo como meu cérebro funciona, é o que quero dizer. É como se não tivesse escolha. Leio alguma coisa sobre alguém e começo a imaginar que sou aquela pessoa. Vejo alguém na rua ou no palco ou na

TV ou em qualquer lugar — não importa que seja uma pessoa real ou um ator interpretando um personagem —, e, se a pessoa ou o personagem é interessante de alguma forma, me coloco em seu lugar, imaginando como eu me sentiria, o que eu diria ou faria se fosse aquela pessoa.

Não me lembro de ter decidido seguir isso como carreira, é o que quero dizer a ele. Não houve um dia em que isso tenha me ocorrido. Minha mãe morreu, e comecei a fingir que aquilo não tinha acontecido comigo, comecei a imaginar como seria ter a história de vida de outra pessoa, e com o fingimento veio o alívio. Não foi uma decisão consciente. Mudar para Nova York foi uma decisão, mas querer ser atriz foi algo que me foi dado. Sinto que a profissão me escolheu. Mas não posso dizer isso: "A profissão me escolheu." Soa totalmente pretensioso.

— Sinto que tenho algo a dizer como artista. — Eu me ouço dizendo.

O que é uma resposta ainda mais insana, porque não é verdade; nunca nem pensei nisso antes, e é uma coisa muito mais pretensiosa de se dizer do que a coisa que pensei que era pretensiosa demais para se dizer, porém aquela ao menos estava mais perto da verdade. Tem algo em Joe Melville que me faz agir como alguém de quem não sei se gosto.

Ele não diz nada, então me sinto obrigada a continuar falando. É como se eu não estivesse mais conduzindo este trem. Estou apenas controlando, tentando não bater por completo.

— Sempre amei o teatro — digo. *Graças a Deus*. Não é original, mas pelo menos é verdade. — Quando era criança, meu pai me levava em qualquer apresentação que estivesse na nossa cidade, lá em Connecticut, e também costumávamos ver o que estava em cartaz em New Haven, e, às vezes, vínhamos à cidade, e não era apenas teatro, era balé e música e dança moderna também. — Faço uma pausa. — Ele é professor de inglês — acrescento, do nada, como se isso explicasse o interesse dele por dança moderna.

Joe Melville assente de maneira inexpressiva, como se o que eu tivesse dito não fosse enfadonho, mas como se ele talvez estivesse pensando em algo completamente alheio, o mercado de ações, por exemplo, ou ervilhas. Eu estava determinada a conquistá-lo, no entanto agora estou me sentindo trêmula e zonza, e me ocorre que, por mais estranho que pareça, esqueci de comer hoje de manhã. De repente, fico louca para sair dali. Só quero que esta entrevista acabe.

— Você percebe, é claro, o quanto este mercado pode ser competitivo. Está pronta para a competição?

Ele arqueia uma sobrancelha, muito sutilmente, como um personagem maligno numa história infantil.

Claro que sei o quanto é competitivo ser um ator profissional, porque todo mundo só fala o quanto é competitivo e que apenas cinco por cento dos membros do sindicato conseguem dinheiro suficiente para viver, e que, desses cinco, apenas dois ganham muito dinheiro, o que, segundo Jane, deve significar que Bruce Willis paga pelo plano odontológico do restante dos afiliados.

— Ah, não estou preocupada. Sou muito competitiva. Sou de uma família competitiva.

— Esportes?

— Nossa, não. Não. É até engraçado pensar numa coisa dessas. — Rio, pois imagino eu e meu pai, que é conhecido por passar o fim de semana inteiro sentado na sala de estar, lendo um livro atrás do outro, parando apenas para comer uma pizza congelada ou fazer pipoca... imagino nós dois jogando tênis, esquiando ou descendo alguma corredeira de caiaque. — Competitiva, do tipo, eu sempre transformava tudo num jogo quando era criança. Tenho uma boa memória, e meu pai também, então nós tentávamos desafiar um ao outro, recitando, por exemplo, "Jaguadarte" a partir da metade. Ou eu me testava, tipo, uma música começava no rádio, e eu fingia que estava na rodada final de 1 milhão de dólares de *Qual é a música?*, e tinha que adivinhar o título antes que o refrão começasse, senão perderia tudo. E sempre estava imaginando como fazer uma situação difícil funcionar. Como quando o catálogo da

L.L. Bean chegou pelo correio e fingi que tinha que comprar todas as minhas roupas pelo resto da vida usando apenas aquele catálogo, o que pode parecer fácil já que há muita variedade na L.L. Bean, mas não se você pensar no que vestir no seu casamento.

Estou um pouco sem ar. Acho que falei demais.

Joe Melville permanece em silêncio por um momento, depois pergunta:

— Casamento?

— É. Ou baile de formatura. Não tem nada na L.L. Bean para esse tipo de ocasião. A menos que você seja uma daquelas pessoas realmente alternativas e estranhas capazes de combinar calça indiana com botas de inverno.

Acho que é hora de parar.

— E um boné de caça — acrescento.

Joe Melville está olhando para mim.

— Com uma sacola com monograma — deixo escapar. — Usada como se fosse bolsa.

Rio um pouco, tentando encobrir o fato de que sei que desviei muito da pergunta, mas o riso sai parecido com uma risada de bruxa.

— E também acabei de gravar um comercial nacional.

— Uhum — diz Joe, não parecendo muito impressionado. — Podem ser uma maravilhosa fonte de renda.

Eu o perdi completamente, sei disso, mas vou tentar me salvar pela última vez. Respiro fundo.

— A questão é... sobre o lance de ser competitiva? Sempre transformei tudo numa competição, então já sei que sou durona e que encaro isso com facilidade, e não tenho medo de ser magoada ou rejeitada porque já tenho uma autoestima naturalmente baixa, então sempre esperei o pior, o que é estranho porque também consigo imaginar para mim mesma um cenário de completo sucesso, bem, quase completo, num dia bom. E sou rápida e garanto que posso aprender depressa qualquer coisa que não saiba, porque sou rápida, o que sei que já falei, porque sou rápida... hahaha, entendeu? Mas, sério, por exemplo, hoje aprendi depressa que, se não comer nada o dia inteiro, exceto um café gigantesco, fico propensa a estourar e começar a falar sobre o catálogo da L.L. Bean.

Tento sorrir com confiança, mas então seguro o sorriso por tempo demais, como se estivesse posando para a foto do cartão de Natal da família, e depois de um instante tenho que baixar os olhos e deixar que descansem encarando as pontas dos meus sapatos. Não tenho energia para fingir, mas preciso me recompor, porque sinto que estou prestes a chorar. A entrevista saiu toda errada, nada do jeito que imaginei. Minha história de vida hoje deveria ser um eu exalando compostura, e com menos brecha entre a barra da blusa e o cós da saia. Mais uma vez, fui frustrada pela diferença entre minha visão de uma eu de sucesso e a eu à qual estou atualmente presa.

Eu me obrigo a olhar para Joe Melville, esperando que ele esteja franzindo o cenho, que esteja horrorizado, que esteja chamando a segurança.

Mas Joe Melville está sorrindo. Sorrindo de verdade. É a primeira emoção inegavelmente humana que vejo em seu rosto. E então começa a rir. Acho. Sim, tenho certeza. Está rindo, embora isso não seja muito audível, é o mais próximo que acredito que chegue de esboçar um sorriso. Está assentindo com a cabeça e sorrindo, meio que se balançando para a frente e para trás.

— Franny Banks, você é uma garota engraçada — declara. Depois inclina a cabeça para um lado e a sacode de leve. Ou está pensando em algo ou está com água no ouvido depois de seu último mergulho na piscina. — Tenho uma ideia.

Bem, pelo menos acertei essa.

— Diga... Você... Você fez outras entrevistas?

— Outras... Quer dizer... Outras entrevistas com agências?

— Sim.

— Não, bem, sim. Eu me encontrei com Barney Sparks. Da Agência Sparks.

Joe me dá uma olhada como se eu tivesse dito a coisa certa.

— Ah, sim, me lembro do velho Barney. Um agente maravilhoso, quando esteve no auge. Mas você não assinou nenhum documento, assinou?

— Documento? Não.

Penso em Barney em seu escritório, com seu blazer cafona. Tinha certeza de que ele era o certo para mim, mas não tinha nada com o que comparar. Felizmente, não assinei nada, felizmente esperei, porque, de repente, quero muito ser querida ali, naquele lugar com o sedoso carpete cinza e os telefones que ressoam de maneira elegante.

— Tem um teste de elenco acontecendo agora, logo descendo a rua. Eles estão vendo alguns dos nossos clientes para um papel grande e recorrente, mas mencionaram outra personagem. Bem pequena, sabe, para o qual normalmente não enviamos nossos atores. Mas gostaria de apresentá-la a eles e ver o que acontece. Sei que está em cima da hora, mas você está livre?

Eu deveria estar no trabalho em menos de meia hora. Se sair agora, como planejei, e pegar um táxi, o que não é garantido na hora do rush, talvez chegue a tempo. Se for a um teste de elenco, mesmo que seja um logo ali na rua, com certeza vou chegar atrasada, o que jurei a Herb que não iria acontecer, o que significa que ele vai tirar meu turno desta noite e talvez o meu seguinte também, e talvez até fique com raiva o bastante para tirar meu emprego de vez.

— Claro — respondo a Joe Melville. — Estou livre.

11

Bolei um plano, mas tudo depende de Ricky, o garçom que quase pegou meu turno naquele dia. E, até o momento, tudo o que estou conseguindo é falar com a secretária eletrônica dele quando ligo do telefone público em frente à Artistas Incomparáveis. Ricky tem uma mensagem comprida e divertida, na qual executa uma canção de *Evita* incorporada pela Cher, e parece levar uma eternidade até que o bip finalmente toque.

— Ricky. Ricky. Ricky. Ricky. É a Franny. Ricky, atenda. Por favor, atenda. Por favor, por favor, por favor...

— Franny! Que gentileza a sua ligar! Uau, todo mundo deve estar comentando mesmo. Fico agradecido, mesmo, por todo o apoio.

— Ricky, graças a Deus você está aí. Preciso de um favor... Queria saber... Bem, o lance é o seguinte, consegui um teste para *Kevin & Kathy*. Tenho que ir para lá agora.

— Ah! — Ricky parece decepcionado. — Então você não está ligando por causa do meu... *Kevin & Kathy* ainda está no ar?

— Eu sei. Foi a mesma coisa que perguntei ao... hum... agente. Mas sim. Está no nono ano ou algo parecido, e não está no ar no momento, está em recesso ou... pausa, acho que foi isso que ele falou, esperando uma brecha na programação, mas vai voltar ao ar em breve e...

— Espere. Então você conseguiu um *agente*? Depois daquele lance da Apresentação?

— Hum, não tenho certeza, acho que sim. Talvez.

— Já?

— Hum, como eu disse, não é, totalmente... mas talvez, sim.

— Ah. Que papel você deve pegar?

— Se chama apenas "Garota Número Um".

— Ah. Então não está ligando porque ouviu falar do meu espetáculo?

— Não, sinto muito, estava ligando para ver se você poderia pegar meu turno esta noite.

— Ah. Seu turno. Hum. Não sei, Franny. Por que você não fala para Herb chamar um dos universitários? — pergunta ele, um tanto inocente demais.

— Ricky, por favor, você sabe como ele fica doido com isso. Pensei que talvez, se você aparecesse, ele ficaria confuso, já que estava querendo que você pegasse a escala naquele dia, e talvez seja isso o que ele pense que aconteceu, que fizemos o que ele tinha pedido a princípio e talvez ele... hum... fique confuso, como eu disse, e eu não entre numa encrenca.

Meio que hesito no fim, porque falar isso em voz alta faz com que meu plano fraco pareça ainda mais inconsistente.

Ricky respira fundo e de maneira torturantemente longa.

— Certo.

— Certo? Sim? Ah, Ricky, muito obrigada, de verdade, fico devendo uma, de verdade.

Há uma pausa no outro lado da linha. Talvez eu não tenha agradecido o suficiente.

— Obrigada, de verdade. Agradeço mais uma vez. Preciso ir, ah...

— Frances?

— Sim?

— Não vai perguntar sobre o meu espetáculo?

— O quê? Sim! Sinto muito. Conte tudo.

— Bem. Estou muito empolgado, na verdade. Acabei de ser chamado para fazer meu espetáculo solo, *Insights*, no porão do Hooligan's.

— Hooligan's? Isso é ótimo! Isso... onde fica mesmo?

— Você sabe. O bar irlandês na Segunda Avenida. Tem o porão onde a Claudia fez leitura de poesia.

— Ah, sim! *Esse* Hooligan's, sim, é um ótimo espaço. Parabéns.

— Eu estava para fazer um ensaio lá esta noite, na verdade.

— Estava? Droga. Sinto muito. Agradeço mais uma vez. Pelo menos, você sabe, não vai ter que ligar para muita gente. Para reagendar o ensaio. Já que é um espetáculo solo. E você é o solista, certo?

Dou uma risadinha nervosa diante do silêncio dele, mas, por fim, consigo desligar o telefone com mais agradecimentos encabulados e promessas de estar na primeira fila de seu espetáculo solo.

Pegando um elevador para o teste, penso no porão do Hooligan's. Eu me apresentei lá uma vez, e em espaços muito piores, mas me permito imaginar que esses dias ficaram para trás. Talvez esta seja a viagem de elevador que me levará do amadorismo ao profissionalismo em apenas 25 andares.

— Com licença — digo à recepcionista, cuja escrivaninha de metal está com um cartaz grudado com "Agência de Elencos Kyle & Carson" escrito às pressas no papel com um pilot preto. — Preciso pegar o roteiro para a personagem da "Garota Número Um". — Vejo que ela tem uma televisão pequenininha escondida debaixo da mesa. E parece decepcionada por desviar o olhar da tela para me atender.

— O quê?

— Desculpe. Estou procurando pelo texto da "Garota Número Um".

Ela me olha com dúvida.

— Joe Melville me mandou aqui.

Ao mencionar o nome de Joe, praticamente metade das cabeças na sala de espera passa a prestar atenção. Sinto uma combinação de vergonha e orgulho. Não devia ter falado tão alto, mas gosto do som disso.

— Você veio para o papel da Garota que Ri?

— Acho que sim, se esse é o nome dela... hum... sim.

— A Garota que Ri não tem falas. Ela apenas ri.

— Ela apenas... então não tem nenhuma... cena?

— Não. Ela é uma garota. Ela ri. Querem uma risada engraçada. Só isso. Sente-se. Eles vão falar com você num instante.

Eu me espremo no sofá esburacado ao lado de uma morena esquelética de botas pretas de salto alto e óculos da moda. Deveria usar botas de salto alto em vez de Doc Martens, penso comigo mesma, enquanto começo a suar de nervoso. Deveria arrumar óculos da moda. Deveria ter uma risada engraçada.

Risada engraçada. Risada engraçada. Por que não consigo pensar numa risada engraçada? Devia elaborar uma lista de coisas que talvez tenha que fazer no improviso. Existem as coisas que todos nós sabemos que devemos ter na memória: monólogo — comédia e drama; música — up-tempo e balada. Mas, tirando isso, há uma grave falta de informação. Hoje preciso de uma risada engraçada, mas o que eu deveria saber fazer além disso? Andar de patins, talvez. Isso vem sendo bastante requisitado. Piadas. Deveria saber mais piadas, para o caso de perguntarem se ouvi alguma piada boa nos últimos tempos, mas não sou boa contando; sempre me atrapalho com o final. Talvez deva decorar uma daquelas piadas bobas pelo menos, só por garantia.

Foco. Foco. Risada engraçada. *Merda.*

Não tenho uma risada que seja naturalmente engraçada, e fico perdida, pensando em alguém que tenha. Espere, Barney Sparks tinha uma risada engraçada, mas não é uma que acredite poder imitar. O bloqueio pulmonar dele é demais para que eu reproduza, e tentar poderia fazer com que eu desmaiasse. Quem mais ri engraçado? Parece que só consigo lembrar de pessoas com maneiras muito normais de rir, ou de Fran Drescher, de *The Nanny*. Mas esta é a risada *dela*. Só é engraçado pelo modo como ela faz. Ou será isso o que eles querem? Alguém que consiga copiar a risada engraçada de alguém, em vez de tentar inventar uma melhor? Agora só consigo pensar na risada de *The Nanny*. Talvez eu faça isso, então. Não consigo pensar em mais nada. Vou tentar fazer uma versão muito boa da risada de *The Nanny*.

As meninas entram e saem da sala de teste com uma velocidade incrível. Parece que só estão entrando e rindo, para sair logo em seguida — sem discussão, sem bate-papo. Percebo que dá para ouvir um pouco das risadas pela parede fina, e, portanto, consigo dizer quais atrizes parecem agradar mais aos recrutadores ou não. Tento não ouvir, tento manter minha mente concentrada no que decidi fazer e não me distrair com a risada engraçada de outra pessoa. Mas não consigo evitar, ouço uma garota fazer uma espécie de grasnido que causa grande comoção. Talvez seja isso o que tenho que fazer. Grasnar é engraçado. Darei uma risada nasalada, grasnando, como se estivesse resfriada ou...

— Frances Banks, você é a próxima.

Merda. Não estou pronta e sou a última que restou na sala. Pediria mais tempo, só que não tem mais ninguém para ir na minha frente.

E, de repente, estou encarando quatro pessoas que também me encaram, e ainda não tenho ideia do que vou fazer. Um homem de óculos está sentado na cadeira mais próxima.

— Olá, Srta... hum... Banks, aqui estamos. Como você provavelmente percebeu, estamos procurando por sua risada mais engraçada. Você pode começar quando estiver pronta.

— Certo, ótimo! — digo, forçosamente demais. — Então devo fazer isso para a câmera ou... — Procuro ao redor, às cegas, sem saber para onde olhar, sem entender onde está a lente.

— Ah, não há câmeras aqui hoje, já que, na verdade, não há cena. Quer saber? Por que você apenas não ri aqui para o Arthur? — sugere ele, apontando para um homem magricela de cabelo ruivo e sardas à esquerda, que não parece muito contente por ter sido escolhido como meu alvo.

— Certo, ótimo. Será que posso, desculpe... Posso fazer uma pergunta?

Acho que percebo um revirar de olhos do outro homem ao fundo.

— Claro.

— Por que ela... por que eu estou rindo?

Há um momento de silêncio na sala, como se ninguém soubesse ao certo como responder minha pergunta. Ou talvez estejam chocados com a estupidez dela.

— Bem, é basicamente uma *gag*, sabe? — diz o homem de óculos.

— Uma *gag* — repito.

— Sim. Uma *gag* corriqueira. Como aquela risada que ela faz em *The Nanny*?

— Mas não queremos nada parecido com a risada dela. — O homem no fundo da sala foi bem enfático.

— Sim, claro, é uma risada que é só dela, só uma garota que ri engraçado. Sem nenhuma razão em particular — explica o homem de óculos.

— Certo, obrigada. E, lamento, mas o que eu faço?

— O que você faz?

— Para viver. Qual é o meu trabalho?

Posso ver o homem do fundo definitivamente revirando os olhos dessa vez tão abertamente que a mulher perto dele lhe dá um tapinha com o roteiro que está segurando.

— Bem. Ainda não sabemos. Provavelmente é a secretária de Kevin. Você conhece o nosso programa? Sabe como Kevin vive arranjando secretárias ruins? Um pouco parecido com *Murphy Brown*.

— Sim.

— Então talvez ela trabalhe para Kevin. Mas o principal é que ela tem essa risada engraçada que fará o nosso público desmaiar.

— Duas cenas. Sem falas — explica o cara no fundo. — Não pense demais.

— Shhhh — diz a mulher que está segurando o roteiro.

— Certo. Tudo bem. Acho que estou pronta.

Olho para Arthur, que se remexe desconfortavelmente na cadeira. Penso em Kevin no programa, e, na minha mente, o ruivo Arthur meio que se transforma nele. O ator que faz Kevin provavelmente já está perto dos 50, e ainda é muito bonito, mas, por alguma razão, penso no destruidor de corações que era há dez anos, quando o programa começou, quando eu ainda estava no colégio. Ele entrava em quase todas as cenas dizendo "Olá, senhoras!", frase que se tornou popular e as pessoas costumavam copiar. E se eu tivesse sido a secretária dele, só por um dia, lá naquela época, quando estava no colégio e o programa era popular? Se tivesse recebido essa chance, sobretudo naquela época, me agarraria a cada palavra dele e tentaria dar o meu melhor para que gostasse de mim. Mas talvez ficasse tão impressionada e nervosa na presença dele que tudo o que conseguiria fazer seria rir com adoração de tudo o que ele fizesse.

Minha risada é suave e leve quando sai pela primeira vez, e estou sendo eu mesma, mas também a versão adolescente nervosa da qual me recordo. O rosto de Arthur fica vermelhíssimo, e posso notar que ele não está acostumado a ser o centro das atenções, e que está gostando um pouquinho, e isso me faz amá-lo ainda mais. Finjo que ele acabou de dizer a coisa mais engraçada que já ouvi, não apenas para mim, mas para uma sala cheia de gente, e me sinto orgulhosa por estar com ele, orgulhosa por ser a garota ao seu lado, e tão entusiasmada com tudo aquilo que a risada fica ainda mais alta, mais parecendo uma arfada, e fico quase ofegante, de uma maneira estranhamente inapropriada, quase sexy, que não acredito estar saindo de minha boca, porque é um som que jamais teria ousadia suficiente de fazer nem mesmo em meu quarto, mas que, por alguma razão, eu faria aqui para deixar Arthur/Kevin/o-ator-que-faz-Kevin saber o quanto o acho incrível e especial e sexy e magnífico, e minha apreciação chega ao ápice, e fico quase sem fôlego, então a deixo suavizar numa curta risadinha, e, por fim, exausta e feliz, deixo escapar um pequeno suspiro que é interrompido por um soluço quase involuntário, como se eu tivesse engolido champanhe demais de uma só vez.

Daí em diante, é tudo um borrão, uma série de imagens que surgem diante de mim: a mulher no fundo murmura "Viu?" para o homem descontente, que acena a cabeça e dá de ombros de uma maneira que diz "Quem diria?"; o homem de óculos me pede para aguardar na sala de espera, mas volta quase que imediatamente para dizer que consegui o papel; a experiência onírica de retornar à Incomparáveis e assinar documentos no escritório de Joe Melville, que diz que agora sou cliente deles; pessoas sorriem e apertam minha mão. E depois estou andando de novo na rua num momento lindíssimo, justo quando o sol está sumindo, sabendo que não tenho que trabalhar como garçonete esta noite, que consegui meu segundo trabalho pago em duas semanas, e posso andar num passo despreocupado pela Quinta Avenida e imaginar que, quem sabe, um dia, entrarei numa dessas lojas em vez de simplesmente passar com olhar faminto pelas vitrines; que, quem sabe, um dia, estarei carregando uma bolsa de verdade e usando salto alto como uma mulher adulta, em vez de andar pela Quinta Avenida com coturnos da Doc Martens, um avental, um saca-rolhas e um removedor de migalhas em minha mochila de lona.

Quem sabe um dia, quem sabe.

Kevin & Kathy, Ltda. Silvercup Studios Rua 22, nº 42 Long Island, NY, 11.101	**KEVIN & KATHY** 9ª Temporada	DATA: Sexta-feira, 17 de fevereiro de 1995 DIA: 5 de 5 CAFÉ DA MANHÃ: 7h30-8h PRÉ-GRAVAÇÃO: 9h
Produtor executivo/Diretor: Margaret Cleary Produtores executivos: Jessica Blanche, Jennifer Goldyn Produtores: Sinclair Grant Cecil O'Neal Coprodutor: Joseph Samuels Diretor de produção: Emmet Fitzgerald	**8 HORAS** ORDEM DO DIA *Ver cronogramas individuais no verso*	Tempo: Parcialmente nublado c/ 20% de chance de chuva leve Máxima: 21º Mínima: 9º Nascer do sol: 6h45 Pôr do sol: 16h44 ROTEIRO: verde CALENDÁRIO: azul

1º Assistente de direção: Christopher Lawrence
2º Assistente de direção: Elise Mullen

CENA	SET	ELENCO	D/N	PÁGINAS	LOCAÇÃO/OBSERVAÇÕES
					Locação: Estúdios Backstage Palco 6
14	**INT – MANHATTAN GAZETTE – ESCRITÓRIO DE KEVIN** Kevin e Kathy discutem com os outros – ele precisa de uma nova secretária	1, 2, 7, 8, 16, 27	D1	6/8	
17	**INT – APARTAMENTO DE KEVIN & KATHY – SALA DE ESTAR** Festa rolando – Kathy já bebeu um pouquinho demais	1, 2, 7, 8, 16, 18, 19	N2	3 6/8	
					ESTACIONAMENTO
20	**INT – APARTAMENTO DE KEVIN & KATHY – SALA DE ESTAR/COZINHA** Kevin manda Kathy pegar leve – ela vira a mesa	1, 2, 7, 8, 16, 18, 19	N2	2 4/8	**Estacionamento da equipe:** Estacionamento da Parte Norte (Entrada Portão 3)
23	**INT – MANHATTAN GAZETTE – ESCRITÓRIO DE KEVIN** Kevin se distrai com a secretária da gargalhada e Kathy de ressaca	1, 2, 7, 8, 16, 27	D3	1 7/8	
					ACAMPAMENTO-BASE/CAMINHÕES
					Acampamento-base & caminhões de trabalho ficam localizados no estacionamento da produção na parede sul do palco 6
				Total: 8 7/8	

Nº	ELENCO	PERSONAGEM	SWF	APRESENTAÇÃO	MAQUIAGEM	SET	COMENTÁRIOS
1	Robert Smith	KEVIN	W	7h30	7h30	8h	Apresentação no palco – ensaio no dia
2	Allison Castillo	KATHY	W	6h30	6h30	8h	Apresentação no palco – ensaio no dia
7	Roman Christopher	JAMES	WF	7h	7h	8h	Apresentação no palco – ensaio no dia
8	Clare Platt	MARCIE	W	6h30	6h30	8h	Apresentação no palco – ensaio no dia
16	Clyde Crooks	VIZINHO DE BAIXO	SWF	7h	7h	8h	Apresentação no palco – ensaio no dia
18	Neil Patel	MARIDO NA FESTA	SWF	7h	7h	8h	Apresentação no palco – ensaio no dia
19	Ellie Hannibal	ESPOSA NA FESTA	SWF	6h30	6h30	8h	Apresentação no palco – ensaio no dia
27	Franny Banks	GAROTA QUE RI	SWF	6h30	6h30	8h	Apresentação no palco – ensaio no dia

ATMOSFERA E SUBSTITUTOS			INSTRUÇÕES ESPECIAIS		
Nº	DESCRIÇÃO	CHEGADA	SET		

Nº	DESCRIÇÃO	CHEGADA	SET
1	Substituto de Kevin	8h	8h
1	Substituta de Kathy	8h	8h
1	Substituto de James	8h	8h
1	Substituta de Marcie	8h	8h
15	Convidados da Festa	7h30	8h30
1	Barman/Garçom	7h30	8h30

Objetos: No dia: Disposição da comida (várias para Cena 23), bandejas de comida, vinho, cerveja, coquetéis. Cena 14 – guardanapos de papel, telefone de Kevin. Cena 17 – garrafas vazias, fotos do bebê do marido e da esposa na carteira. Cena 20 – copo de água, pano de prato, Cena 23 – taça da Kathy

Arte/Decoração do Set: Decoração da festa, pisca-pisca na varanda

Maquiagem/Cabelo: Cena 23 – Kathy fica bagunçada

Figurino: Guarda-roupa de Kathy em dobro

Câmera: Gravar Cena 23 em velocidades variadas

Som: Playback de música para iniciar a festa

Equipamento: No dia: Grua c/ cabeça remota

Funcionário adicional: Operador de cabeça remota

OBSERVAÇÕES
Kevin & Kathy é um set FECHADO. Proibido visitantes, salvo sob autorização prévia dos produtores. Obrigado pela cooperação!

Dia 1 Segunda-feira, 20 de fevereiro de 1995

CENA	SET	ELENCO	D/N	PÁGINAS	LOCAÇÕES/ OBSERVAÇÕES
24	**INT – APARTAMENTO DE KEVIN E KATHY – SALA DE ESTAR** Manhã depois da festa, Kathy começa a recordar a noite anterior	1, 2	D4	2 6/8	Estúdios Backstage Palco 6
	MUDAR PARA PALCO 8				
12	**INT – BAR DO HANK** O grupo fala sobre como a próxima festa será divertida	1, 2, 7, 8	D2	4	Estúdios Backstage Palco 8
				Total: 6 6/8	

Diretor de produção: Emmet Fitzgerald   1º Assistente de direção: Christopher Lawrence   2º Assistente de direção: Elise Mullen

12

— Mas pensei que você havia gostado mais do outro cara, o velhote com asma — diz Jane, diante dos pratos fumegantes de comida naquele restaurante chinês, na Sétima Avenida.

Ela me levou para comemorar a filmagem de *Kevin & Kathy*, na noite passada, então, negligentemente, decidimos pedir todos os nossos pratos favoritos. Dan queria vir também, mas os pais de Everett tinham comprado ingressos para ver *Cavalleria Rusticana* e *Pagliacci* no Metropolitan Opera.

— Ópera — comentei. — Que chique!

— Já vi *Cav/Pag* antes — respondeu ele, abatido. — Preferia comemorar com vocês.

Não deixo de pensar no quanto Dan parecia chateado quando nos despedimos, e o grande e forte abraço que me deu antes que eu partisse, abraço que parecia diferente do que deu em Jane, e penso no quanto ele fica feliz sempre que comemos neste restaurante, e a maneira como sempre o perturbamos por espetar seus bolinhos, pois suas mãos gigantes são inúteis com o hashi.

— Vamos trazer as sobras — garanti a ele, que ainda assim parecia chateado.

— Franny? Alô? Onde você está? — diz Jane, brandindo um hashi na minha direção.

— Sinto muito. É. Você está certa. Gostei bem mais de Barney Sparks.

— Então por que você assinou com o tal Joe Melville de rosto brilhante?

— Porque a Artistas Incomparáveis representa pessoas famosas, e eles só aceitam as melhores pessoas da turma. Aquele cara, James Franklin, está lá, e Joe também representa Penelope Schlotzsky. Tenho sorte de sequer me quererem. E, de qualquer forma, consegui o trabalho para o qual me mandaram, então não chegou a ser uma discussão. Já era comissão deles.

Estou dizendo todas as coisas certas, mas, por alguma razão, Jane não parece convencida.

— Hunf — é tudo o que diz.

— Parecia que estava predestinado para ser assim — declaro, com solenidade, agitando os braços no que espero ser um jeito místico.

— Mas você disse que o tal Melville te deixava nervosa, que te dava arrepios. Desde quando o seu agente deveria dar arrepios?

— Não importa. Esse é um relacionamento profissional. Não é a indústria da *amizade*, é a indústria do *entretenimento*.

— Acho que isso é só o que dizem as pessoas na indústria do entretenimento que não têm amigos.

— Ele me conseguiu um trabalho de verdade. No meu primeiro teste de verdade.

— Bem, não posso argumentar contra isso. Então, me conta tudo.

Tomo um gole do vinho em minha taça e tento lembrar exatamente como me senti na noite passada ao estar num palco, com luzes fortes e quatro câmeras gigantes deslizando com suavidade sobre rodinhas.

— É como um sonho. Eu estava nervosa, mas parte daquilo já me era familiar. Havia uma plateia. Sentada num teatro. De certa forma, não era tão diferente de fazer minhas peças no colégio. Não há tanta gente no auditório quanto se imagina pelas risadas que se ouvem na televisão. Os cenários são muito menores do que parecem. E mais escuros. Foram as coisas mais estranhas que me chamaram mais atenção.

— Como o quê?

— Bem. Eles fazem tudo sob medida. Sabiam exatamente quantos centímetros minha saia devia estar acima do joelho. Eles mediram. Foi adaptada para mim, e fizeram da noite para o dia. Fizeram minha camiseta. Minha *camiseta*. Agora todas as minhas roupas que não são sob medida me parecem malfeitas, ou muito largas ou algo assim. — Puxo a frente do meu suéter e a sacudo. — Olha só, dá para nadar dentro disso.

— Parece bom para mim — diz Jane, agora apreciando seu frango com molho de limão.

— Aliás, você tem um curvador de cílios?

— Sim, mas nunca usei.

— Bem, eu nem sabia o que era. É um instrumento de tortura. Eu me lembrei de quando virava as pálpebras para fora no playground na escola, quando era mais nova, para tentar impressionar os garotos. Mas alguém fazendo isso *em* você? — falo com a testa franzida, e Jane sacode a cabeça em solidariedade. — Ao final de cada tomada, eles arrumavam meu cabelo e minha maquiagem; eu mal tinha me movimentado, mas eles arrumavam mesmo assim. Ficavam colocando pó mesmo sem eu estar suada; quando cheguei em casa, tive que raspar a base para conseguir tirar tudo. O diretor posicionava os atores, mas Kevin, ou Robert, o ator que faz Kevin, vivia esquecendo a marcação, então eu tinha que mudar a minha também, e depois me lembrar de fazer a mesma coisa todas as vezes, para que todas as tomadas combinassem, mas então ele esquecia de novo e eu ficava perdida. Estava tão ocupada tentando lembrar se tinha pegado o telefone com a mão direita ou esquerda que mal conseguia me concentrar em qualquer outra coisa.

— Mas saiu tudo bem? Gostou da experiência?

— Não sei. Acho que sim. A plateia riu, e muitas pessoas disseram que me saí bem, mas não faço ideia de quem eram essas pessoas ou se eu devia impressioná-las. Mas o lance da risada foi ganhando uma reação tão positiva da plateia que o roteirista decidiu me dar uma fala.

Os olhos de Jane se arregalaram.

— Mentira!

— Eu sei. Fiquei bastante empolgada também, o que é muita bobagem quando se pensa a respeito. Fiz peças inteiras durante o verão e todas aquelas cenas durante as aulas, e lá estava eu, empolgadíssima com uma fala. — Faço uma pausa e tomo um gole de vinho. — Tive que dizer: "Você é uma gracinha." Então precisava fazer a risada e meio que olhar abobalhada para Kevin, suspirar e dizer: "Você é uma gracinha."

— Que engraçado!

— As pessoas ficaram me dizendo que não era comum darem a uma atriz convidada mais coisas a fazer, assim sem mais nem menos. Jimmy disse que Kevin não gosta de mudanças de última hora, então, quando pensam em testar alguma coisa, geralmente tentam com Kathy.

— Como ela é?

— Ela disse que eu era engraçada, e que achava animador que eu não fosse esquelética como a maioria das atrizes da minha idade.

— Parece que alguém se sentiu um pouco ameaçada.

— Também achei isso — digo, baixando o hashi e a voz. — Mas é doido, não acha? Por que ela se importaria comigo? Só estava lá por uma noite. Ela é a estrela do programa. De qualquer forma, não sei como fui. O diretor fez tudo muito rápido. Fiquei confusa porque estava esperando que ele dissesse coisas sobre a motivação e o subtexto da minha personagem, como Stavros faz na aula, mas ele não mencionou nada disso. Só houve uma vez em que realmente me deu alguma orientação.

— O que ele disse?

Cindy, nossa garçonete de sempre, passa, e Jane acena pedindo outra rodada de bebidas.

— Ele disse... — e eu faço uma pausa dramática — ..."Não dê a risada antes de entregar o café a Kevin. Entregue o café, *depois* dê a risada."

Jane e eu ficamos em silêncio por um momento, ponderando tal sabedoria.

— Hum.

— E quer saber? Funcionou. Dei uma risada melhor.

— Uau! — exclama ela, balançando a cabeça.

— Pois é. E nem tenho ideia do porquê.

— Então, quando vai aparecer na TV?

— Não sei. Eles ainda não têm horário definido. Terão que esperar que algo como *Assassinato por escrito* seja cancelado.

— Bem, isso *nunca* vai acontecer.

— Eu sei — digo, e suspiro.

Jane usa o hashi para pegar outra porção do ainda fumegante arroz de frango.

— É tudo tão misterioso, não é? — diz ela, e aceno a cabeça com veemência.

— Sim! Hum, espere... Do que você está falando?

— Bem, vivo querendo entender melhor a indústria do entretenimento, mas ainda é muito confuso para mim. Tipo, Russell Blakely é uma grande estrela, certo? A princípio, eu achava tudo o que ele fazia tão interessante e especial, e ria com vontade de tudo o que dizia, porque ele realmente parecia a pessoa mais engraçada que eu tinha conhecido, e tudo a respeito dele parecia de alguma forma melhor, como se fosse mais do que normal, como se fosse uma pessoa, mas de outro planeta ou coisa assim. Porém quanto mais trabalho para ele, mais percebo que é só um cara, um cara lindo de morrer e extremamente musculoso, e que é meio engraçado, meio esperto, mas que é uma pessoa comum, que casou com a garota que namorava no colégio e parece não saber como chegou ali. Parece estar totalmente perplexo com o sucesso, e sempre está pedindo minha opinião sobre as coisas, como o figurino ou sei lá o quê. E fico me perguntando se ele esqueceu que sou apenas uma assistente de produção no meu primeiro filme. Ele me contou que faz três anos que não entra numa mercearia. Alguém faz as compras para ele. Alguém faz tudo por ele. E ele parece infeliz. Lê tudo o que escrevem sobre ele nas revistas e fica muito chateado. Quando o expediente termina e a esposa dele está de volta em Los Angeles, ele parece nem saber o que fazer consigo mesmo, e sai com uns caras da equipe que nem são seus amigos de verdade e ficam bêbados e terminam nas páginas de fofocas. Vivo pensando que alguém deveria ajudá-lo de outra maneira, ou que deveria existir algum tipo de manual para ele. Porque Russel Blakely parece não apreciar nada disso. — Jane balança a cabeça com tristeza.

— Eu apreciaria — digo. — Acho.

— É, acho que eu também. Mas quem pode saber?

— Quem pode saber? — concordo, tomando o restinho de minha taça. — Ah! Mais uma coisa da noite passada.

— O quê?

— Parece que não devíamos mais lavar nossas calças jeans. A moça do figurino me disse. Só deveríamos lavar a seco.

— O quê? Que loucura.

— Pois é. O certo seria comprar jeans bem apertados, o mais apertado que conseguirmos usar, para que a gordura fique comprimida no menor espaço possível. Então, a ideia é querer que o nível de compressão de gordura fique assim por quanto tempo for possível, certo? Bem, lavar faz com que o jeans fique mais macio e frouxo e, com isso, diminui o quociente de compressão de gordura. Portanto, lavagem a seco é a única resposta. Não é uma notícia terrível?

Jane dá de ombros.

— Parece caro, mas acho que isso não necessariamente arruína o meu modo de ver a civilização.

— Qual é? Não concorda comigo que a lavagem a seco é algo muito injusto?

— Por quê?

— É como se as roupas estivessem nos cobrando por vesti-las.

Jane me olha estupefata.

— Como é que as roupas estão cobrando você?

— As roupas que precisam ser lavadas a seco já são as mais caras. É como se elas estivessem cobrando mais 3 dólares sempre que são usadas.

— As roupas comuns também cobram dinheiro para que sejam limpas, se encararmos assim. Lavagem comum também custa dinheiro.

— Mas não tanto. E você pode fazer a lavagem comum por conta própria. Lavagem a seco é como uma sociedade secreta na qual não se pode entrar. Independentemente do que seja, você está à mercê deles. Pode ter doutorado em qualquer coisa, mas mesmo assim não consegue lavar as próprias roupas a seco. Eles nunca contam como se faz. Ninguém jamais viu como é a máquina. Pense nisso. Existe uma razão para se manter o verdadeiro mecanismo de lavagem a seco escondido por trás de todas aquelas araras de roupas penduradas. Eles não querem que você decifre o código. Não deixam ninguém entrar. Você conhece alguém que seja rico e tenha uma máquina de lavagem a seco em casa? É isso aí. Até eles têm que levar e buscar a roupa, como todo mundo.

— Garanto que eles têm pessoas que façam isso por eles. Além do mais, existe serviço de entregas aqui em Nova York.

— Mesmo assim. As lavanderias têm o controle. Estamos à mercê delas. As roupas que precisam ser lavadas a seco esnobam de nós.

— Quem deve levar a culpa são as roupas ou os profissionais de lavanderia em si?

— O ovo ou a galinha, minha amiga.

— Essa sua nova teoria da conspiração da lavagem a seco me lembra do seu medo de passar roupas.

— Isso não tem nada a ver com meu medo de passar roupas, embora a atividade de passar a ferro seja outra sociedade secreta que não quer que você saiba o que acontece. Conhece alguém que saiba dizer por que a tábua de passar tem aquele formato? Em que o formato de uma prancha de surfe me ajuda? Por que uma tábua de passar é tão difícil de dobrar? Ela quer que eu a deixe montada no meu quarto por dias? Como é que se passam as mangas naquela coisa? Sem falar dos colarinhos.

— Você sabe o que deveria fazer com aquela camisa que tem sido uma luta para conseguir passar?

— Eu sei, eu sei. Mandar para a lavanderia. Mas tenho medo de ir lá agora que o Sr. Wu viu o meu comercial. Ele vive perguntando se pode colocar minha foto na parede. Você lembra como a parede dos fundos é coberta de fotos?

— Claro. Acho bonitinho. Por que não dá uma? Ele sente orgulho dos fregueses do bairro.

— Mas você nunca notou que em todas aquelas fotos não há ninguém famoso, ninguém sequer vagamente reconhecível?

— Não é verdade... Tem o...

— Além dele, é o que quero dizer. Além dessa pessoa muitíssimo famosa, que eu duvido que jamais tenha ido à lavanderia do Sr. Wu.

— Acha que o Sr. Wu forjou um cliente famoso? Acha que o próprio Sr. Wu autografou a foto de alguém conhecido? Onde ele teria arrumado a foto?

— Você as encontra pela rua às vezes. Não sei, só estou dizendo o que me ocorreu. Porque, além dele, o famosíssimo, você reconhece mais alguém naquela parede?

— Ora, tem a foto do elenco de *Cats* com todos fantasiados de gato... Não os reconheço individualmente, mas parecem autênticos enquanto um grupo.

— Mas além desses gatos um tanto críveis?

— Espere... sim... tem aquela atriz... minha mãe a adorava... era daquele seriado de detetives nos anos 1960, como se chamava...?

— *Os uniformes?*

— É! Isso! Paula alguma coisa.

— Paulette Anderson.

— É! Então esta é mais uma pessoa famosa de verdade.

— Jane. Paulette Anderson morreu faz mais de dez anos. É isso o que estou dizendo. Tenho medo de que estar naquela parede seja algo que dê azar. Tipo, se eu der minha foto ao Sr. Wu, estarei condenada à obscuridade.

— Melhor a obscuridade que a morte. Melhor a obscuridade que *Cats*, aliás. E se a foto que ele tem não for falsa?

— Bem, se for assim, acho que terminarei morta ou desconhecida ou vou virar um gato ou o Bill Cosby.

Fevereiro–Março 1995

27 Segunda-feira

11h
Reunião geral
CBS

Pegar texto de
A THOUSAND CLOWNS
Comprar peça na
Samuel French

12H30
Geral c/ diretor de elenco
Jay Binder
rua 44 oeste, 321/606

16h GERAL
Manhattan Theatre Club
rua 43 oeste, 311/3º andar
MONÓLOGO

---

28 Terça-feira

~~6h~~ FOTOS NOVAS DE ROSTO

~~9H~~

Corri 4km
SESSÃO DE FOTOS
LEVAR:
Blazer preto
camisa de sarja
cinto marrom
bijuterias
fazer a unha

Pegar texto na Agência Incomparáveis
p/ entrevista c/ Bonnie Finnegan

ÚLTIMO TURNO 16H30 ⟶ ATÉ FECHAR

---

1 Quarta-feira

A Thousand Clowns
10h Agência de Elencos Pat McCorkte
8ª Avenida, 515/18º andar

12H30 Iced Tea Home Brew
Casual chique
Agência de Elencos Donna Deseta
Broadway, 584/1001
Esquina com Houston Street

14H Reunião Geral Any Kaufman
Varick Street, 180

PRIMEIRO TURNO 15H *filofax*
(Trocar c/ Ricky p/ último turno,
ñ vai dar tempo de chegar)

Março 1995

Quinta-feira 2

11h TODD THALER — 57 Oeste, 130/10A
Pegar texto p/ filme
p/ TV "Cagney & Lacey"
"Gwen"

CORRI/ANDEI 3,2KM
↗
FRAAAACO

14h Geral c/
Daniel Swee
rua 65 Oeste, 150
(me deu texto
de Kramer in Sunshine)

Um monólogo clássico
& um contemporâneo
△

STAVROS   BONJOUR LA BONJOUR
decorado p/ aula

Sexta-feira 3

10h45 Jim Carnahan
A Month in the Country
Rotatória, rua 39 Oeste,
231/1200

ENVIAR CHEQUE
DO ALUGUEL

LIGAR
MESMO   14H
PARA O
PAPAI

Agência de Elencos
Bonnie Finnegan
rua 27, 12/11º andar
Leitura p/
Central Park West
"Abby" saudável,
mas estudante
boêmia em NY

ÚLTIMO TURNO 16H30

Sábado 4

FILME C/   SOMENTE ELAS
JANE E DAN   20H10 no Angelika
                Comi no Veselka

~~ÚLTIMO TURNO 16H30~~ Tirei noite de folga, muito cansada
                        Ricky substituiu

(Domingo 5)

Vi John Turturro no Ozzie's!
Fiquei atrás dele na fila. Incrivelmente alto.
Pediu café e bagel.   VENCIMENTO
O mesmo que eu. Suspiro de felicidade. DO ALUGUEL

PRIMEIRO TURNO 15H *filofax*

Março 1995

ENVIAR CHEQUE DO ALUGUEL HOJE C/ $50 DE MULTA DE ATRASO!!

6 Segunda-feira

<u>CHAMADA DE VOLTA</u>

12H — CENTRAL PARK WEST
BoNNie FinNegan
rua 27 oeste, 12/11° andar
Leitura para diretor e produtor

PRECISO:
- Papel de fax
- leite
- iogurte
- manteiga de amendoim

PEgar texto na Incomparáveis

Leitura Kramer in Sunshine no escritório
Rua 43 oeste, 311 10° andar

16H BERNIE TELSEY

7 Terça-feira

~~REUNIÃO GERAL~~   Leitura p/ All My Children
Seleção de Elenco da ABC
Columbus, 157/2° andar

(9H15)

LAN203 (11H40)

Molho de tomate Beth Melsky

(14H10)   Broadway, 928/300
KERRY BARDEN REUNIÃO GERAL
rua 28 oeste, 150/402

PAPEL DE FAX

15H30 CLUBE

8 Quarta-feira

Trabalhar no Kramer in Sunshine

REpassar texto

Pegar Roteiro

DONNA DESETA
VÍDEO BEL-MOR
INDUSTRIAL

PRIMEIRO TURNO 15H ⟶

filofax

∘ COMPRAR ∘ PAPEL ∘ FAX ∘ COMPRAR ∘

Corri 3,2km   **Março 1995**

PEÇA NA BROADWAY!! ENTREVISTA P/   Quinta-feira **9**
REUNIÃO C/ **MIKE STANLEY**, DIRETOR   KRAMER IN
16H30 DANIEL SWEE, TESTE   SUNSHINE
RUA 65 OESTE, 150

                               MAL
                               MAL
                               MUITO MAL
                               BUUUUU

STAVROS   Tirei
16H30 /ENCERRAMENTO   noite   ~~da aula~~
                   de folga

Sexta-feira **10**

DORMI ATÉ 13H

BUUUUUUUUUUUUUUUUUUUUUUUUUUUUU

ÚLTIMO TURNO 16H30

Sábado **11**

Bebi 4.582.659 margaritas c/
Jane no Santa Fé Grill

Domingo **12**

PAPEL FAX COMPRAR PAPEL FAX

Março 1995
13 Segunda-feira

---

14 Terça-feira

14H FRALDAS BABY WELL
Mãe jovem,
Não descolada

AGÊNCIA DE ELENCOS DONNA DESETA
BROADWAY, 584/1001

---

15 Quarta-feira

filofax

Março 1995

Quinta-feira 16

Sexta-feira 17

Personal. *filofax*

ÚLTIMO TURNO 16H30

Sábado 18

Domingo 19

filofax

Março 1995

20 Segunda-feira

CORRI 5KM

PRECISO
Café
detergente
água c/ gás
~~cheetos~~

---

21 Terça-feira

TURNO 15h

---

22 Quarta-feira

CORRI 5km

PRIMEIRO TURNO 15H

filofax

Março 1995

Quinta-feira 23
PRECISO PapEl Hig.
         CHeetos

Aula do Stavros

Sexta-feira 24
CORRI 1,5KM PORQUE   ZZ??
    DE QUE ADIANTA

Segundo turno 16H30

Sábado 25

Domingo 26
O CASAMENTO DE MURIEL
Cinema Lincoln Center
17h50
Jane & Dan

Março 1995

27 Segunda-feira

EI,
PESSOAL,
É A SEMANA
NACIONAL
DO CHEETOS

28 Terça-feira

PRIMEIRO TURNO 15H

29 Quarta-feira ★

★ Vi John Turturro no Ozzie's

filofax

Março–Abril 1995

Quinta-feira 30

Aula

Sexta-feira 31

Segundo turno 16H30

Sábado 1

~~~~~~

CHEETOS SÃO CROCANTES, CROCANTES

Desenhar ➡ grama é mais empolgante que a minha carreira

Domingo 2

13

Você não tem mensagens.

BIIIP

Há duas semanas não participo de nenhum teste e estou começando a ficar nervosa.

Joe me ligou na segunda-feira, depois da gravação de *Kevin & Kathy*, para me parabenizar de novo, e disse que queria que eu fosse à agência algum dia para conhecer os outros agentes, pois "todos estavam muito empolgados" a meu respeito. Mas as primeiras duas semanas após *Kevin & Kathy* foram tão cheias de testes e reuniões com recrutadores de elenco que não tive tempo de agendar um horário. E, nas últimas três semanas, ninguém me ligou para marcar nada.

Tentei me esforçar para estar preparada em todos os testes, porém nunca tive dias tão cheios antes. Foi tudo um borrão de papéis saindo do fax e tempo perdido correndo de um prédio a outro em Manhattan. Mas então o papel de fax acabou e eu vivia esquecendo de comprar mais, por isso tive que fazer apenas a leitura algumas vezes, e, admito, houve dias em que eu aparecia para um teste sem estar preparada. E então veio o grande teste para o qual tinha me *preparado*, um pequeno papel numa peça da Broadway dirigida por Mike Stanley. Mas eu estava tão nervosa por conhecê-lo que pulei uma página inteira da cena, e ele não me pediu para que a relesse, e, quando me perguntou se eu tinha estudado com alguém da cidade, tive um branco e não consegui pensar no nome de Stavros, então fui para casa e chorei.

— O feedback foi que você parecia um pouco verde — explicou Richard, com delicadeza.

Nas primeiras semanas, Joe me atendia quando ligava, mas agora Richard, o assistente de Joe, é a única pessoa com quem consigo falar. A princípio pensei que estava tudo bem, considerando que foi ele quem de fato me viu na Apresentação, mas agora temo ter sido rebaixada. Foi Richard quem me mandou ao fotógrafo que "Joe adora" para tirar novas fotos de rosto, embora eu tivesse acabado de fazer umas há poucos meses que me custaram mais de 100 dólares. Richard disse que Joe achou as minhas fotos sorridentes e comerciais demais, que eu precisava de algumas que mostrassem que poderia ser uma atriz dramática, não apenas uma comediante. Achei que as fotos novas mostravam mais raiva e rigidez do que dramaticidade, no entanto ele me garantiu que a foto seria transformada depois dos retoques, um diligente processo que emprega um pincel minúsculo para tirar as imperfeições no negativo antes que o filme seja revelado. O retoque levou duas semanas, e as fotos 20x25 em papel brilhoso custaram 300 dólares. Agora não tenho mais sardas, e as meias-luas debaixo dos olhos parecem estranhamente mais claras que o restante do meu rosto, mas ainda pareço zangada.

Pensei que fazia sentido não ter nenhum teste enquanto a agência estava esperando pelas fotos novas. Mas também não tive nenhum teste na semana seguinte à entrega delas.

Temo que essas primeiras semanas tenham sido a minha chance de provar que pegar o trabalho em *Kevin & Kathy* não foi por acaso, porém estraguei a oportunidade, e agora eles tinham se esquecido de mim. Li um artigo da *Backstage* que dizia que era importante lembrar ao agente que você está disponível e interessada em trabalhar, então finalmente criei coragem e liguei para a Incomparáveis no começo da terceira semana de silêncio. O problema foi que, por não ter uma razão para ligar, eu meio que me engasguei no telefone. Pedi para falar com Joe, e Richard pediu desculpas e disse que Joe estava numa reunião, mas perguntou se podia me ajudar em alguma coisa.

— Hum, não, está tudo bem.

— Tem certeza?

— Sim, bem, na verdade, já que estamos falando, eu só estava pensando se há alguma coisa que eu poderia fazer, ou se há alguma coisa que *não* estou fazendo, ou... hum... as minhas fotos de rosto estão funcionando bem?

— Suas fotos de rosto?

— Sim, as novas. Só queria dar uma conferida. É que Joe escolheu aquela série em que minha mão está no queixo, certo?

— Acho que sim, estou com ela aqui em algum lugar... Sim, sua mão está no queixo, e sua cabeça está um pouquinho inclinada para o lado?

— Sim. Isso... Fico me perguntando se não é meio *brega*? E talvez seja por isso que... hum... ninguém esteja ligando?

Não pretendia reclamar ou tocar nesse assunto. Devo estar parecendo grosseira, como se estivesse dizendo como eles deviam fazer o próprio trabalho. Só estou procurando alguém que me explique de algum modo por que nada está acontecendo.

— Mas, Franny, Joe adora essa foto. Aliás, eu também, mas Joe realmente adora essa, por isso a escolheu. Ele é um verdadeiro mestre para escolher a foto que melhor representa alguém. Então não há nenhum problema nisso. E não há nada que você possa fazer agora senão esperar. Sinto muito. — Há uma pausa aqui em que sinto que Richard quer me dizer mais alguma coisa, porém ele não fala nada. — Então... mais alguma coisa, Franny?

— É, não, obrigada. É só isso. Só... hum... queria dar uma conferida.

— Certo, obrigada, Franny, vou avisar a Joe que você ligou... para dar uma conferida.

Foi pior quando ouvi Richard repetindo.

Pensei que minha vida passaria por uma mudança radical quando conseguisse um agente, mas foi exatamente a mesma coisa, exceto por estar gastando mais dinheiro.

Por fim recebi o contracheque do trabalho em *Kevin & Kathy*, mas fiquei chocada ao ver que metade dele foi consumida por taxas e comissões à agência.

— *É isso?* — perguntei a Dan, que estava examinando meu contracheque com atenção.

Esperava que ele encontrasse algum erro, ou talvez percebesse que eu havia preenchido errado o formulário dos impostos. Mas ele me devolveu o papel e fez que sim com a cabeça.

— Estão taxando você como se recebesse esse dinheiro todas as semanas — explicou.

— Mas não recebo — falei, impotente, e ele balançou a cabeça em solidariedade.

Além de tudo, ainda estou me recuperando das várias escalas que Herb me cortou por gravar *Kevin & Kathy* naquela noite de sexta, fora o custo das novas fotos. Tive que começar a pegar alguns turnos no Melhores Intenções, o bufê em que trabalhei por algum tempo quando me mudei para cá. A princípio, observar os casamentos dos fundos do grande salão de baile era inspirador. Eu chorava durante os brindes, mesmo enquanto lavava os copos. Mas, depois de um tempo, fiquei cansada das noivas exigentes, o grande salão de baile se tornou impessoal e batido e fiquei tão saturada quanto o tipo de garçonete que jurei jamais me tornar, que começa a espiar o relógio exatamente às onze da noite e retirando taças quase cheias das mãos dos convidados bêbados.

Fico me perguntando se as coisas seriam diferentes se eu tivesse assinado com Barney Sparks. Eu me imagino ligando para "dar uma conferida" e não acho que teria me sentido tão constrangida. Além disso, ele não tem assistente, então teria realmente que atender minha ligação. Mas não posso me permitir divagar sobre isso: assinei um contrato de um ano com a Incomparáveis.

Conseguir um agente era um progresso inegável, uma caixinha que eu poderia realmente ticar numa lista e um feito que poderia apontar. Mas se você tem um agente que nunca liga para nada, não sei se isso é melhor que não ter agente. Na verdade, acho que é pior. Antes, eu não estava sendo tão rejeitada quando passava despercebida. Agora, tenho alguém que me notou a princípio, mas que depois pareceu me considerar deficiente.

Liguei para meu pai depois da sexta semana sem receber qualquer ligação da Incomparáveis.

— Acho que meu agente se esqueceu de mim.
— Acho que minha filha se esqueceu de mim.
— Pai.
— Quem é?
— Rá-rá. É a sua filha, a atriz desempregada.
— Ela está viva!
— Acho que preciso de um gerente.
— Por que precisa de um gerente? Pensei que tivesse acabado de conseguir um agente.
— Consegui, mas eles não me arranjam nenhum teste.
— Se você não tem testes, o que há para ser gerenciado?
— Um gerente me ajudaria a *arranjar* testes.
— Como um gerente conseguiria isso se um agente não consegue?
— Bem, os gerentes atendem menos pessoas, então podem se concentrar apenas em você.
— Então por que você tem um agente? Por que não ter apenas um gerente?

— Você precisa ter um agente. Eles são os únicos com permissão para negociar contratos. Agentes são licenciados. Gerentes, não.

— Então qualquer um pode se dizer gerente?

— Bem, mais ou menos, sim.

— Por que eu não falo que sou o seu gerente e digo ao seu agente que ele está fazendo um péssimo trabalho com a minha cliente favorita?

— Obrigada, pai.

Poucos dias depois, Jane e eu estamos sentadas na sala, de pernas dobradas, cada uma numa ponta do sofá, zapeando pelos canais, quando *Sob cuidados* aparece. Dan está trabalhando na mesa da sala de jantar, mas ele sempre diz que não se importa que fiquemos conversando na sala enquanto está escrevendo por causa de sua fantástica capacidade de parar de nos ouvir e que, de fato, nossa conversa é tão incessante que somos um tipo de ruído branco humano. Algo conveniente num colega de quarto.

— Acho que não tenho a aparência certa — digo, hipnotizada pela atriz na tela.

— Certa para o quê?

— Você sabe, no geral. Para o show business. Acho que é por isso que não recebo nenhuma ligação da agência.

— E qual você acha que é a aparência *certa*?

— Você sabe, parecida com a dessas garotas do *Sob cuidados*. — Aponto para a televisão, onde uma loura voluptuosa de saia curta e jaleco aberto luta para recolocar a intravenosa num paciente de idade, montada sobre o leito hospitalar, "acidentalmente" sufocando o homem com seu decote. A plateia do estúdio berra de tanto rir.

— *Eca*. Nojento. — Jane sacode a mão com repúdio. — Esse programa. É o fim absoluto da civilização. Um único enfermeiro numa ala pediátrica que só tem médicas! Que premissa! Olha para elas: nenhuma passa credibilidade como médica. Metade arranjou seios novos entre a primeira e segunda temporadas. Eu vi vocês na temporada passada, mocinhas; querem que acredite que esses peitos aumentaram sozinhos durante o verão? Façam-me o favor. E elas também são magras demais.

A médica loura na televisão deixa a prancheta cair no chão e se inclina para pegá-la, o monitor cardíaco do paciente dispara. Mais risadas.

— É, mas talvez seja isso que as pessoas deviam falar de mim. Como quando o *Enquirer* faz aquelas capas falando que determinada mulher está ESQUELÉTICA! As pessoas não olham porque acham que a mulher na capa está ruim. Elas olham as revistas porque queriam ser aquela mulher. Querem ser esqueléticas também. Eu ficaria orgulhosa se alguém dissesse: "Ela está magra demais." "Viu aquela atriz, Franny Banks? Estou preocupado com ela. Alguém devia dar um doce a ela, parece prestes a desmaiar." É isso o que as pessoas querem. É o que faz com que você seja admirado.

— Vou encomendar uma daquelas fitas de vídeo de reeducação alimentar para você.

— Casey me falou de uma maconha especial que fazem em Los Angeles que não dá fome. Aparentemente é assim que essas garotas do *Sob cuidados* ficam tão magras.

Jane sacode a cabeça e fala comigo com suavidade, como alguém falaria com uma criança sonâmbula:

— Casey? Casey, a modelo que chora em todas as cenas, falou isso?

— É. Mas a maconha é muito cara, e você tem que conhecer alguém que conheça alguém para conseguir. Alguém da época do colégio arranjou um pouco para ela. Talvez ela conseguisse me arranjar um pouco. Talvez eu devesse começar a fumar essa maconha do emagrecimento também.

Jane aperta o controle e *Sob cuidados* desaparece no preto. Ela se vira para me encarar.

— Frances. É sério. Esse tipo de raciocínio só serve para quem quer ser encontrada morta às três da manhã numa banheira no Chelsea Hotel.

Você é uma atriz. Só devia se preocupar em ser uma atriz. E, de qualquer forma, na última vez em que tentamos fumar maconha, você caiu no sono às oito e meia da noite.

Eu me recosto no sofá com um suspiro.

— Mas deve ter algum truque. É impossível que todas essas pessoas estejam andando por aí esfomeadas e fiquem com boa aparência o tempo inteiro. Elas devem saber alguma coisa que o restante de nós não sabe. Ou pior: talvez não *exista* um truque. Talvez elas *estejam* andando com fome o tempo inteiro. Talvez essa seja a diferença entre o sucesso e o fracasso. Talvez eu seja fraca demais. Estou preocupada demais em me sentir bem para ficar disposta a me sentir tão mal quanto deveria para ser bem-sucedida.

— Por que se sentir bem seria ruim? As pessoas passam a vida tentando se sentir bem. Não é de se esperar que se ande triste por aí o tempo todo. Precisa comer para permanecer viva. Essas são verdades que você costumava saber. Aliás, quem disse que existe um ideal com o qual todos concordam? As garotas do *Sob cuidados* não são atraentes para todo mundo, só para as pessoas idiotas que assistem a esse seriado. Um seriado idiota não é para todos. Por que você não pode ser você mesma e encontrar pessoas que gostem disso?

— Eu sei. Você tem razão. Ei, talvez eu devesse cortar o cabelo no estilo Rachel.

— Franny. Minha ex-madrasta, que se mudou para o subúrbio de Long Island, tem o cabelo no estilo Rachel, assim como todas as amigas dela. Já vazou para as massas. Você perdeu o barco do penteado da Rachel.

— Viu? É disso que estou falando. Meu cabelo é do tipo que imita. Atrizes de sucesso têm cabelos planejados, empolgantes, que viram tendência que as mulheres nos subúrbios querem imitar. Eu devia estar pensando menos no trabalho e mais no meu cabelo.

— Você não pode voltar à época em que achava que conseguiria um agente feito mágica se decorasse um soneto de Shakespeare todos os dias? Era igualmente sem sentido, mas ao menos era mais produtivo. E que tal fazer trabalhos importantes, como você sempre dizia? Cadê o teatro, a verdade e a conexão com a humanidade, ou seja lá o que você costumava falar?

— Agora tenho um agente. Estou tentando trabalhar no mundo profissional. Parece que existem regras. Ainda me importo com a humanidade e, sabe, com as outras coisas. Só estou tentando ser... uma profissional. Com uma aparência profissional.

— É só suposição minha, não sei, mas não consigo imaginar Diane Keaton ou Meryl Streep obcecadas com o corte Rachel ou as criaturas do *Sob cuidados*. Não é mais importante você ser uma atriz talentosa?

— Não sei. É disso que não tenho certeza, acho. Eu costumava pensar assim. Mas agora acho que devia ser talentosa e ter um cabelo melhor. Estou confusa. Acho que tudo é importante. Talvez eu devesse virar vegetariana.

— Frances. É sério. Acorda. Você nunca vai ficar parecida com essas garotas idiotas. Mas se quiser, sei lá, ser algum tipo de super-humana, não fume ou não coma o recheio dos seus muffins. Procure um livro de nutrição ou algo parecido.

— Eu já sei sobre nutrição — digo, ignorando o comentário.

Jane parece ter dúvidas.

— É mesmo? Diga o nome de três grupos alimentares.

— Fácil — respondo, cruzando os braços. — Chinesa, mexicana e bagel com atum. — Ela sacode a cabeça, e eu sorrio, de forma doce. — Sabe, Jane, na semana passada mesmo, comprei verduras de verdade.

— Sim, eu notei. Isso pode até ser um choque pra você, mas muitos estudos comprovaram uma ligeira diferença nutricional entre o espinafre que fica apodrecendo na gaveta da geladeira e o espinafre que é ingerido pelo corpo.

— Detalhes — zombo.

— Desisto — declara ela, seguindo para a cozinha. — Mais café?

Olho para meu bagel, que parece me fitar com desconfiança. Talvez Jane tenha razão. Talvez eu precise de mais educação. Eu me pergunto o que Penelope Schlotzky come no domingo. Provavelmente não são bagels. Talvez os bagels sejam o meu problema. Contudo, um bagel não parece ser muita comida. Decido terminá-lo e não comer mais nada pelo resto do dia. Exceto, talvez, uma salada no jantar.

Ou uma sopa.

Não. Sopas têm coisas escondidas dentro. Sim, estou quase certa, sopas são outro tipo de comida que parece inocente, mas que é engordativa.

Caldo de galinha. Só deve ter umas 7 calorias. Será que tem caldo de galinha na delicatéssen? Onde se compra caldo de galinha...

— Você não precisa mudar nada, Franny. Acho que está bem.

Juro que demoro um segundo para perceber que é Dan quem fala. Tinha me esquecido completamente de que ele estava na sala. Ele nunca presta atenção no que conversamos quando trabalha. Temos certeza de que se desliga por completo. Nós já testamos. Em geral precisamos de três ou mais tentativas em que praticamente gritamos para conseguir a atenção de Dan, até ele erguer os olhos, piscando como se tivesse acordado de um sonho.

A primeira coisa que me pergunto é se Dan estava escutando escondido as nossas conversas na sala o tempo inteiro, mas ele é um cara muito honesto, não tem nada de falso. Se algum dia nós o tivéssemos distraído, teria entrado na conversa ou nos expulsado dali enquanto estivesse trabalhando.

É estranho, mas estou muito certa de que ele não esteve escutando durante todos esses meses, de que nunca nos ouviu antes. Estou muito certa de que o distraí apenas desta vez.

— Obrigada, Dan — é tudo o que consigo dizer.

14

— *O que é isso?* — pergunta Jane, parecendo alarmada.

Afundei ainda mais no abismo. Não estou ganhando dinheiro suficiente. Fui reduzida a um turno no clube, graças ao sistema bizarro de Herb, que recompensa os garçons que têm mais turnos com mais turnos ainda, então aqueles que foram penalizados por alguma razão enfrentam dificuldades de encontrar um novo horário. Ao menos ainda tenho o turno de sexta, cuja renda quase consegue, mas não muito, cobrir meu aluguel. Até o bufê anda devagar nos últimos tempos.

As gravações para o filme do Russell Blakely vão acabar em poucas semanas, então Jane enfim deixou de trabalhar à noite. Ela desce a escada circular vestindo suas botas vintage anos 1960, de retalhos de couros de cores diferentes como se fosse um patchwork, uma saia curta de veludo azul e uma jaqueta de aviador vermelha com gola de pelo falso que encontrou na Bolton's, da rua 8. A Bolton's é uma dessas grandes lojas de descontos, e Jane sempre encontra algo por lá, enquanto só costumo voltar com outro par de meias-calças pretas. Jane já está com os óculos escuros que são sua marca registrada, o que significa que está decidida a sair. Nada normalmente atrasaria sua saída. É por isso que sei, com certeza, que a coisa na tigela que estou segurando deve parecer tão ruim quanto penso.

— Uau, veja só! Onde arranjou essas botas? — Talvez consiga distraí-la falando de moda.

— Não tente me distrair falando de moda. É sério, o que é isso?

— É... comida?

— De astronauta?

— Não, é uma nova dieta maravilhosa? Comprei da televisão. — Estou tentando manter minha animação para experimentar dietas variadas. Até agora, nenhuma delas funcionou. Mas desta vez é diferente.

— Você pagou por isso?

— Ah, sim, Jane, e vale muito a pena. Se chama SaborVida, e não é uma dieta só para remediar, é um novo estilo de vida incrivelmente saboroso!

— Seeei — diz Jane, com cautela.

Por que ela parece tão desconfiada? Preciso fazer com que entenda.

— Jane. Sei que parece estranho, mas James Franklin estava dizendo no outro dia na aula que todos no set dele faziam essa dieta. Em *Hollywood*.

— Sério? Hollywood? — exclama Jane, num falso deleite.

— Jane, é sério. Já viu os comerciais? "Mais de 11 milhões de pessoas perderam peso"?

— Sim, vi as pessoas nos comerciais puxando as calças velhas e gigantescas de seus novos corpos magros. Então... o tal do James disse isso para você?

— Disse, mas não... ele não estava falando que eu preciso. Só estávamos conversando depois da aula... mas, de qualquer forma, fui eu quem tocou no assunto. Só estava tentando puxar conversa, perguntando sobre o filme, e ele só estava me ajudando ao me contar o que alguns dos profissionais fazem.

— Ummm-humm — comenta Jane, na dúvida. — Mas quando você começou com isso? Não vi nada na geladeira.

— É, não, essa é a melhor parte... Não precisa refrigerar. Vem numa caixa. A comida vem desidratada num pacote, e você só precisa tirar e mergulhar na água.

— Você *mergulha na água?*

— Parece esquisito, eu sei, mas é muito conveniente porque se pode levar para qualquer lugar, sabe, ao longo do dia?

— Por que você não come comida saudável de verdade, do tipo que não precisa mergulhar na água?

— Ora, é óbvio, porque não consigo me controlar. Isso ensina você a controlar as porções. Tudo o que precisa está em cada pacote, o que elimina as suposições de se fazer uma dieta.

— Parece até que você entrou para uma seita. O que acontece quando você tiver que voltar ao mundo real, o mundo em que tem que pensar por si mesma?

— Com sorte estarei tão fraca e fragilizada que a comida terá perdido toda a sua atração.

— Ótimo plano. E quem está na *Leeza* hoje?

— Tenho quase certeza de que o programa de hoje é "Mulheres que queriam que suas melhores amigas parassem de julgá-las".

— Rá-rá. Vou trabalhar agora. Quer que eu leve o fio da TV comigo?

— Jane. Tchau.

Depois que ela sai, fico perambulando pela sala, olhando a televisão com cautela. Sei que Jane só está provocando — não é que eu tenha algum problema de verdade com *Leeza*, embora saiba que o episódio de hoje se chame "Animais impressionantes", o que aparentemente inclui um cachorro que consegue amarrar o cadarço dos sapatos das pessoas. E Jane tem razão, acho, sobre eu ter caído numa rotina de assistir mais televisão durante o dia. Começou quando os cheques residuais do meu comercial do Niágara começaram a escassear, e eu queria ter certeza de que não estavam cometendo um engano, que o comercial estivesse rodando em segredo uma dúzia de vezes por dia e estivessem esquecendo de me pagar ou algo assim, então comecei a depurar os canais durante o dia para ver se conseguia contar quantas vezes ele era veiculado e comparar com o que meus cheques diziam.

Leeza estava no ar, e ela falava sobre como ganhar inspiração, e senti que seus conselhos eram úteis. Muitos dos programas têm conselhos sobre perda de peso, tanto que consegui a dieta da sopa de repolho, que poderia ter funcionado, tenho certeza, se eu não odiasse repolho. Ela também tem celebridades e pessoas que superaram desgraças espantosas, e nunca se sabe quando vou encenar uma personagem com a qual não me identifique, mas que possa se assemelhar a alguém que vi na *Leeza*. Então, pode-se dizer que o tempo que gasto assistindo à *Leeza* é quase educativo.

Mas a questão é que, logo depois, começa *Chalé Pinetree*, a novela. Quando a assisti pela primeira vez, foi só por alguns minutos logo depois da *Leeza* e antes do primeiro intervalo comercial. Estava mais fascinada do que interessada. Usei a novela mais como um exercício de atuação, me desafiando com o diálogo cafona, dizendo as falas em voz alta para mim mesma, só para ver se conseguia fazer com que as cenas ficassem mais reais que as versões dos atores na novela. Eu me perguntava se era culpa dos atores que a coisa inteira parecesse ridícula, ou se realmente não havia nada a fazer para torná-la menos artificial, visto o quanto parecia artificial.

Mas agora caí na rotina de assistir aos dois programas todos os dias sem falta, e às vezes até deixo a TV ligada por mais tempo e assisto a *Garanhões* e a *Conexão do amor*, dois programas que não posso justificar de forma alguma como enriquecedores. Em parte, culpo Dan, que mal fica em casa. Não sei aonde ele tem ido escrever ultimamente, mas não é na nossa sala de estar, e se ele ao menos estivesse ali com mais frequência eu ficaria muito envergonhada de ficar deitada a tarde inteira no sofá.

Porque, se for honesta comigo mesma, agora estou realmente viciada em *Chalé Pinetree*, a ponto de pensar nos personagens durante o dia como se fossem pessoas de verdade e ficar preocupada com eles no fim de semana. "*Como* CoCo Breckenridge vai esconder o sumiço de sua irmã gêmea?", me vejo perguntando. Toda sexta-feira, decido parar de assistir, mas, uma vez que chega a segunda, não consigo resistir à vontade de ver como o suspense foi solucionado.

Às vezes, quando fico muito frustrada, penso em despedir Joe Melville, mas não gostaria de magoá-lo, e parece ser um pouco redundante mandar uma pessoa parar de ficar ligando para você se ela já não liga mais. É de se presumir que ele esteja envergonhado por ter cometido um engano, e talvez tenha esperança de que, ao me ignorar por bastante tempo, nós possamos fingir que nosso encontro jamais aconteceu e ambos sejamos poupados da vergonha de confrontar nossos fracassos. O que me coloca de volta no lugar em que me sinto mal por Joe Melville. Admito, é um tipo doentio de relacionamento com alguém que quase não faz parte da sua vida.

Leeza só começa ao meio-dia, e, agora, durmo até essa hora, porque não há razão para levantar mais cedo. Jane fica fazendo estardalhaço, como se houvesse algo de muito errado comigo. Ela me liga do trabalho todos os dias só para ter certeza de que vou me levantar.

— Estou preocupada com você. Está deprimida.

— Estou bem.

— Minha colega de quarto, Frances Farmer — diz Jane, melodramática.

— Sou do tipo sensível, criativo. Estou passando por uma fase.

— Se eu chegar em casa e você estiver comendo sorvete e assistindo a *Harry e Sally: feitos um para o outro*, vou chamar a polícia.

— O que eles vão fazer, me prender por ser um clichê?

Então, quando o telefone toca às onze e meia daquela manhã, corro para atender no segundo toque. Vou fingir para Jane que estou de bom humor. Agirei com animação, como se estivesse acordada há horas.

— Rede das Amigas Sensitivas, Dionne Warwick falando — gorjeio.

— Hum, alô. Aqui é o Richard, da Artistas Incomparáveis. A Franny está?

Eu me sento, como se ele pudesse ver através do telefone que permaneço na cama numa hora dessas, ainda com o short e a regata com que dormi. Pigarreio e tento fazer minha voz soar mais desperta.

— Sou eu. É ela. — Isso não soa direito. — É eu.

— Olá, eu. Acordei você?

— Não. Estou acordada. Eu... hum... estou resfriada.

— Ah, puxa. É muito grave? Joe tem um teste para você.

— Acabei de ter uma recuperação extremamente acelerada.

— Ótimo!

— Ótimo!

— Então, é hoje...

— Hoje?

— Dentro de umas duas horas.

— Hoje?

Ah, não. Não fiz nada nas duas últimas semanas senão dormir tarde e ir me arrastando para a aula e para os turnos que me sobravam no clube. Não malhei. *Mal* saí de casa. Estou despreparada. Estou sem energia.

— Parece ótimo!

— Lamento ser tão em cima da hora. Eles precisam substituir alguém em *Chalé Pinetree*.

— Em *quê*?

— *Chalé Pinetree*, a novela? Desculpe, aquele programa que passa de tarde? Você conhece?

— Está brincando comigo.

— Hum, não. Você é fã?

Meu coração está pulando fora do peito. Não posso acreditar. *Chalé Pinetree*! Se sou fã? Sou mais do que fã. Sou uma estudante, uma devota. Poderia escrever uma tese com o que sei sobre *Chalé Pinetree*. Que sorte! Talvez dê certo. Talvez não seja repulsiva e piegas, no fim das contas.

— Sim! Conheço. Até bem demais, na verdade.

— Ótimo. Então chegue lá o mais rápido possível. Eles vão fechar a sessão às duas horas. Vou mandar por fax a sua cópia com o texto e as informações da entrevista. Ligue se tiver alguma pergunta, e merda para você.

— Obrigada.

Tenho que correr. Mas, por um momento, fico ali parada no meio do quarto, ainda segurando o fone, estranhamente paralisada. Tenho que tomar banho. Tenho que tomar banho? Tenho. Mas e o meu cabelo? Se eu lavar o cabelo, vou ter que secá-lo. Vou tomar banho sem lavar o cabelo. Coloco uma toalha na cabeça enquanto tomo banho para manter o cabelo seco. Onde está meu modelito mulher fácil? A maioria das mulheres em *Chalé Pinetree* é sensual, exceto a estrela mais antiga, Angela Bart, que é sensual, porém de maneira mais velha, elegante. Será que a camisa está limpa? Vou usar meu sutiã *push-up*. *Onde está o meu sutiã push-up?*

Entro e saio do chuveiro em tempo recorde. Uso a toalha que estava na cabeça para me secar. A umidade do banheiro fez algo de útil pelo meu cabelo, para variar. Posso ouvir o fax zumbindo, o papel caindo no chão. Fico curiosa para ver o material. Darei uma olhada antes de sair de casa para ter certeza de que estou escolhendo a roupa certa.

Vou até o fax e desenrolo a primeira página.

ARTISTAS INCOMPARÁVEIS — DESIGNAÇÃO

ASSUNTO: *Franny Banks/leitura de* Chalé Pinetree
QUANDO: QUARTA-FEIRA, 12 DE ABRIL DE 1995
HORÁRIO: 14H30
ONDE: Estúdios da ABC, rua 66 Oeste, 49/5º andar
COM: Jeff Ross e Jeff Bernbaum, Elenco

DETALHAMENTO DA PERSONAGEM:

{ARKADIA SLOANE} 23-25 anos. Arkadia é a filha há muito perdida do milionário patriarca ELLIS SLOANE. Acreditava-se que Arkadia tinha sido afogada pela terceira esposa do milionário playboy Peter Livingston, a milionária especialista em imóveis ANGELA BART, que esperava ser declarada a única herdeira da fortuna dele, mas descobre-se que Arkadia sobreviveu à tentativa de assassinato nadando até a costa, embora só tivesse oito meses de idade. Exibindo a determinação e a insolência que possibilitaram sua sobrevivência quando bebê, Arkadia chega a Pinetree pronta para acertar as contas e despedaçar alguns corações. DEVE FICAR À VONTADE DE LINGERIE, DEVE SER EXCEPCIONALMENTE BONITA/POR FAVOR, ENVIE TODAS AS ETNIAS.

INT. VESTÍBULO DO CHALÉ PINETREE — DIA

ANGELA BART dá instruções a um carregador de malas, enquanto outros funcionários do hotel auxiliam alguns hóspedes. A estonteantemente bela ARKADIA SLOANE entra, carregando uma maleta. Ela logo para no vestíbulo, espiando Angela. Um a um, os funcionários e os hóspedes notam Arkadia. Eles interrompem o que estão fazendo, paralisados diante de sua beleza magnífica. Por fim, Angela também ergue o olhar.

                ANGELA
    Sim? Em que posso ajudar?

               ARKADIA
   (Dá risadinhas nervosas.)

Sim! (recupera a compostura) Não. Lamento. É que foi engraçado, vindo de você.

ANGELA
Lamento, sou Angela Bart. Nós nos conhecemos?

ARKADIA
Lamento dizer que sim.

ANGELA
Se nos conhecemos antes, não me recordo. Lamento. Você é muito bonita, sabia?

(Arkadia começa a chorar e a soluçar descontroladamente.)

ARKADIA
Bonita? Se sei que sou bonita? Não, eu não sei! Meu nome é Arkadia Sloane, disso eu sei! Você tentou me afogar quando eu tinha oito meses de idade, disso eu sei! Se sou bonita? Esta é a ÚNICA coisa que não sei, Angela. Eu SEI que fui encontrada nas margens de um rio por uma família gentil de coletores de maçã, no sul de Vermont, cujas plantações costumavam ser vítimas de pragas e insetos, cujos filhos já tinham crescido e mudado de casa há muito tempo, que não precisavam nem queriam outra criança, mas que me acolheram, e que, apesar de gentis, como eu disse, acreditavam que espelhos eram coisa do demônio. Eles acreditavam na pessoa honesta e trabalhadora, mas simples, o mais simples possível! Então cresci sem

espelhos, sem batom, sem escovas ou pentes, sem roupa íntima decente! Mas consegui abrir caminho até Nova York, e sofri, e lutei, e fiz um nome para mim mesma! No mundo da lingerie! Talvez você tenha ouvido falar da minha linha de lingerie, Lamento de Arkadia?

(Angela ofega.)

                ANGELA
É VOCÊ?

(Lágrimas escorrem pelas bochechas de Arkadia.)

                ARKADIA
Sim, Angela, sou eu. Agora você "lamenta"? Está se "lamentando" agora?

                ANGELA
Sim. Estou. Eu disse que lamentava, antes mesmo de saber realmente o quanto lamentava.

(Angela abre os braços, recebendo Arkadia.)

            ANGELA (CONTINUAÇÃO)
Mas você está enganada. Enganada a meu respeito. Estou tão feliz que esteja aqui. Seu pai ficará tão feliz também, minha querida. Por favor, deixe-me dar as boas-vindas. Junte-se a mim, pessoal!

Hóspedes e funcionários do hotel se reúnem ao redor de Arkadia, E EM UNÍSSONO...

                    TODOS
        Bem-vinda ao Chalé Pinetree!

ÂNGULO em: Arkadia — surpresa, feliz, cansada, e
talvez até um pouco desafiadora...

Baixo a página e pisco por alguns instantes.
Puta merda. Não posso fazer isso.

15

Antes que saiba exatamente o que estou fazendo, ligo para Richard, na agência.

— O fax chegou?

— Hum. Sim. Hum...

— O diálogo é um tanto canhestro, eu sei, mas você vai se sair bem!

— Não sei se consigo fazer isso.

— Ahn?

— Isso... de lingerie... todos interrompem o que estão fazendo, porque ela é lindíssima, bem, faça-me o favor... e então, no fim, devo parecer cansada e desafiadora, como é que alguém poderia... estou *soluçando*, ainda por cima? Nem ao menos entendi...

— Franny, você está nervosa. Faz um tempinho que não faz nenhum teste. Mas Jeff e Jeff são bons recrutadores de elenco, são caras legais também. Eles sabem que você não teve muito tempo com o material. E fazem outros projetos além de *Chalé Pinetree*. Só queremos que você vá lá, seja vista. Claro, se você não estiver confortável com o material, posso falar com Joe...

— Não, não — digo, recuando depressa. — Eu só... estou tendo um momento de... garanto que é só nervosismo, como você disse. Não se incomode. Estou indo agora.

— Divirta-se, Franny, de verdade. É apenas um teste.

Estou no trem D que passa sobre a ponte de Manhattan, repassando as falas na cabeça. Pelo menos, pensava estar repetindo na cabeça até me ouvir.

— Ah! — digo alto demais, e uma garota diante de mim no vagão tira os olhos do livro e me encara, faminta, como se gostasse de se entreter com os loucos no metrô e estivesse esperando que eu falasse mais.

Leio e releio as páginas, tentando fazer com que soem mais reais. No entanto o roteiro é tão estranho. Todos aqueles "lamento" e aquele discurso com toda a informação sobre o passado da personagem. Ninguém fala assim. Tento pensar no que Stavros diria: seja autêntica, diga o que sente e sinta o que diz, não ignore as circunstâncias dadas. Só preciso usar o que aprendi na aula e ficarei bem.

As circunstâncias dadas: criança abandonada ressurge para ver seu pai. Ela se tornou um sucesso, mas ficou afastada durante todo esse tempo. Por quê?

Stavros sempre diz que, quando estamos analisando um roteiro, devemos perguntar: "Por que este dia é diferente dos outros?" Por que ela decidiu aparecer justo hoje?

Não sei; não tenho informações suficientes. Na aula nós teríamos a peça inteira, não apenas uma única cena, e a estudaríamos por semanas. Leríamos o que outras pessoas escreveram a respeito; conversaríamos sobre como outros diretores e atores interpretaram o material. O que posso fazer com quatro páginas e uma viagem de 25 minutos no metrô?

De certa forma, assisti ao bastante da novela nas últimas semanas para já ter feito esse tipo de pesquisa. Conheço a personagem com quem ela está falando; conheço o mundo em que vivem. Mas Arkadia é nova. Ninguém na novela sequer falou sobre ela antes. Angela Bart sofreu recentemente um susto com uma ameaça de câncer, que no fim não passava de refluxo gastroesofágico, e também recebeu a chave da cidade de Pinetree por todo o serviço humanitário que prestou, o que ela só fez porque planeja se candidatar à prefeitura e desviar as verbas da campanha para pagar as "pílulas da juventude" que arranja com uma fonte ilegal na ilha de Guam. Sei muito sobre o mundo dela, mas nada disso me ajuda a saber como interpretar Arkadia.

Além disso, tem o choro. Nunca tive que chorar num teste antes, muito menos "soluçar", como as instruções de palco indicam. Nas aulas, consegui verter uma ou duas lágrimas aqui e ali, mas não consigo imaginar como explodir em lágrimas numa sala de teste. Terei que ser fascinante e instigante para que os diretores de elenco não notem. *Adapte para si mesma*, é o que Stavros sempre diz. Isso mesmo! Isso é tudo o que preciso fazer. Mostrarei a eles como é a *minha* Arkadia. Serei a Arkadia que está voltando para casa pela primeira vez, que viveu ferida, zangada e descartada, que, por alguma razão, escolheu este dia para defender a si mesma, e que faz tudo isso sem chorar.

Enquanto me identificava ao segurança na portaria (nome, quem estou indo ver, andar e horário) e recebia meu crachá (Frances Banks — Visitante, Agência de Elencos Jeff & Jeff, 34º andar), estava absolutamente eufórica. Eu me convenci de que conheço Arkadia Sloane tão bem quanto se fosse uma pessoa real. Escondi num canto da mente essas questões incômodas sobre a realidade, tais como ter descoberto quem o pai de fato era enquanto vivia isolada numa fazenda em Vermont, a probabilidade de um bebê de oito meses nadar até a costa em segurança, ou alguém comprar um roupa íntima que tenha "Lamento" como nome. Nada disso importa agora. Eu *sou* Arkadia. Estou me sentindo bastante confiante.

Percebo, enquanto subo, que esqueci de trocar meus Doc Martens. O elevador está quase cheio, então tenho que me espremer num canto para evitar bater em alguém enquanto coloco o salto alto. Quando ergo o olhar, já estamos no trigésimo andar, com a próxima parada no 34º. Empurro meu sapato esquerdo no pé e enfio as botas volumosas na bolsa exatamente quando a porta se abre. Eu me espremo para fora do elevador, quase perdendo o equilíbrio. Devia ter colocado os saltos lá fora e praticado por um quarteirão ou mais para me acostumar com eles, porém é tarde demais para me preocupar com isso agora.

O elevador separa o prédio em duas alas: à minha esquerda está uma imensa porta de vidro fosco com uma placa brilhante que diz "Produções Raio de Sol". À minha direita, outra porta de vidro fosco com uma folha de papel colada. Uma seta está desenhada com um marcador grosso e, abaixo dela, lê-se "Elenco". Deve ser ali.

Finalmente, meu primeiro teste de verdade depois de um tempão. Estou de volta aos trilhos. Hoje é o primeiro dia da minha carreira de *verdade*.

— Eu me lembro do dia em que as coisas mudaram para mim — direi para a casa lotada no 92nd Street Y. — Ironicamente, visto a quantidade de teatros em que tive a oportunidade de atuar ao longo dos anos, o teste não foi para uma peça; era, na verdade, para uma *novela*. — E a plateia rirá, entretida, surpresa.

O elevador toca e as portas se abrem, levando uma nova enxurrada de pessoas para o corredor e me trazendo de volta à realidade. Não posso ficar ali parada para sempre imaginando coisas maravilhosas que ainda não aconteceram. Tenho que entrar e fazer com que elas aconteçam. Meu coração bate tão forte que me sinto um pouco tonta, e estou tão trêmula que me custa um grande esforço empurrar e abrir a porta imensa.

Há um enorme balcão de recepção, atrás do qual está sentado um rapaz pálido usando gravata, o rosto quase enterrado por trás de várias pilhas de roteiro e um buquê de flores gigantesco. Uma prancheta se projeta sobre a escrivaninha dele, com a palavra IDENTIFICAÇÃO em letras de fôrma no topo, e vou direto até ela, sem querer parecer hesitante ou inexperiente. Minhas mãos tremem enquanto tento escrever meu nome e o número da previdência social, mas sinto uma explosão de orgulho quando, pela primeira vez, posso preencher algo na coluna AGÊNCIA. "Artistas Incomparáveis", escrevo, então me sinto um pouco mais segura.

Talvez seja imaginação minha, mas o pálido recepcionista parece estar me encarando, olhando para mim com um ar de curiosidade, ou seria de desdém? Está tão óbvio assim que sou novata?

Não me importo. Não vou deixar que ele me intimide. Olho para ele com um sorriso mas também com um pouquinho de desafio, e penso em Arkadia no fim da cena, que devia parecer desafiadora, ainda que vulnerável, e agora compreendo isso de uma maneira que não conseguia poucas horas antes. Um sinal de sorte! Lembrarei dessa sensação e a usarei no trabalho. O recepcionista parece prestes a me dizer algo, mas não permitirei que ele roube a minha confiança, então me viro, como Arkadia teria feito, segura de si.

E só então percebo que sou a única pessoa branca na sala.

Há dois sofás em forma de L ao redor da recepção, e neles estão sentadas cerca de 15 das mais belas mulheres negras que já vi. Jovens, magras e estonteantes, vestidas com blusas minúsculas e saias curtíssimas.

Quero sair correndo da sala, voltar para o Brooklyn, voltar para meu quarto sem cortina e me esconder. Dizer que não sou o que estão procurando seria bondade. Eu nem sabia que esse tipo de beleza sequer existia, em Nova York ou no mundo inteiro, e é óbvio que não sou certa para o papel. Nem mesmo tenho a *cor* certa.

Mas é estranho... Como vão explicar a filha de Peter Sloane ser negra? Creio que podem fazer qualquer coisa em novelas, trazer as pessoas de volta da morte, tirá-las de um coma. Mas pensei que a mãe de Arkadia fosse a falecida mas inteiramente caucasiana Mary Marlowe, a herdeira de...

— Com licença? — O pálido recepcionista empurra os óculos sobre a ponte do nariz, me olhando com suspeita.

— Sim?

— Você está no lugar certo?

Ergo os ombros e o olho com ar de superioridade. Não vou deixar que ele faça com que eu me sinta mal. Não vou.

— Sim, acredito que sim — digo com firmeza. Sou forte. Sou confiante. Sou Arkadia Sloane.

— Tem certeza? Veio aqui para o comercial do perfume Brisa de Ébano?

O quê?

— Ah. Não. Eu vim aqui... hum... para *Chalé Pinetree?*

— Foi o que pensei. Você está no andar errado. C.P. é no 34º, subindo mais um andar.

— Ah! Graças a Deus! — gaguejo. — Quero dizer, eu não... hum... fiquei muito... Estava confusa porque... hum... — Gesticulo impotentemente para a sala às minhas costas.

O recepcionista empurra os óculos pela ponte do nariz mais uma vez e acena para que eu me aproxime.

— Não fique assim — sussurra ele. — Elas são *modelos.*

Quando consegui chegar ao andar certo e me inscrever na ficha de identificação correta, estava quase esgotada demais para lidar com as garotas que realmente teria que enfrentar e que, à primeira vista, eram menos exóticas, mas tão intimidadoras quanto as modelos do 33º andar. Como é que todo mundo sabe o que vestir? Todas parecem ter estudado o mesmo manual de cabelo e maquiagem, que parece envolver um cabelo longo e alisado e um batom vermelho-escuro e opaco. Elas são tão estonteantes enquanto indivíduos que quase se misturam num único grande e belo borrão. O grupo se torna um: as Belas. Tento bloqueá-las, mantendo a cabeça abaixada, estudando minhas falas repetidas vezes, apertando as folhas com muita força, o frágil papel de fax começando a ficar amarrotado.

Um homem com cabelo curto e encaracolado e um suéter azul justo de gola V abre a porta da sala de teste, guiando uma das Belas em seu caminho de saída. Seu rosto está brilhante e um pouco úmido. É óbvio que andou chorando. Meu estômago revira.

— Belo trabalho, Taylor — diz ele, calmo. — Realmente excelente.

— Obrigada, Jeff. — Taylor usa o dedo anelar da mão direita para secar com delicadeza os olhos, como se não quisesse estragar a quantidade copiosa de delineador que parece ter ficado, por milagre, intacta. — Foi uma honra dizer as falas dela — afirma, e se afasta, sorrindo de orgulho.

Foi uma honra? Dizer *aquelas* falas? É assim que eu deveria agir? As pessoas acreditam nisso de verdade?

Jeff olha para a sua prancheta.

— Frances Banks? Você é a próxima.

Respiro fundo e tento flutuar da cadeira com a graciosidade que Arkadia teria. Mas um dos meus saltos agarra no carpete áspero e o sapato pula do meu pé.

— Opa — diz Jeff, mantendo a porta aberta enquanto recoloco o sapato.

— Preciso parar de beber na hora do almoço — gaguejo.

— Eu não, querida — diz Jeff, tranquilamente. — É a única saída.

— Eu não quis... não quis dizer...

Mas já atravessamos a porta, e Jeff se senta em seu lugar.

— Jeff, essa é Franny Banks — apresenta o Jeff de suéter apertadinho ao Jeff de colarinho aberto. — Joe Melville a mandou.

— Ótimo. Não, não, não tão longe, queridinha, sua marca está bem aqui, onde está a cadeira. Isso mesmo.

— Aqui? Então devo ficar de pé? Ou sentar? Na cadeira?

— O que preferir, meu anjo. Nada escapa à câmera.

Nunca tinha pensando nisso dessa maneira. Parece um agouro. Por um minuto, fico olhando para a câmera, que está arrumada sobre um tripé apontado para a cadeira. Então percebo que ela vê tudo, que está me vendo agora, encarando-a feito boba. Já tive câmeras em outros testes, claro, mas, nos comerciais, em geral você olha direto para elas, uma competição entre o olhar da máquina e o do homem. Hoje, no entanto, estarei lendo com uma pessoa enquanto o aparelho me fita de outro ângulo, e devo fingir que isso não me deixa desconfortável. *A câmera é minha amiga*, penso. Mas, quando percebo a fria lente preta pelo canto do olho, aquilo faz com que eu me sente mais ereta e erga a cabeça de uma maneira que espero que seja natural, enquanto tento impressionar a câmera ao mesmo tempo que finjo que ela não está lá.

— Já não a vimos antes, Jeff? Não a conhecemos?

— Está pensando na outra Franny.

— Tem outra Franny? Quem é?

— Ah, o nome dela é Franny? Estava pensando na Annie.

— Que Annie?

— Annie O'Donnell? Ou McDonell? Esqueci.

— Quem?

— Você sabe. Do cabelo ruivo. Nós a colocamos naquele filme do Lars Vogel?

— *Outra história de amor?*

— Esse mesmo.

— Annie McDonald!

— Sim!

— Annie e Franny são pessoas totalmente diferentes, Jeff. Você é péssimo com nomes.

— Então não conhecemos esta Franny. Franny, não Annie, não conhecemos você.

Eles ficaram falando entre si por tanto tempo que eu não sabia se a pergunta exigia uma resposta minha ou se era apenas uma observação da qual fui inteirada. Antes que eu possa decidir, o Jeff de camisa diz:

— Quantos anos ela tem?

— Você não pode perguntar isso a ela, Jeff.

— Franny, aparentemente não posso saber sua idade. — Ele revira os olhos e pisca para o Jeff de suéter.

— Bem, então acho que não posso contar para vocês — digo, tentando um sorriso, que parece um pouco trêmulo.

— Mas por que não a conhecemos? Franny, por que não conhecemos você?

Fico calada, sem saber se devo contar que eles não me conhecem porque este é o meu primeiro teste de verdade, e, se eu disser a coisa errada, temo que possa ser a última coisa que direi.

— Bem, acho que é porque acabei de entrar para a categoria dos conhecíveis — consigo dizer.

Os Jeffs ficam calados, depois explodem num ataque de risadinhas.

— A Categoria dos Conhecíveis! Hahahahaha! *Este* vai ser o nome da minha nova banda!

— Você é velho demais para ter uma banda, queridinho.

— Não sou velho demais para *dar um nome* para uma, sou?

Os Jeffs riem um pouco mais, depois suspiram e finalmente se recompõem.

— Sinto muito, estamos um pouco bêbados. Estamos nessa há três dias seguidos. Tivemos que regravar algumas cenas, o que simplesmente não acontece em novelas.

— A menos que alguém tenha vomitado durante uma tomada, usamos a gravação. Provavelmente teríamos usado com o vômito. Apenas não temos tempo.

— O que aconteceu com a outra atriz? — pergunto, e os Jeffs se entreolham.

— Ela foi encontrada com uma quantidade gigantesca de cocaí...

— Cocaaaa... Cola. Certo, Jeff?

— Ah. Sim. Era isso que eu estava para dizer.

— Ela gosta muito de *refrigerante*, não é, Jeff?

— Sinto muito, sim. Como ela era fã de bebidas gaseificadas!

— Então. Voltando para Franny. Ela é alta, não é, Jeff?

— Umm-humm. Alta e bonita.

— Obrigada — digo, sorridente.

— Franny, qual é a sua altura?

— Jeff, você não pode perguntar isso a ela.

— Mas ela é alta demais para a Angela? Você sabe como ela pode ficar.

— E esse cabelo! Franny, qual é a sua etnia?

— Você também não pode perguntar isso a ela, Jeff. Comporte-se.

— *Ui*, faça-me o favor. Todas essas *leis*.

— Não me importo. Vou contar. Sou irlandesa.

Eles assentem, e sorrio com hesitação. Sinto que estão esperando por mais.

— Mas meu cabelo não vai dizer uma palavra. Ele é muito sensível, e sabe ser um tanto litigioso.

Os Jeffs começam as risadinhas de novo.

— Hahahahahaha! O cabelo é de um lugar diferente!

— Deve ser judeu!

— Ela tem um cabelo italiano e estrondoso!

— O cabelo *processa*!

— Hahahahahahahaha!

Quando vamos à cena, já estou me sentindo bem relaxada. O Jeff de suéter lê comigo, murmurando trechos enquanto eu os digo. O que me distrai, mas me esforço para manter o foco. Passo pelo discurso gigante com suavidade. Não fui perfeita, mas acho que consegui irradiar um pouco da mágoa de Arkadia, um pouco do orgulho.

— Bem, *eu* gosto dela. O que você acha, Jeff?

— Umm-humm, eu também. Tente de novo, só por diversão, Franny. Se entregue um pouco mais, talvez?

Merda. Eles querem que eu chore. Isso é o que "se entregue um pouco mais" significa. Ele provavelmente quer ver se vou chorar na segunda tomada. Preciso encontrar um jeito de fazer sentido que ela não chore.

Na segunda vez, o discurso vem de certa forma mais suave, e calmo, mas ainda não consigo chorar. Mas está tudo bem, penso, pois senti mais emoção na segunda tomada. Não quis mudar o volume, mas senti que, sendo Arkadia, estaria praticando o que dizer para Angela Bart neste dia há anos, e que, agora que tenho a chance, não precisava gritar para ser ouvida. Esta versão de Arkadia não choraria, pensei, porque estaria usando sua armadura. Faz sentido que ela não queira que Angela veja seus verdadeiros sentimentos. Faz sentido para mim, pelo menos, e essa é a coisa mais importante. Adaptei Arkadia *para mim mesma*.

Quando termino o discurso, os Jeffs se entreolham, sorridentes, como se tivessem gostado do que viram.

— Ótimo, queridinha.
— Que bom que você veio.
— Sua leitura foi excelente.
— O cabelo também não estava mal.
— Cale a boca, Jeff.
— Cale a boca você, Jeff.

Do lado de fora, parece que uma tempestade está chegando e o vento ganha força. Preciso me curvar para fazer algum progresso enquanto avanço a 66. Quando percebo que parte da minha sensação de inclinação se deve ao fato de ainda estar de salto alto, paro num canto para trocar os sapatos. Mesmo que não estivesse sendo açoitada pelo vento frio, sei que minhas bochechas ainda estariam ardendo.

"Excelente", disseram eles. A leitura correu bem, foi o que disseram. E eles eram divertidos de se conversar. E não falaram nada da falta de choro.

Eu me pergunto se vou conseguir o papel. Eu me pergunto quanto tempo leva para que liguem avisando quem decidiram contratar. Melhor verificar a secretária eletrônica. Mas provavelmente é cedo demais. Ainda havia algumas garotas na área de espera. Eles provavelmente têm que ver todas antes de decidir. Ou não? Talvez já estejam ligando para a agência.

— Não precisamos ver mais ninguém depois de ver a leitura dela — é o que estão dizendo a Richard ou a Joe neste exato momento. — Ela é perfeita para o papel.

Talvez eu deva ligar para Joe, ou para Richard pelo menos. Não. Devo esperar. Apenas sentar e ficar tranquila.

Mas, por outro lado, talvez devesse ligar para Richard só para dizer que foi tudo bem, então ele terá mais informações quando falar com eles. Talvez ele já tenha me deixado uma mensagem e queira que eu retorne a ligação. Talvez esteja tentando falar comigo neste exato momento.

Acabo parando num telefone público para conferir a secretária eletrônica.

Você tem três novas mensagens.

Mal consigo respirar enquanto digito meu código e espero que a fita rebobine.

BIIIP

Oi, Franny, é a Gina da Brill. Por acaso você sabe fazer malabarismo? Ou patinar no gelo? Estão precisando de um patinador malabarista para um comercial de cerveja. Aliás, você tem algum problema com cerveja? Avise a gente!

BIIIP

Frances, sou eu, seu pai. Imaginei que talvez tivessem se livrado de todos os telefones em Manhattan, mas parece que eles ainda existem. Por favor, ligue de volta para mim, seu pai.

BIIIP

Oi, Franny, é o Clark. Uma pena que a gente viva se desencontrando. Tento mais tarde.

BIIIP

Não quero ligar para o meu pai para falar sobre o casamento de Katie ou para Clark ou para quem quer que seja até que tenha boas notícias para contar. Prometo a mim mesma que não farei qualquer ligação enquanto não comprar um jornal, parar num restaurante, pedir um café e completar todas as palavras cruzadas do *New York Times*. Só então me permitirei ligar para Richard ou verificar a secretária eletrônica de novo.

A caminho da lanchonete, paro numa banca e compro o jornal e alguns Marlboro Lights. Fazia três dias que não comprava um maço, e tinha jurado recentemente que não fumaria mais, porém estou muito agitada agora para largar o cigarro. Paro de novo na semana que vem.

Estou quase terminando o café e o sanduíche de queijo quente quando percebo qual é o problema. É sexta-feira. Devia ter pensando no dia antes de prometer terminar as palavras cruzadas do *New York Times* para só depois poder fazer uma ligação. Do meu lugar na lanchonete, posso ver o telefone público através da janela do restaurante — está livre, pronto e esperando que eu faça a chamada. Sempre consigo concluir as palavras cruzadas de quarta-feira, pelo menos, e às vezes as de quinta. Mas nem sempre a de sexta, e hoje estão especialmente difíceis. Não estou nem perto de acabar, nem mesmo na metade. Talvez isso não conte, considerando que fiz a promessa antes de perceber qual dia era. Mas não quero arruinar minhas chances ao quebrá-la. Estou doida para checar a secretária de novo. Minhas pernas tremem de nervosismo debaixo da mesa, e minhas mãos apertam o lápis ocioso com muita força.

Logo após pagar a conta, corro lá para fora para ligar para Richard. Fico esperando junto ao telefone, tremendo de nervoso e de frio, as palavras cruzadas inacabadas ainda na mão. Faço uma nova promessa. Jamais quebrarei uma promessa de novo, juro, se apenas desta vez uma promessa quebrada não estragar nada. Que eu ouça boas notícias desta vez, e depois eu jamais...

— Franny! Recebeu a mensagem?

— Não. Ainda não conferi a secretária.

— Bem... Acabei de deixar um recado... Escute, eles adoraram você na *Chalé Pinetree*.

Funcionou! Mesmo sem ter terminado as palavras cruzadas. *Obrigada, obrigada.*

— Verdade? — Estou tentando parecer casual, mas minha voz está tensa.

— Sim! Disseram que você deu sentido àquela cena ridícula, palavras deles, e que acharam você esperta e cheia de personalidade.

— *Verdade?*

— Verdade! Ótimo trabalho para uma primeira leitura!

— Obrigada!

— Então, mal posso esperar os novos testes!

Fico confusa. Parece até que a conversa acabou.

— Espere. É só isso?

— Como assim?

— Bem — digo, e uma pequena hesitação permeia minha voz. Tento controlá-la com um pigarro. — Bem, não consegui o trabalho?

— O trabalho? — fala Richard, confuso. — Ah, não, esta foi só a primeira leitura para o pessoal do elenco. Existe um monte de passos depois disso.

— Ah! — digo, aliviada por ter mais coisa por vir. — Então qual é o próximo passo?

— Bem, eles *adoraram* você, como eu disse. Olha, você sabe que não importa quão bem tenha se saído hoje, Jeff e Jeff não têm o poder de simplesmente dar o trabalho assim de cara para você.

— Não têm?

— Não, não. Sinto muito, não percebi que Joe nunca... Bem, de qualquer forma, me deixe explicar. Eles são os caras do recrutamento, as primeiras pessoas por quem você tem que passar, e, às vezes, as mais difíceis. Eles chamam as pessoas para a leitura e depois passam as melhores escolhas, as melhores pessoas, para os produtores. Isso não quer dizer os melhores atores, mas as pessoas que melhor se encaixam no papel. Depois você tem que ler para os produtores, às vezes tem que ler para o diretor ou com outro ator... você sabe, para saber se tem química... Já vi pessoas sendo chamadas três ou quatro vezes apenas para um papel pequeno, umas linhazinhas, e nem sempre para algo tão bom. Rola muita competição, eles podem ser bem seletivos e conseguir exatamente a pessoa certa. São raras as vezes em que esse é um processo curto.

Não sabia de nada disso. Agora que ele explicou, faz sentido, porém não me ocorreu que eu teria que encarar mais coisas depois de hoje, mesmo se tivesse me saído melhor.

— É que, daquela primeira vez, quando peguei o trabalho, pareceu que seria uma coisa fácil.

— Sim, eu sei. Aquilo foi bem incomum, na verdade.

— Então nem consegui passar para a próxima fase?

— Não desta vez. Não vai além disso. *Desta vez.*

— Certo — digo, fazendo um som involuntário, algo entre uma tossida e um soluço.

— Franny, você se saiu muito bem. Foi um feedback positivo. Foi ótima para uma primeira leitura. Você disse que esse papel não era muito a sua praia, certo? Fez uma ótima leitura para um papel para o qual não se encaixava bem, e agora já é conhecida deles, e eles gostaram de você e chamarão na próxima vez que tiverem algo que seja *certo* para você.

Eu me sinto tão estúpida. Claro que ele tem razão. Mal podia me enxergar no papel; como alguém conseguiria? Não faria sentido se eu o tivesse conseguido. Ainda assim, uma parte de mim achava que conseguiria de alguma forma. Preciso apresentar a parte de mim que se sente vencedora à parte que está convencida de que sou uma perdedora, e ver se elas não conseguem aceitar uma existência mais próxima ao meio-termo.

— Franny. Isso é uma vitória. Colocar você naquela sala é uma coisa na qual estamos trabalhando há semanas, e agora aconteceu e você causou uma ótima impressão. Se isso faz com que se sinta melhor, e não fui *eu* quem disse isso, eles já estão perto de fechar o contrato com alguém. Uma de nossas clientes, na verdade. Fizeram essa sessão improvisada hoje só para o caso de não ir adiante. Mas eles basicamente já fizeram a escolha. Foi, tipo, uma sessão de reserva.

Saber que a coisa toda jamais foi sequer uma possibilidade me deixa ainda pior.

— Ah. Ótimo. Obrigada. Agora estou me sentindo melhor.

— Olha as coisas por este ângulo, Franny. Você perdeu um trabalho que nunca teve. Não é como se tivesse sido demitida, certo?

Enquanto estou ali parada, apertando o fone, é como se pudesse ouvir uma sirene ou um alarme, mas bem lá longe. É uma sensação que não tenho certeza de ter sentido antes, uma sensação de que algo ruim está para acontecer, mas ainda não sei o que é. O alarme vai ficando mais alto, e, de repente, fico nervosa, como se tivesse feito algo errado, algo que lamento. O que será? Algo que Richard disse: *"perdeu um trabalho que nunca teve... não é como se tivesse sido demitida"*.

Sou atingida de repente, o alarme, bem pertinho agora da minha orelha, está soando a todo volume: a percepção do que fiz e a certeza de qual será o resultado.

É sexta-feira, já muito depois das quatro e meia, muito depois do início do meu ambicionado turno no clube.

É sexta-feira, muito depois das quatro e meia, e tenho cem por cento de certeza de que fui demitida.

16

Herb nem se deu ao trabalho de me dizer ele mesmo que eu não tinha mais meu emprego no clube. Mandou Ricky ir ao telefone para me dar a notícia.

— Estamos frenéticos aqui. Um grupo de formatura. Mas é melhor mesmo você saber por mim, Franny. Nenhum dos universitários respondeu ao pager, e o Herb está furioso.

— Mas talvez se eu mesma tentasse me explicar para ele...

— Ele disse que deu chances demais a você. Que você não está com cabeça para o trabalho. Sabe, toda aquela bobagem de sempre dos seriados policiais. Disse que você pode vir buscar seu último cheque a qualquer hora a partir de quarta. Sinto muito, Franny. Você ainda vai ao meu espetáculo, certo?

— Sim, claro.

Então, na quinta-feira seguinte, na aula, Penelope Schlotzsky aparece com um novo corte de cabelo e luzes de um louro mais claro. Ela passa os dedos pelas novas camadas longas com indiferença.

— Ah, isso? *Eles* fizeram. Para o trabalho. Tive que fazer por causa do *papel*. — "Papel" bem que poderia ser "prisão" pelo tom nada glamouroso com que ela fala.

— O que ela conseguiu? — pergunto a Casey. — Que papel?

— Ela é, tipo, o novo destaque de *Chalé Pinetree* — diz Casey, dando de ombros.

— Ah, verdade? — falo, tentando não soar muito surpresa. — Fiz uma leitura para esse papel.

— *Fez?* — pergunta Casey, parecendo impressionada. — Uau. Tudo o que consegui na semana passada foi uma entrevista para o perfume Brisa de Ébano.

— Quase fui nesse também — comentei, e Casey me deu uma olhada engraçada, enquanto Stavros reduzia a iluminação da casa. — Explico mais tarde — sussurro no escuro.

Penelope Schlotzsky, pensei. É claro. Eu mesma a teria preferido a mim. Mas ainda assim dói. Como um papel que eu nem tinha chance de pegar ainda parece me pertencer, mesmo que um pouquinho?

Por isso, quando Stavros designou James Franklin e eu para fazermos uma cena juntos, fiquei menos empolgada do que normalmente ficaria. Preciso de um trabalho como o da namorada dele, não de uma dor de cabeça como ele.

Ainda assim, dias depois, quando ouvi a voz de James, ou o que pensava ser a voz dele, falando na secretária eletrônica lá em cima, corri tão rápido que bati o joelho na escada circular enquanto me atirava sobre o telefone.

— Ai, digo, alô? — ofego, quase sem fôlego.

— Franny?

— Sim?

— É o James. Franklin.

— Ah, oi. — Eu de fato cubro o fone enquanto tento recuperar o fôlego. Estou arfando audivelmente.

— Você está bem?

— Sim. E você? Está bem? — devolvo, com ousadia.

— Se estou... bem?

Tento ajustar o tom e soar mais leve:

— Quero dizer, como você está? Tudo bem?

— É... tudo. Na verdade, estou aqui na vizinhança. Quer dar uma volta? Pensei que a gente podia trabalhar na nossa cena, se estiver livre.

Se estou livre? Não tenho certeza. Seria muito mais descolado se não estivesse, mas gostaria de ter o que fazer, pois estou mesmo livre. E, de qualquer forma, ele não está me chamando para sair, portanto a regra de "nunca aceite quando a chamam para sair no mesmo dia" não vale. Definitivamente ela não se aplica a companheiros de cena que só estão juntos a trabalho.

Mas hesito. Quem é que simplesmente aparece na vizinhança por acaso? O Brooklyn é imenso. Nunca dei meu endereço a ele. Pelo que sei, ele poderia estar em Coney Island, me convidando para um passeio pelo calçadão.

— Como pode ter certeza? — Minha pergunta soa misteriosa e confiante, penso, como se eu fosse uma detetive num suspense britânico. Estou varrendo as ruas enevoadas de Londres à noite, com minha lupa, encontrando pistas que mais ninguém pode enxergar.

— Como posso ter... o quê? — pergunta ele, depois de um instante.

— Como sabe onde moro?

Além de guardar meu número, ele também deve ter pesquisado a meu respeito. Talvez tenha me procurado na lista telefônica, embora eu ache que só estamos listados sob o nome de Jane. Então me ocorre: James é um dos clientes da Incomparáveis. Talvez tenha ligado para Richard, na agência, e dito que precisava falar comigo, e talvez agora esteja correndo pelo escritório um rumor de que estamos saindo. Será que a agência vai pensar em mim de forma mais favorável se acreditar que estou namorando um ator que de fato consegue testes e trabalhos?

De qualquer maneira, ele me encontrou, penso comigo mesma, orgulhosa. De algum modo, conseguiu me achar, então deve significar que está ao menos um pouquinho interessado.

— Todos nós estamos na... hum... na lista de contato da turma. Eu meio que moro por perto.

Ah. Certo. A lista de contato da aula de Stavros. Esqueci dela. Todos nós temos os endereços e os telefones uns dos outros para podermos ensaiar juntos. Então acho que ele não teve tanto trabalho assim para me encontrar. Mas naquele dia, na rua, ele pediu meu telefone. Por que pediria se já tinha?

— Então por que você pediu meu telefone, naquele dia?

Fecho os olhos e me encolho. *Cala a boca*, digo a mim mesma. *Vocês vão trabalhar juntos pelas próximas três ou quatro semanas. Seja tranquila.*

— Acho que foi porque eu queria ligar para você.

— Por que não usou apenas a lista de contatos, então?

Por alguma razão, estou tentando arruinar tudo, mesmo antes de existir algo para arruinar.

Ele limpa a garganta.

— Porque acho que queria ligar para você de um jeito pessoal, não por uma lista de contatos.

Passei de idiota desajeitada a uma gênia absoluta, mesmo que apenas para mim mesma. Fui franca e ousada, como uma mulher verdadeiramente confiante seria, e, em troca da minha coragem, recebi uma resposta direta e agradável. Devia ser sempre arrojada e espirituosa assim. Sou como uma mulher num anúncio de perfume. Estou carregando uma pasta, saltitando por Manhattan num fluido terninho amarelo e saltos impossíveis de tão altos, para que você saiba que, além de muito bem-sucedida e independente, sou também irresistível. Imagino James e eu passeando de mãos dadas pelo Brooklyn, um lugar por onde nunca andei de mãos dadas com alguém.

Sacudo a cabeça para afastar a imagem. É ridículo ficar pensando em James como um potencial namorado. Ele é apenas meu companheiro de cena. Estamos na mesma turma. Estamos trabalhando juntos, só isso. Ter dito que queria me ligar de um jeito mais pessoal foi bonitinho, mas ele nunca me ligou de fato até hoje, então isso não quer dizer nada. Além disso, pelo que sei, ainda está com Penelope, o que significa que gosta de alguém cuja assinatura contém uma carinha sorridente no "o" do próprio nome. Se gosta dela, com certeza não faço seu tipo. Tenho que agir com mais profissionalismo perto de James. Ele é um ator em atividade num mundo que só consigo imaginar, e quero estar bastante composta para possivelmente aprender algo com ele.

— Estamos os dois de Doc Martens! — guincho, enquanto desço a escadaria de casa. Até mais, seriedade profissional.

Mas ele não parece nada desconcertado. Abre um sorriso fácil, como se eu tivesse acabado de dizer a coisa mais encantadora.

— Quer tomar um café primeiro? — pergunta.

James diz que não mora longe, mas enquanto caminhamos pela Quinta Avenida, percebo que jamais fui tão ao sul do meu próprio bairro. O Brooklyn que conheço fica logo para trás, as árvores gigantescas substituídas por latas transbordando de lixo, as elegantes residências geminadas dando espaço a outras mais simples e espremidas. Paramos num lugar onde nunca estive, em que o café é feito por trás de uma grade metálica de proteção e entregue através de uma pequena abertura que é trancada depois de pagarmos. O homem por trás da grade nos olha de uma maneira que faz com que eu me sinta uma invasora.

— Adoro este lugar — comenta James, soprando o café para esfriá-lo. — Autêntico café cubano. Me lembra um lugar perto de Hoboken, onde cresci.

Tomo um gole do meu café e quase engasgo de tão quente, forte e um tanto arenoso.

— Hum... delicioso — digo, conseguindo sorrir. — Espera, você é de Nova Jersey? Que engraçado. Por algum motivo pensei que fosse do Sul. Minha colega de quarto e eu imaginamos que você fosse algum tipo de caubói.

Não devia ter contado que conversei sobre ele. Estou revelando coisas demais cedo demais. Parece que perdi por alguns momentos os atributos da moça do anúncio de perfume. Mas desta vez é o rosto dele que fica ruborizado.

— Ah. Sim. Lamento sobre isso. Eu estava...

James hesita, olhando para o céu. Ele tem uma daquelas peles rosadas que cora com facilidade, como bem notei. Imagino-o pastoreando ovelhas nas colinas da Escócia ou da Irlanda, algum lugar enevoado e escarpado, vestindo um suéter creme de lã tricotada em ponto trança e galochas verdes, talvez fumando um cachimbo.

Eu me pergunto o que há em James Franklin que sempre me faz imaginá-lo como outra pessoa, em outro lugar, ainda mais quando ele está bem diante de mim. Será que isso não devia ser fantasia suficiente? Não que seja bem uma fantasia. Fico divagando sobre ele, é verdade, mas isso não passa de uma sessão de trabalho com um colega de turma que por acaso acho atraente, o que está mais para um dia realmente bom do que para fantasia.

— Provavelmente eu só estava trabalhando em alguma coisa, alguma coisa profissional, é o que quero dizer, e acho que... hum... isso se infiltrou na minha vida real sem que eu percebesse.

Estou impressionada. James estava trabalhando num personagem, provavelmente para o filme do Arturo DeNucci, e ele é tão dedicado que ficou usando o sotaque do personagem mesmo fora do set, de forma inconsciente. Quero perguntar mais sobre isso, embora ache que já fui muito bajuladora. Recuperei a compostura da moça do anúncio de perfume e não quero que ela escape de novo.

A cena que nos foi designada é de uma peça de dois personagens encenada recentemente na off Broadway, chamada *A cabana azul*, sobre uma mulher que foge da cerimônia de casamento pouco antes de dizer "sim". Ela corre, ainda no vestido de noiva, para o mais longe que pode, até se ver no meio do nada e bater na porta do único abrigo que consegue encontrar, uma remota cabana na floresta. Ela só precisa de um lugar para dormir, não quer nada com o eremita grosseiro que encontra lá dentro, e ele também não quer ter sua privacidade invadida, mas, no fim, eles se abrem um para o outro e começam a se apaixonar.

O apartamento de James fica no térreo de um prédio geminado de tijolos marrons. Está escuro quando entramos, e, a princípio, não consigo distinguir a sala, mas consigo enxergar o jardim lá fora. Ele diz que o divide com o vizinho de cima, mas que tem uma parte só para ele.

— A área de fumantes externa — diz.

Ele não liga luz alguma, mas começa a acender algumas velas, o que eu normalmente consideraria um gesto romântico, só que me recuso a deixar qualquer pensamento assim entrar. As moças de anúncio de perfume em terninhos amarelos não se deixam desviar do trabalho que têm diante de si por causa de umas velas que podem ou não ter o propósito de galanteá-las.

Uma vez que meus olhos se acostumam, consigo ver que, mesmo pequena, a sala é limpa e bem-organizada, e até um tanto formal. Não sei exatamente por que isso me surpreende tanto; acho que a maioria dos caras que conheço não é assim em seu próprio ambiente.

James não tem muita mobília, mas o que tem é do tamanho exato para sua função na sala, e, quanto mais assimilo os arredores, mais percebo o quanto ela é antiga e cara. Tudo parece tão grandioso que a sala, que é perfeitamente normal, se torna muito cafona. É como se James fosse alguém da realeza que teve que se mudar às pressas de uma imensa mansão para acomodações bem menos desejáveis e só pudesse levar consigo suas peças preferidas.

Existem até obras de arte de verdade nas paredes: algumas pinturas a óleo, uma de um homem de uniforme, uma de uma tigela de frutas, e alguns desenhos em carvão que poderiam estar expostos num museu. A cama está arrumada e enfeitada com travesseiros, e as duas pequenas janelas que dão para o jardim têm cortinas de veludo vermelho-escuro.

— Uau!

— Obrigado. — Ele se cala por um instante. — Acho que viver num espaço bonito é importante, já que, afinal, atores são artistas, e nós, portanto, somos mais afetados por tudo ao nosso redor. Objetos mal-escolhidos são distrações, obstáculos que colocamos no caminho quando temos medo de dizer a verdade. — Então James hesita, e seu rosto fica corado. — Desculpe. Acho que acabei de parecer muito pretensioso.

Visualizo meu quarto na Oitava Avenida: pôsteres sem moldura na parede, pijamas pelo avesso sobre a cama, toalhas jogadas na cadeira da escrivaninha e sapatos por todo o chão. Sou bagunceira porque estou escondendo alguma "verdade"? Sempre pensei que era apenas a boa e velha bagunceira. Mas talvez minha falta de organização esteja tentando me dizer algo. Como seria se me levasse mais a sério e referisse a mim mesma como "artista", como James fez? Quando ele falou, soou mesmo um pouquinho presunçoso. Mas talvez apenas soe assim para alguém que não arrume a própria cama.

— Não pareceu nada pretensioso. É um conceito inspirador, na verdade. Nunca me ocorreu pensar no meu quarto como uma extensão da... hum... da arte, ou seja o que for. Sempre fui mais do tipo "quem tem tempo para isso?". — E rio, mas minha risada me soa mal; parece alta e descontrolada demais neste espaço bonito. Parece tão bagunçada quanto meu quarto.

Como se estivesse lendo a minha mente, James diz:

— É interessante, não é? Sentir-se deslocada, num ambiente estranho, ficar mais consciente de si própria. Talvez essa falta de ligação com um lugar possa de fato dar a você a liberdade para se abrir e enxergar a si mesma. Achei que vir aqui poderia ajudar você com Kate. Ela ficou reprimida no início, mas, por ser uma estranha num lugar estranho, ela acabou se abrindo. Ela enfim pôde respirar.

Tudo isso é muito interessante, mas quem é essa Kate?

James está olhando para mim com expectativa.

— Kate?

— Sua personagem. Na peça?

Ah, sim. Kate. Quase tinha me esquecido que estávamos ali para trabalhar na peça cujos personagens se chamam Kate e Jeffrey, mas, na verdade, parece que já estamos trabalhando, porque James está falando sobre a peça e o trabalho que deveríamos estar fazendo.

Na peça, Jeffrey decide fugir do mundo, depois que a esposa morreu, e criou um paraíso isolado para si mesmo numa cabana na floresta. Kate levou uma vida protegida, sem nunca se afastar muito do ambiente que lhe era familiar, até o momento em que fugiu do altar. A cabana lhe é completamente estranha, assim como o apartamento de James para mim.

Ir até ali foi uma ideia de gênio. Já estou aprendendo muito com James. Ele é muito esperto.

— Você é muito esperto — falo.

— Você é muito bonita — declara ele.

Aquilo paira no ar.

Quase consigo ver as letras que formaram as palavras suspensas no ar entre nós. Parte de mim quer fazer uma piada e espaná-las, para vê-las cair no chão, ou dizer algo refrativo, mas também quero deixá-las flutuando ali, para saborear o elogio por apenas um segundo mais.

Ele falou de maneira tão rápida e fácil. Será que estava falando sério? Será que o elogio vinha dele, ou seria uma fala em nossa cena de estudo? Talvez James já esteja no personagem.

De qualquer forma, não quero perguntar.

17

Ficou escuro e agradavelmente enevoado no apartamento de James Franklin. Ele acendeu mais algumas velas e diminuiu ainda mais as luzes. Fizemos e refizemos nossa cena até ela perder qualquer significado para mim. Ele queria continuar por mais tempo, mas enfim o convenci a parar e a fazer um intervalo. Saímos para seu pequeno jardim para compartilhar um cigarro, o único que sobrou, que passamos de um para o outro como se fosse algo que estivéssemos acostumados a fazer juntos.

— Por que você ainda está nas aulas? — pergunto a ele, depois desejo retirar a pergunta na mesma hora. Meu rosto ruboriza, mas ele não parece nada desconcertado. James sorri, com ar pensativo.

— O que você quer dizer? — pergunta ele, dando um trago no cigarro, depois passando-o para mim, pelo lado do filtro, como se estivesse me entregando uma tesoura e não quisesse que eu me cortasse.

— Ora, você está trabalhando. Todos estão na turma porque querem melhorar, porque querem um trabalho e não ter mais que frequentar as aulas. Então, por que você ainda está nas aulas?

— Não quero parar de aprender. Tenho medo de parar de ter aulas e ficar, sei lá, complacente ou algo assim. Até Arturo ainda estuda.

— Estuda?

— Estuda. Sozinho, mas ainda aparece nas aulas da Ivanka.

Ivanka Pavlova é outra grande professora da cidade, embora a menção ao nome dela faça Stavros revirar os olhos às vezes. "Tente isso na aula da *Ivanka*", diz ele quando alguém faz algo desnecessariamente exibicionista.

— Como ele é?

— Arturo?

— Sim. Como é... como é trabalhar com ele? Não precisa me contar nada pessoal. Só estou interessada em saber do ator, sabe? Tipo, como ele... O que você acha que o torna tão impressionante?

— Acho que ele é muito *autêntico*.

— Autêntico?

— É. Ele nunca finge nada, sabe?

Faço que sim com a cabeça, como se soubesse.

— Ele é sempre *real*. — James se cala, como se não soubesse se devia dizer mais. — Por exemplo, no outro dia, tivemos uma cena, ou devíamos estar fazendo uma cena em que... Somos policiais, certo? Ele é o meu pai, e nos designaram como parceiros, mas ele não quer ser meu parceiro, porque está preocupado comigo, porque sou um esquentadinho que veio da Geórgia, sabe? E ele deveria estourar comigo no carro, e a fala deveria ser "Saia daí! Saia agora!" ou qualquer coisa parecida, e ele apenas... ele decidiu, naquele momento, que a fala não parecia real para ele, então apenas... decidiu não dizer.

— Uau — digo.

— É.

— Mas... espera. Fiquei confusa. Então, se ele não disse nada, como é que termina?

— Quem sabe? Talvez reescrevam a cena. Ou regravem. Ou talvez esteja perfeita do jeito que está. Arturo tem um instinto maravilhoso.

— Mas por que ele simplesmente não terminou a cena?

— Não era autêntica para ele naquele momento.

— Mas eles pagam todo aquele dinheiro.

— Ora, ele só consegue todo aquele dinheiro por ser tão autêntico.

— Por outro lado, não é parte do trabalho dele ser autêntico sempre que precisa ser?

— Ele é um *artista*.

— Sim. Mas é tudo fingimento. Quero dizer, concordo que ele seja muito autêntico, como você disse, um artista, mas por outro lado, nada do que fazemos é *de fato* autêntico.

— O que você quer dizer?

— Bem, vocês não são policiais de verdade.

— Umm-hum...

— É tudo invenção. Certo? Esse é o trabalho do ator. Fazer alguém inventado parecer real.

— Não é apenas um trabalho, é uma arte.

— Certo — digo. — Entendo.

Mas, na verdade, não entendo. Eu já me sinto culpada quando tomo um banho longo e uso toda a água quente. Imagina então dizer a um grupo de pessoas que está me esperando para terminar a cena que não posso concluí-la porque não me sinto capaz de torná-la suficientemente *autêntica*. Mas Arturo DeNucci é, sem dúvida, um grande ator. Talvez seja por isso. Talvez eu fosse uma atriz melhor também se não estivesse tão preocupada em ser educada.

— Olha, concordo que há um limite para o comportamento aceitável — diz James. — Mas o trabalho do Arturo é merecedor do processo. É como eu disse para a Penny, quando ainda estávamos juntos: eu falei, aquela novela, não faça. Vai enfraquecer você, porque não há *liberdade* nesse processo. São apenas toneladas de páginas de bobagens que têm que ser gravadas de qualquer forma, e os diálogos expositivos, e não há escolha senão passar por isso. Não há beleza alguma.

Tenho bastante certeza de que ele acabou de dizer que não está mais com Penelope, o que normalmente seria uma informação empolgante, mas meu cérebro dói, estou com fome e meus olhos estão secos e coçando. A noite acabou para mim.

— Já passa das dez — digo, me alongando. — Estou exausta. Preciso comer alguma coisa.

— Vamos fazer a cena de novo, por favor? Só mais uma vez — pede ele. — Vamos jogar fora o posicionamento que fizemos, e mudar tudo.

— Por quê?

— Só por diversão. Vamos seguir qualquer impulso que surgir, qualquer coisa mesmo.

— Tipo o quê?

— Não importa. Rir no lugar errado. Ficar pulando. Não há escolhas erradas. Me surpreenda.

A animação que sentia quando começamos a noite desapareceu por completo. O conceito de ficar pulando sem qualquer motivo é irritante. Estou cansada e quero comer algo que faça mal à minha saúde e ir para a cama. James me parece incomodamente artístico agora. Não quero "jogar fora" todo o trabalho que tivemos nas últimas horas. Pensei que era por isso que estávamos trabalhando, para sabermos o que estávamos fazendo e como faríamos quando nos apresentássemos na aula. Essa ideia de "jogar tudo fora" parece sem sentido e comodista. James está me olhando com seus intensos olhos castanhos, esperando pela minha resposta. Mas ele tem um sorriso no rosto, e percebo que está me provocando um pouquinho, está me pressionando, mesmo sabendo que não quero ser pressionada. Não quero ceder tão fácil.

— Ficar pulando é uma ideia boba.

— Qual parte é boba: a ideia de ficar pulando ou o fato de eu ter sugerido isso?

— As duas coisas.

— O que mais é idiota? — Ele está se divertindo. Está gostando de me ver fazendo beicinho e criando resistência. Tudo é parte do desafio dele.

— Este joguinho. É um joguinho bobo.

— E o que mais?

— Quero ir para casa.

— Comece a cena.

— O quê?

— Vamos. Comece a cena agora. Não se censure. Vamos.

Estávamos usando a porta da frente como a porta da cena. Então eu saio do apartamento, me preparando para entrar como fiz dezenas de vezes esta noite, só que agora estou furiosa. Ele é apenas um ator da minha turma, assim como eu, e só porque tem alguns filmes no currículo não significa que possa bancar o diretor também. Não estou tão impressionada com ele como quando começamos. Decididamente não quero mais fazer o que James manda. Não quero participar dos joguinhos estúpidos dele.

Eu entro. A cena é a mesma, mas diferente. Digo as mesmas falas, mas não da maneira cuidadosa de antes. Deixo de lado coisas que deveriam receber grande importância, e exagero pequenas palavras sem necessidade. Nem sempre funciona ou faz sentido, mas não me importo. Quero que isso termine. Só estou procurando uma maneira de acabar depressa, para satisfazer qualquer desejo que ele tenha de brincar comigo. Eu me sinto indiferente. A sensação que tive desde que nos encontramos desapareceu, a sensação de que estou tentando conquistar James.

Estamos ensaiando no espaço próximo à diminuta cozinha, depois de afastar a pequena mesa de jantar e as cadeiras para a parede. É espaço suficiente para se trabalhar, mas fomos limitados pela presença da cama de James, que toma grande parte do quarto.

A cena que estamos fazendo é a última do Primeiro Ato, em que Kate finalmente expôs muito de sua história e está exausta. Ela está fugindo há horas e não dorme há dois dias.

— Só preciso descansar — diz ela. — Apenas me deixe descansar.

As instruções de palco dizem: "Kate deita no chão e adormece."

Eu estive seguindo as instruções de palco, dizendo as falas com sonolência. Desta vez, porém, quando entro, estou bem desperta. E me sinto agitada. Não consigo parar de me mexer. Ando pela sala, olhando para todos os lados, menos para o rosto de James/Jeffrey. Por algum motivo, não quero mais olhar na cara dele.

Meu olhar aterrissa na cama de James, a cama perfeitamente arrumada, belamente feita, com uma coberta azul-escura que deve ser de seda.

Paro de andar.

Puxo a coberta de seda e a jogo no ar, sem me importar com o lugar onde vai cair. Por baixo, há um macio edredom de penas, e o arranco também, atirando-o por cima da cabeça e deixando-o se empilhar no chão. Depois puxo o lençol, o que não é fácil, porque está bem preso debaixo dos cantos do colchão. O esforço necessário, contudo, é bom, de certa forma. Fazer algo físico de algum modo reduz minha frustração. Quero bagunçar a cama dele, penso, eu mereço. Estou cansada. Ele é mandão. Ele é confuso. E pessoas de Hoboken, Nova Jersey, não deveriam ter sotaque sulista.

Por fim, tendo lutado para conseguir livrar todas as pontas, ergo o lençol tão alto que o tecido solto infla como a vela de um barco sobre a cama. Eu o sacudo algumas vezes antes de deixá-lo aterrissar, acomodando-se com suavidade sobre o colchão. Então o ataco de novo, amassando-o numa bola para que fique o mais amarrotado possível. Pego a massa enrugada e a enrolo em meu corpo, como se fosse uma toga ou uma atadura, exagerando a maneira confusa, bagunçada e retorcida em que gosto de dormir em casa, e tombo, torta e enroscada, bem no meio da cama.

Não olhei para James nem uma vez depois que comecei a desmantelar sua cama. Não queria perder a sensação incomum e emocionante de não me importar com o que ele estava pensando.

— Só preciso descansar — digo, meu rosto voltado para o teto. — Apenas me deixe descansar.

Só recebo o silêncio em resposta, o que faz sentido, pois é o fim da cena, mas era como se devesse haver mais. Não sei se a cena acabou ou se ainda estamos fazendo este estranho exercício. Tudo o que sei é que não serei eu a quebrar o encanto. Esperarei a noite inteira se for preciso. James não vai ter o controle. Sou eu quem está no comando.

Posso sentir o peso dele no colchão. Nem mesmo o ouvi atravessar o quarto, mas agora está sentado ao pé da cama; sei pelo modo como a presença dele fez o colchão mexer. James só fica sentado ali, imóvel, pelo que parece muito tempo.

Sinto as pontas de seus dedos roçarem com suavidade o topo do meu pé. Elas param ali, por um tempo mínimo, como mãos que pairam sobre uma máquina de escrever, como que esperando permissão para começar, mas então toda a palma cobre o topo do meu pé. Sua mão é cálida e grande o bastante para quase circundar meu pé inteiro, que agora está preso com vigor e firmeza, como num aperto de mão.

Ele está tocando meu pé. *Ele está tocando meu pé.*

Nunca tocaram meu pé desta maneira. Estou paralisada de indecisão. Talvez, em seguida, James suba a mão pela minha perna e depois... Ah, minha nossa, quando foi a última vez em que raspei a perna? É algum tipo de convite? Algum tipo de primeiro beijo? E, se for, o que quero fazer a respeito? E, se quiser fazer algo a respeito, qual é a resposta adequada quando se é abordada... hum... podologicamente? Além disso, o final da minha luta com o lençol foi tão agressivo que temo estar meio presa. De algum jeito, teria que tentar me sentar, sem usar as mãos, para então libertar os braços, me desenrolar e conseguir ver a expressão no rosto dele, e sem ver seu rosto é difícil saber o que pretende com esse gesto estranho, e, portanto, é difícil saber como me sinto a respeito. Acho que poderia empurrar meu pé em protesto, ou agitar meus dedos em encorajamento, mas as duas reações parecem ser muito intensas.

Antes que possa decidir, James aparece na minha frente, montado em cima de mim, os braços completamente estendidos ao lado de cada um dos meus ombros, como se estivesse no topo de uma flexão e eu fosse apenas o tapetinho debaixo dele. Não me toca, mas o rosto está logo acima do meu, o cabelo caindo para a frente. Está sorrindo, e as bochechas estão vermelhas.

— Você não tem ideia do quanto é incrível, não é?

— Obrigada — gaguejo, tentando mexer meu braço para poder mover meu corpo e virar para longe dele. Mas, na tentativa de me virar, percebo que não consigo mexer o braço nem a parte superior do corpo, pois estou de fato presa no lençol. Normalmente eu teria me empurrado por baixo dele, evitando a intensidade do momento, mas não posso me mexer com facilidade, e não quero arruinar minha performance aparentemente impressionante com uma transição estranha para fora da cama. Ficarei apenas deitada ali por mais um tempo e deixarei que James pense que sou tão composta assim naturalmente.

Mas ele parece ler alguma coisa em minha imobilidade. Está procurando algo em meu rosto. E não sei o quê.

— Você não tem ideia do quanto é incrível, não é? — repete ele.

Não sabia o que responder na primeira vez em que ele falou isso, e ainda não faço ideia de como responder. Meu rosto está ardendo. Queria poder mexer meus braços. Minhas pernas têm espaço para espernearem um pouco, mas não compensa. Quero sair da cama, porém estou enroscada no lençol, e parece que não possuo forças para dizer a ele que me deixe levantar. É como se meu corpo estivesse amarrado à minha voz, e, se eles não aceitarem se mexer juntos, permaneço presa.

— Hum... escuta...

Mas, antes que eu possa dizer mais, ele me beija, de leve, só uma vez. Há algo de muito cuidadoso no beijo de James. É quase casto, como se não quisesse que eu levasse o beijo muito a sério. E algo na combinação da sensação de claustrofobia com a proximidade dele e o fato de não ser beijada há muito tempo e de ser beijada por James, mas não exatamente, faz com que a bravura da moça do anúncio de perfume venha à tona com força total, e, sem planejar, me ouço dizendo:

— Por que não me beija de verdade?

Uma expressão de surpresa cruza o rosto de James, como se o que eu havia acabado de dizer não fizesse o menor sentido.

A moça do anúncio de perfume evapora.

Eu o deixei chocado. Cometi um engano. Mas como poderia ter mal interpretado os sinais? Ele tocou o meu pé. Ele definitivamente o *apertou*. E me beijou. E *ainda* está montado em cima de mim, afinal.

Mas espere... o ar de espanto evaporou. Talvez não tenha sequer existido. James olha para mim agora com algo mais... bem, ele está meio que fervendo agora, as bochechas tão vermelhas que talvez esteja envergonhado. Ele vai se abaixando devagar num dos meus lados, apoiando a cabeça numa das mãos, e traça o contorno dos meus lábios com a outra, me fazendo estremecer.

E então, exatamente como pedi, me beija de verdade.

Horas mais tarde, cambaleio para fora da cama. Mal sei o que aconteceu. Em determinado ponto, nós nos levantamos e bebemos um pouco de vinho antes de tombar de novo na cama, mas ainda não comi nada e a combinação de fadiga, fome e beijos me deixou delirante. Estou num sonho. Devo estar. Não posso ter passado as duas últimas horas aos amassos com James Franklin. Obrigada, Moça do Perfume!

— Vou levar você até a sua casa — diz ele à porta, sua palma envolvendo minha nuca, me puxando para perto. Se eu não sair rápido, corro o risco de não sair mais.

— Já falei, estou bem. Não é tão longe.

— Essa rua não é muito legal à noite.

— É por isso que tenho isto — falo, mostrando o tubinho de gás lacrimogêneo pendurado no meu chaveiro. — Sou uma verdadeira nova-iorquina.

— Nem me fale. Estou descobrindo como você é durona. — Ele afasta uma mecha de cabelo do meu rosto e sussurra ao meu ouvido: — Afinal, você praticamente pulou em cima de mim esta noite.

Eu me afasto dele, de repente, mas preciso ler a expressão no seu rosto. Será que está brincando? Não gosto de como aquilo soa.

— Você não... Eu não diria exatamente que *pulei* em você. Você estava bastante, hum... empolgado também, sabe... — gaguejo. Não consigo ser direta com as palavras.

— Relaxa, Franny, só estou provocando. Queria que isso acontecesse desde aquele dia na rua. Só estava tentando manter as coisas num nível profissional esta noite, só um pouquinho do Segundo Ato para manter as coisas interessantes, mas dentro dos limites. Mas você. Você foi fundo mesmo. — Ele me puxa para perto, pressionando-se contra mim. — Fico contente que tenha feito isso. Muito contente.

James fecha a porta após um único beijo, um beijo no qual só estou em parte presente porque minha mente está em disparada. Praticamente corro o caminho todo até a minha casa, tanto porque o bairro está quieto e escuro de uma forma assustadora quanto por causa da sensação incômoda de que fiz algo de que vou me arrepender. Como ele poderia, em um milhão de anos, dizer que pulei em cima dele, mesmo brincando? E que história foi aquela de "Segundo Ato"? Nossa cena é do final do Primeiro Ato. Ele entendeu errado, tenho certeza. Vou ter que dar uma olhada na peça de novo quando chegar em casa.

Conforme me aproximo do meu bairro, reduzo o passo. Não há nada com que me preocupar. A noite está bonita, fresca e silenciosa, e já corri o bastante para desacelerar e ainda me sentir aquecida. Quero saboreá-la sozinha antes que ela termine. Esta noite foi incrível. O trabalho foi muito empolgante, e o que veio depois então... Eu me senti forte e esperta e bonita com James, ao menos na maior parte do tempo.

Paro nos degraus do nosso prédio, e da rua posso ver o brilho da luz na nossa sala de estar. Alguém está em casa e acordado.

Espero que seja Jane, que chegou tarde do trabalho com histórias sobre Russell Blakely e sobre como é assistir a um astro do cinema trabalhar num verdadeiro set de filmagens. É engraçado o quanto ela está perto, mesmo assim longe, trabalhando por várias horas por apenas 75 dólares por dia. Ou talvez seja Dan quem esteja acordado, escrevendo na mesa da sala de jantar, sonhando com seu roteiro entrando para um festival de ficção científica. Todos nós estamos trabalhando duro, mas muito longe do que realmente queremos alcançar. Estamos todos espiando pela janela de uma festa para a qual não fomos convidados ainda, uma festa para a qual não saberíamos nos vestir, ou que tipo de conversa manter, mesmo que entrássemos como convidados de alguém.

Aposto que é Dan quem está acordado, vendo TV depois de já ter acabado de escrever por hoje, a segunda cerveja descansando precariamente entre as pernas. Ele derrama pelo menos uma cerveja por semana no nosso piso de madeira porque não quer colocar as garrafas na nossa "linda" mesinha de centro, uma mesa que eu e Jane achamos e arrastamos da esquina no dia da coleta de lixo há alguns anos.

Não sei por que estou pensando em Dan e naquela mesinha de centro. Fiquei parada lá fora tempo suficiente para começar a sentir frio. Preciso dormir antes que possa começar a me preocupar com o significado desta noite, se é que ela significa alguma coisa. Preciso ir para a cama para um descanso de beleza máximo. Juro que vou entrar em casa, cumprimentar qualquer colega que esteja acordado e ir direto para o quarto, parando apenas para olhar pela janela e ver o que Frank está assistindo na televisão, antes de ir direto estudar minhas cenas de *A cabana azul*, para garantir retenção máxima do trabalho desta noite. Arturo DeNucci provavelmente fica acordado estudando suas falas, mesmo após um longo ensaio. Tenho certeza de que James faz isso também. Estou cansada, mas hoje me sinto como uma verdadeira atriz. Uma atriz séria, a caminho de se tornar uma autêntica artista.

A CABANA AZUL

SEGUNDO ATO, CENA UM

A cortina sobe para revelar KATE como foi deixada ao fim do PRIMEIRO ATO, dormindo no tapete de pele de ovelha perto da lareira. JEFFREY senta perto dela. KATE se remexe, afasta as cobertas. JEFFREY tenta puxar o cobertor por cima dela sem incomodá-la. Ela desperta quando está sendo coberta. Ele paira sobre ela, de maneira constrangedora.

JEFFREY: Você não tem ideia do quanto é incrível, não é?
KATE: Eu não devia ter contado aquela história.
JEFFREY: (*zombando dela*) Não devia, não é mesmo? Você não tem ideia do quanto é incrível, não é?
KATE: (*empurrando-o para longe*) Não tem mais graça. Pare. Eu já disse, não preciso da ajuda de ninguém.

Merda. Ah, que merda.

Ela percorre toda a gama
de emoções, de A a B.

Maio 1995

— Dorothy Parker Quinta-feira **4**

O que
eu comi
hoje: Barrinha de granola
 Biscoito com manteiga de amendoim
  Miojo
  Wafers de baunilha
 Batata frita com
  molho na lanchonete

A CABANA
DECORADO

Aula do Stavros

Voltei da aula
c/ J. F.

Sexta-feira **5**

Franny

VENCIMENTO DO ALUGUEL
(LIGAR PRO PAPAI?)

NÃO LIGAR PRO PAPAI   PARA PEDIR
 DINHEIRO

J.F.

Sábado **6**

SANTA FÉ GRILL C/ JANE   21H

Domingo **7**

— Encontrar um vestido
 pro casamento da Katie

Franny Banks   Franny Banks   Franny Banks

18

É exatamente como sempre pensei.

Ao cometer o engano de agir como uma pessoa confiante, descobri a verdadeira personalidade que sempre esperei estar enterrada dentro da outra, aquela que eu costumava ter, cheia de dúvidas e uma baixa autoestima nada atraente. Ao agir por acidente como a eu que queria ser, convenci alguém de que sou de fato aquela pessoa, e quase me convenci. James e eu temos saído quase todas as noites desde aquela em que ensaiamos a nossa cena pela primeira vez, e a empolgação disso quase encobre a corrosão que sinto no estômago depois do dia em que fui demitida do clube. *Dinheiro. De onde vai vir o dinheiro?*

— Então você está fingindo ser outra pessoa? — pergunta Jane, balançando a cabeça, confusa.

Estamos tomando *frozen margaritas* naquele restaurante mexicano da Sétima Avenida, como já fizemos uma centena de vezes. Mas é uma das primeiras noites em que vou a qualquer lugar que não seja o apartamento de James, então parece estranho estar ali agora, como visitar sua velha escola depois de já ter entrado para a faculdade.

— Não, não é assim — digo, esmagando um pedaço de gelo com meu canudo de plástico. — Bem, sim, a princípio, não percebi que James estava interpretando uma fala da peça que estamos trabalhando, então fui ousada por acidente, mas estou realmente sentindo que encontrei meu verdadeiro eu nesse processo. Sou mais eu do que jamais fui. Sinto que estou enfim me transformando na pessoa que sempre deveria ter sido.

— Então você *está* fingindo ser outra pessoa.

— Jane. Sério. Acho que isso pode ser o início de alguma coisa.

— E o que aconteceu com a namorada?

— Penelope? Eles terminaram — respondo, agitando um *nacho* com desdém. — Ela aceitou a novela e mudou de nome. Dá para acreditar?

Jane assente solenemente, mas fixa o olhar acima da minha cabeça e franze a testa.

— Jane. Está ouvindo?

— Só estava me perguntando. Se, por alguma razão, você, a *nova* você, é o que quero dizer, mudasse o *seu* nome, isso de alguma forma reverteria o processo pelo qual passou nos últimos tempos, tornando você *menos* a você que você deveria ter sido, ou isso de alguma forma tornaria você *mais* você?

— Jane.

— É muito confuso.

— Veja só. Ela mudou o nome para *Penny De Palma*.

— Como o Brian De Palma?

— Viu? É exatamente isso que ela quer que as pessoas pensem. Ela mudou o nome, tudo bem, mas mudou de modo a ser associada a um diretor famoso. Não é loucura?

— Ou é loucura ou muita esperteza, eu acho. Quem sabe? Talvez ela seja mesmo parente do Brian De Palma.

— Por que você está defendendo ela?

— Não estou defendendo. Só disse: quem sabe? E quem se importa? Não sei por que ela te aborrece tanto.

— Não é que ela... Não estou aborrecida. Ela é tão falsa, e é... Ela me incomoda, só isso.

— Então você não está nem um pouco aborrecida. Só está incomodada.

— Isso.

— Está mais incomodada do que aborrecida.

— É.

Jane faz que sim com a cabeça, com seriedade.

— Ora, ela pegou o seu papel, mas você parece ter pegado o namorado dela. Parece uma troca justa.

Sinto todo o meu corpo corar numa mistura de vergonha por meus comentários mesquinhos sobre Penny e de imagens da noite anterior com James. Nas últimas semanas, mal fomos a outro lugar que não seu apartamento de um cômodo, mas este parece ser o único cômodo de que precisamos, ao menos por enquanto. Tento conter uma risadinha, mas ela vem à tona e escapa de maneira idiota.

— Ah, minha nossa — exclama Jane. — Podemos fazer o pedido, por favor? Estou ficando com náuseas só de olhar para você. — Mas ela sorri ao pegar o cardápio, e sei que está feliz por mim também.

— Jane — digo, me debruçando e baixando a voz. — É sério. Sei que é recente, mas, sinceramente, nunca me senti assim antes.

Ela se debruça também e estuda meu rosto.

— Verdade? *Nunca* mesmo? Nem mesmo com o *Homem Velcro*?

Sorrio e reviro os olhos, lembrando do cara com quem saí por mais ou menos um mês, um comediante que conheci no clube que, admitidamente, possuía uma variedade impressionante de itens com velcro: sapatos, carteira, a mochila de nylon, o boné vermelho com a faixa de corrida preta, a jaqueta azul-clara de gola pontuda que sempre usava.

— Como sinto falta daquele *phwisht* toda vez que ele chegava! — diz Jane com tristeza.

— Sim, Jane, é muito diferente do Homem Velcro.

— Achei mesmo que vocês dois fossem *grudar*.

— Jane.

— Então, você gosta desse galã ainda mais do que o *Purpolo*?

Phil era um ator da turma que me levou para sair algumas vezes, mas Jane insistiu que não poderia aprender o nome de uma pessoa que sempre usava a mesma camisa polo púrpura.

— Ele deve ter esquecido que estava usando ela da última vez que veio me buscar — tentei explicar na época. — De qualquer forma, tenho certeza de que ele tem mais de uma. Ele me disse que púrpura é a sua cor preferida.

— Você está saindo com um cara cuja cor preferida é *púrpura*?

— Estou.

— E você *acha isso normal*?

Sorrio ao lembrar desses coadjuvantes de menor importância e faço que sim com a cabeça.

— Sim, Jane, estou quase certa de que gosto mais do James que do Purpolo. Ele tem uma variedade maior de camisas.

Jane baixa o cardápio e agora me olha com mais seriedade.

— Franny, você acha que ele... bem, e o Clark?

Claro que me ocorreu que James é a primeira pessoa que conheci nestes dois últimos anos que pode estar numa categoria diferente do Homem Velcro e do Purpolo. E claro que imaginei o que fazer caso o relacionamento fique realmente sério. "Clark, conheci alguém", tento me visualizar dizendo isso pelo telefone numa entonação séria, eliminando qualquer tom de alegria na voz, num gesto de respeito. Nós nunca planejamos de fato como lidar com as coisas se um de nós conhecesse outra pessoa. Não sei qual seria a coisa certa a se fazer, e não sei se quero pensar nisso agora. De qualquer forma, é cedo demais para dizer que existe algo que eu precise contar a ele.

— Veremos, acho.

— Certo — diz Jane, meneando a cabeça de modo compreensivo, pegando o cardápio outra vez. — Então, Fran, você sabe que sou mesmo a última pessoa a me preocupar com isso, e, permita-me repetir, você já está ótima, mas o que... hum... você tem comido exatamente nesses últimos dias, se é que posso perguntar? Podemos dividir aquele prato de queijo, ou você vai pedir uma bacia de gelo para o jantar, ou o quê?

— Não sei. Estou com fome demais para pensar direito. Não comi nada o dia inteiro.

— O quê? São nove da noite. Como você ainda está de pé?

— Não, é que... estou bem. Estou fazendo uma coisa nova.

— Umm-hum.

— Descobri um jeito novo de encarar a alimentação... é, bem, se você pensar no assunto, as calorias são como dinheiro, sabia?

— Hum. Nãããno.

— Bem, o que quero dizer é que você usa, ou melhor, eu uso..., vamos dizer assim, tenho direito a um certo número de calorias por dia, né? Então, digamos que sejam 100... Claro que não são, mas, se pensarmos nelas como dinheiro, e em termos de dinheiro, apenas aqui nesta explicação, são 100 dólares. Vamos dizer que sou rica, certo? E estou na França ou em algum lugar assim, e alguém me dá 100 dólares por dia para gastar.

— Estou ficando confusa...

— Acompanhe comigo. Vamos dizer que eu esteja na França e receba 100 dólares por dia para gastar no que quiser. Ora, primeiro posso pensar que a melhor coisa a ser feita é usá-lo em pequenas quantidades ao longo do dia, um café aqui, um pacotinho de chiclete ali...

— Por que você iria à França para comprar *chiclete*?

— Por outro lado, percebi que, se economizar meu dinheiro, terei toda a quantia disponível ao fim de cada dia, e, em vez de uma centena de pacotinhos de chicletes, poderei usá-lo para algo maior e melhor, como um chapéu bem bonito ou algo assim. Isso não faz muito mais sentido?

— Mas, por outro lado — diz Jane, balançando a cabeça —, o que você come na França durante o dia inteiro? Seu chapéu?

— De qualquer forma, se estivesse na França, teria economizado todos os meus pacotinhos de chiclete hoje. — Cruzo os braços e os apoio sobre a mesa em triunfo.

— Então *vamos* comer o negócio de queijo?

— Isso.

Jane suspira aliviada e deixa o cardápio sobre um canto da mesa, e nossa garçonete tremendamente inexpressiva de sempre aparece para anotar os pedidos.

— Ela parece mais feliz hoje — comenta Jane. — Você não acha?

— Definitivamente animada.

Jane olha ao redor do salão, cheio de casais jovens e famílias com bebês a tiracolo.

— É como se todo mundo neste bairro tivesse concordado em ter bebês ao mesmo tempo.

— Lembra de quando nos mudamos para cá?

— Eram apenas lésbicas intelectuais com sapatos confortáveis — suspira Jane. — E velhos.

— Você não acha que isto aqui um dia vai ser *descolado*, acha?

— Um bairro com *bons* restaurantes?

— Ou lugares que vendam joias que *não* sejam feitas à mão?

— Nossa, espero que não. Nem consigo imaginar. Você e James já vieram aqui?

— Não... ainda não.

— E naquele chinês?

— Não.

— Aonde vocês dois gostam de ir?

Percebo que nunca fomos de fato a lugar nenhum, pelo menos não para jantar. Em grande parte frequentamos aquela cafeteria cubana para um expresso arenoso e a lanchonete perto da esquina dele que fede a óleo velho. E a cama.

— Costumamos pedir comida. Sushi — acrescento, como se James fosse ganhar pontos por isso. — Mas ele vai comigo ao casamento da Katie.

— Vai? Isso é ótimo!

Só estou exagerando um pouquinho a conversa que tive com James depois que pedi que fosse comigo ao casamento de Katie Finnegan:

JAMES: (*estudando um roteiro, distraído*) Ah, que fofa.

FRANNY: (*esperançosa*) Então... sim?

JAMES: Bem, vou tentar. Vou dar uma olhada na minha agenda.

FRANNY: São os meus primos preferidos. Somos muito próximos. E são muito divertidos.

JAMES: Ah, é?

FRANNY: É. Eles são... loucos... e... hehe (*rindo como se estivesse se lembrando de algo muito engraçado*), muito divertidos. Teve uma vez... bem... não estou me lembrando de nada... é difícil descrever. Mas acredite em mim.

JAMES: Bem, como eu disse (*ele se levanta e afaga minha cabeça*), se houver espaço na minha agenda.

FRANNY: Então, talvez?

JAMES: (*afastando-se, talvez para fumar um cigarro*) Isso aí, gata.

— Ele vai... talvez vá. Se não estiver trabalhando.

— Ele vai ou talvez vá? — repete Jane, estreitando os olhos.

— Jane. Ele é um ator na ativa.

— E eles não vão a casamentos?

— Atores na ativa trabalham.

— Ora, vou com você se houver algum problema com o velho Cachecol. Sempre me divirto nessas reuniões dos Finnegans.

— Jane, não, por favor. Ele não está sempre de cachecol.

— Está sim. Eu vi.

— Uma vez. Você só o viu naquela vez em que ensaiamos no apartamento.

— É uma intuição.

— Não pode colocar um apelido nele. James é uma pessoa de verdade, não uma piada.

— Nem precisa me dizer. Só uma pessoa de *verdade* tentaria cumprimentar minha melhor amiga pelo pé.

— Jane, você está tirando de contexto. Foi muito romântico e...

Felizmente, nossa tigela fumegante de queijo amarelo-escuro derretido com pitadas de malagueta verde chega.

— Escuta — diz ela, mergulhando um *nacho* naquela massa cremosa. — É você quem está com uma personalidade novinha em folha. Eu ainda sou a velha Jane.

— Isso merece um brinde — falo. E nossos copos de margarita com bordas cheias de sal se encontram no ar com um tinido.

19

Você tem três mensagens.

BIIIP

Frances, é o seu pai. Renovei sua assinatura da New Yorker. Além disso, não quero ficar incomodando, mas preciso lembrá-la de me ligar para falarmos do casamento. Você vai de trem? Estamos começando Crime e castigo *esta semana, um dos meus favoritos, como você sabe. Releia, caso precise lembrar que as coisas poderiam estar piores. Você não está na prisão, só no show business.*

BIIIP

Alô, esta mensagem é para Frances Banks. Estou ligando da Ajudantes Confiáveis Serviços Temporários. Recebemos seu currículo e lamentamos, mas não temos vagas para você no momento. Você parece não ter nenhuma experiência com trabalho de escritório, e não estamos contratando recepcionistas. Fique à vontade para entrar em contato conosco daqui a alguns meses ou se puder acrescentar alguma experiência em escritório, Windows 95 ou datilografia ao seu currículo.

BIIIP

Ei, gata. Uau, que noite! Estava aqui sentado pensando em você... Nossa... Então (exala fumaça do cigarro), *pego você mais tarde, tá?*

BIIIP

Tenho que sorrir, pois aprendi muito rápido que "Pego você mais tarde, tá?" significa que existe quase cem por cento de chance de nos vermos mais tarde. Noventa por cento, pelo menos. É o jeito de James fazer planos.

O único problema é que, enquanto passava todas essas noites intensas, vertiginosas e sensuais com ele, indo dormir tarde e acordando depois do meio-dia, todas as vagas de garçonete em Manhattan parecem ter desaparecido. Os serviços temporários que sempre fiz no passado para preencher as brechas não têm sido frequentes o bastante, fiz alguns testes para comerciais, mas não recebi retorno, e tenho certeza de que o Niágara parou por completo de ir ao ar. Preciso desesperadamente de um emprego. Também não tem aparecido nenhum bufê de casamento, então tenho aceitado almoços, mas estes pagam mal, porque ninguém dá gorjeta e receber por hora é uma droga, pois os turnos são curtíssimos.

Mas é melhor que nada, então, todas as noites, lavo meu uniforme de sempre — uma camisa social branca e uma calça preta de poliéster — e telefono todas as manhãs, esperando conseguir um turno e, ao mesmo tempo não, porque o trabalho — que geralmente acontece em salas de conferência emboloradas e sem vida — é tenebroso. Eles vivem me prometendo que as coisas vão melhorar quando a temporada de casamentos começar em junho, mas preciso de uma oportunidade *agora*.

Ainda não tive que ligar para meu pai pedindo dinheiro. Mas estou chegando bem perto disso.

Literalmente cruzo os dedos enquanto fico aguardando na linha para saber o que há disponível para hoje, esperando não sei bem o quê. Apenas que não seja o pior cenário possível.

— Franny?

— Sim?

— Então, tudo o que temos é um bufê de almoço na United Electric, fica na Midtown. Dois garçons. Basta arrumar o bufê, retirar e servir as bebidas. Topa?

Isso é quase o pior cenário, mas não chega a tanto. Está um passo acima de ser auxiliar de garçom. Você arruma os recipientes cheios do grude marrom do qual os próprios funcionários vão se servir, como num bufê, e entrega as bebidas solicitadas, depois fica parado no fundo da sala até eles terminarem, e então é hora de limpar os pratos. Mal se pode chamar isso de servir. Só uma coisa poderia ser pior.

— Preto e branco?

— Não, lamento, o uniforme é fornecido por eles.

Esta é a pior, absolutamente a pior e mais humilhante situação de todas. Posso imaginar o vestido de poliéster, usado por centenas de mulheres antes de mim, numa cor parda e num tamanho disforme que não serve em ninguém. Mas então visualizo o número na minha conta bancária.

— Tá, aceito.

— Além disso, mandam levar meia-calça e uma rede de cabelo. — Ela deve ter ouvido meu profundo e triste suspiro. — Mais sorte amanhã — diz.

Pensei ter saído com tempo suficiente, mas o trem parou entre duas estações pela razão inexplicável de sempre, e todas as minhas meias-calças estavam com buracos, então tive que parar numa farmácia no meio do caminho e a única cor disponível era um laranja queimado que não é similar a nenhuma pele humana existente. Chego atrasada, e a única garçonete comigo é claramente uma daquelas de carreira que parece trabalhar ali há milhares de anos. Ela não se apresenta nem se preocupa em perguntar meu nome.

— Depressa, depressa — diz, em tom brusco. — Essas bandejas não se erguem sozinhas.

Visto o mais depressa possível o uniforme marrom volumoso, feito de algum tecido que não respira, e, só de ligar os aquecedores a gás, já estou suada. Ao menos não há ninguém ali para me ver ou se importar com minha aparência.

— Franny? Franny, é você?

Viro e vejo uma mulher atraente num terninho escuro sob medida. A voz é familiar, mas a princípio não reconheço o rosto.

— Lamento, nós nos conhe...

E então me lembro. É Genevieve. Genevieve Parker, que morava no mesmo andar do meu dormitório na faculdade, quando ela estava no último ano e eu, no segundo. Genevieve, que sempre estava no quarto, trabalhando, mas que deixava a porta aberta e oferecia um café se alguém aparecesse. A doce e esperta Genevieve. Era da categoria de amigos da faculdade sempre presentes na minha vida diária, mas que, por algum motivo, nunca mantivemos contato. Não a reconheci de primeira porque isso faz bastante tempo e porque ela parece ter perdido uns 13 quilos.

— Ah, minha nossa! Genevieve! — Largo a bandeja de metal que estou segurando e dou um abraço nela. Suas unhas parecem ter sido feitas recentemente, e o cabelo cheira a xampu caro de salão. — Você está ótima! O que está fazendo aqui?

— Acabei de ser contratada como advogada associada júnior. Trabalho aqui agora.

— Ora, quem diria? Também trabalho aqui! — Sorrio e demonstro com grandiosidade o salão ordinário, como se estivesse orgulhosa por ser dona do lugar. — *Voilà!* — acrescento, sem jeito. Levanto a mão para limpar uma gota de suor que começou a escorrer pela testa, e meus dedos roçam no elástico da rede de cabelo. Olho para o uniforme, e meu rosto começa a arder. Vejo os olhos de Genevieve assimilarem tudo, e fico tomada de vergonha. — Quero dizer, este não é o meu... É apenas temporário. Estou trabalhando aqui, mas é só por hoje.

— Claro, sim, com certeza! — diz Genevieve, animada. — Bem, eu mesma só saí da escola de direito há pouco tempo, e só há pouco... bem!

Ela hesita, tentando comparar nossas situações, encontrar uma maneira de mostrar que há similaridades, mas vejo a lacuna que existe entre nós como se estivéssemos paradas em lados opostos de um imenso cânion. Estou seguindo meu cronograma, mas agora vejo o resultado do planejamento de vida de uma pessoa comum, e a realidade é um pouco chocante. Pessoas comuns entram para a escola de direito e se formam e arranjam um emprego e são promovidas e conseguem um emprego melhor. Desde que saiu da faculdade, Genevieve se tornou uma advogada associada júnior que tem o almoço servido em salas de conferência, enquanto eu encenava Branca de Neve em auditórios de escolas primárias e, de alguma forma, me transformava na pessoa que serve os que têm empregos de verdade.

— Então — diz ela, sem diminuir o sorriso. — Ainda está naquele lance de atuar?

— Estou. Com certeza — respondo, colocando a mão na cintura como se fosse uma super-heroína de uniforme de poliéster marrom.

— E está... está indo bem? — pergunta Genevieve, um tanto hesitante.

— Está, está indo... — E, do nada, começo a rir. — Está indo *muito* bem... Tenho *tanto sucesso* que... — Tento falar, mas nem consigo concluir a frase.

De repente, a situação parece totalmente hilária. De repente, estou empolgada por estar ali com minha roupa tenebrosa, que é um contraste gritante com o terno chique de Genevieve, porque nada poderia ser mais engraçado que estar com uma rede de cabelo e uma meia-calça laranja pavorosa, enquanto ouço uma velha amiga perguntar com suavidade como vai a minha carreira. Cubro a boca com as costas da mão, gargalhando, mas tentando me controlar para não chamar a atenção da minha emburrada colega de trabalho, que, ainda bem, desapareceu naquele momento, mas então Genevieve começa a dar risadinhas também, e, no mesmo instante, nos transformamos naquelas universitárias que moravam no mesmo andar bêbadas de tanto estudar e dormir pouco. Por fim, nós duas nos recompomos.

— É muito bom ver você, Gen — digo, secando as lágrimas. — Não é tão ruim quanto parece, juro.

— Sinceramente, Franny, sei que você está bem. Todas aquelas coisas que você fazia na faculdade... Você é tão talentosa... Não tem como não conseguir.

— Ah, obrigada. — Vejo minha desajeitada companheira no outro lado do corredor empurrando uma bandeja de copos na nossa direção. — Puxa, preciso ir.

— Ah, me conte as novidades, rapidinho — pede Genevieve. — Você ainda vê alguém? Alguém da faculdade?

— Vejo muito a Jane; somos colegas de quarto no Brooklyn.

— Ah, ótimo! Diga que mandei um oi.

— Sim, e... hum... me deixe ver, saíamos bastante com Elisa e Bridget, mas Elisa está num kibutz em Israel, e Bridget teve um...

— Ah, fiquei sabendo — diz Genevieve, franzindo a testa com ar conspiratório.

— Mas ela está bem agora. Está dando aula de *jazzercise*.

Genevieve sorri.

— Fiquei sabendo disso também.

— E, bem, tenho certeza de que ficou sabendo que Clark terminou indo para Chicago. Mesmo assim, ainda mantemos contato.

Algo se passa no rosto dela.

— Mantêm? — pergunta ela, fazendo que sim com delicadeza. — Então você... você falou com ele recentemente?

— Bem, acho que faz algumas semanas, ou, puxa, talvez tenha mais tempo. Eu preciso retornar uma ligação dele, na verdade. Ainda somos nosso "plano B", por mais idiota que isso possa parecer, e ele me ligou...

— Franny — começa Genevieve com um tom agudo e estranho na voz. — Ah. Pensei que você... sabe, Clark e eu, nós, na verdade, estudamos na mesma época na Universidade de Chicago. Foi só por um ano, mas...

Algo pequeno e frio aperta meu coração. Algo que não consigo identificar exatamente.

— Ah, verdade! — digo, muito animada, sorrindo com um pouco de rigidez. — Claro... você também foi para lá. Tinha me esquecido!

Na minha cabeça, estou lutando para fazer as contas. De repente, torna-se muito importante estabelecer a linha de tempo de quando Clark e Genevieve estiveram em Chicago juntos. Genevieve foi direto para a escola de direito depois da faculdade, agora me lembro. Mas ela se formou um ano antes da gente, e Clark tirou um ano sabático, por isso agora faz sentido ela ter dito que eles estudaram no mesmo lugar só por um ano. Na primeira metade do ano sabático, ele foi dar aulas de inglês na América do Sul. Depois teve aquele estágio, mas não lembro qual era o nome da empresa. Era revisor, disso lembro, e tinha horários horríveis. Qual era o nome da empresa? Faço uma promessa para mim mesma de que, se conseguir lembrar o nome do lugar em que Clark trabalhou antes de Genevieve falar, então qualquer coisa que ela vá contar não será tão ruim quanto imagino. *Por favor, não me diga que está saindo com Clark, Genevieve, por favor. Faria sentido, eu sei. Você é gentil e bonita e bem-sucedida, mas, por favor, não diga isso.* Onde ele trabalhou? Se eu ao menos conseguisse lembrar o nome do lugar...

— Espero que seja a coisa certa a se fazer, mas, já que é óbvio que você não sabe, eu me sentiria mal se não contasse que Clark acabou de ficar noivo da minha irmã.

Enquanto meu cérebro aceita a simples organização das palavras e seu significado literal, meu corpo parece ficar para trás. Por um instante, enquanto compreendo o que ela acabou de dizer, felizmente não tenho qualquer reação física. Em seguida, o choque vem tão rápido que meus joelhos quase se dobram.

— Ah! — digo, animada, tentando esconder a sensação de estar sendo arrastada para debaixo d'água. — Que ótimo!

— Foi muito repentino. Tenho certeza de que ele mesmo iria contar.

— Tudo bem. De verdade. Acho que devia ter retornado aquele último telefonema, hein? — Meu sorriso congelado está esticado a ponto de ficar tenso. Se fosse uma tira de elástico, já teria arrebentado.

— Franny... — Ela coloca a mão com gentileza sobre meu braço, mas agora estou muito consciente quanto ao uniforme e do quanto deve parecer áspero para sua mão macia de unhas feitas, então me afasto um pouquinho.

— Estou bem — declaro baixinho. Mas ela não parece convencida, então coloco minha mão sobre a dela, então as duas agora estão pousadas sem jeito sobre o rígido tecido marrom. — É sério. Estou bem.

A melhor atuação da minha vida foi naquela sala de conferência durante o restante do almoço. Sorri e parabenizei Genevieve, e desejei felicidades à irmã dela. Peguei a bebida que ela pediu e permaneci calma durante todo o tempo, mesmo quando a sala se encheu de repente de senhores de terno azul e mocassim marrom que exigiam água com gás, café ou um ou outro coquetel. Coloquei as bandejas de sobras daquele cozido mole marrom num carrinho e o empurrei até o elevador de serviço, devolvendo-o à cafeteria. Agradeci à outra garçonete, que resmungou algo ininteligível em resposta. Pendurei meu uniforme temporário no meu armário temporário, e fui ao banheiro lavar as mãos.

Só quando chego à pia para jogar água no rosto e vejo de relance meu reflexo no espelho do banheiro é que chego perto de me abalar um pouquinho.

Todos seguiram em frente.

E não é que eu não queira que Clark seja feliz. Parte de mim está feliz por ele, de verdade. Se a irmã de Genevieve for um pouquinho parecida com ela, ao menos é alguém legal. É o que ele sempre quis: sossegar e começar uma família. Acho que tentei fingir que era o que eu sempre quis também, mesmo sabendo que não era. Claro que deveria desconfiar que ele não me esperaria para sempre, devia ter percebido, bem lá no fundo, que adultos não dependem de planos B. Isso é o que adolescentes fazem quando não estão prontos para crescer. Agora sei que pessoas que talvez ainda acabem juntas não passam semanas sem se falar. De repente, entendo que fazer o nosso "acordo" foi a única maneira que encontramos de terminarmos. Mas é um choque descobrir tanta coisa e crescer tão depressa num dia, perceber que o Clark que disse "me ligue quando mudar de ideia" não é mais meu; agora é o Clark de outra.

De alguma maneira, eu me vejo no trem D rumo ao Brooklyn. Mal me lembro de ter andando até a estação ou colocado meu bilhete na roleta. Passa um pouco das três, mas o trem já está cheio de gente indo às compras e pessoas que saíram cedo do trabalho, e não há lugar para sentar. Seguro a barra prateada mais próxima, me equilibrando quando o vagão parte com um solavanco; minha mão desliza pela superfície lisa, ambicionando uma posição segura entre as outras mãos. Hoje, tudo em Nova York faz com que eu sinta que estou competindo por espaço, e que mal consigo me segurar.

20

Vou ligar para James assim que entrar em casa, penso, enquanto me arrasto pelos degraus até o apartamento, procurando as chaves. Esta noite, não vou esperar pelo "pego você mais tarde, tá". Não há nenhuma regra que diga que não posso ligar para ele e fazer planos. Vamos beber vinho e James vai me ajudar a esquecer o dia terrível que tive hoje. Mas, quando chego ao topo da escada, chaves na mão, a porta já está entreaberta e Dan está deitado no sofá com o que parece ser uma garrafa de cerveja aberta num saco de papel marrom ao lado dele no chão. Acho que nunca vi Dan assim tão esparramado, as pernas tão esticadas que os pés pendem pelo braço do sofá. Estou acostumada a encontrá-lo em seu posto de sempre, escrevendo na mesa da sala de jantar, então é chocante vê-lo em outro lugar, principalmente deitado assim com os olhos fechados.

— Dan? — sussurro. Não sei dizer se está dormindo ou não.
— Ahn? — diz ele, os olhos ainda fechados.
— Está dormindo?
— Não.
— Está doente?
— Não.

Mas ele não se mexe. Coloco minha bolsa no chão com cuidado, em silêncio, como se, apesar do que disse, ele talvez esteja dormindo e doente ao mesmo tempo. Tiro os sapatos e atravesso a sala de estar na ponta dos pés, subindo a escada de metal circular, e entro no meu quarto.

Decido ligar para James depois do banho, esperando secretamente que ele me telefone antes. Vou esperar até estar pronta para sair antes de me permitir uma rápida espiada para a secretária. Se não trapacear, se for forte, vai funcionar. Aposto que ele já terá ligado quando eu terminar de me arrumar.

Tomo banho e seco o cabelo. Não consigo ouvir nada com a água correndo e o barulho do secador, então não sei dizer se o telefone já tocou. Não me permitirei checar; ainda não. Coloco um pouco de maquiagem e depois decido pegar emprestado aqueles brincos compridos de Jane, o que exige que eu atravesse o lance de escadas entre o meu quarto e o dela. É um desafio, mas olho para a frente e não desisto, mesmo estando desesperada para dar só uma conferida de nada na secretária. Subo correndo até meu quarto, olhos erguidos, e coloco uma calça jeans, depois troco por um vestido de lã preto curto e meias pretas. Quando enfim me permito espiar, já se passaram pelo menos trinta minutos, e lá está. Um único número "1" piscando animado no pequeno visor de LED da secretária eletrônica.

Você tem uma mensagem.

BIIIP

Alô. Oi, Fran, sou... hum... sou eu, Clark. Escute, sinto muito, eu... parece que você encontrou com a Genevieve hoje. Eu vivia querendo falar, mas, bem... Quero explicar, você pode me ligar? Me sinto pés...

Aperto o botão de parar na secretária e a fita morre com um *bip* lastimável. Penso por um instante em ligar para ele de volta, mas de que adiantaria? Já posso imaginar tudo o que Clark vai dizer. Ligo amanhã, na semana que vem, nunca.

Quando chego lá embaixo, Dan ainda está na mesma posição estranha no sofá.

— Franny? — diz, sem se mexer.

— Sim?

— Podemos fazer alguma coisa?

— Como assim?

Dan fica em silêncio por um momento.

— Você acabou de chegar da cidade? — pergunta enfim, a voz estranhamente comedida.

— Sim.

— Podemos voltar para lá?

Fico dividida. Não quero admitir, mas ainda estava esperando ter notícias de James. Por outro lado, percebo o quanto seria ruim esperar por ele esta noite, justo quando descobri que não tenho mais ninguém esperando por mim, e que "pego você mais tarde, tá" não é um plano, não um plano de verdade, pelo menos. Talvez não fosse uma coisa tão ruim se James ligasse e eu não estivesse em casa.

— Hum... Tudo bem. Para quê?

Ele senta, girando as longas pernas até o chão, depois esfrega os olhos e os aperta na minha direção, como se não tivesse certeza de estar acordado ou sonhando.

— Bem — diz ele. — Tive um dia péssimo.

— Que coincidência! Também tive um dia péssimo.

— Lamento ouvir isso, Fran. Talvez você saiba, então... Olha, você pode me ajudar com... Não sei bem o que fazer a respeito.

— O que... *fazer?*

— É. Pode parecer loucura, mas não tenho muita experiência com isso, com o que estou sentindo.

— Certo...

— Não sou de uma família extremamente emotiva, se é que entende o que quero dizer.

— Sim.

— E, francamente, não tenho muita experiência com... hum... o fracasso, ou o... conceito de fracasso.

Quero perguntar a Dan o que aconteceu, mas, de repente, tenho um vislumbre de como ele deve ter sido aos 14 ou 15 anos, com o cabelo bagunçado, rosto sério e uma pressão para dar sempre o seu melhor. De alguma forma, o certo parece ser esperar que ele conte no seu próprio tempo.

— Você veio ao lugar certo. Acontece que tive um bocado de experiência tanto com o conceito quanto com a realidade do fracasso — digo a ele.

— Ótimo. Quero dizer, não é exatamente ótimo, mas obrigado. Vamos fazer alguma coisa então.

— Como o quê?

— Vamos ver alguma coisa. Vamos ao teatro ou algo assim.

— Não tenho dinheiro para isso.

— Eu pago.

— Dan, *você* não tem dinheiro pra isso. É caro demais para qualquer um. Vamos apenas tomar uma cerveja aqui pelo bairro.

— Uma cerveja não vai resolver. Vamos fazer algo imprudente. Deixe eu levar você para ver um espetáculo. Vamos à TKTS ver o que está em cartaz.

O olhar que ele me lança é realmente desalentador; parece tão diferente hoje, tão perdido, tão vulnerável.

— Certo — respondo, porque não posso dizer não para esta nova versão estranha do Dan que precisa de minha ajuda.

No trem até Manhattan, e também mais tarde, enquanto esperamos na fila de ingressos com desconto para o teatro, tento mantê-lo entretido. Reconto a história do meu dia, mas apresento uma versão em que servir alguém da época de faculdade foi uma aventura excêntrica, uma cena maluca de *I Love Lucy*. É um alívio fazer pouco caso disso, fazer graça de mim mesma e do uniforme ridículo de poliéster. Contar a Dan o momento mais hilário do meu dia diminui o peso da pior parte. Mesmo assim, por alguma razão, omito a notícia sobre Clark. Não estou pronta para rir disso ainda; está muito recente e muito vivo. Ainda posso sentir onde se alojou em meu estômago, como se fosse um soco.

Antes que perceba, estamos diante do quadro da TKTS, onde podemos ver o que está disponível pela metade do preço. A longa lista de espetáculos faz meu coração palpitar como se fosse a manhã de Natal, mas os preços são vertiginosos para mim, mesmo com desconto.

— O que deveríamos ver? — pergunta Dan, estreitando os olhos para o quadro.

Quero fazer a escolha certa, quero algo que faça com que ele se sinta melhor, que nos anime. Quero algo que elimine o ranço do nosso dia ruim. Então, eu vejo.

— *O fantasma da ópera.*

— Está brincando — diz ele, me olhando como quem acha graça.

— Você já viu?

— Não, mas pensei que você escolheria algo mais de vanguarda, mais sério.

— Hoje acho que precisamos de algo grandioso, divertido e leve. Além do mais, já está em cartaz há seis ou sete anos. Quem sabe por quanto tempo mais vamos ter a chance de ver? Vamos ser como turistas na cidade, apenas por uma noite.

Dan olha para mim, o cabelo caindo sobre os olhos, e, pela primeira vez desde que o encontrei no sofá, seu rosto se ilumina e seu ânimo parece voltar.

— Certo — concorda ele.

— Tudo bem?

— Sim, seremos como turistas — concorda, quase contente.

— Isso!

— O que mais os turistas fazem? — Os olhos dele se iluminam. — Eu sei! Vamos ao Sardi's depois.

— E vamos ver quantas caricaturas conseguimos identificar!

— De jeito nenhum — diz ele, parecendo um pouquinho preocupado. — Não tenho chance contra você.

Mesmo tendo revirado os olhos um para o outro no escuro, depois que o lustre cai ao fim do primeiro ato, passando sinistramente perto de nossas cabeças, meu coração ainda pula, e tenho que admitir que é um bocado empolgante. Quando o público irrompe num estrondoso aplauso, sou levada por um instante, contra a vontade, pela sensação de ser parte de algo, seja lá o que for.

Já na rua, depois do espetáculo, a noite está clara e as luzes que piscam das marquises dos teatros são deslumbrantemente incessantes, exigindo nossa atenção. As pessoas transbordam da calçada para a rua, e os táxis competem por espaço, suas buzinas reclamando alto. Dan olha para mim e sorri.

— Responda rápido — diz ele. — O que foi mais marcante na peça?

Quero dizer os atores e suas vozes poderosas e as canções cativantes; quero falar sobre como as fantasias eram bonitas, ou mesmo me maravilhar pela maneira como fizeram o barco cruzar o palco no que parecia ser água de verdade, mas não posso.

— O lustre — dizemos, em uníssono, e explodimos em gargalhadas.

— Que vergonha! Só devíamos estar *fingindo* ser turistas — falo, depois de conseguir recuperar o fôlego. — O que faremos agora, reclamar da sujeira da cidade?

— É tão *cheia*.

— As pessoas são tão *mal-educadas*.

— Como alguém consegue suportar esse *barulho*?

— E o *crime*?

— Vamos subir o Empire State Building e dar o fora daqui.

O salão do Sardi's é lindo, com paredes vinho e pequenos abajures amarelos sobre as mesas, mas o cardápio é uma extravagância de tão caro, e a multidão de fregueses é intimidadora demais, então encontramos dois bancos no bar enfumaçado. O barman — vestido com camisa de smoking, gravata-borboleta e um paletó vermelho que combina com as paredes — se aproxima na mesma hora e espera com solenidade pelo nosso pedido. Fico estranhamente tímida e muda na presença dele.

— Eu... hum... deixe-me ver... — Estou intimidada pela vitrine de garrafas de bebidas iluminadas com suavidade, arrumadas como soldados coloridos que esperam suas ordens por trás do bar, e minha mente fica em branco. — Hum...

— Posso? — pergunta Dan, colocando a mão com delicadeza sobre meu braço.

— Por favor — digo, aliviada.

Ele limpa a garganta.

— A dama vai querer um sidecar, e eu gostaria de um martíni, com azeitona, batido, não misturado, por favor. — O barman acena respeitosamente com a cabeça, depois se vai, e eu bato palmas com apreciação.

— Muito bem! Desculpa, entrei em pânico. Talvez tenha sido a gravata-borboleta. Mas ele ficou impressionado com as nossas escolhas, não acha?

— Sim, acho que conseguimos conquistá-lo — diz Dan, com um sorriso.

— Não faço ideia do que você pediu, mas fico irracionalmente aliviada por ter o garçom do nosso lado. Obrigada.

— Não há de quê, Fran.

Fico contente por ver Dan sorrir, mas observá-lo fazer o pedido por mim, naquele jeito cavalheiresco dele, como se estivéssemos num encontro, também me dá um susto. *Me ligue quando mudar de ideia.* Sacudo a cabeça, afastando o pensamento.

— Viu as antigas cabines telefônicas de madeira quando entrou? — perguntei, e ele faz um sim com a cabeça.

— Com os cinzeiros e os assentos de couro acoplados? — acrescentou.

— E a porta dobrável de vidro, para dar privacidade?

— É como todas deveriam ser. Um lugar para se ter uma conversa longa e confortável.

— Ou uma conversa longa e horrível, com drinques e cigarros para ajudar — concordo, achando graça.

— Quando vim a Nova York pela primeira vez, com a minha família, as cabines telefônicas ainda tinham portas que fechavam — conta ele. — Nas de Londres, dá para se sentar lá dentro.

— São tão bonitas. Aquele vermelho maravilhoso.

— Já foi a Londres?

— Não. Só vi fotos.

— Você iria adorar.

— Aposto que sim.

— Devíamos ir a Londres.

Pisco diante dele.

— Devíamos...?

— O quê? Hum, quero dizer, *você* deveria ir. Um dia — diz Dan, o rosto ficando vermelho. — Para ver as cabines telefônicas — acrescenta, um tanto sem jeito. — Desculpe. Força do hábito. Faz pouco tempo que deixei de ser um "nós". Everett terminou comigo.

— Ah, Dan, sinto muito — começo a dizer, mas nossos drinques chegam, e Dan acena com a mão para mim.

— Temos bastante tempo para contar tudo. Vamos aproveitar isto aqui primeiro. — Ele ergue seu copo e gesticula para que eu faça o mesmo. Parece perdido quanto ao brinde apropriado, depois seu rosto se ilumina. — Ao teatro!

— Ao teatro! — concordo, batendo o copo de leve no dele.

Quero perguntar sobre Everett e o que aconteceu, mas o sidecar é doce e forte, e minhas perguntas são varridas por seu denso sabor dourado. Ele desce fácil e, depois de certo tempo, pedimos outra rodada, embora Dan tenha pedido um uísque *on the rocks* desta vez.

— Experimente este — diz, empurrando o copo para mim quando o uísque chega. — Deve ser bebido bem devagar.

Inclino o copo com cuidado e tento tomar apenas um golinho de nada, mas, mesmo assim, arde na garganta, e não consigo não tossir.

— Como consegue beber isso? — falo, colocando a língua para fora e batendo no peito de modo dramático.

— Meu pai nos iniciou cedo — diz Dan, um tanto sombrio. Depois dá um grande suspiro e franze a testa, sacudindo o gelo no copo. — Então — continua, após um momento. — Meu roteiro foi rejeitado por aquele festival.

— Está brincando; como é possível? — pergunto, realmente chocada. Todas aquelas noites que ele gastou se dedicando àquelas páginas na mesa da sala de jantar, todo aquele esforço. Para mim, parece impossível que Dan pudesse falhar em alguma coisa.

— Everett disse que não ter conseguido entrar no festival não teve nada a ver com a decisão dela, mas acho que era a sua última esperança.

— Esperança de quê? — pergunto, com cautela.

— Você sabe, de me *legitimar* de alguma forma. Do contrário, para ela, o que estou fazendo não passa de uma bobagem. Uma perda de tempo. — Dan toma o resto do uísque num gole e baixa o copo com estrondo. — Quer saber a coisa mais assustadora?

— Sim?

— Isso tudo aconteceu ontem, e voltei para casa decidido a recomeçar, continuar trabalhando no roteiro, enviá-lo para outro lugar. Vou trabalhar com mais afinco, pensei. Mas não veio nada. Não consegui escrever. Isso nunca aconteceu antes. Nunca fui incapaz de escrever.

Lembro da noite em que me sentei com Everett, quando ela comparou o trabalho de Dan a um rito de passagem juvenil, "como fazer um mochilão pela Europa", e que foi ela quem mencionou ter visto *O fantasma da ópera* e se maravilhado com os efeitos dos quais eu e Dan zombamos ainda há pouco. Mas acho que Dan não precisa ouvir naquele momento o que penso sobre ele e Everett não serem certos um para o outro, ou minha teoria sobre como as pessoas podem ser divididas em grupos com base na reação que tiveram ao lustre em *O fantasma da ópera* ser sincera ou irônica. Com espanto, percebo que minha mão está no braço dele, e que fiquei distraidamente acariciando seu blazer de veludo cotelê bege esse tempo todo, na tentativa de me confortar, penso, tanto quanto a ele. Retiro a mão depressa e me sento mais aprumada no banco do bar.

Mas então pedimos uma terceira rodada, e Dan pede uma quarta, e os clientes no salão começam a rarear e as luzes parecem enfraquecer, as garrafas por trás do balcão se transformam num borrão colorido como o de uma aquarela abstrata. Enquanto ele paga a conta, tento me lembrar de quando foi a última vez que bebi três drinques seguidos sem qualquer comida para acompanhar, exceto alguns biscoitos com queijo cremoso dos potinhos que ofereceram no bar. Tento me levantar e quase perco o equilíbrio, tendo que agarrar o banco para me manter firme. Então percebo: tenho certeza de que a última vez que tomei três drinques imensos numa rápida sucessão com o estômago quase vazio foi nunca.

— Lisssbeth Taylor? — Eu me ouço balbuciar, enquanto cambaleio sem firmeza para uma das caricaturas emolduradas na parede, esticando o rosto até quase beijar o vidro. Aperto os olhos e pisco algumas vezes, mas ainda assim não consigo identificar a assinatura borrada debaixo do desenho.

— Naaaaaa. Né não — diz Dan, chegando por trás de mim para dar uma olhada. — Tockard Channing, acho.

— Hein?

— Não é ela, tô dizendo. Tockard... perdão. — Dan pigarreia, respira fundo e se firma, apoiando a mão na parede. — É. A. Ssstockard Channing, acho.

— Ahhhhhh, é! É *ela*! *Adoro* ela, você gosta dela? — digo, virando o rosto para Dan e batendo palmas. — Ela é *tão linda*, não acha? *Tão* talentosa! Eu a vi no...

Dan apoia o outro braço na parede, então agora estou presa dentro de uma espécie de tenda formada por ele, que então debruça o corpo inteiro sobre o meu e me beija, intensa e suavemente, de uma maneira que faz o mundo inteiro ficar em silêncio. Não há som, nem passado ou presente, nada mesmo, exceto eu e Dan nos beijando sob o olhar de Stockard Channing, seus lábios avermelhados por um lápis sorrindo em aprovação.

Ao longe, o silêncio é quebrado por um leve som de prataria retinindo, e mesmo isso é confortante, como o som de sininhos balançando sob uma brisa suave.

Nunca beijei em público. Não assim. Clark não era dado a demonstrações espontâneas de afeto. Ele segurava minha mão, mas só isso. Também nunca traí ninguém, embora tente me convencer de que só um beijinho bêbado não seja tão ruim. Ainda assim, sei que vou me sentir envergonhada e culpada pela manhã. Sei disso mesmo agora, em meio à minha falta de clareza alcoólica. Mas esta noite estou me sentindo bem demais para me sentir mal. Esta noite, tudo parece estranhamente inevitável. Se não tivesse encontrado Genevieve, se Dan não estivesse estirado no sofá, se James tivesse ligado, se as luzes no bar não fossem tão fracas de uma forma agradável, se ao menos não tivesse parado para examinar o retrato de Stockard Channing. É quase como se nada disso pudesse ter sido evitado, como se isso estivesse destinado a acontecer.

— Tudo bem — dirá Jane pela manhã. — Vocês precisavam se sentir bem. Vocês são apenas amigos que ficaram confusos. Apenas fiquem longe um do outro por enquanto.

E, mesmo sem ter que discutir o assunto, é exatamente o que Dan e eu faremos.

A partir de amanhã, vou desenhar uma linha na minha mente entre eu e Dan, como se fôssemos duas crianças viajando no banco traseiro do carro que precisam de uma parede imaginária que nos dê a ilusão de termos nosso próprio espaço.

Serei mais cuidadosa de agora em diante, prometo a mim mesma.

Afinal, sei melhor que ninguém o que pode acontecer quando, por acidente, se entra na contramão numa rua de mão única.

21

Você tem uma mensagem.

BIIIP

Franny. É Richard, da Artistas Incomparáveis. Me ligue assim que ouvir isso. Tenho uma oferta para você.

BIIIP

Essas são as palavras que estou esperando ouvir há meses, e lá estão elas, registradas 95 minutos atrás de acordo com a voz digital na fita da minha secretária eletrônica, mas, por alguma razão, ainda não retornei a ligação de Richard. Trabalhei na hora do almoço numa gigantesca firma de investimentos no distrito financeiro hoje, e faz poucos minutos que cheguei da delicatéssen, onde comprei uma maçã meio machucadinha, um iogurte de blueberry e dois *coolers* de frutas (estavam na promoção). Estou arfando, como se tivesse voltado de uma corrida e não de uma simples ida à loja da esquina, mas também me sinto calma e focada, como se estivesse prestes a começar a prova final de uma matéria para a qual me preparei bastante.

Coloco as compras na geladeira. Depois mudo de ideia, pego a maçã e a deixo sobre a bancada. Olho para ela por um tempo, como se ela pudesse abrir a boca e dizer alguma coisa, depois tiro uma faca da gaveta e corto um pedaço um pouco menor que a metade, evitando o miolo e as sementes. Dou uma mordida e concluo que é mais gostosa do que parece. Termino a quase metade e lavo minhas mãos, que agora estão ligeiramente grudentas, debaixo da torneira, enxaguando-as, sacudindo para tirar o excesso de água, depois secando-as de forma metódica num pano de prato. Dali do meio da cozinha, posso estender o braço e tocar uma parede em qualquer direção, mas, mesmo neste pequeno espaço, me sinto perdida. Poderia muito bem estar flutuando no meio do oceano. Estou tão empolgada que fico entorpecida. Estou em choque; deve ser isso.

Consegui um trabalho, consegui um trabalho. Depois de todo esse tempo, finalmente consegui um trabalho!

Mas qual?

Fiz um teste para uma remontagem de *Brigadoon*, num teatro regional em Poughkeepsie. Fiz outro para encenar a assistente excêntrica naquele seriado novo, *Pernas!*, que se passa numa agência de modelos e é protagonizado por uma modelo que era famosa na década de 1970. Um para encenar alguém cuja bolsa era roubada naquele seriado policial em que um dos policiais está vivo, mas seu parceiro é um fantasma. Outro para dois papéis, em duas novelas diferentes, um deles para encenar uma universitária que diz: "Alguém sabe qual é o dever de casa?" Fiz um teste para ser coapresentadora de um programa infantil nas manhãs de sábado. E um para representar uma linha de liquidificadores num canal de vendas, e outro para dizer uma fala num filme de Eve Randall: "Posso anotar seu pedido?"

Talvez seja esse o trabalho que consegui: "Posso anotar seu pedido?" O pessoal do recrutamento pareceu gostar de mim naquele dia. Ou foi esse o pessoal de recrutamento que pareceu não gostar de mim? Quando foi isso? O que eu estava vestindo? Poderia dar uma olhada na agenda, mas prefiro lembrar por mim mesma. O trabalho que consegui deve ter se destacado de alguma maneira, de alguma maneira especial que o separa dos outros.

— Posso anotar seu pedido? — falo em voz alta na diminuta cozinha, para uma Eve Randall imaginária sentada a uma mesa numa lanchonete imaginária em minha cabeça. — A sopa do dia é de galinha — digo a Eve com um sorriso.

Só a primeira fala estava no roteiro, mas pensei no que mais poderia dizer no teste, caso houvesse espaço para improvisar, caso tivesse a chance de mostrar algo mais do que uma única fala, para provar que não tinha pensado na garçonete apenas como uma garçonete genérica, mas como uma pessoa que estava no meio de um dia específico, que talvez tivesse acordado tarde porque teve uma briga com o namorado na noite anterior, que leu os pratos do dia no quadro naquela manhã e os escreveu em seu bloco de anotações, ou talvez fosse do tipo que os sabia de cor.

— Tudo começou com uma fala num filme de Eve Randall — direi ao público reunido para *Uma noite com Frances Banks* no 92nd Street Y. — "Posso anotar seu pedido?" — direi, exatamente como fiz no filme, meu primeiro filme, e o público vai rir ao reconhecer.

Finalmente, reúno coragem para ligar para a agência.

— Ah, oi, alô... aqui é... hum... Franny Banks. Richard está? — digo à recepcionista.

— Espere um minuto, Franny. Joe já vai falar com você.

Joe já vai falar comigo? O próprio Joe Melville vai atender minha ligação? Agora estou nervosa, visto que nós dois não nos falamos há muito tempo. Faz sentido, acho, que ele fale comigo só quando existe um trabalho de verdade para discutir. Claro! Deve ser o sistema deles, que Joe só ligue quando for realmente necessário. Queria ter descoberto isso antes, e não ter passado tanto tempo preocupada por ele nunca ligar.

A música clássica de espera enfim é interrompida depois do que parece ser um tempo muito longo, mas provavelmente foi menos de um minuto.

— Alô, Franny, parabéns, você conseguiu seu primeiro trabalho de verdade. — Joe soa confiante e amigável, como se conversássemos o tempo inteiro.

Não quero corrigi-lo, mas ele deve lembrar que consegui *Kevin & Kathy*, o primeiro teste para o qual ele me enviou. *Não dificulte*, penso. *Seja apenas positiva.*

— Ah, obrigada! Além de *Kevin & Kathy*. — Felizmente, Joe não diz nada, então continuo. — Estou empolgada. Bem, acho que vou ficar empolgada quando descobrir qual é o trabalho.

Joe cobre o fone por um minuto e não consigo ouvir o que ele está dizendo.

— Desculpe — diz ele, voltando a falar comigo. — Pensei que tivessem contado. Você pegou a protagonista, par de Michael Eastman no longa *Viveiro de zumbis*.

A protagonista em *Viveiro de zumbis*! Espere. *Viveiro de zumbis, Viveiro de zumbis.* Claro que me lembro de ter ido a um teste do filme *Viveiro de zumbis*, mas estou tentando recordar exatamente qual era o material, pois não me lembro de ter feito a protagonista. Claro que me lembraria de uma coisa dessas.

Agora estou lembrando, mais ou menos. A cena mal tinha falas. *Aquele* era o papel principal? Não me lembro de ter me saído tão bem. Não havia muito diálogo; ela grita mais do que fala. É descrita como trêmula e um tanto chorona, e é amarrada por zumbis e largada num porão, só de calcinha e sutiã.

Esse é o trabalho que consegui?

— Espera. Desculpa. A garota que fica trancada no porão?

— Ora, é claro! — diz Joe com confiança. — Eles amaram você!

Eu vou fazer o par do Michael Eastman, na história de uma garota que é torturada por zumbis usando lingerie? Mas nem tenho currículo no cinema. Por que me dariam o papel principal num filme? Eu nunca disse uma fala sequer num filme. E não fico nada bem de lingerie. Preciso parar de comer nesse instante, talvez para sempre.

Por outro lado, me permito sentir uma pontinha de orgulho. Sou boa o bastante para estar num filme, par do Michael Eastman. Outra noite ele estava em *Entretenimento! Entretenimento!*, de camiseta regata, caminhando pela praia com alguma atriz com quem está saindo. Vou fazer um filme com ele? James vai ficar impressionado. Bem, talvez não exatamente impressionado, mas não vai ficar horrorizado. O trabalho de Michael Eastman pelo menos é apreciável, não é abominável.

Tento me imaginar como a atriz com quem ele está de mãos dadas na praia. Quase consigo me visualizar ao seu lado, embora não seja bem eu. É mais como minha cabeça no corpo esguio da atriz, usando seu minúsculo biquíni cor-de-rosa. Apenas eu e Michael Eastman, andando na praia juntos, admirando o abdômen um do outro.

Joe cobre o telefone mais uma vez e murmura alguma coisa, depois volta.

— Não... hum... sinto muito, não é *a* namorada, não é a principal. Aparentemente não é o papel que você leu. É o papel de Sheila, a namorada que ele teve na faculdade, aquela que ele vê nos flashbacks?

Ah. Minha caminhada pela praia tem um fim abrupto. Sheila. Não recebi o roteiro inteiro, então não sei se Sheila é um bom papel ou não. Claro que não sou a principal. Mas meu rebaixamento súbito é uma decepção mesmo assim. Joe parece não ter todos os detalhes. Agora fico desconfiada. E se eu não tiver conseguido nem mesmo esse papel?

— Mas então, você tem certeza? Consegui mesmo? Não tenho que fazer outra leitura, me encontrar com os produtores ou algo assim?

— Não, o papel de Sheila é seu. O cinema funciona diferente da televisão nessas coisas. O diretor tem muito mais controle. Além do mais, embora seja importante para a trama, a personagem não tem muito diálogo, então ele viu o que precisava ver na fita do teste para o outro papel.

— Certo — digo, ainda insegura.

Joe cobre o fone, e ouço o barulho de papéis sendo remexidos e o som abafado de Joe dando ordens a alguém.

— Hum, vamos ver, aqui está, estou lendo o resumo aqui... Ele diz: Sheila é morta por zumbis quando eles estão no último ano da faculdade. A morte de Sheila inspira Sutton a buscar vingança, a raiva o impele a estudar ciências e a criar um soro venenoso no laboratório, fazendo com que os zumbis deixem de ser mortos-vivos e morram de verdade, possibilitando a sua extinção blá-blá-blá... — Mais sussurros do assistente de Joe, e depois: — Ah, sinto muito, não sabia que você não havia recebido o roteiro inteiro. Eles tentam manter esses grandes filmes de terror em segredo. De qualquer forma, vou mandar as páginas por fax agora. São só duas cenas, mas, como disse, é uma personagem bem memorável. Parabéns. O diretor achou você bastante proveitosa, exatamente o tipo de namoradinha americana cuja morte inspiraria um homem a matar. Palavras dele. Então dê uma olhada e depois podemos instaurar a cláusula e garantir que você esteja protegida. Tudo bem?

Compreendi tudo até a última parte do que ele disse, algo sobre "cláusula" e estar "protegida". Deve ser jargão de agente, algo relacionado ao sindicato ou ao contrato ou coisa assim. Vou descobrir em algum momento. Por enquanto, só quero sair do telefone e dar uma olhada no material. Só quero ver o que essa "personagem memorável" tem que fazer e dizer. Pelo que percebi, mesmo que seja pequeno, é algo maior do que "Posso anotar seu pedido?".

Posso ouvir o ruído leve, mas rápido, de alguém que sobe correndo os degraus, o que me diz que Jane está chegando em casa. O som de Dan subindo os degraus é pesado e deliberado. Dan raramente está com pressa.

Isso é empolgante. Jane pode ler comigo o roteiro do meu primeiríssimo trabalho como atriz de verdade. O fax começa a tocar, mas sei que vai demorar uma eternidade para atender e imprimir, então desço correndo a escada de metal circular para contar a novidade para Jane.

— Jane. Consegui um trabalho!

Ela se vira da bancada, onde está tirando as compras das sacolas, e bate palmas, o rosto todo iluminado.

— *Ah, meu Deus!* Isso é fantástico! O que é?

— É um filme de terror. Tipo um suspense. Não me deixaram ler o texto todo. É com Michael Eastman, que sei que não é o maior, mas...

— Franny, não faça isso. Não subestime. Não importa se a estrela do filme é o palhaço Bozo. Isso é incrível.

— O Bozo até fez teste para o filme. Mas acharam *assustador* demais, então decidiram ficar só com os zumbis. Chama-se *Viveiro de zumbis*.

— Você vai estar num filme com Michael Eastman *e* um bando de zumbis? Isso não pode ficar melhor! Como é a personagem?

— Faço a namorada dele que é assassinada, inspirando-o a entrar num surto de matança de zumbis! É tudo o que sei. Me disseram que é muito memorável. Está chegando agora pelo fax.

Ouve-se uma chave na porta, e Dan aparece com as bochechas coradas e um saco de papel retorcido que sem dúvida está cobrindo sua única cerveja noturna. Percebo que não sei quando foi a última vez em que o vi: ele não tem ficado no seu lugar habitual na mesa da sala de jantar, faz um tempão que não senta diante da televisão com uma cerveja e não conversamos direito desde os nossos drinques no Sardi's. Já se passou tempo suficiente para que o nosso beijo tenha se tornado algo que quase consigo me convencer de que não aconteceu. Mesmo assim, é bom vê-lo.

— Dan! Consegui um trabalho num filme de zumbis!

— Um filme de zumbis?

— Não fique muito animado, Dan. Ela faz um dos humanos — brinca Jane, dando uma piscadinha.

— Muito engraçado, Jane — diz Dan. Depois ele se volta para mim: — Isso é ótimo, Franny! — E acrescenta, numa voz sinistra e estranha: — Eles estão vindo te pegar, Barbara.

— O quê?

— Eles estão vindo... Ah, deixem pra lá. É uma frase famosa de *A noite dos mortos-vivos*. Esqueçam. Vamos deixar a aula de história zumbi para depois. Estou com 1 litro de cerveja *malt liquor* para um brinde. Qual é o papel?

— Está chegando lá em cima. Vou pegar e podemos ler todos juntos.

— *Já sei* — diz Jane. — Por que você e Dan não leem em voz alta, juntos? Ele pode fazer a parte do Michael Eastman!

— Hum, não, obrigado — discorda Dan com a testa franzida. — É uma péssima ideia. Sou um ator terrível.

— Ah, por favor, Dan — peço, sorrindo. — Ainda não li o texto. Adoraria fazer isso em voz alta pela primeira vez. Será como apenas uma leitura num teste.

— Uma leitura fria e morta sobre zumbis! — exclama Jane. — Vamos, Dan, é uma ocasião importante. Faça pela Franny. Prometo ser uma crítica gentil.

— Isso não existe — diz Dan, mas ele dá de ombros em rendição. — Tudo bem, Franny, eu leio com você.

Subo os degraus de metal, dois por vez. Estou voando.

— Quem é Michael Eastman? — Ouço Dan perguntar a Jane lá embaixo.

Lá estão elas, no chão da escada, as páginas que contêm meu primeiro trabalho de verdade, minha primeira personagem real com um nome de verdade.

— Sheila — digo em voz alta, testando o ajuste da minha primeira personagem real cujo nome não inclui um número ou o artigo "a".

Decido nem espiar as páginas antes de lê-las com Dan. É como um exercício que às vezes temos na aula, em que Stavros nos entrega páginas de algo que nunca vimos, e fazemos uma leitura em voz alta, juntando personagem e situação conforme vamos lendo. É um exercício que adoro. Às vezes, me saio melhor na primeira leitura do que depois de ter ensaiado, após ter tido tempo para duvidar das minhas escolhas.

Pego as páginas, todas as cinco, e tomo cuidado para não as desenrolar. Dou uma olhada nos números no canto superior direito para colocá-las em ordem, mas resisto à vontade de olhar mais, e sigo direto lá para baixo. Dan colocou os óculos, como faz quando está trabalhando intensamente em algo. Parece um pouquinho nervoso, como se estivesse para fazer um discurso de campanha para ser o representante de turma. Jane está bancando a diretora, mexendo nas cadeiras da sala de jantar e tirando a mesa do caminho.

— Preciso saber onde isso acontece. Preciso arrumar o cenário direito — diz ela, examinando com gravidade sua reorganização de mobília. — Bem, me deixa ver isso. Duas cenas, certo?

Ela separa as páginas de cada cena, escolhe a primeira e lê.

```
INT. LABORÁTORIO — DIA

SUTTON está curvado sobre o microscópio. O laboratório
está quente. Sufocante. Uma gota de suor escorre pela
testa e cai na lâmina do microscópio. Ele suspira. Terá
que recomeçar. Retira a camisa, tentando se refrescar. A
namorada de Sutton, SHEILA (uns 20 anos, jovem), entra.
```

Jane dá uma gargalhada, baixando as páginas.

— Hahahahaha! Tire a camisa, Dan! — Ela desaba no sofá às gargalhadas.

— Jane, por favor — digo. — Se controle. Não amasse as folhas. Podemos levar isso a sério? Dan, você permanece vestido durante o ensaio. Vamos, Jane. De quem é a primeira fala?

— Você. Desculpe, Sheila. Toma. — Jane me entrega o roteiro, depois fica respeitosamente sentada e ereta no sofá.

— Pronto? — pergunto a Dan.

— Pronto — responde ele, mesmo parecendo inseguro.

— Podemos apenas ir seguindo as páginas? Sem olhar antes?
— Certo — concorda ele.
— E... ação! — diz Jane.

SHEILA
(entra de mansinho, vê Sutton por um momento sem ser notada, então)
    Toc, toc. Olá, professor. Estou interrompendo?

SUTTON
Ainda não sou professor. E não, não mesmo. Estava justamente pensando em você.

SHEILA
Bem, espero que sim, vestido deste jeito.

SUTTON
(ri)
Bem, está uns 37 graus lá fora. E pensei: ninguém por aqui, só eu e alguns ratinhos de laboratório.

SHEILA
(ri)
Bem, vou deixar você voltar ao trabalho. Só queria entregar isso, para hoje à noite.

Sheila abre a bolsa e entrega a Sutton um pacote fino embrulhado, do tamanho de um envelope pardo.

SUTTON
(pegando o envelope)
Obrigado. O que é?

                        SHEILA
                (sorrindo, olhos brilhantes)
    É segredo. É para hoje à noite. Nada de espiar
    até lá. Promete?

                        SUTTON
    Prometo.

                        SHEILA
    Bem, hoje à noite, então?

                        SUTTON
    Hoje à noite, então.

O FOCO permanece em Sutton enquanto Sheila sai. Ele olha
para o pacote, depois de volta para o lugar por onde
ela acabou de sair. Seus olhos se enchem de amor; está
apaixonado por ela. Uma única lágrima cai, e ele sorri.

                    SUTTON (CONTINUAÇÃO)
    Hoje à noite.

    O apartamento fica em silêncio. Jane olha para cada um de nós por vez, depois pula de pé, aplaudindo bem alto.

    — Uhuuuuul! Adorei! Eu senti! O calor! E a temperatura também! Os experimentos no laboratório! Os ratinhos por perto! Senti tudo! Eu ri! Chorei! Foi melhor que *Cats*!

    — Jane, mais baixo, os vizinhos — repreendo, mas estou rindo também.

    — Mas é sério — diz Jane, com um sorriso. — É uma cena bem longa!

    — Posso fazer alguma coisa com isso, não acha? — digo, orgulhosa.

— Com certeza — afirma Jane. — Você é, tipo, a menina ingênua. Você é a namoradinha do Michael Eastman!

Dan ainda está segurando o texto bem perto do rosto, as páginas praticamente tocando seus óculos, então não consigo avaliar sua reação.

— Dan? — digo. — O que acha? O roteiro não é tão ruim, concorda?

— Estava distraído por ter que ler em voz alta — fala Dan, um pouco amuado.

— Mas você não é o ator que nos interessa nessa cena, Dan — avisa Jane. Então, tentando ajudar, ela fala: — Vamos, seja camarada. Diga alguma coisa legal sobre o novo trabalho de Franny.

Dan pensa por um segundo, depois comenta:

— O diálogo não é ruim, mas tem muitas frases que começam com "Bem". — Ele se cala, mas como se não pudesse se segurar, acrescenta: — E a única lágrima no final não é realista.

Jane e eu ficamos olhando para ele. Depois olhamos uma para a outra. É assim que ele reage à minha primeiríssima leitura do meu primeiro trabalho de verdade como atriz?

— O filme se chama *Viveiro de zumbis*, Dan — explico a ele. — Não sei se realismo estava no topo da lista de prioridades.

— *Bem* — fala Jane, com sarcasmo. — Pois *bem*, vamos ler a segunda cena, então? Está *bem*?

— Desculpe, pessoal — diz Dan. — Sou péssimo. Não sei como os atores fazem isso. Quero ajudar. Posso apenas ler essa próxima cena sozinho primeiro antes de lermos em voz alta?

— Claro — respondo com generosidade, depois me volto para Jane e reviro os olhos. — Esses atores metódicos!

— Aqui está, Sr. James Dean — diz Jane, entregando a Dan uma única folha de papel. — Só tem uma página. Quanto drama! Não largue o seu ganha-pão para virar ator, Danny.

Dan examina a única folha, segurando-a com força de cada lado. Ele demora uma eternidade, lendo tão devagar que começo a ficar um pouco impaciente. Quero saber o que acontece e o que tenho que dizer.

— Quantos "bem" nessa cena, Dan? — brinco, tentando apressá-lo. Mas ele não responde.

— Dan, parece até que você está lendo o seu próprio obituário — diz Jane. — É pra hoje.

Ele finalmente ergue os olhos, fitando cada uma de nós com uma expressão séria.

— Isto está errado — declara.

— O que está errado? O que você quer dizer com errado? O que eu falo?

— Nada. Você não tem diálogo nesta cena. Mas está errado. Não podem fazer isso.

— Dan, do que você está falando? Me deixe ver. — Tomo o papel dele, meu coração disparado.

```
INT. CASA DE SUTTON — NOITE

Ruídos de relação sexual. Um cantor da Motown ecoa suave
e baixo do aparelho de som. PANORÂMICA do chão. O tênis
de Sutton. O sutiã de Sheila. Vemos uma caixinha de
anel de veludo sobre o criado-mudo, aberta mas vazia.
Vemos as sobras do embrulho do presente de Sheila, e,
quando a câmera se aproxima da cama, vemos que é uma
colagem numa moldura, simples, mas bonita, em que a
palavra "sim" é repetida centenas de vezes em diferentes
tamanhos, formatos e cores. Ela sabia que a noite seria
deles. O anel em seu dedo diz que o pedido foi aceito.
CLOSE no rosto de Sheila. Ela está por cima de Sutton,
montando-o, gemendo baixinho, quando... seus olhos
se ARREGALAM. Ela ARFA tentando respirar, o suspiro
abafado de um GRITO enquanto SANGUE escorre pela boca,
bloqueando a garganta, ela não consegue respirar!
```

A PANORÂMICA desce para revelar: um ZUMBI surgindo
— RASGANDO para sair de DENTRO do corpo de Sheila,
rompendo o peito de Sheila enquanto luta para se
libertar, guinchando com o esforço. Mas não é um ZUMBI
que tenhamos visto antes, é um ZUMBI PEQUENO com o
rosto assustado de uma criança, ao mesmo tempo sinistro
e inocente, ele, também, arfando para respirar, um
morto-vivo renascido! SUTTON BERRA, tenta parar o fluxo
de sangue, mas sabe que é tarde demais, que eles a
possuíram, a mataram. E, ao perceber isso, mais uma
revelação se faz, conforme a verdade do que aconteceu
se revela e um ar de horror cruza seu rosto...

        SUTTON
        (sussurrando)
        Eles estão chocando...

A tela fica preta

— Viu o que quis dizer? — diz Dan, agitando as mãos. — É ultrajante.

— O *sutiã* de Sheila? — pergunto.

— Qual é a da colagem? — interrompe Jane, lendo por cima de meu ombro.

— Não podem sair mudando as regras — explica Dan. — Todo mundo sabe que zumbi não "choca"; isso é simplesmente ridículo.

Ainda estou encarando a página.

— Um zumbi emerge... espera... de *onde*? — indago.

— Ahhh, entendi — diz Jane. — Sheila sabia que Sutton pediria ela em casamento naquela noite, então fez uma colagem com a palavra "sim".

— Montando? — falo comigo mesma. — Gemendo baixinho?

— Odeio esses filmes que desafiam abertamente conceitos já estabelecidos — prossegue Dan, indignado. — Zumbis são, e sempre foram, mortos-vivos. Como um morto-vivo poderia procriar? Eles vêm de túmulos, dos *mortos*...

— Ah, merda, nem tinha pensado nisso — fala Jane, olhando para mim.

— Ora, não, claro que não — diz Dan. — Mas já vi *todos* os filmes... e posso afirmar...

— Você vai ter que fazer topless — comenta Jane, assimilando a realidade. — Merda.

— Eles têm que seguir um tipo de código... e... espera. O quê? Você vai ter que fazer topless? — exclama Dan, o rosto pálido. — Ah. Puxa, Franny. Que merda.

— Vou ter que fazer topless — digo.

Merda.

22

Não sei o que fazer em relação ao filme, então estou fazendo uma pesquisa.

>JAMES FRANKLIN:
>Não há nada do que se envergonhar. Nossos corpos são nossos instrumentos.

>JOE MELVILLE:
>Deixe-me ver o que posso fazer em relação à cláusula sobre nudez. Talvez haja uma forma de minimizar a sua... hum... exposição.

>RICHARD:
>Joe é a pessoa mais indicada para aconselhar você sobre isso.

>JANE:
>Não tenho certeza. O que a sua intuição te diz?

>PAI:
>Não sei, querida. Vamos começar com a Dorothy Parker esta semana, sua favorita.

CASEY:
Ai, meu Deus, Michael Eastman é um gato!

DAN:
Eu, hum... Estou indo ao mercado, quer alguma coisa?

Segundo Joe Melville, o diretor é "alguém especial" e só está fazendo *Viveiro de zumbis* como um favor para o estúdio, pois eles concordaram em fazer outros dois filmes com ele depois disso: projetos menores, mais interessantes e centrados nos personagens. Joe disse que se nós tivéssemos uma conexão neste filme poderia ser o início de uma relação mais longa.

— Neste tipo de negócio, as conexões são tudo — disse ele.
— Não é só o talento?
Joe riu, e depois fez uma pausa.
— Você está brincando, certo?

— Consegui um papel num filme de terror — digo a Dave, um garçom com quem servi alguns almoços.

Estamos do lado de fora da entrada do prédio da General Electric, tragando um último cigarro, antes de começar o nosso turno num dos refeitórios sem vida em que em breve estaremos trabalhando. Dave é um comediante de stand-up que usa roupas encardidas e tem um cabelo louco. Parece ter uns 30 anos, mas poderia ser muito mais jovem. Quando trabalhava no Engraçadíssimo, aprendi que comediantes de stand-up tendem a envelhecer prematuramente, então é sempre arriscado tentar adivinhar em voz alta.

— Isso é ótimo — diz ele, tragando seu cigarro. — Parabéns.
— Mas não sei se vou aceitar. Tenho que ficar de topless numa das cenas.

— E daí? Qual é o problema, você tem um peito esquisito ou algo assim?

— Hum, não, Dave. Não acho que tenha um peito esquisito.

— Então quem se importa? Por acaso você está nadando em ofertas de emprego?

— Estou aqui de pé com uma mochila de lona cujo conteúdo inclui um saca-rolhas, um bloco de pedidos e várias belas canetas. É óbvio que não estou nadando em ofertas de emprego, Dave.

— Não faça — diz Deena, mexendo o gelo do restinho de sua vodca, enquanto estávamos sentadas no bar do Joe Allen, depois da aula.

Concordei em tomar um drinque com ela, após verificar a secretária eletrônica usando o telefone público do lado de fora do teatro. Nenhuma mensagem de James. E ele não foi à aula hoje, o que não é incomum, mas ainda assim me deixa incomodada.

— Disseram que só me veriam... hum... desse *jeito*, por poucos segundos. Então o zumbi se libertaria da... hum... área na minha clavícula, e eu cairia morta. Está tudo aqui na cláusula de nudez. É bem específica sobre o que será visto e por quanto tempo. — E percebo que, enquanto falo do meu peito, aperto junto a ele o envelope de papel pardo com a cláusula de nudez de duas páginas. — Eles fizeram o advogado deles redigir.

Deena balança a cabeça.

— Preciso do dinheiro — digo com a voz baixa.

— Não precisa tanto assim.

— Sim, preciso. Fui demitida do clube, lembra? Não tenho plano de saúde. Tenho que fazer quatro obturações.

— Você não pode aceitar um emprego só por causa do dinheiro. E a história de fazer um trabalho em que você acredita, como as atrizes que admira? Você acha que Diane Keaton tiraria a blusa num filme de zumbis?

— Quem sabe? Talvez ainda venham à tona os filmes perdidos de zumbi da Diane Keaton. Talvez eles lancem toda a antologia em VHS.

— Você é engraçada.

— Não estou esquecendo meus objetivos. Aparentemente, o diretor é alguém especial de verdade. É só o meu corpo, todo mundo tem um. Meu corpo é o meu instrumento. E estou no final do meu prazo para provar a mim mesma que isso é o que deveria fazer. Desta vez, tenho um papel de verdade, com falas, em um longa-metragem de verdade. É um sinal de que estou indo na direção certa. Preciso desse sinal.

— Você não precisa desse trabalho.

— É o único que tenho.

— No momento. É o único trabalho que você tem, no momento.

— Mas e se esse for o único trabalho que eu conseguir? E se esse trabalho me levar a outros e, então, a uma carreira, à felicidade, ao reconhecimento mundial, amor, um cabelo melhor; mas se *não* fazer esse trabalho não me levar a nada, e eu nunca mais conseguir outro, e então passar o resto dos meus dias na obscuridade, servindo frango empanado e essa for a única história que vou contar de novo e de novo, a história do filme de zumbi que recusei, e eu acabar com tornozelos inchados de ficar em pé o dia inteiro?

Deena termina seu drinque. Em seguida, pega minha mão e olha para mim com seriedade.

— Frances. Me escute. Você sabe que tem talento, não sabe? E que é linda?

— Talentosa, talvez. Acredito que posso ser boa, sim. Já o resto, linda, não sei não.

— Você está brincando, né? É uma coisa sua. Está falando isso de brincadeira. Mas lá no fundo você sabe que é verdade, não sabe?

— Talvez. Às vezes.

— Bem, então *eu* estou dizendo a você. Tem que acreditar em mim. Hoje é o dia em que você deve começar a acreditar em si mesma.

Ninguém mais pode fazer isso por você. E estou dizendo, se recusar, posso garantir a você com cem por cento de certeza que, um dia, conseguirá, pelo menos, *um* outro trabalho que valha a pena. Talvez até consiga dois trabalhos de valor durante a sua vida. Isso pode parecer uma ideia boba para você agora. Mas sei como vai se sentir ao gravar a cena. Você vai ficar lá, tremendo, com uma toalha jogada por cima, enquanto um bando de caras da equipe ajusta a luz e passa os cabos. Imagine, você lá, montada sobre Michael Eastman, ou é mais provável que seja sobre o dublê dele, já que de jeito nenhum o cara trabalha mais do que precisa, enquanto o sujeito dos efeitos especiais joga uma gosma vermelha por todo o seu corpo nu e ajusta a cabeça de plástico do zumbi que está colada entre os seus peitos, só para ter um ângulo melhor para o cinegrafista. O diretor vem, tenta deixá-la confortável, olha nos seus olhos para que você não ache que ele é um pervertido, fala sobre o sofá que comprou para a nova casa nos Hamptons ou qualquer coisa do tipo. Você se sente uma bosta. Você vai para casa e chora. Esse é o tipo de dia que estou imaginando.

Tenho certeza de que Deena está exagerando. Não consigo imaginar que seria tão ruim. Claro, não consigo imaginar nada disso.

— Mas são só alguns poucos dias. Mesmo que seja estranho. São só alguns poucos dias desconfortáveis nos quais irei ganhar metade do dinheiro que ganhei no ano passado. No ano passado *inteiro*. Sem mencionar os pagamentos residuais. E eu tenho a cláusula de nudez que me protege. Você deveria ler. É uma dissertação longa e detalhada. Quanto mais você lê, mais o conceito perde todo o sentido. Fica meio que hilário.

— Não é hilário. Não é sem sentido. É o seu corpo. Em um filme, para sempre. Nu com um diretor iniciante num filme de monstros. Não é digno de você.

— Bem, os trabalhos dignos de mim não estão aparecendo — digo, me contorcendo de leve para longe dela no meu banco do bar. — Não posso ser melhor que o trabalho que tenho se não tenho nada além disso.

Então talvez ele seja exatamente o que sou digna de ter. É tão bom quanto o que mereço neste momento.

— Isso é o que você acha, mas está errada. Algo melhor pode aparecer amanhã. Você só estreia uma vez. Se você se comprometer agora, bem no começo, antes mesmo de se dar uma chance, para onde irá depois?

— Hum, para o topo, acho?

— Olha. Tenho um amigo que queria ser ator de cinema. Ele foi para Los Angeles. Era o melhor ator na minha turma na escola de teatro. Sem dúvida. Foi para Los Angeles, mas não conseguiu trabalho. Tentou de tudo. Se casou, teve uma filhinha. Finalmente, conseguiu uma entrevista num parque temático. Ouviu dizer que pagavam bem. É um cara grande, forte. Eles disseram que poderiam colocá-lo como Fred Flintstone num dos shows ao vivo que fazem para as crianças. A grana era boa. No início do espetáculo, ele tinha que descer num tobogã aquático gigante, sabe, como se fosse o Fred escorregando pela parede de pedras na abertura do desenho?

— Gritando "yaba-daba-du"?

— Isso. O cara era um ator de formação clássica. E foi contratado para dizer "yaba-daba-du". Mas, por ele, tudo bem. Um dia, ele pensa, vou ser ator de cinema. Hoje, ele será o melhor Fred de todos os tempos. Ele leva isso a sério, certo?

— Ceeerto — digo, balançando a cabeça, confusa.

— Então, ele faz o treinamento para ser Fred, e se sai bem. Treina com alguns outros caras, e todos são ensinados a fazer tudo da mesma forma. Todos os shows devem ser iguais, é uma regra do parque, para que ninguém veja uma apresentação melhor ou pior que outra. Durante o treinamento, todos aprendem a descer o tobogã com as mãos no ar, bem "yaba-daba-du". Como na TV, sabe? Então eles contratam um cara, talvez fosse amigo ou filho de alguém, ou coisa do tipo, e ele não tem um bom equilíbrio. Não consegue escorregar com as mãos no ar. Então eles treinam de novo todos os outros para que os shows fiquem iguais. Meu amigo fica furioso, pois Fred aparece no desenho de braços para cima, do jeito que todos os outros aprenderam, com os braços para cima, *do jeito certo*. Então nos shows dele, quando atua como Fred, continua fazendo da forma original, com os braços para cima. Brigam com ele, querem que mude sua atuação. Ele se recusa. — Deena leva o rosto a apenas alguns centímetros do meu. — Então eles o demitem — diz ela, antes de se recostar no banco e deslizar o drinque vazio para longe de si. — Me vê outro, Patrick? — pede ao barman. — Você quer algo? Quer dividir a omelete ou outra coisa?

Encaro Deena, e então olho para trás, por cima dos ombros, como se tivesse perdido algo que acabou de passar zunindo por mim, algo que eu deveria ter notado, mas que não entendi.

— Espera, é só isso?

— É só isso.

— Então a moral da história é: lute pelo que acredita, mesmo que seja um detalhe técnico bobo que signifique perder o emprego?

— A moral é: sempre existe alguém que vai dizer que com os braços para baixo também fica bom, quando você sabe que não fica. Sempre existe alguém que diz que o gato falante é de vanguarda. A única coisa que você tem, que não está na mão de uma outra dúzia de pessoas, é o seu senso do que é bom para você. Não tem que fazer um trabalho que faz com que se sinta mal. Neste negócio, é muito fácil pensar que você gosta de algo de que na verdade não gosta só porque se sente lisonjeada por ter sido escolhida. A moral é: toda atriz, da Meryl Streep à Dra. Quinn, a Mulher que Cura, tem peitos. Nem toda atriz tem o "não". O "não" é o único poder que realmente temos.

Concordo em dividir a omelete e peço licença para usar o banheiro, quando o que quero mesmo é usar o telefone público do estreito corredor. Confiro a secretária eletrônica e descubro que James havia me ligado e convidado para ir até a casa dele "caso não seja muito tarde para você", e meu coração dispara um pouquinho. Vejo meu sorriso refletido no quadro de *Evita*, um dos cartazes de filmes emoldurados que se alinham na parede. Quando volto, dois drinques novos nos esperam no bar.

— Eu, ahhh...

— Cancelo a omelete?

— É tão óbvio assim?

— Você se iluminou como uma árvore de Natal — diz Deena, que dá um pequeno apertão em meu braço. — Podemos cancelar a omelete, Patrick? — pergunta se dirigindo ao bar, e Patrick faz um sim com a cabeça.

— Obrigada. Desculpa — falo, vestindo meu casaco depressa.

De repente, me sinto como se estivesse atrasada para um compromisso, como se estivesse sendo grosseira ao fazer alguém esperar, mesmo que sejam quase dez da noite e eu tenha acabado de receber o telefonema dele.

— O que *ele* diz sobre o assunto?

— Ele acha que eu deveria fazer. A nudez não o incomoda. E ouviu bons comentários sobre o próximo filme do diretor.

— Bem, então desisto. Ele provavelmente está certo; tem olho pra isso.

— O que você quer dizer?

Deena faz uma pausa, como se tivesse dito algo errado e agora precisasse escolher as palavras com mais cuidado.

— Nada.

— O quê? Fala.

— Nada... é só que... Estou na mesma turma que esse cara há anos, você sabe, desde que ele estava apenas começando, antes de qualquer... — Ela se cala, parecendo ainda insegura sobre o que vai dizer.

— Fala.

— Quer o histórico? Ele tende a escolher as garotas mais talentosas, as que parecem ter mais potencial para o sucesso, para se relacionar.

Estava segurando a respiração, esperando que Deena continuasse, que dissesse algo que refletisse seu rosto solene, mas vi que ela havia terminado e me permiti expirar.

— Pensei que você iria falar algo *ruim* sobre ele. Talvez James agisse assim, mas é óbvio que não está fazendo isso comigo. Quebrou o círculo...

— Franny. Você tem que parar com isso. — A voz de Deena soa mais afiada que o normal.

— O quê?

— Você não entende.

— Não...

— Sabe quantas outras pessoas conseguiram um agente depois da Apresentação?

— Não.

— Duas. E ambos eram homens.

— Pensei que Molly tivesse...

— Uma entrevista. Molly teve uma entrevista em uma pequena agência em que disseram que havia muitas "do tipo dela". Você, Fritz e Billy foram os únicos. Você ultrapassou esse grande obstáculo, teve essa conquista enorme, mas mal percebeu. Você não vê o quão bem está indo. Você não se vê como eu vejo, ou como James a vê.

— Estou agradecida de ele sequer olhar para mim — tento fazer piada, mas Deena nem mesmo abre um sorriso.

— Quero o melhor para você. É duas vezes mais talentosa do que jamais fui, mas aprendi algumas coisas no caminho. Quero que você faça tudo que puder para evitar cometer os mesmos erros que cometi. E não quero que acabe num programa sobre um gato falante da França, sabia?

23

— Não leia em voz alta! Por favor, James, estou implorando.

Quero que ele pare mas também estou rindo, deitada no apartamento dele, na manhã seguinte, enquanto James, de pé ao lado da cama, segura solenemente as páginas da minha cláusula de nudez como um mensageiro em uma peça de Shakespeare que chega para anunciar um decreto do rei.

Ele limpa a garganta.

— Senhoras e senhores, por uma noite apenas, tenho o prazer de apresentar: A cláusula de nudez.

— Que noite? São onze da manhã! Buú, sai daí! Eu queria ver *Starlight Express*!

Ele junta as páginas de forma dramática, se curvando um pouco para a audiência imaginária.

— Em referência ao acordo feito entre blá-blá-blá, "Produtores", e Frances Banks, "Artista"...

— Quem é essa?! Nunca ouvi falar dela! — brinco.

— Em conjunto com o longa-metragem neste momento intitulado *Viveiro de zumbis*, o qual será doravante citado como "Filme".

— Para! Chega! Não leia todos os...

— Desculpem, parece haver uma desordem na plateia. — James abaixa os papéis. — Sim, senhora?

— Sério, não leia todos os... detalhes ou o que quer que seja. É constrangedor.

— Senhora, silêncio, por favor. Ahã. Como eu estava dizendo, o "Produtor" irá filmar de cima a cena de Sutton e Sheila na cama, Sutton sem camisa, Sheila com a parte de cima de um pijama de seda com abertura frontal...

— Não! Pare! Por que não uma camisola de flanela? Um macacão, por favor! — digo, mas não consigo parar de rir.

— A artista concorda em realizar o que será doravante referido como "uma cena de preliminares para o sexo", na qual: Sutton desabotoará o pijama de seda, devagar, beijando seu busto, seus seios, com o pijama vestido...

— Socorro! Alguém me ajude! — Eu me contorço, escondendo o rosto em um travesseiro.

— Neste ponto, a criatura (aqui categorizada como "criatura") irá emergir dentre os seios de Sheila, e será exibida em uma breve cena, de dois a cinco segundos, do busto destroçado de Sheila com o bebê zumbi ("criatura") gritando, ponto após o qual Sheila cai no chão, morta, e nenhuma nudez adicional será requerida. Os produtores asseguram que o set de filmagem será fechado para todos, exceto aqueles membros do elenco e equipe que forem essenciais, e que não serão permitidos fotógrafos durante a filmagem. Exceto nos casos especificamente estabelecidos neste documento, blá-blá-blá, o acordo deve permanecer como tal, neste dia, blá-blá-blá, fim. Senhoras e senhores, assim termina a performance desta noite. Não faremos reembolsos. Deem gorjeta aos seus garçons, obrigado e boa noite.

Aplaudo e pulo sobre a cama.

— Brilhante! Que performance! Mal posso esperar pela continuação!

— A cláusula de nudez 2: de bunda para cima!

— Sem calças!

— Quase lá!

— De bundas para o ar!

— Sacanagem em Seattle!

James e eu desmoronamos na cama, face a face, sem fôlego de tanto rir.

— Sério, James, isso foi tortura. Escutar isso sendo descrito de forma tão específica, tão clínica. Não consigo imaginar que serei eu a pessoa de quem eles estão falando. Como eles já sabem quais vão ser as roupas, as cenas e tudo o mais?

— Eles estão tentando ser específicos para que você não tenha surpresas. Isso é o que um bom agente faz. Ele está tentando conseguir deles os parâmetros antes da hora, para que não a pressionem a fazer algo que não a deixe confortável no set.

— Acho que sim — digo. Ainda estou balançada, mas é encorajador ouvir James falar com tanta confiança.

— E está funcionando? — pergunta ele. — Está fazendo você se sentir mais confortável?

— Sim. Não. Não sei. Ouvir você ler os termos faz parecer divertido. Mas você poderia ler a agenda telefônica. Você consegue tornar qualquer coisa atraente.

James sorri.

— Sendo assim... sobre o que você não tem certeza?

— Eu sei que é um filme bobo. Mas gosto da outra cena, e é um papel meio que importante, e não consigo acreditar que estaria em um filme de verdade, que vai estar em cartaz em um cinema de verdade. Mas ainda não tenho certeza de como me sentiria de topless, se horrível ou envergonhada ou sei lá.

— Por que envergonhada?

— Bem, dã, é o meu corpo, sabia?

— E daí?

— Ah, não tenho certeza...

— Não tem certeza de como irá se sentir ou de como irá aparecer?

— Os dois, acho.

— Mas você é linda.

— Você quem diz.

— Você duvida?

— Claro.

— Não deveria.

Ele afasta o cabelo do meu rosto, depois gentilmente passa os dedos pelas minhas bochechas.

— Entendo que é difícil ter confiança. Mas, como falei antes, como atores, nossos corpos são nossos instrumentos. Nós precisamos ter um senso de objetividade sobre o corpo, o rosto, para que isso não nos atrapalhe na hora de contar uma história, qualquer história. Eu ganharia 23 quilos ou rasparia a cabeça se isso significasse ganhar o papel, você não?

— Sim — respondo, apesar de não ter tanta certeza.

James faz uma pausa, olhando no fundo dos meus olhos. Penso que vai me beijar, mas, em vez disso, ele se aproxima de mim e sussurra:

— Sabe, se você quiser, eu ajudo.

— Obrigada. Você já ajudou bastante lendo as cenas em voz alta, sem contar a última performance...

— Não, é que estou começando a ganhar dinheiro de verdade, sabe? Estão me pagando bem nesse novo filme com o Hugh.

— Ah. Isso é ótimo — digo, apesar de não ter certeza de por que ele está me lembrando de que o filme do Hugh McOliver paga bem.

— E, não que isso vá ajudar neste trabalho, mas se você quisesse, sabe, no futuro... — James disfarça, mas um sorriso largo começa a se espalhar por seu rosto, como se ele estivesse tendo problemas para guardar um segredo picante de mim.

Fico totalmente confusa.

— No futuro... o quê?

— Se você quiser entrar na onda.

— Desculpa, não estou entendendo. Que onda? Como assim?

— Qual é, Franny? Você já deve ter pensado nisso, pelo menos um pouquinho. Durante todo esse tempo em que está agonizando sobre essa decisão, está me dizendo que não passou pela sua cabeça?

— O quê?

— Não me leve a mal. Já disse que acho você linda do jeito que é, mas se quisesse dar uma retocada neles, só para se sentir mais confiante, mais competitiva, sabe, você não vai precisar agonizar mais sobre esse tipo de coisa. Não vai ser a última vez em que o assunto vai surgir, sabia? Então por que não acabar com a ansiedade? Tantas garotas em Los Angeles estão fazendo, e eles conseguem deixar bem natural...

Eu me sinto como se tivesse levado um soco nas costelas. Meu queixo cai.

— Você está falando de... Você está sugerindo... Quer pagar para eu dar uma *turbinada nos meus peitos*?

O sorriso desaparece do rosto dele.

— Franny, não, me desculpe, por favor, se acalma. Quero dizer, sim, era disso que estava falando, mas só porque pensei que você estava tendo dificuldades com isso. Só estava tentando ajudar. Eu jamais... Pensei que estávamos falando sobre a mesma coisa, sobre se sentir mais segura de si mesma.

— Não sei *do que* estávamos falando — digo, a garganta fechando e algo como um choro ameaçando escapar. — Estou indo embora. — Deslizo debaixo dele na cama e pego uma das botas que estava à vista.

— Não vá.

— Tenho que ir. Onde está o meu outro sapato?

— Espera. Não vá assim. Você está encarando isso da forma totalmente errada. Você está chateada.

— Está vendo, é aí que você se engana. Não estou nem um pouco chateada. É só que, agora, a bomba peniana que comprei para o seu aniversário não parece muito original.

— Viu? Isso foi engraçado. Você fez uma piada. Estamos rindo disso.

— Nós *não* estamos rindo disso. Eu estou falando sarcasticamente enquanto saio pela porta. Estou indo embora. Estou fazendo uma saída enérgica.

— Frances, isso é um completo mal-entendido. Por favor, não vá.

Giro, tentando parecer o mais intimidadora possível calçando apenas um sapato.

— Por quê? Você quer me vender seu conceito de "facelift antes dos 30"?

Ele respira fundo, e o olhar em seu rosto era o mais gentil e meigo que jamais havia visto.

— Não — diz, calmamente. — Não quero que você vá, porque eu te amo.

Tenho que admitir, essa é provavelmente a única coisa que James poderia dizer que pararia meus passos, a única coisa que eu não esperava ouvir, com certeza não hoje, e nem sei se imaginei que poderia sequer acontecer. Mas meu cérebro está uma confusão de sentimentos conflitantes, então me vejo suspensa em uma situação estranha, entre amarrar o que falta do cadarço da minha única bota e desmoronar aliviada de volta na cama. Estou atada, um pé calçado, outro não.

— O quê?

— Estou falando sério. Eu te amo. Amo mesmo. Há um tempo que quero dizer isso.

— Certo...

— E nem falei com você sobre a estreia.

Agora estou realmente confusa.

— A o quê?

— A estreia, do filme que fiz com Arturo. Será daqui a três semanas. E queria que você fosse comigo.

James disse que me ama, o que, francamente, é só um pouquinho mais chocante que o fato de estar me convidando para um evento público onde estaríamos fora de seu apartamento e entre não apenas pessoas normais, mas pessoas muito públicas.

Estou igualmente perdida sobre os dois acontecimentos. Nem sei o que pensar primeiro.

— Mas pensei que você não... Você disse que não poderia ir ao casamento da minha prima por causa do calendário de filmagens.

— Sim, mas eu queria contar que eles mudaram o calendário para que eu pudesse ir à estreia.

Por um momento, passa pela minha cabeça que, se haviam mudado o calendário para ele ir à estreia, talvez pudessem ter mudado para o casamento, neste fim de semana, mas claro que uma estreia é trabalho, e a minha família não é tão importante quanto, acho.

James pega meu suéter do chão, revelando meu sapato que faltava, e dá um passo em minha direção, para me entregar ambos. Seu rosto ainda parece tão aberto e machucado; será que feri seus sentimentos?

— Olha, vou amanhã para Los Angeles, e o fim de semana está livre. Por que você não vem comigo? Eu provavelmente posso convencer a produção...

— O casamento da minha prima é neste fim de semana.

Meu rosto fica quente mais uma vez, e meu estômago se contrai. James poderia ter ido se quisesse, penso comigo mesma. Apenas não queria.

— Ah, é, verdade. Olha, quando digo que o fim de semana está livre, quero dizer que tenho muito o que fazer para me preparar para as cenas com Hugh, no deserto, na terça, então reservei meu tempo para trabalhar, você sabe. Mas, se você estivesse lá, poderíamos sair para comer algo e, bem, ficarmos juntos. — James começa a se aproximar, mas eu recuo, ainda despreparada para ser apaziguada.

O trabalho dele é importante. Eu sei disso. É uma explicação perfeitamente razoável para não ir ao casamento. De alguma forma, não soa muito correta, mas também não sei como é estar em um grande filme com grandes estrelas.

— Então... Você não pode ir porque vai trabalhar na terça? Você não vai trabalhar na segunda?

— Bem, não estou agendado agora, mas tenho que estar pronto até para chuva no deserto.

— Entendo — digo, apesar de não conseguir deixar de considerar quão provável seria um dia de chuva no deserto.

— Olha, como eu disse, nós vamos filmar no meio do deserto, mas vamos nos falar em breve, só não sei quando exatamente. Odeio não ver você até lá, mas, por favor, vá à estreia comigo. E depois espero que possamos deixar esse assunto para trás. Você é muito, muito especial para mim.

Enceno a despedida apaixonada, mas meu coração não está ali. Eu me sinto longe, como se estivesse me vendo de alguns metros de distância. Do lado de fora, na rua, debaixo da luz brilhante do sol, minha cabeça começa a clarear e uma onda de vergonha surge. Porém, talvez ele só estivesse tentando me dar o que achou que eu queria. Estou confusa e desorientada, como se houvesse acordado em uma casa desconhecida e, por um minuto, tentasse lembrar onde estava.

Mas, de repente, tenho certeza de uma coisa.

Preciso de um telefone, mas não o da rua de James. Quero me afastar o máximo possível dali. Caminho os dois longos quarteirões até a esquina da Sétima Avenida com a Union Street. Estou a apenas alguns quarteirões de casa e penso que poderia simplesmente usar o telefone de lá, sem ter que competir com os sons do trânsito, mas não quero esperar nem mais um minuto.

— Aqui é Franny Banks, gostaria de falar com Joe Melville, por favor.

A recepcionista disse "um momento, por favor", mas Joe parece estar levando uma eternidade para atender. A música de espera é a mesma de sempre, mas hoje há alguma interferência estática estranha, então a música fica sumindo e voltando, o que machuca meus ouvidos. Quero afastar o fone, mas temo perder o momento em que Joe atender. Para me distrair, fixo os olhos na porta do Muffin Café, um pé-sujo do outro lado da rua. Uma pessoa entra, depois a segunda e então a terceira. Quando a primeira pessoa sai, agora com um café e o que parece ser um bagel enrolado num papel branco, percebo que estou na espera tempo o suficiente para se tostar um bagel, passar cream cheese e o embrulhar, além de pessoas terem trocado amenidades e dinheiro, o que acaba de se tornar a minha nova definição de eternidade.

— Franny?

É Richard em vez de Joe, o que me deixa decepcionada, mas também aliviada por não ter que explicar o que estava prestes a dizer para o calmo e silencioso abismo que Joe Melville pode ser ao telefone de vez em quando.

— Richard. Oi. Escuta, sinto muito, me desculpa, mas não posso fazer o filme.

— O filme?

— O filme. Não posso aceitar o papel de *Viveiro de zumbis*. Realmente sinto muito. Pensei muito sobre isso e percebi que não sou do tipo que faz nudez. Não que isso seja uma coisa ruim, necessariamente. E não é por causa da coisa do zumbi também, sem ofensas com os zumbis, monstros ou tubarões comedores de gente. Na verdade, não faria mesmo que fosse *Tubarão*, que é um dos meus top 10 de favoritos. Apesar de que, na verdade, retiro o que disse, já que, se fosse o Steven Spielberg... não... quer saber, mesmo que fosse o Steven Spielberg eu teria que recusar. Quero dizer, não a ficar nua. E peço desculpas. Sei que não é *artístico* de mim nem nada assim, e sei que esse é o meu primeiro trabalho de verdade e espero que Joe não fique chateado... Ou talvez seja algo que ele queira discutir, certo? Então, desculpa, de qualquer forma, ligo de novo quando ele voltar, que será quando?

— Quando...?

— Desculpa, quando Joe estará de volta? Para que eu possa ligar para ele. Quando ele voltar.

Uma longa pausa, e então Richard limpa a garganta.

— Sinto muito informar, Franny, mas Joe não está aqui.

— Não? Ah, sim, olha a hora. Provavelmente está almoçando, certo? Tudo bem, ligo amanh...

— Não, Franny, o que quero dizer é que Joe não está mais aqui. E escuta, isto não tem nada a ver com... mesmo que você tivesse decidido fazer o filme, não teria mudado nada. Você deveria saber disso.

— O que não teria mudado? Desculpa, não estou entendendo...

— Ele deveria... Tenho certeza de que ele vai ligar para explicar. Desde ontem, Joe Melville não trabalha mais aqui.

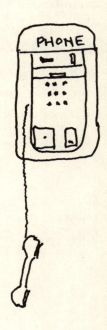

Maio 1995   EEE ESTA SEMANA.......

29 Segunda-feira

VOCÊ NÃO TEM AGENTE!

VOCÊ FOI
INCOMPARAVELMENTE
CHUTADA DA
ARTISTAS
INCOMPARÁVEIS

J.F ♥

---

30 Terça-feira

DEixar currículos
    O'Neals BallooN
    Café des Artistes
    Comedy Cellar? (procurar pelo Marty)

J.F ♥

---

31 Quarta-feira

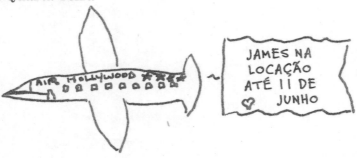

JAMES NA LOCAÇÃO ATÉ 11 DE JUNHO ♥

filofax

♥ = canalha

Junho 1995

Quinta-feira 1

NUNCA VOU ALCANÇAR O ~~CONCENTRE-SE NO~~ BIOTIPO PALITINHO

Aula do Stavros

Vestido do casamento (mais ou menos)

Sexta-feira 2

ENVIAR CHEQUE DO ALUGUEL

Sábado 3

Pegar carro alugado 8h
7ª Av

CASAMENTO DA KATIE
16H

Hora do check-in 15H

Domingo 4

FALTA UM MÊS*

* Hora de entrar em pânico

Personal *filofax*

filofax

24

Você tem três mensagens.

BIIIP

Frances, é o seu pai. Espero que você ainda me reconheça quando nos encontrarmos lá nos Finnegans. Você vai, não é? Com a Jane? Me ligue, por favor. Gostaria de... tenho algo... me ligue, por favor. Ah, um de meus alunos me falou de um seriado chamado Plantão médico? Acho que o nome é esse. Sobre médicos, imagino. De qualquer forma, parece ser bom, você deveria se candidatar.

BIIIP

Frances, aqui é Joe Melville. Lamento ter que deixar uma mensagem, mas não estarei ao alcance por alguns dias, durante a... transição. Quero que saiba que gostei muito de trabalhar com você, mas vou me mudar para uma agência menor, mais exclusiva, e só posso levar alguns poucos clientes, que são... hum... top... Bem, apenas nomes mais conhecidos, você entende, vão fazer essa transição comigo. Gostaria de agradecer a você e desejar sorte em todos os seus projetos.

BIIIP

Franny, é o Richard, do escritório do Joe. Queria dizer o quanto gostei de trabalhar com você. Realmente tentei convencer algum dos outros agentes a ficar com você, mas todo mundo está surtando com a saída do Joe, e ninguém está assumindo novos clientes neste momento. Vou continuar apenas como assistente no novo escritório, caso contrário eu mesmo representaria você. Se cuida e mantenha contato, ok? Queria poder ter ajudado mais. Talvez algum dia no futuro? De qualquer forma, boa sorte.

— *Conjuntivite?* — Continuei a repetir a palavra, como se pudesse fazer aquilo desaparecer do rosto de Jane. — Conjuntivite? Você está com conjuntivite? Como pode ter certeza?

— Ora, olhando no espelho, em primeiro lugar.

— Você não está só com algo no olho? Ou uma alergia?

— Desculpa, Franny. Já tive isso antes. É o que parece ser. É realmente contagioso. Não tem como eu ir.

Jane ia ser minha companhia no casamento de Katie. Jane havia alugado um carro em seu nome. Jane estava com conjuntivite.

— Se você não pode ir, eu não posso ir. A Metro-North está em greve, então não posso pegar o trem. Estou sem documentos, sem carteira de motorista. Não posso pegar o carro alugado.

Duas noites antes, voltando da casa de James, cheguei à nossa porta de entrada no momento em que o vizinho de baixo estava saindo, e Dan e Jane estavam em casa com a nossa porta já aberta, então, até sair para comprar bagels na manhã seguinte, não tinha percebido que, na pressa para ir embora, havia esquecido minha bolsa no apartamento de James. Deixei uma mensagem para ele, mas ele já devia ter decolado para Los Angeles.

— Merda. Esqueci esse lance da carteira — diz Jane, arregalando o olho bom em simpatia. — Já sei. Talvez eu possa emprestar minha identidade e você finge ser eu.

— Bem pensado. Onde posso arrumar lentes coloridas, uma pele bronzeada e um cabelo mais escuro e liso em mais ou menos uma hora?

— Só estou fazendo um *brainstorm*.

— Está bem. Esqueça. Vou acabar faltando.

Mas me sinto péssima só de falar a possibilidade em voz alta. Nunca perdi um casamento dos Finnegans. Não vejo meu pai há meses; na verdade, nem tenho falado com ele. Suas últimas mensagens têm tido um tom estranho. Acho que está se sentindo sozinho.

— Posso alugar o carro. Posso levar você.

Ergo os olhos e vejo Dan, na porta de entrada da cozinha, e coro de pensar nele me acompanhando ao casamento.

— Ah, obrigada. Sério. Mas esse vai ser um casamento muito louco, gigante. Seria terrível pra você. Minha família é maluca. E não vai dar tempo de você arranjar um smoking.

— Todas as famílias são loucas. E tenho um smoking. No meu guarda-roupa.

Nunca vi Dan em outra coisa que não fosse jeans e camiseta. Que eu saiba, ele não tem casaco ou paletó. No inverno, veste algo como uma jaqueta impermeável azul que não pode ser quente o suficiente, mas, se você perguntar a ele se está com frio, vai responder que não, que está bem. Ele tem uma camisa de colarinho branco e uma de colarinho azul que costumava alternar quando saía para jantar com Everett. Nunca o vi usar cinto ou gravata, ou meias que não fossem de algodão branco. Ainda assim, Dan tem um smoking?

— Mas só reservei, ah, um quarto no hotel — gaguejo. — Só um. Então...

Não consigo me imaginar levando-o a essa festa. Pensar nisso me deixa inexplicavelmente nervosa. Nossas vidas haviam voltado ao normal: de volta à simples coexistência aqui neste apartamento, com nós três saindo de vez em quando para aquele restaurante chinês, ou sentados no sofá adivinhando quem era o assassino em *Law & Order*. A rotina diária como colegas de quarto havia quase eclipsado o que tinha acontecido naquela noite depois do teatro. Não quero sair deste ambiente familiar, não quero sair do Brooklyn, muito menos passar a noite em um hotel com ele, mesmo num quarto com duas camas. Mas o pensamento de perder o casamento de Katie e não ver meu pai faz meu coração doer.

— Isso é besteira. — Jane se mete. — Nós já reservamos um quarto duplo para nós duas. Então, qual é o problema? Vocês já estão acostumados a viver sob o mesmo teto. Façam uma parede de travesseiros ou algo do tipo. É o casamento de Katie Finnegan, caramba! Você vai! Uhul, Dan!

Jane sorri para mim, como se estivesse tudo decidido.

— Mas como vou explicar para James?

— Apenas diga a verdade.

— Mas você não acha que esquecer a minha bolsa, mais uma greve da Metro-North, mais uma conjuntivite, mais Dan por acaso ter um smoking não parece, não sei, suspeito?

— Não. Acho "Estou gravando no deserto e não sei quando vamos nos falar" suspeito. Ele poderia ter ido com você se quisesse.

— Jane. Ele está *trabalhando* — argumento, mas ela revira os olhos.

— Ok, Dan, escuta. — Eu me viro e coloco as mãos em seus ombros, olhando-o nos olhos, como um treinador de futebol americano incentivando um jogador que está prestes a ganhar o grande jogo. — Sério. Ficarei bem se não puder ir. Você tem certeza de que quer fazer isso? Tem certeza de que é assim que quer passar sua noite de sábado? Com um bando de irlandeses estranhos, loucos e bêbados?

Minha ceninha de treinador deveria ter sido falsamente séria, para aliviar o clima e tornar mais fácil para Dan rir e dizer não, me desculpe, pensando bem, não quero mesmo ir. Mas, com as mãos em seus ombros — os quais são mais fortes do que parecem sob as camisas desleixadas —, o rosto voltado na sua direção, bem para cima, pois ele é muito alto, o que me faz sentir quase delicada em comparação, e seus grandes olhos castanhos desta vez livres da franja olhando com firmeza na direção dos meus, a noite no Sardi's volta de repente. Todo o tempo que gastei me convencendo de que nunca o beijei foi perdido porque me lembro de tudo como se tivesse acontecido há cinco minutos.

 Vou dizer a ele que não deve ir comigo ao casamento de Katie. Vou ligar para o meu pai e falar que sinto muito, que vou ter que deixar para outro final de semana. Vou tirar minhas mãos dos ombros de Dan e nunca, jamais, vou tocá-lo de novo.

 — Sim — responde ele, sem piscar. — Vamos.

25

Estou falando. Fizemos o ensino médio juntos. Só pode ser. Tenho certeza. Tem certeza de que não estudou no Colégio Carver? Que estranho. Você me parece tão familiar. Bem, então, de onde conheço você? Você é o quê? Sério? Você não parece atriz. Sem ofensa, quero dizer, você é bonita, mas pensei que todas tivessem que ser anoréxicas ou algo do tipo. Qual programa? Você aparece num o quê? Comercial? Ah, não, meu Deus, não. Não pode ser isso. Não vejo televisão. Quero dizer, de vez em quando zapeio pelos canais, mas não. Ainda mais comerciais. Não me leve a mal. Mas sério, de onde conheço você? Talvez de algum acampamento de verão.

Parabéns, Franny! Que emocionante! Lembra do último casamento, quando você disse que estava tentando se tornar atriz? E eu perguntei: "As gorjetas são boas?" Lembra disso? Hahahahaha! Porque as pessoas que se dizem atores normalmente não passam de garçons? Entendeu?

Mas seu pai disse que você queria ser uma atriz de verdade. No teatro. O que aconteceu? Ele disse que você conseguiu um agente, certo? Então pelo menos já é alguma coisa. Como assim? Você tinha um agente, mas não tem mais? Ah, que terrível!

Viu, Len, eu disse que ela não tinha operado o nariz. Só fica daquele jeito engraçado na TV, meio amassado. O que quer que fosse, fazia você parecer muito mais velha. Eu disse a ele, Franny. Eu disse: "Len, Franny nunca operaria o nariz. E mesmo que tivesse operado, por que iria querer um nariz pequeno, curto, amassado, que a deixava muito mais velha? É culpa da TV." Você já ouviu aquilo sobre a câmera adicionar 10 quilos. Ela deve fazer algo com o rosto também. O quê? São só 5 quilos que a câmera adiciona? Hum, bem, parece mais com 10. Talvez seja da nossa televisão. Compramos uma nova. Tudo parece ficar enorme. Mas aquelas adoráveis mocinhas do Sob cuidados ficam bem, aqueles corpos delicados! Talvez seja apenas durante os comerciais...

Tia Elaine está falando sem parar, mal respira, e, por fim, aperto o braço de Dan, em uma tentativa de dizer "me salve".

— Você poderia nos dar licença? — diz ele, educadamente, me guiando para longe com a mão em minhas costas. — Franny e eu... nós precisamos... temos que ligar para a babá.

Espero que tia Elaine não tenha ouvido o risinho que tento suprimir, mas ela mal parece notar. Sem perder o ritmo, direciona seu monólogo ininterrupto para a próxima vítima.

— Desculpe, não tinha certeza de como ajudar — declara Dan, encabulado. — Era a desculpa que minha mãe sempre usava.

— Tudo bem — falo, sorrindo feliz por ter Dan ao meu lado, como se fosse um segurança gigante de smoking. — Espero que tenhamos deixado comida suficiente para o bebê.

Todos os casamentos dos Finnegans acontecem em uma tenda no quintal da imensa e antiga casa de meus tios, na costa de Madison, em Connecticut. Quando era criança, nunca conseguia controlar a empolgação pela casa deles ser bem ali na praia. Pensava que eram muito sortudos de viver como se estivessem sempre de férias. A casa em si seria linda se alguém a tivesse repintado num tom claro de cinza que estava descascando ou consertado as antigas persianas brancas perto da porta de entrada que ficavam penduradas desordenadamente, em ângulos opostos, ou cortado a grama mais de duas vezes ao ano. Porém, por mais que a irmã de meu pai, Mary Ellen, tentasse manter a casa em ordem, com oito filhos, sempre existia "muita diversão acontecendo". Encontrar uma cama com lençol era uma questão de sorte, mas eu sempre ia dormir feliz, mesmo que tivesse que enrolar meu moletom para fazer de travesseiro. A casa dos Finnegans não era muito arrumada, mas era sempre confortável e sempre havia alguém para brincar e algo para fazer.

Quando íamos visitá-los, minha mãe e a tia Mary Ellen normalmente ficavam acordadas até depois de nós crianças irmos dormir. Elas sentavam em cadeiras de praia no gramado da frente, para conversar, e eu caía no sono com o som de suas risadas e o disco da Joni Mitchell tocando pelas janelas abertas da varanda. Ali, admirando a água, não consigo deixar de pensar nisso agora, e olho ao redor à procura de meu pai, imaginando se ele também está pensando nela, mas não consigo achá-lo na multidão.

Embora os convidados sejam encorajados a usar smoking e vestidos longos, é só por diversão; o resto do evento é bem casual mesmo. A "hora dos coquetéis" (que consiste em alguns *coolers* cheios de gelo e algumas latas de cerveja) acontece na areia, bem em frente à casa. Tem uma multidão na praia agora, mas Katie abre caminho, gritando ao me ver.

— Você está tão *magra* — diz, enquanto me abraça. — Bem, olá — fala para Dan, e me dá uma piscadela. Depois tira os sapatos e o véu, joga tudo na areia, e mergulha de cabeça no oceano, com seu marido todo vestido ao seu lado.

— É uma tradição de família — explico ao visivelmente chocado Dan. — Todas elas têm um vestido especial para usar depois que entram no mar. Ela vai colocar o vestido de verdade quando voltarmos para a festa.

As cervejas na praia em geral são a minha parte favorita dos casamentos dos Finnegans, mas, depois do ataque de hoje, eu estava aliviada de enfim entrar na tenda e encontrar nossa mesa. Meu pai já havia tomado seu lugar e está com um olhar de expectativa que dói no meu coração. *Ele sentiu minha falta*, penso comigo mesma. Está vestindo o smoking que já o vi usar uma dúzia de vezes. O corte ainda cai nele como quando era mais jovem, no entanto as lapelas agora brilham do uso. Cortou o cabelo nos últimos tempos, e algo a seu respeito parece inesperadamente jovem. Dou um forte abraço nele.

— Você está linda! — elogia ele, ainda me abraçando apertado.

— Não está? — concorda Dan, e fico vermelha e sorrio para ele por cima dos ombros de meu pai.

Uma banda local de músicos amadores, presente em todos os eventos dos Finnegans, toca uma versão quase reconhecível de "Strangers in the Night" em compassos variados. A cadeira ao lado da do meu pai está vazia, e meu primo Tom e sua esposa Beth estão sentados à nossa frente lutando para evitar que o bebê de colo coma o enfeite de mesa. Dan vai pegar mais cervejas para nós e um uísque para meu pai, que se inclina na minha direção assim que ele sai.

— Parece um cara esperto — diz papai. — Muito educado.

— Sim, ele é. Mas não é meu namorado.

— Você já falou isso.

— Len e Elaine me perguntaram se eu tinha operado o nariz.

— Eles não sabem o que dizer. Estão animados por você. As pessoas não estão acostumadas a ver alguém da televisão em pessoa — diz ele, dando um pequeno apertão em meu braço.

— Quase nunca apareço na TV. Fiz dois comerciais bobos em dois anos e meio, e agora estou presa nessas conversas bizarras com completos estranhos. Mal vi meus primos esta noite. Mal vi *você*.

— Nós temos o resto da noite. Você sabe que essas coisas nunca terminam cedo. Agora me escute, queria que você tivesse me ligado de volta, porque...

— Pai, eu ligo para você. À beça. Você só não sabe por que não posso deixar recado, já que você não tem secretária eletrônica.

— Eu não *quero* uma secretária eletrônica. Um recado gravado é uma informação redundante, no melhor dos casos. Preciso que fulano e sicrano me digam que me ligaram enquanto eu não estava em casa? Ou tenho que falar numa gravação que não estou em casa, ou que estou muito ocupado para falar no momento? Já sei que não estou em casa, pelo fato de que sou a pessoa que não está em casa.

— Mas deixar um recado é uma forma de você saber que liguei.

— Quando você liga e eu não atendo, você já sabe que eu estava ocupado e que não podia conversar. Toda vez que a sua secretária atende, ouço a mesma mensagem: ela me diz que você não está presente ou que está muito ocupada para conversar. Se nós dois tivéssemos secretárias eletrônicas, isso poderia continuar para sempre, sem nunca realmente nos falarmos. Estou economizando o seu tempo ao não ter uma secretária eletrônica. Se o telefone toca...

Sou distraída pela presença de uma mulher desconhecida que acaba de aparecer logo atrás do ombro direito de meu pai. Está usando um vestido azul-claro e balança um pouco, como se estivesse decidindo se deve ou não sentar na cadeira vazia ao lado dele. Ou talvez só tenha bebido demais. Deve ser mais um dos Finnegans bêbados. Mas que estranho, não a reconheço de nenhum dos outros casamentos. Será que é minha tia Maureen, de Ithaca? Ela coloca a mão no ombro do meu pai, obviamente o confundindo com outra pessoa, pois, se eu não conheço essa Finnegan aleatória, ele com certeza também não conhece. Devo avisá-lo que está sendo abordado por uma mulher bêbada que acha que ele é outra pessoa, e que, de uma forma assustadora, parece a ponto de beijá-lo.

— Pai, hum...

— Eddie?

Ela diz o nome dele, então acho que não é uma estranha, pelo menos não para ele. Na verdade, o olhar no rosto de meu pai ao se virar e se levantar para cumprimentá-la me diz que ela não lhe é nem um pouco estranha.

— Franny — diz meu pai, radiante. — Gostaria que você conhecesse uma pessoa.

O nome dela é Dra. Mary Compton e é algum tipo de cirurgiã ocular que meu pai conheceu quando teve "aquele problema na córnea" sobre o qual me contou, mas que eu não lembrava. É divorciada e tem uma filha "mais ou menos da sua idade", o que me deixa imediatamente fatigada só de imaginar um futuro em que a filha de Mary Compton e eu somos forçadas a ir às compras, almoçar juntas e fingir que estamos nos divertindo porque nossos pais estão saindo juntos. "Sempre quis uma irmã!", imagino a filha de Mary falando para mim, enquanto almoçamos em uma cafeteria iluminadíssima de uma loja de departamento.

Meu pai e Mary não parecem notar a nuvenzinha sobre minha cabeça enquanto conversam com naturalidade.

— A Dra. Mary teve uma cirurgia de emergência esta noite — diz ele, virando-se para ela. — Foi muita sorte que tenha conseguido vir, no final das contas.

Concordo com a cabeça de uma forma que espero ser convincente.

Quando Dan volta à mesa com nossos drinques, eu me afundo na cadeira e tomo de uma só vez todos os goles de cerveja que consigo. Enquanto meu pai o apresenta a Mary, eu os assisto como se estivesse bem distante, sem saber por que estou me sentindo tão estranha. Quero mesmo ficar animada em conhecer essa nova pessoa de quem meu pai gosta. Quero fazer perguntas a ela, fazê-la rir e mostrar como meu pai me criou bem. Em vez disso, estou atipicamente quieta, inexplicavelmente incapaz de pensar em algo para dizer.

Fico agradecida por Dan tomar a dianteira, conversando com ela com facilidade e ouvindo sobre a recente promoção e sobre o fato de ter vivido em Londres por dez anos, as histórias de quando a filha estava em Oxford e de como conheceu meu pai. Tento assentir e sorrir nos momentos certos, mas acho difícil manter a concentração.

Entorpecida, vejo meu pai se comportar de uma maneira que nunca vi. Fico obcecada por quão estranho ele me parece, e não consigo desviar o olhar, mesmo que sua expressão tola me dê enjoo. Está com um sorriso tão largo, tão definitivamente abobalhado. Ele a chama de "Dra. Mary", como em "a Dra. Mary e eu adoramos a temporada da Sinfônica de New Haven", e, em resposta, ela ri e revira os olhos.

— É tão constrangedor quando ele me chama assim, não é, Frances? — diz ela, piscando para mim com ar conspiratório, do outro lado da mesa sob a luz das velas. — Como se eu fosse um daqueles apresentadores de rádio que não são médicos de verdade.

— Na verdade, pode me chamar de Franny — falo, e minha voz soa estranhamente fria.

— É claro! Me desculpe. Eu sabia. Acho que estou um pouco nervosa por finalmente conhecer você — admite ela, tímida, e meu pai a observa, encantado.

O jantar chega, e consigo por fim cuspir algumas frases enquanto escolho meu hambúrguer. Os Finnegans sempre fazem um churrasco em vez de um bufê, e, em geral, adoro que a comida seja caseira e informal, mas, esta noite, perdi o apetite.

— Quer dançar? — pergunta Dan, uma vez que os pratos tinham sido recolhidos e o bolo servido.

Em geral eu não iria querer dançar, pelo menos não com essa música lenta, mas fico aliviada por ter uma desculpa para levantar da mesa.

— Sim, por favor — falo, e Dan pega a minha mão, me guiando com suavidade até a pista.

De cara, fica óbvio que ele sabe dançar — que ele sabe dançar *de verdade*. Dan me guia de forma gentil, mas confiante, e quase parece que também sei o que estou fazendo.

— Baile de debutantes — diz, antes que eu pergunte. E em seguida: — Tudo bem, Franny?

— Tudo. Não sei por que estou agindo de maneira tão estranha. É só que... A Dra. Mary? É tudo tão *fofinho*. E fofura é um mal do qual nunca pensei que meu pai sofreria.

— Mas ele parece feliz.

— Eu sei. Parece sim. E é claro que quero que seja. É só que ele nunca tinha trazido alguém para um evento de família.

— Entendo — diz Dan, me puxando um pouco mais próximo para que eu possa ouvi-lo mesmo com a música.

É a fala perfeita, e repouso a cabeça no ombro dele, agradecida por não ter que me explicar mais.

Minha prima Katie abre caminho pela pista de dança, de mãos dadas com seu marido. Ainda está em seu vestido de noiva, mas trocou os saltos por um tênis de cano alto, mais confortável para dançar. Ela abraça a todos conforme avança, e seu noivo aperta diversas mãos, e, de vez em quando, eles se juntam a algum casal na pista de dança. Quando me vê, deixa o marido por um momento, esticando-se para pegar a minha mão e passar o braço em volta de Dan.

— Seu namorado é tão fofo! — grita ela. — Não tinha dado uma boa olhada nele antes.

— Ele é meu colega de quarto, Katie — explico, enfática, sem olhar para Dan. — Já falei, meu namorado teve que trabalhar. Aliás, você está linda hoje.

— Sim — confirma Dan. — A cerimônia foi linda também.

— Obrigada, Fran. Obrigada, Sr. Colega de Quarto. — Katie levanta as sobrancelhas para Dan e o olha de cima a baixo. — Você dança bem — declara, com um brilho no olhar.

— Obrigado — agradece ele, com uma reverência engraçada.

— Mas essa coisa meio Sinatra que eles estão tocando agora é só o aquecimento, sabe.

— Sim, fui informado sobre a festa dançante de praxe que acontecerá em breve — diz ele de maneira formal, mas rindo um pouco.

— Bom, porque o DJ vai assumir depois do jantar, e a coisa aqui vai ficar *feia* — diz Katie. — Depois que os velhinhos forem embora, teremos música *de verdade*. E por "de verdade" quero dizer músicas antigas, novas e aquelas terrivelmente bregas. Não importa, desde que dê para dançar. Nós vamos *macarenar* isso aqui se for preciso, para continuar a festa. Macarena é o mais baixo a que se pode chegar. Você não é bom demais para esse tipo de coisa, não é, Sr. Colega de Quarto, com seus passos de dança extravagantes?

— Claro que não — responde Dan, com orgulho.

— Gostei dele — diz Katie para mim. — Tem certeza de que não é o seu namorado?

— Rá-rá — comento, e, mesmo tendo certeza, fico feliz por ela aprovar a primeira pessoa que levo em casa desde Clark.

Depois que Katie vai embora, Dan e eu continuamos a dançar, balançando para a frente e para trás sem dizer nada. É estranhamente confortável, isso de ficarmos calados. Como estou de saltos, os ombros dele ficam na altura perfeita para meus braços. Posso ver por cima dele que a luz sumiu lá fora e que os pequenos pisca-piscas dentro da tenda começaram a brilhar, fazendo tudo ter um ar mágico e acolhedor.

— Então, por que *você* tem um smoking? — A pergunta me ocorre, e afasto a cabeça para poder olhar para Dan.

— Bem, nós tínhamos que ter um. Para meu grupo *a cappella* na faculdade.

— Não! — exclamo, dando um passo para trás, tentando imaginar Dan numa fileira de universitários de smoking, dançando e cantando alegremente em uníssono.

— Sim — diz ele, com orgulho.

— *Sério?* Você cantava num grupos desses?

— Cantava. É tão difícil de imaginar?

— É... surpreendente, acho. Nunca ouvi você cantarolar. E você não tem que, bem, fazer uma coreografia, como aqueles *backing vocals*, e músicas no estilo de *barbershop* e tal?

— Não éramos um grupo tradicional assim. Nossas seleções eram diferentes, musicalmente falando. Fazíamos algumas paródias, que tiveram sucesso. Na verdade, tivemos a oportunidade de...

— De quê?

— Bem, de aparecer no *Tonight Show*.

— O quê? No *Tonight Show*? Por que você nunca me contou isso?

— Ah, não sei — diz Dan, inclinando um pouco a cabeça. — Não queria me gabar, acho.

Quero provocá-lo por não ter me contado, por manter um segredo como esse, mas algo na humildade que ele demonstra neste momento — seu olhar envergonhado por ter chamado a atenção para si mesmo — faz meu coração transbordar.

— Espero poder ver isso algum dia — digo, vendo-o enrubescer.

— O problema é que acabou sendo uma questão delicada. Para a família.

— Como assim?

— Bem, o lado do meu pai frequenta Princeton há três gerações, e havia algumas, bem, expectativas. Fui o primeiro a desafiar algumas delas.

— Eles consideraram aparecer no *Tonight Show* uma forma de *desafio*?

— Eles consideraram uma distração dos meus estudos, uma loucura artística, sabe — comenta ele, amargurado. — Depois, quando anunciei que queria ser escritor, meu pai culpou o grupo de alguma forma, como se uma atividade criativa tivesse aberto as portas para todas as outras. Mas estudar para ser médico, como as gerações anteriores fizeram antes de mim, bem, não era para mim. Pouco antes de aparecermos no programa, falei para o meu pai que estava largando a medicina para ser roteirista. Aparentemente, a ideia de ganhar a vida escrevendo filmes, não importa sobre quais assuntos eu escreveria, bem, foi um pouco difícil para eles. Meu pai me cortou do fundo fiduciário e nunca assistiu ao programa.

— Mas como você...

— Como eu me sustento?

— Bem, sim.

— Tenho uma pequena herança de um tio-avô que sempre quis ser pintor. Quando acabar, acho que vou procurar um emprego normal. Ou voltar de joelhos para o meu pai, o que provavelmente significaria voltar para a faculdade e me tornar médico.

— Então você também tem um prazo final!

Ele sorri.

— Sim, acho que temos isso em comum.

Visualizo Dan na nossa sala de jantar no Brooklyn, debruçado todos os dias sobre os cadernos e o computador, comendo sempre a mesma refeição barata de frango daquele lugar horrível, tomando uma cerveja todas as noites com medo de colocá-la na mesinha de centro, e a ideia de que acha que estão todos decepcionados com ele de alguma forma surge dentro de mim. Posso quase ouvir um som tanto agudo quanto suave, como um pedaço de papel sendo rasgado de um caderno, e, de repente, sinto um respeito esmagador por Dan. Eu me importo com ele, porém, mais que isso: tenho orgulho dele também.

É um alívio reconhecer que esses sentimentos não são nem um pouco parecidos com os meus por James. Com James, tem o calor, é excitante estar com ele. Meus sentimentos por Dan são mais como um brilho acolhedor, como as luzes na tenda, contidos da mesma forma. *É uma boa pessoa*, penso. E isso é tudo.

Mais tarde, entre "Whoomp There It Is" e "I Saw the Sign", meu pai e a Dra. Mary vêm se despedir. Estão brilhando de suor. Com as luzes suaves e as bochechas rosadas, meu pai parece ter 30 anos de novo. De repente, lamento muito a forma como me comportei, e desejo poder voltar no tempo e repassar a noite inteira de novo, conhecendo um pouco mais a Dra. Mary e inserindo uma versão geral melhor de mim mesma na situação.

— Não, não vão! — falo para ambos, segurando as mãos da Dra. Mary.

— Temos que ir — diz meu pai, meio sem fôlego.

— Foi muito bom finalmente conhecê-la — declara a Dra. Mary, aproximando o rosto do meu. — Espero que possamos nos reencontrar em breve.

— Eu também — concordo. E percebo que realmente queria dizer aquilo.

As duas horas seguintes voam enquanto eu e Dan dançamos todas as músicas bobas que o DJ toca. Em algum ponto durante "Rock Lobster", do B-52's, sinto que minhas pernas viraram gelatina.

— Acho que não aguento mais — digo para Dan, um pouco sem ar.

— Graças a Deus. Estou encharcado.

— Vamos ter que sair de fininho — grito, por sobre a música estridente. — Se Katie nos vir, estamos perdidos.

— Certo — diz ele com um sorriso, topando o desafio. — Você cai para a direita, eu me desvio para a esquerda, e nos encontramos lá fora.

Estamos com sorte, pois "This Is How We Do It" começa a tocar e a pista transborda com os convidados restantes. Em nossa mesa vazia, ainda cheia de migalhas de bolo, pego a bolsa vintage emprestada de Jane e escapo pela frente da tenda, tentando fazer cara de quem não está indo embora, apenas de quem está saindo para dar uma respirada. Lá fora, a noite parece terrivelmente escura e pisco algumas vezes, desorientada, tentando fazer com que meus olhos se adaptem.

— Psiu! — chama Dan por trás de uma árvore no gramado.

Vejo o reflexo da lua no mar, iluminando o caminho para a praia.

— Corra! — sussurro, e saio em disparada, de forma tonta e rindo sem controle.

Chego à praia muito antes de Dan, então tiro os sapatos e recupero o fôlego, embalada pelo som das ondas beijando de forma gentil a costa. O hotel em que estamos hospedados fica a menos de 1 quilômetro pela praia, perto o suficiente para o vermos de onde estamos. Quase não prestei atenção no quarto quando fizemos o *check in*; só tivemos tempo de largar nossas coisas na cama e trocar de roupa rápido antes do casamento. Mas agora vejo a placa de neon do hotel brilhando de leve, e as imagens vêm a mim: o quarto pequeno, as duas camas que pareciam desconfortavelmente próximas demais, o banheiro que vamos dividir, as decisões que teremos que tomar sobre quem irá escovar os dentes ou tomar banho primeiro.

— Franny? — Dan de alguma forma apareceu por trás de mim, sem que eu notasse.

Está escuro demais para vê-lo claramente, mas sei que está perto, e meu coração bate mais rápido. Meu vestido está encharcado da dança, e a brisa do mar provoca um arrepio pelo meu corpo. Sinto como se ele fosse me beijar, e começo a tremer. Não posso deixar isso acontecer, não importa como. Ele ficaria confuso, meus sentimentos em relação a ele são apenas de amizade. Mas, por alguma razão, fico paralisada no meu lugar na praia, sem forças para me afastar.

Não consigo ver Dan bem o suficiente para ler sua expressão, e não consigo encontrar palavras para descrever como me sinto neste momento, e agora lá está ele, um passo mais próximo, perto o bastante para que eu possa sentir o cheiro de cerveja em seu hálito.

Ele pega a minha mão e a segura em seu peito para que eu sinta seu coração bater, e se aproxima ainda mais, tão perto que se assoma sobre mim, a poucos centímetros de distância, com seu corpo me acolhendo da brisa. Mas não posso deixar isso acontecer, não quero que nada que pudesse mudar nossa relação aconteça, embora, de certa forma, eu queira.

— Não — falo, muito estridente, e Dan para. — Não — repito sem necessidade, visto que nenhum de nós se moveu.

E então só ficamos ali de pé, não sei por quanto tempo, completamente parados, com apenas o som do oceano e o coração de Dan batendo sob minha mão.

26

Naquela noite, fico acordada no hotel, olhando para o teto, irracionalmente irritada pelo barulho do ronco de Dan, como se o fato de ele conseguir dormir enquanto eu não fosse algo intencional, como se o ronco fosse uma intrusão deliberada, me mantendo acordada, outro limite que ele teve a imprudência de ultrapassar.

A manhã seguinte é ainda pior. Dan insiste em pagar pelo quarto, um gesto que me irrita por alguma razão, e, enquanto espero que ele faça o *check out*, pego um jornal da gasta mesinha de centro do saguão do hotel para me proteger. *Vou ler isto no carro para evitar conversar com ele*, penso comigo mesma. Mas, quando já estávamos na estrada, percebo que era um desses jornais gratuitos que tem um único texto de dois parágrafos sobre a aposentadoria de algum professor do ensino médio e umas 32 páginas de propagandas e classificados. Ainda assim, é a única armadura que tenho contra ter que participar de uma conversa real, então finjo ser a leitura mais interessante de todos os tempos, quase me convencendo disso. Estou tão compenetrada em analisar pela décima vez os detalhes do cupom "leve 2 pague 1" da Pizzaria do Angelo que praticamente dou um pulo ao ouvir a voz de Dan.

— O trânsito está tão horrível que parece a Rússia, não acha? — diz ele, olhando para mim.

O que eu deveria responder? Já falei que nunca fui a Londres. Quem dirá à Rússia? Ele só está se gabando da educação de elite, do smoking e do grupo *a cappella* idiota que, por engano, achava ser descolado.

— Você pode dizer melhor que eu — respondo, rígida.

— O quê? — pergunta ele, soando confuso de verdade.

— Nunca fui.

— Nunca foi aonde?

— Nunca fui à Rússia — retruco, com a voz muito alta. — Então não saberia como é o trânsito lá.

Ele tenta esconder um sorriso, mas falha miseravelmente.

— Parece a hora do rush, foi o que eu disse.

— Ah — respondo, em voz baixa, e volto a fingir que estou lendo.

James por fim ligou de Los Angeles e fez com que o zelador abrisse seu apartamento, e então consegui pegar minha bolsa. Jane começou a trabalhar num novo filme, estrelado por Julia Hampton, e Dan e eu passamos os dias vagando em nossos respectivos andares no apartamento, inquietos e separados. Eu podia ouvir seus passos no chão barulhento lá embaixo, podia ouvi-lo abrindo a geladeira, podia imaginá-lo parado na frente dela, olhando distraído para o vazio como se alguma coisa nova fosse aparecer de repente desde a última vez em que olhou.

Desço a estreita escada de leve, não querendo perturbá-lo. Estava planejando dar uma caminhada, deixar outro currículo em mais um restaurante, ir a algum lugar, qualquer lugar.

— Estou com um bloqueio e não consigo escrever — diz ele de seu posto de sempre na mesa da sala de jantar, mal tirando os olhos da tela do computador.

— Não tenho agente e não consigo encontrar emprego — falo, ao pé da escada.

— Quer ir ao cinema?

— Claro — respondo, e ele fecha seu laptop com um *claque*.

Saímos de casa sem conferir a programação ou ligar para o cinema. O sol brilha e a copa das árvores no Prospect Park está de um verde vivo. Andamos pela Atlantic Avenue, nossos tênis batendo silenciosamente na calçada. A rua movimentada na frente do cinema é um mundo à parte do nosso bairro parado: pessoas saltando dos ônibus e saindo dos metrôs, e as lojas em liquidação lotadas. Só há um filme começando agora, uma comédia romântica com Cordelia Biscayne no papel de uma popular fotógrafa de casamentos sem sorte no amor.

— *Capturando Kate?* — pergunto, em dúvida.

— Parece que ela consegue capturar o amor em filme, mas que não consegue revelá-lo em sua vida real — comenta ele, seco, lendo a propaganda do pôster na bilheteria.

Em geral gosto desses filmes leves da Cordelia Biscayne; é melhor do que quando ela está defendendo bravamente um criminoso acusado de forma injusta ou enfrentando de maneira heroica uma batalha perdida contra uma doença obscura, mas nada sobre *Capturando Kate* me parece verdadeiro hoje. Na história, Kate está dividida entre dois homens: um bonito, ardiloso e rico negociante de artes de Manhattan que quer torná-la famosa e levá-la a festas, e um ainda mais bonito, porém muito mais gentil e modesto, fotógrafo, que vive trabalhando na sala de revelação, que quer que ela viaje para países do Terceiro Mundo com ele e se torne uma fotojornalista. No final, ela escolhe o cara que você sabia que ia escolher o tempo todo, e o filme termina com uma montagem bonitinha das fotografias que eles tiraram um do outro em lugares exóticos. Suspiro no escuro do cinema.

No caminho de volta para casa, me sinto mal. Minha cabeça está doendo por conta do refrigerante gigante que tomei, e meus olhos ainda não se acostumaram à luz do sol. Dan parece relaxado, feliz, e diz que na verdade gostou do filme.

— Não acredito que você gostou — comento, me abraçando, mesmo não estando frio.

— Por que, só porque sou homem?

— Não, porque foi muito bobo. Não foi muito bem escrito.

— Achei que alguns diálogos foram bem afinados, na verdade. Uma relação romântica que pareça real é uma das coisas mais difíceis de escrever. — Ele caminha devagar, com o rosto virado para cima, para sentir o sol, as mãos enfiadas nos bolsos.

— Mas o relacionamento deles *não* parecia real. Aquele triângulo amoroso. Tão irreal! Ela escolhendo entre um babaca rico e um cara legal que parecia ser pobre, mas que, no final das contas, era rico também. *Isso* levou duas horas para ser descoberto? Quero dizer, toda essa *coisa* de "triângulo amoroso" me incomoda. Quem foi que um dia pensou nisso? Nunca estive num triângulo amoroso. Principalmente um em que a garota está dividida entre o cara que obviamente é o certo para ela, estrelado pelo ator mais famoso, e o cara que é obviamente horrível para ela, estrelado pelo ator um pouco menos famoso. E, também, por que a heroína sempre tem uma melhor amiga atrevida? E por que essa amiga sempre é morena?

— Hum, Franny, você tem uma melhor amiga atrevida que é morena.

— Errado. Eu *sou* a melhor amiga atrevida que é morena.

— Bem, suponho que você tenha um argumento aí. É uma disputa acirrada entre vocês duas para o papel. Olha, o romance nesses filmes não é para ser um mistério obscuro. É um conceito, uma forma de mostrar diferentes facetas da protagonista, das coisas que ela está enfrentando. É uma forma de deixar a luta interna dramática. As pessoas se veem nessa luta. E continuam usando essa estrutura porque é familiar para a maioria das pessoas e faz sentido para elas.

— Bem, não é familiar para mim. De qualquer forma, por que é sempre um triângulo? Por que não é um quadrado ou um octógono? Isso sim parece mais realista.

— Você já esteve num *octógono* amoroso?

— Não, mas, sabe, se você não está com a única pessoa que realmente ama, é mais complicado que um triângulo estúpido. O problema não é por conta de *uma* outra pessoa com quem você gostaria de estar. Na vida, existe um milhão de pessoas por quem você pode ter sentimentos, dependendo da situação. Ou tem uma pessoa que você ama e está feliz com ela, ou tem um monte de outras pessoas que poderiam ser a certa para você, se ao menos o momento fosse melhor, ou se não tivessem ainda sentimentos por uma ex-namorada, ou algo do tipo. Na maioria das vezes é questão de timing. Eu estou num bom relacionamento, mas passo por três pessoas por dia com quem posso me imaginar saindo em um encontro.

— Você passa por três pessoas por dia com quem poderia se imaginar num encontro? Isso é estar num bom relacionamento? — Dan está sorrindo, o que me deixa ainda mais frustrada.

— Você está distorcendo as minhas palavras. Eu não disse que me apaixono por pessoas aleatoriamente, mas penso sobre pessoas aleatórias e fico imaginando, seja o cara no metrô ou, você sabe... — Dan me olha com expectativa, mas paro de falar, preocupada, de repente, por não estarmos mais falando só do filme. Continuo pressionando, determinada a não desistir do meu ponto de vista. — E também tem o meu trabalho, quero dizer, tenho uma ligação muito forte nesse aspecto, então talvez misture as coisas... E, de qualquer forma, viu como alguém poderia rapidamente se envolver num octógono amoroso? — Paro de súbito no meio da calçada, fazendo com que uma senhora empurrando um carrinho de compras quase batesse em mim. — Desculpe — digo para ela, de repente agitada. — De qualquer forma, não estou falando de nós.

As sobrancelhas de Dan sobem um pouco, e ele também para na calçada.

— Eu não disse que você estava falando de nós.

— Não. Certo. Eu sei. Não estou. Só estou tentando ilustrar como é ridículo o conceito de um triângulo amoroso.

— Entendo.

— Falando que existem outras formas possíveis.

— Umm-hum — diz ele, assentindo de forma sincera.

— Outras formas únicas. Outras formas que os sentimentos tomam. Outras formas de sentimento — falo feito uma idiota, como se rearranjar de maneira aleatória a ordem das palavras pudesse fortalecer meu argumento.

— Mas você nunca esteve num triângulo amoroso?

— Definitivamente não.

— Nunca teve sentimentos confusos por duas pessoas ao mesmo tempo?

— Não — declaro, sem conseguir encará-lo nos olhos.

— Podemos falar sobre o casamento? — pergunta Dan, gentilmente, depois de uma pausa.

— Não. O quê? Por quê? O que há para ser dito?

— Eu segurei sua mão, e parece que isso deixou você aborrecida.

— Meu Deus, eu não estava nem pensando nisso.

— Não? Você também não pensou sobre aquela noite no Sardi's?

— Não... dificilmente... nem um pouco, de verdade. Por alguma razão, só tive uma ansiedade esquisita no casamento.

— Eu sei, você começou a suar.

— É mesmo?

— E a tremer.

— Ah, bem...

— Foi porque peguei a sua mão...?

— Sim... bem, não. Acho que foi pelo que representava.

— Tem algo aí, você não acha?

— Eu não sei... — digo, me afastando dele, de costas, involuntariamente, na calçada.

— Bem, *eu* sinto alguma coisa. Eu sinto. E tenho pensado nisso desde... Cuidado com a caixa de correio.

— Nós podemos não falar sobre isso? — peço, e me viro, dando um passo para o lado bem a tempo de desviar por pouco da grande caixa de correio azul na esquina, e começo a caminhar depressa, de cabeça abaixada, esperando aumentar a distância entre nós.

— Eu também não sei — avisa Dan. — Isso é tudo o que eu queria dizer. Eu também não sei o que isso significa.

Paro na calçada por causa do tom da voz de Dan, mas também por outro motivo — algo mais específico provoca a minha parada abrupta. Num sobressalto, percebo que o que me fez parar foi a decepção. Percebo que estava decepcionada por entender que o que havia acontecido, ou não, não estava mais claro para Dan do que para mim. Por algum motivo, esperava que estivesse. Eu me volto e caminho lentamente até ele.

— Olha — diz ele, olhando envergonhado para os pés. — Ainda não me recuperei do fato de que estava noivo até pouco tempo. E ainda não consigo trabalhar, não direito, então me sinto como se estivesse...

— Dan — falo, firme sobre meus pés, notando um estranho tom de sarcasmo na voz. — Por favor. Você não me deve explicações. No final das contas, tenho um *namorado*.

O rosto de Dan fica um pouco vermelho, talvez em resposta ao meu tom.

— É isso o que ele é? Um cara que eu, mesmo morando com você, nunca vi, que liga no meio da noite? Esse é o seu namorado?

E, apesar de James nunca ter usado essa palavra para se descrever, e eu nunca tê-lo chamado assim diretamente, não gosto da insinuação de Dan.

— Sim — afirmo com toda a confiança que consigo reunir.

— Franny, se esse fosse o filme da sua vida, e se acontecesse de você, no filme, estar em um triângulo amoroso, o que sei que é impossível, dada toda a sua teoria muito válida sobre formas, você poderia afirmar que *ele* é o cara com quem a heroína termina? Você pode sinceramente dizer que ele é o cara que é óbvio que dá certo no filme?

— Por que nós estamos sequer fazendo um filme sobre a minha vida?

— Pelo bem da discussão.

— Quem assistiria? Nada de mais acontece. Como nós o chamaríamos? *Contando gorjetas? A atriz desempregada? Perdendo Joe Melville?*

— Talvez eu esteja errado. Só estava imaginando que talvez o que esteja incomodando você no filme que vimos é o fato de reconhecer em si mesma algo que alega ser um clichê inverossímil.

Dan não está tentando ser cruel, ele nunca é, mas suas palavras doem como se essa fosse sua intenção. A pior parte da discussão é que não há como terminá-la, não de verdade, pois agora nós dois temos que caminhar para o mesmo lugar. Queria poder ir para casa e contar para o meu colega de quarto sobre a tarde estranha que passei com um conhecido, e sobre como ele me insultou com teorias absurdas sobre mim, mas não posso fazer isso, pois eles são a mesma pessoa. Andamos o resto do caminho em silêncio.

Que confusão. *Talvez eu devesse me mudar*, penso comigo mesma. Como não pensei nisso antes? Acho que é porque em geral fico muito feliz de voltar para casa e sentar no sofá com Dan para ver algo na TV, enquanto ele equilibra uma cerveja entre as pernas. E se eu me mudasse? Tenho certeza de que Jane e eu continuaríamos nos vendo sempre. Seria difícil encontrar um lugar novo, em especial um tão grande e relativamente barato, mas talvez fosse a hora. As coisas estão complicadas demais. Como seria não morar mais no nosso apartamento?

Sentiria saudades do lugar em si. Sentiria falta da luz que inunda meu quarto de manhã, da vista dos telhados dos outros prédios, de assistir a nosso vizinho Frank ter o mesmo dia previsível, sentiria falta dos lindos pisos de madeira que rangem de acordo com o peso e o humor deles.

E, tenho que admitir, sentiria falta de Dan em alguns sentidos. Gosto de assistir *Law & Order* com ele, mesmo quando ele estraga o final adivinhando quem é o assassino antes de mim. Sentiria falta das explicações elaboradíssimas de por que o diretor moveu a câmera daquela maneira. Sentiria saudade dos comentários sobre uma parte de um diálogo que ele acha especialmente poética. Aprendi muito ao ver esse tipo de coisa através dos olhos dele. Mas os sentimentos que tenho em relação a Dan são confusos, e ter que vê-lo o tempo todo faz com que seja muito complicado compreendê-los.

27

Você tem três mensagens.

BIIIP

Cara, é a Deena. Acabei de receber uma ligação e finalmente vou participar da porra do Law & Order nesta semana. Me deseje sorte! Vejo você na aula, menina.

BIIIP

Alô, estou ligando do escritório de Dave O'Brien, do Kevin & Kathy. Só estamos ligando para lhe dizer que o seriado estará de volta na próxima terça-feira, às oito e meia da noite, e o seu episódio vai ao ar nessa data. Tentamos ligar para a sua agência, mas... hum... de qualquer forma, só estamos ligando para avisar.

BIIIP

Oi, gata. Mal posso esperar para ver você hoje à noite. Um mensageiro vai entregar as roupas e os ingressos, e mando o carro para buscar você às seis e meia, ok? A sessão é às sete da noite, não se atrase.

BIIIP

No instante em que James chegou à cidade, quaisquer dúvidas que eu tivesse sobre nós evaporaram. Ele estava bronzeado de sol, prova dos dias que passou gravando no deserto, e, ao pensar em vê-lo, eu me derretia.

Mas não entendi a mensagem. Havíamos combinado de ir à estreia de seu filme juntos.

— Você vai mandar um carro? — pergunto, quando ele atende. — Um carro alugado?

— Não, um carro com motorista. Para buscar você.

— Uma *limusine*?

— Bem, não. Provavelmente será apenas um carro de passeio. Um sedã. Está bem?

— Claro! Quero dizer, eu nunca... mas onde você vai estar?

— O elenco tem que estar lá cedo. Encontro você no final do tapete vermelho.

Fico curiosa, mas não vou perguntar como se sabe onde começa ou termina um tapete, seja ele vermelho ou não. Imagino o início como algo parecido com a espiral em que Dorothy e Totó iniciam sua jornada pela estrada de tijolos amarelos. E visualizo um comitê de boas-vindas formado de Munchkins, e Glinda, a Bruxa Boa, que vai me ajudar a encontrar meu caminho.

— Certo, ótimo — digo, tentando soar mais confiante do que estou de fato.

Naquela tarde, um portador chega com uma sacola de roupas cuja entrega tenho que assinar. Dentro dela, há dois vestidos de gala lindos, ambos ainda com as etiquetas.

— Ele comprou para você? — pergunta Jane, impressionada.

— Bem, só vou ficar com um, mas sim.

— São de estilistas *de verdade*! — exclama ela, correndo os dedos pelo cetim brilhante.

— Qual é o melhor, o que você acha?

— Bem, eu teria que vê-la vestida, é claro — diz Jane, tombando a cabeça para o lado como se estivesse me imaginando neles. — À primeira vista, o preto é uma escolha mais segura, porém o verde chama mais a atenção.

Depois de provar cada um uma dúzia de vezes na frente do espelho do banheiro, decido usar o verde com decote acentuado. Calço meus saltos mais altos, lindos de se ver, mas quase impossíveis de se andar, e entro no quarto de Jane fazendo pose, uma das mãos no quadril e um pé alinhado na frente do outro, como uma modelo.

— Decidi ser uma pessoa que se destaca na multidão de agora em diante.

— Estou tão orgulhosa de você! — diz Jane, dando gritinhos.

Coloco muito mais maquiagem do que o habitual, e Jane me ajuda a prender o cabelo usando milhares de grampos. Checo meu reflexo no espelho de todos os ângulos. *James ficará impressionado*, penso com orgulho.

Faço uma grande entrada, deslizando delicadamente pela escada circular onde Jane e Dan estão esperando, sorrindo para mim com orgulho, como se estivesse indo para o baile de formatura.

O rosto de Dan fica vermelho conforme me aproximo, e ele solta um longo assobio.

— Uau — diz, numa voz rouca, quando chego ao final da escada.

Jane balança a cabeça com o ar satisfeito de um especialista.

— Linda.

Mas meu penteado começa a se desfazer na parte de trás, e Jane me leva de volta para o banheiro do andar de cima para colocar mais outros milhares de grampos. Posso ouvir o motorista tocando o interfone, e meu coração salta enquanto corro escada abaixo, no entanto, não consigo achar meu batom, então tiro os sapatos e corro de volta para cima, onde o encontro debaixo da pia do banheiro. Desço correndo a escada, passando na cozinha por um momento para colocar meus sapatos e tentar recuperar o fôlego.

— Você tem algum dinheiro? — pergunta Dan. — Você deve dar uma gorjeta ao motorista.

— Droga! Esqueci — digo, já me sentindo um tanto inadequada no papel de atriz convidada a uma estreia.

Ele pega uma nota de 10 e outra de 20 de sua carteira e as enfia na minha bolsa de festa. Há algo tão doce em ver suas mãos gigantescas se atrapalharem com o fecho da pequena bolsa vintage de cetim, a mesma emprestada por Jane para o casamento de Katie, e, por um momento, desejo ficar em casa vendo algo na TV com ele no sofá em vez de me aventurar no desconhecido mundo do que quer que seja uma "première".

Tenho que fazer mais umas três viagens, subindo e descendo as escadas, para pegar o pó de arroz esquecido, mudar o sutiã cuja alça estava aparecendo ("coloque o preto", diz Jane) e dar uma última checada no cabelo e na maquiagem no espelho. Finalmente, me despeço com um "ta-dá" na porta, e Dan e Jane me aplaudem em despedida. Desço devagar a escadaria atapetada, um pouco instável em meus saltos, segurando o corrimão para ter apoio e encontrar o impressionante carro preto brilhante na frente de nosso prédio, com um motorista de pé ao lado de uma porta aberta, esperando só por mim. Paro em nossa entrada, olhando para um lado e para o outro, esperando que algum vizinho pudesse me ver, mas só noto um senhor andando com um cachorrinho bem no final do quarteirão, e entro no carro sem plateia.

O nome do motorista é Benny, e ele me pergunta qual estação de rádio eu gostaria de ouvir.

— Qualquer coisa está bom. O que você gostar.

Ele coloca em uma estação que toca uma música antiga dos Carpenters, e, por mais ou menos dez minutos, apenas olho pela janela, curtindo a música, a quietude e a sensação fresca dos assentos de couro preto.

Estou indo para minha primeira noite de estreia. Estou bonita e confiante, como se fosse Diane Keaton ou Meryl Streep, participando da estreia de um de seus próprios filmes, cercada por amigos e admiradores. Quem sabe, um dia...

O carro desliza de forma suave, tão diferente da tremedeira da parte de trás de um táxi. Depois de um tempo, noto um cinzeiro no braço do meu assento, um pacote de lenços Kleenex e algumas pastilhas, embaladas individualmente, vermelhas e brancas no meio do console.

— Tudo bem se eu fumar, Benny?

— Claro, senhora.

É quando percebo que a bolsa de festa que estava segurando apertado em meu colo não era a minha bolsa de festa, mas a agenda de couro marrom. Devo ter pegado em vez da bolsa.

— Ih!

Devo ter colocado a bolsa na mesa em frente à porta enquanto me despedia e, na pressa para sair, peguei a agenda no lugar dela.

— Caso a senhora não tenha mais cigarros, posso oferecer um.

— Sim, por favor, eu... esqueci os meus — digo, tentando engolir o pânico que ameaça subir por minha garganta.

Benny me passa um cigarro mentolado de um maço amarrotado de dentro do bolso do paletó, e, com habilidade, segura um isqueiro por cima do ombro sem tirar os olhos da rua. Abro a janela e inspiro profundamente.

Não tenho pó de arroz.

Não tenho batom.

Não tenho chaves de casa.

Não tenho dinheiro algum.

Não tenho os convites que dizem que fui convidada para a sessão.

Também me ocorre que não tenho certeza sobre como iria voltar para casa. Imagino que James e eu iremos para o apartamento dele, mas e se eu não conseguir encontrá-lo no teatro? De repente, nosso plano parece muito inconsistente, e, sem minha bolsa, eu me sinto completamente desarmada para enfrentar a noite.

— Benny, você... você vai me levar de volta para casa também?

— Não, senhora, apenas a levarei para o evento.

— Ah — comento, com a voz bem baixa.

É tarde demais para voltar agora. Já cruzamos a ponte do Brooklyn, e James tinha dito para eu não me atrasar. O jeito será encontrá-lo quando chegar lá. Aperto os lábios suavemente. Parece que ainda tem bastante batom neles, mas terei que ser cuidadosa para não limpá-los por acidente. Tento manter os lábios separados por um tempo, o que me faz senti-los secos. Minha cabeça está martelando agora, do estresse, do cigarro mentolado e de todos os grampos.

A estreia é no Ziegfeld, na rua 54, onde eu já havia ido antes, com Jane, para ver a reestreia de *Funny Girl*. Mas, quando dobramos a esquina da 54 com a Sexta Avenida, mal reconheço o lugar. Apesar de ser noite, a fachada do teatro está tão clara que parece iluminada pelo sol, mas é difícil dizer de onde todas as luzes estão vindo. A multidão transborda da calçada na frente do teatro, e uma fila de pessoas do outro lado da rua acena e tira fotos. Uma viatura e duas vans de canais de televisão estão bloqueando o tráfego, e um policial com um apito desvia os carros para o quarteirão seguinte.

— Temo que seja o mais longe que posso ir. A senhora estará bem daqui?

— Sim, eu... estarei bem. — Mas minha voz parece baixa e distante.

Benny encosta o carro no meio-fio e sai, e, por um momento, fico confusa e com um pouco de esperança: será que vai estacionar e me acompanhar? Mas então vejo que está apenas dando a volta para abrir a porta para mim. Eu me equilibro, insegura, para ficar de pé.

— Muito obrigada, Benny. Esqueci a minha... não tenho nenhum... — Mas Benny ignora minhas desculpas com um sorriso e faz que sim com a cabeça.

— Por favor, senhora, aproveite a noite.

Cambaleio até a calçada enquanto o carro vai embora. Tinha dado apenas alguns passos, mas o conforto escuro do carro e de Benny já parecia parte de um anoitecer muito distante, que agora havia sido engolido pela noite. Tento andar tão graciosa quanto possível, apesar de meus sapatos me fazerem sentir como se estivesse andando na ponta dos pés. Mantenho a cabeça baixa e miro o que espero ser a entrada.

Felizmente, parece que existe mesmo um início do tapete vermelho, na forma de uma corda de veludo com uma garota usando um vestido de gala preto com um rabo de cavalo apertado, segurando uma prancheta numa das mãos e um walkie-talkie na outra. Olho ao redor, esperando ver James, mas não consigo encontrá-lo em lugar algum. Recuo por um momento e vejo a garota acenando para algumas pessoas sem checar seus nomes. Talvez ela também não cheque o meu. Decido tentar passar por ela como se não a tivesse visto. Tento parecer confiante e apressada, mas minha tentativa sai pela culatra quando meu salto esquerdo prende no tapete, e eu tropeço e praticamente caio na prancheta dela.

— Ops — diz ela, me empurrando de volta.

— Desculpe — falo, ajeitando a frente do vestido e tentando parecer indiferente.

— Posso ajudar?

— Lamento. Sim. Eu... hum... sou uma convidada aqui. Hoje.

— Ceeeerto — diz ela, me olhando de cima a baixo. — Posso ver suas credenciais?

— Não tenho, quero dizer, tenho, mas esqueci em casa.

Ela suspira, como se fosse exatamente o que esperava que eu dissesse.

— Bem, você está com quem?

— James Franklin — digo, esperançosa.

— James Franklin, *o ator?* — repete ela, estreitando os olhos em dúvida.

— Eu... sim.

— Tipo, como *acompanhante dele?* — pergunta, franzindo a testa e me olhando de cima a baixo.

— Sim, estou com ele; sim.

— Mas ele já está lá dentro.

— Eu sei. Ele me disse, vou me encontrar com ele.

— Você vai se encontrar com ele?

Cansei dessa menina incrédula repetindo tudo o que digo, mas até para mim a história parece fraca. Por que não chegamos juntos? Por que estou aqui sozinha, me sentindo como se estivesse tentando entrar de penetra em uma festa para a qual não fui convidada?

— Sim, eu deveria me encontrar com ele.

Ela continua me olhando, cética.

— Beeem, qual é o seu nome? — pergunta.

— Franny... Frances Banks.

Enquanto pesquisa em sua prancheta, sou empurrada por um casal que não consigo ver completamente, mas mesmo de canto de olho dava para dizer que estavam felizes e radiantes, que pareciam pertencer ao lugar.

— Oi, Taylor! — exclama a voz feliz da garota radiante.

Taylor com seu rabo de cavalo olha por cima da prancheta, e seu rosto carrancudo se ilumina, como se tivesse descoberto que foi escolhida para a equipe de líderes de torcida.

— Oieeee! Ai, meu Deus! — exclama ela. — Oi, Penny! Você está *tão* linda.

Sei quem é antes mesmo de virar a cabeça, mas ainda há uma pequena esperança em meu coração de que esteja errada, de que não seja Penelope Schlotzsky — atual Penny De Palma — quem está brilhando atrás de mim, quem está *tão* linda, que não seja Penny quem irá ver que não estão me deixando entrar na festa em que ela chega como uma brisa, mas, quando me viro, não é Penny que reconheço primeiro, é o seu vestido.

Penny De Palma e eu estamos com o mesmo vestido.

O queixo dela cai e ela pisca rapidamente, como se estivesse tentando tirar alguma poeira dos olhos. Mas então, um segundo depois, seu rosto se recompõe num sorriso, e ela mantém a cabeça erguida e reta.

— Franny! — diz, calorosamente. — Somos gêmeas! Você está maravilhosa!

Percebo que minha boca ainda está aberta, fecho-a e tento me recuperar também.

— Obrigada! Ah, você também.

E ela realmente está. O vestido cai melhor nela, e seu longo e liso cabelo louro brilha num contraste luminoso com a luz da seda verde. Levo a mão até o meu cabelo preso, onde posso sentir os grampos e apenas ter esperanças de que nenhum deles esteja saindo no momento.

— Vocês se conhecem? — pergunta Taylor, perplexa.

— Olá, Frances, é ótimo vê-la de novo — diz Joe Melville, que parece ter surgido do nada.

Não tinha sequer notado quem era o acompanhante de Penny, pois ele se virou por um momento para falar com outra pessoa, e agora não sei se estou completamente vermelha, pois todo o meu corpo parece quente. Não poderia ser pior. Serei barrada na porta, não apenas na frente de Penny De Palma mas também do meu antigo agente.

— Ah, oi, Joe. — É como se eu lesse um livro infantil em voz alta. Estou falando por monossílabos. Fico tentada a continuar, mas Joe viu outro conhecido e já virou de costas para mim.

— Você está com quem? — pergunta Penny, procurando ao redor pelo meu acompanhante invisível.

— Eu... bem... James deveria se encontrar comigo e esqueci meus convites porque peguei minha agenda no lugar da bolsa, e sinto muito por estar usando a mesma coisa que você, e estou pensando em apenas ir para casa.

Estava esperando um olhar de pena, e um sorriso envergonhado, um desdenho educado. Mas Penny De Palma pega a minha mão e me olha fundo nos olhos.

— Besteira — diz ela. — Você está comigo.

Ela pega minha agenda de debaixo do meu braço e joga contra o peito de Joe Melville.

— Segura isso — diz para ele, e então me puxa, passando por Joe e Taylor e vários outros que estavam por perto, esperando por um vislumbre de alguém que conhecessem.

Há uma fila de fotógrafos no meio-fio na direção do teatro. Alguns devem estar de pé em algum tipo de degrau ou arquibancada, pois são impossivelmente altos e estão amontoados como uma plateia de estádio. Recuo, deixando Penny posar na frente deles. Flashes surgem como enormes fogos de artifício brancos explodindo no céu.

— Penny! Penny! Penny! Penny! Penny! Penny!

Eles berram como se ela estivesse a quilômetros de distância, gritando seu nome diversas vezes, frenéticos e exigentes. Para mim, parecem quase zangados, como se a pose dela não fosse o que vieram ver, como se ela não estivesse ao nível de suas grandes expectativas. Mas Penny apenas sorri e ri e acena como se fossem todos velhos amigos e eles estivessem mandando beijos em vez de gritando histericamente. Ela olha de volta para mim e acena para que eu me junte a ela, e, quando nego com a cabeça, ela se estica e pega a minha mão.

— Vamos!

— Penny, não, espera... Não sei como...

— Curve o corpo para que ele não fique reto para as câmeras — diz ela, fazendo uma concha com a mão ao redor da minha orelha para que eu possa ouvi-la mesmo com a multidão. — Coloque um pé um pouco na frente do outro. Faça o que faço! Vestidos iguais podem nos colocar na Page 6!

E ela me puxa junto de si até um espaço vazio diante da parede de flashes, onde um pôster gigante do filme está colocado em um cavalete. Penny coloca a mão nos quadris e gesticula para que eu faça o mesmo, como se fôssemos dançarinas enfileiradas.

— Olha, pessoal — chama ela, jogando o cabelo por sobre o ombro. — Minha amiga e eu decidimos usar o mesmo vestido esta noite! Não somos completamente *loucas*?

Tento não apertar os olhos diante de tantos flashes, e me esforço para continuar sorrindo, mas minha boca está começando a tremer e meus joelhos oscilam. Penelope me puxa incansavelmente, passando pelos fotógrafos e por uma fila de entrevistadores, contando satisfeita para cada um a história de por que estamos usando o mesmo vestido, até mesmo aumentando, enquanto explica como maquinamos essa pegadinha doida e como nos divertimos nos arrumando juntas.

— Minha amiga aqui, Franny e eu, somos simplesmente malucas. Amamos nos desafiar a fazer loucuras! — diz ao repórter do *Entretenimento! Entretenimento!* — Está se divertindo? — pergunta para mim, enquanto me pastoreia pela multidão para outra entrevista.

— Eu... acho que sim. — Estou agradecida pela ajuda dela, mas a verdade é que não acho que esteja me divertindo. — Não fazia ideia de que você... você é realmente famosa agora.

— Ah, aquilo? — Ela descarta meu comentário com um aceno suave. — Eles gritam assim para todo mundo. Algum assessor de imprensa diz meu nome para eles. Não fazem ideia de quem eu seja ou até mesmo se sou alguém. Gritam desse jeito e tiram fotos de todos, só para garantir.

Penny não parece se importar, mas estou envergonhada por interpretar mal mais um elemento deste mundo desconcertante.

O volume da multidão aumenta, e, atrás de mim, posso ouvir os fotógrafos gritarem "Arturo, Arturo, Arturo!". Eu me viro, e lá está ele, Arturo DeNucci, meio metro à nossa frente. Sem qualquer hesitação, Penelope abre caminho entre as pessoas que o cercam e oferece a mão.

— Arturo, gostaria de me apresentar. Sou Penny De Palma. Sou uma grande fã do seu trabalho.

Arturo DeNucci parece se divertir com isso, e a olha de cima a baixo enquanto ainda segura a mão dela.

— Penny...?

— De Palma — diz ela. — Como o diretor.

— Você é italiana? — pergunta ele, com um olhar cético.

— Não, senhor — responde ela, com orgulho. — Sou de Tampa Bay!

Mais tarde, enquanto Penny fala com um repórter, um homem de terno e de aparência agressiva esbarra em mim.

— Me desculpe — diz, exasperado, olhando por cima do meu ombro para Penny. — Talvez você possa... estou com Annelise Carson aqui, e ela deveria ser a próxima a falar com o *E!E!*, mas o pessoal do Brad Jacobsen fica pulando na nossa frente.

— Sinto muito — respondo, apesar de não ter certeza se aquilo tinha algo a ver comigo.

— Bem, você pode... a Penny já está acabando, ou...?

— Hum... sim, acho que sim.

— Bem, mas, então... espera... Você está com ela, certo? Quero dizer, vi você entrar com ela.

— Hum... estou com ela, acho, sim.

— Desculpe, tenho certeza de que nos encontramos antes, mas não consigo lembrar... você é... assessora de imprensa, certo? Ou, não, espera... agente? — Ele sorri para mim, tenso, e sei que seu sorriso vai sumir quando perceber que não posso ajudá-lo, que não conheço nenhuma dessas pessoas cujos nomes ele acabou de dizer, que sou a última pessoa que tem qualquer tipo de poder aqui.

— Não, sinto muito — digo. — Não sou ninguém.

28

Penelope e eu nos separamos enquanto o homem de terno empurra sua cliente para ser a próxima entrevistada. Aceno para avisá-la que nos encontraremos lá dentro, mas ela não me vê, e sou engolida pela multidão e carregada pelo movimento do mar de pessoas. Estão todos tentando tanto abrir o caminho à frente, querendo passar por mim, passar por todo mundo, para ficar na frente de algo, *para chegar lá primeiro*, que mal preciso fazer qualquer esforço para me mover.

Mais à frente, acho que o vejo. Sei que é James, na verdade, pela parte de trás da cabeça, pela forma como o cabelo enrola um pouco sobre o colarinho da camisa azul. E fico inundada de alívio de pelo menos ver um pedaço dele. Luto para me libertar da correnteza de pessoas, e, quando finalmente consigo, abro caminho até um espaço vazio na multidão, bem atrás de James. Mas, ao bater em seu ombro, ele não se vira. Bato novamente, desta vez um pouco mais forte.

— ... como disse ao Arturo, é o nosso trabalho, como artistas... — Ele está falando com um entrevistador, olha para trás e seu olhar encontra o meu. — Só um segundo — diz para mim, seco, então vira de novo para o repórter. — Como estava dizendo, está tudo conectado à história, ao mundo da história e à mensagem...

James com certeza me viu, apesar de não haver nada em seus olhos que eu pudesse reconhecer como sua forma habitual de me olhar. Mas ele não me deu o mais leve sorriso ou piscadela, nada que me dissesse que está ao menos secretamente feliz em me ver.

Não quero tentar conseguir a atenção dele de novo, mas temo nunca mais encontrá-lo caso entre no teatro sozinha. Então espero, desajeitada, num canto, me sentindo completamente deslocada. Não sei o que fazer com minhas mãos, ou para onde olhar, então me concentro na parte de trás da cabeça dele, como se tivesse ido lá para fazer isso, como se James fosse um novo animal no zoológico e eu tivesse sido designada para estudá-lo. Sou acotovelada pela multidão, mas mantenho meu território. Sou uma pedra no oceano deles, a única coisa que não está indo para a frente. Não sou nada de mais a ser notado, não sou um dos lindos peixes que continuam a passar por mim, sou apenas algo do qual se desviar. Estou apenas ocupando espaço.

James finalmente termina sua entrevista e se vira.

— Lá dentro — diz ele, tenso, sem fazer contato visual.

A multidão piorou, e é ainda mais difícil abrir caminho através dela do que era um momento atrás. Posso ver a entrada bem à frente, mas estamos indo muito devagar em sua direção, movendo apenas centímetros por vez, e parece que jamais iremos alcançá-la. James e eu quase somos separados pela multidão em um momento, e, enquanto estou sendo levada para longe dele, sem pensar, eu me estico para pegar sua mão, tateando a ponta de seus dedos, pois não quero perdê-lo novamente. Nossas mãos se tocam, mas, antes que eu possa segurá-la, ele rechaça a minha como se fosse uma abelha pronta para picá-lo, e então segue em frente, mãos firmes ao lado do corpo, não olhando uma vez sequer para trás.

As pessoas se espalham no fresco e relativamente calmo teatro. Por fim o fluxo diminui e somos depositados no saguão, como se fôssemos algo cuspido pelo oceano, e olho ao redor, atordoada.

Meus olhos levam um momento para se ajustar ao escuro do saguão, e não consigo encontrar James, não consigo ver nada nem ninguém familiar.

— Franny? — Ouço uma voz na escuridão, à minha esquerda.
— Aqui.

Fico surpresa em sentir James pegar a minha mão e quase caio dos saltos mais uma vez. Ele me puxa até o canto, atrás de uma série de telefones públicos, onde me dá um beijo intenso, pressionando todo o corpo contra o meu. Eu me entrego por um minuto, e então o empurro para longe. Por um momento não consigo respirar direito.

— Por que... você... — Estou gaguejando. — Mas que porra?!

— O quê?

— O quê? O quê? O que foi aquilo? Você me ignorou completamente. Você rebateu a minha mão para longe.

— Ah, bem, sim.

— Sim?

— Franny, estamos em público.

— Eu sei, mas você me convidou para vir aqui.

— Convidei. Para ver o meu trabalho. Para ver o filme.

— Mas... pensei que você tivesse me convidado como sua acompanhante.

— Convidei. E nós estamos aqui. Você está me acompanhando. Aliás, você está bonita.

— Penny De Palma está usando o mesmo vestido. Você comprou um para ela também?

— Sério? — diz ele, parecendo mais confuso do que preocupado. — Que engraçado. Nem escolhi o vestido, foi uma das assistentes que comprou.

— Ah — falo, decepcionada, e por algum motivo essa informação só piora as coisas. — Então o quê? Posso ficar com você aqui, no escuro do teatro, mas você não pode... eu não posso ser vista com você, ou algo assim?

— Bem, não, quero dizer, não seria uma boa ideia — explica ele, como algo que fosse óbvio.

— Por que não?

— Franny, não é nada de mais — responde ele, abrindo um sorriso. — Só tem um monte de gente da imprensa aqui, só isso. O filme está tendo muita repercussão.

— E?

— E eu não quero que eles fucem a minha vida particular.

— Então é por isso que queria que eu encontrasse com você aqui?

— Mais ou menos, talvez. O Arturo queria tomar uns drinques comigo antes.

— Pensei que você havia dito que tinha uma coisa do elenco.

— Sim, e tinha. Eu e Arturo tomando uns drinques.

— E você não podia me levar para isso?

— É... bem, não. Arturo é muito... reservado.

— Não entendo essa sua necessidade repentina de privacidade. Por que você se importaria? O que aconteceria se ele soubesse, ou *qualquer um* soubesse, que você tem uma... uma... Você disse que me amava.

— E amo. Mas isso é entre nós, é o nosso espaço.

Engulo em seco, tentando me acalmar, me sentindo perigosamente à beira de lágrimas.

— Mas você me trouxe para este lugar. Para este evento público. Você me convidou.

— Certo. Eu vim aqui para promover o filme. Que é parte do meu trabalho. Como ator.

— Mas você também não é uma pessoa quando faz isso? Um ator que também tem uma vida pessoal de uma... uma pessoa?

— Não, não... bem, ok, acho que em algum momento, se você é parte de um... Olha, você está chateada por nada. Está sendo irracional. Sinceramente, sinto como se você quisesse que eu fizesse alguma coisa.

— Duas pessoas quando estão juntas não fazem coisas uma pela outra?

— Bem, normalmente, talvez, mas esta noite... é meio que um grande momento para mim. É a minha noite. Não tenho certeza se você...

— Você acha que eu não entendo?

— Bem, não... quero dizer, como você poderia?

Estou com dificuldade para encontrar algum sentido nessa conversa. James está falando com autoridade, mas tem algo de errado, de alguma forma, algo parece muito errado. Não me importo em ficar acenando, sorrindo e tirando fotos ao lado dele, não é isso, mas sinto que sou um constrangimento para ele, como se ele não tivesse certeza de que sou boa o suficiente. E, de repente, preciso sair e pensar, nem que seja por um minuto.

— Com licença. Preciso ir ao banheiro.

— Franny, espera.

— Já volto. Eu posso... você vai estar aqui ou encontro você em outro lugar?

— Não, claro... Posso esperar — diz ele, mas então hesita. — Apesar de que o filme vai começar em uns cinco minutos. Talvez eu devesse entregar o seu ingresso e encontrar você lá dentro?

— Claro. Tudo bem. Não quero que você perca nem um minuto do filme.

— Ah, eu já assisti.

— Já?

— Já, algumas vezes. Eles passam para o Arturo sempre que ele pede.

— Ah.

Não sei por que, mas essa informação fere meus sentimentos. Talvez seja apenas que o mundo de coisas que James não compartilha comigo continue crescendo.

Ele dá de ombros.

— Só quero ver, sentir como o público reage.

— Ah.

— Mas quer saber? Vou esperar. Estarei aqui. A não ser que... você precisa de mais que alguns minutos?

— Não, estou bem. Já volto. Só preciso... lavar as mãos, acho.

— Tá — diz ele, respirando fundo, e consigo ver que está tentando não parecer impaciente, tentando não *ser* impaciente, enquanto tolera a minha repentina necessidade urgente de limpeza.

Enquanto ando estranhamente na ponta dos pés pelo saguão acarpetado, sinto uma onda de vergonha. Qual é o problema? Consigo entender por que ele não me levaria para tomar drinques com Arturo DeNucci. É provável que eu ficasse tão tímida e impressionada por estar em público com Arturo DeNucci que deixaria ambos desconfortáveis. Não saberia como agir na frente deles mais do que sei como agir nesta situação. Sou apenas uma pessoa fazendo tempestade num copo d'água, deixando James esperando ao lado dos telefones públicos para que eu possa lavar as mãos, enquanto ele preferia estar se acomodando para ver seu filme. Só preciso de um minuto para me recompor, decido, e, quando sair do banheiro, serei uma pessoa completamente diferente: irei me transformar em uma pessoa que se recupera com facilidade de ter esquecido a bolsa e estar usando o mesmo vestido que outra. Serei como Clark Kent se transformando em Super-Homem, só que ele tinha uma cabine telefônica para isso, e eu tenho uma cabine no banheiro feminino do Ziegfeld Theater. Ah, que seja. Todos nós temos que começar de algum lugar.

Onde foi que ouvi isso? As pessoas falam toda hora, é claro — *todos nós temos que começar de algum lugar* —, mas agora desperta algo na minha memória, uma cena específica em que estou ouvindo essa frase, mesmo com o foco borrado. Então, de supetão, eu me lembro: Barney Sparks! Aquele dia no escritório, quando ficou citando seu pai; todos aqueles clichês, mas ditos com tanto orgulho e reverência que, de alguma forma, soavam profundos. Por que não assinei com ele naquele dia? Ou, pelo menos, esperei para tomar uma decisão, mesmo depois de conseguir o trabalho em *Kevin & Kathy*? Eu estava tão desesperada no dia em que conheci Joe Melville, na Artistas Incomparáveis, tão insegura e ansiosa para que gostassem de mim. Agora mal consigo imaginar alguém que poderia preferir o sisudo Joe Melville, de cara rosada, a Barney Sparks. Não sou aquela pessoa hoje. Hoje, escolheria quem me fez sentir acolhida em vez de quem me tratou com frieza.

Uma onda de perfume me envolve quando abro a porta do banheiro feminino. Entro numa sala antiquada com um carpete cor-de-rosa e um longo espelho ocupando uma parede inteira, onde três garotas de pernas compridas em vestidos curtos e apertados passam batom.

— Meninas, pô, vamos logo — diz uma delas para as outras duas. Mas, hipnotizadas por seus próprios reflexos, nenhuma delas se move.

Na segunda sala, onde ficam as pias e as cabines, lavo minhas mãos, provando que vim fazer o que tinha dito que iria, como se James pudesse saber. Examino meu rosto no espelho. Meu batom já saiu quase todo, exceto por uma linha vermelha estranha borrada fora do lábio. O delineador está manchado, deixando dois anéis pretos ao redor dos meus olhos, e todo o efeito me dá um ar sujo, estranho, como se meu rosto tivesse sido pintado com giz de cera por uma criança descuidada que não consegue pintar dentro das linhas. Pego o papel-toalha que usei para secar as mãos e passo pelos lábios, depois bato de leve na parte sob os olhos, tentando me transformar em algo que eu reconheça.

— Graças a Deus! Aí está você! — A voz de Penelope emerge da última das cabines, e seus saltos estalam no piso conforme ela se aproxima da pia ao meu lado, onde dá uma conferida rápida no espelho. — *Eca* — diz, como se fosse um terrível desastre, e revira sua pequena bolsa de cetim cor-de-rosa, produzindo-se com pó e batom, mesmo que para mim parecesse como se ambos já houvessem sido aplicados muito recentemente. — Estava procurando você! Toma — fala, devolvendo minha agenda.

— Ah, obrigada — agradeço, passando a mão de leve pela capa marrom gasta.

— Você encontrou ele? — pergunta ela. — Encontrou James?

— Sim, encontrei. Ele está... esperando por mim. Você também não deveria estar lá?

— Quem, eu? Nããão. Não vou assistir ao filme.

— Não vai?

— Não. Quase nunca assisto. Normalmente só ando pela fila e depois vou para o compromisso seguinte.

— Anda pela fila?

— A fila da imprensa. Só venho pelas fotos e pelas entrevistas.

— Ah — digo, perplexa. Nem passaria pela minha cabeça vir ao cinema para fazer algo além de assistir ao filme.

— Além do mais, não quero deixá-la desconfortável *mesmo*, porque realmente estou feliz por você, mas as coisas ainda estão um pouco estranhas entre nós dois. Apenas me sinto *insultada* por ele, sem ofensa.

— Por conta da novela, você quer dizer?

— Novela?

— Eu... Eu acho que ele disse que iria enfraquecer você, ou algo...

— Ah, *Deus*, não — diz ela, revirando os olhos para seu próprio reflexo. — Ele não é engraçado? Tão *sério* sobre tudo. Como se eu precisasse dele pra me dizer que essas coisas acontecem. Nunca iria assinar com eles por anos, só estava fazendo pelo dinheiro rápido. De qualquer forma, estou me mudando para Los Angeles, para fazer *Diamantes são para Heather*.

— Ah, é um...?

— É só uma participação. Vou fazer o papel da irmã mais nova da Cordelia Biscayne. Você me conhece, sempre a coadjuvante atrevida! — Ela ri e depois balança a cabeça. — Não, insultada porque ele se ofereceu para me pagar um implante de silicone.

Posso sentir meu rosto corando, mas Penny continua sem notar, colocando pó alegremente em suas imperfeições inexistentes.

— Mas você... você é perfeita — balbucio.

— O quê? — indaga ela, virando-se do espelho, me encarando com um sorriso atordoante. — *Dificilmente*, mas você é muito gentil em falar isso. Quero dizer, sei que as garotas estão fazendo isso como se fosse o novo *Rachel* ou algo assim, e o conceito nem me incomoda, mas ganho meu próprio dinheiro, mais do que ele, e, se for fazer algo desse tipo, posso muito bem pagar sozinha!

Percebo que em todas as minhas aulas com Stavros, nunca aprenderia mais sobre atuar do que aprendi em uma noite com Penelope Schlotzsky: Curve seu corpo para a câmera, a coluna Page 6 é uma coisa *boa*, alguns trabalhos são apenas por dinheiro e louras pequenas e perfeitas também podem ser escaladas como coadjuvantes atrevidas. Imagino o que mais ela poderia me ensinar, além do fato de que o conceito de *autenticidade* de James Franklin envolvia uma ideia de perfeição totalmente falsa.

Penelope joga o cabelo sedoso para que caia por um dos ombros.

— Não se incomode comigo! — diz ela, fechando o pó de arroz com um *claque*. — Entendo perfeitamente: ele é incrível, um cara sexy. Não quero ser uma estraga-prazeres!

— Tudo bem, nem tenho certeza se as coisas estão funcionando entre a gente, de qualquer forma — digo, audaciosa, mesmo sendo uma conclusão a que cheguei há apenas segundos. Falar em voz alta me faz sentir forte, tira um pouco da dor daquela noite. — Queria que desse certo entre a gente, mas acho que, em algum lugar lá no fundo, sempre soube que não daria, se é que isso faz algum sentido.

— Eu sei *bem* o que você quer dizer — comenta ela, juntando as sobrancelhas em empatia. — Como quando Julia Roberts casou com Lyle Lovett.

— É — concordo. — Algo assim.

29

Ao passar mais uma vez pelas três garotas, ainda se ajeitando no espelho da entrada do banheiro, percebo como são jovens. É estranho, pois quando entrei no banheiro feminino não notei qualquer diferença entre nós, mas agora me sinto mais velha e mais sábia de alguma forma. Sei mais do que sabia há alguns momentos, antes de entrar no banheiro. Sei, por exemplo, que James não estará no saguão ao lado dos telefones me esperando. Sei que ele saiu quase que imediatamente após eu ter ido lavar as mãos. Sei que não esperou um minuto, muito menos cinco, antes de se dirigir ao seu assento, e só um vislumbre na direção do lugar onde estávamos mais cedo me diz que estou certa.

Também sei que não vou ficar para o filme e que não vou sequer tentar achá-lo para avisar que estou indo embora.

Ainda não informei ao taxista, lentamente em seu caminho pela ponte do Brooklyn, que não tenho um centavo na carteira, que, aliás, nem tenho uma. Antes de fazer sinal para o táxi, cheguei a pensar em pular as catracas na estação da 47 com a Sexta Avenida para voltar para casa, mas, ainda que conseguisse me safar com a ilegalidade desse plano, não posso imaginar como iria executá-lo em um vestido tão justo.

Por alguma razão, o que mais me deixa preocupada não é a reação de James ao perceber que não vou voltar para sentar ao seu lado, mas como vou pagar pelo vestido que ele comprou para mim. Afasto esse pensamento. Não posso pensar no vestido, ou em falar com ele, ou em vê-lo na aula. Não posso pensar em mais nada além de chegar em casa.

Conforme o táxi desliza pela ponte do Brooklyn, olho para as luzes, uma série de globos brancos amarrados juntos como pérolas, e silenciosamente os conto à medida que passam: *um, dois, três...* até meus olhos começarem a lacrimejar por não piscar. Quando baixo a cabeça de novo, minha visão ainda está borrada, de forma que os faróis à nossa frente se derretem em uma série de balões vermelhos brilhantes. Mas, então, vejo que *há* de fato um balão, um único balão vermelho flutuando na frente do táxi, com sua corda branca roçando no para-brisa, antes de ser levado pelo vento e subir, subir, subir, e então sumir da nossa vista.

— Você viu isso? — pergunta o motorista do táxi ao meu reflexo em seu retrovisor.

— Sim.

— Como chegou tão longe sem estourar?

— Não sei — digo, ainda esticando o pescoço para tentar vê-lo mais uma vez.

Oito dias a partir de hoje, penso, distraída, enquanto corro meus dedos pelo couro gasto da agenda, notando que a costura perto das pontas está começando a se desfazer. Não disse em voz alta nem para mim mesma, mas sei que meu prazo final é de apenas mais oito dias e tudo o que tenho para mostrar é um diário cheio de rabiscos e listas do que comi, os filmes que vi, dois dias em branco se não fosse pela palavra "droga", o casamento de Katie Finnegan, quando apoiei a cabeça no ombro de Dan e fui feliz, mas então senti a mão dele na minha e entrei em pânico.

Meu prazo está aqui, e nem é difícil concluir se consegui ou não alcançar o que me dispus: sem agente, sem trabalho e, a partir desta noite, sem namorado, ou como quer que se chame a pessoa que diz que te ama mas que te ignora em público. *Como chegou tão longe sem estourar?*

Quando o táxi encosta perto do nosso prédio, finjo para o motorista que acabo de perceber que não tenho dinheiro suficiente.

— Já volto — tento garantir a ele, que não parece convencido.

— É por *isso* que detesto vir para o Brooklyn. — Ele suspira, batendo no volante enfaticamente com as palmas das mãos.

Eu voo descalça pela escadaria que range, carregando os sapatos pelos saltos, a agenda enfiada debaixo do braço. A porta está alguns centímetros aberta, e lá, na mesa da sala de jantar, com a franja cobrindo completamente os olhos, está Dan, sentado diante do computador. Acho que nunca vi algo tão reconfortante.

— Você está escrevendo!

Ele olha para mim, assustado.

— Ah... oi... sim. Algo me veio à mente depois que você saiu.

— Fico feliz que tenha achado minha ausência inspiradora.

— Não foi isso que quis dizer — conserta ele, com uma expressão solene. — Na verdade, é bem o contrário. Na realidade, acho que...

— O quê?

— Não me leve a mal. Não quero assustar você. Mas acho que é algo que estou escrevendo para você.

— E quantas cabeças eu tenho?

— Muito engraçado. Na verdade, estou tentando algo novo. Sem criaturas, só pessoas.

— Por que isso me assustaria?

— Tenho um histórico de deixar você apavorada.

— Só quando você é legal comigo.

— Ou carinhoso.

— Claro. Quem quer gentileza ou carinho?

— Exato — diz ele, fazendo um sim com a cabeça. — Então espero que você leve isso, seja lá o que se torne, como um gesto meramente insensível de respeito profissional. Nada mais.

— Com *isso* eu posso lidar. Definitivamente fico mais confortável com seus sentimentos sobre mim como atriz.

— Bom. Estamos de acordo, então. Aprecio você somente como profissional. Como pessoa, não tenho quaisquer pensamentos em relação a você.

— Fico tão aliviada — digo, sorrindo como uma idiota.

Ouço o som de uma buzinada raivosa e lembro que deixei o táxi esperando do lado de fora. Pego minha bolsa, a bolsa de verdade dessa vez, e corro escada abaixo, descalça. Pago o motorista e dou uma gorjeta maior do que daria normalmente, não só por me sentir culpada em me esquecer dele mas também porque estou eufórica por estar em casa. Ele vai embora, mas fico lá por um momento em nossos degraus de entrada, ouvindo as árvores farfalharem pela Oitava Avenida, sentindo a corrente de ar pelo meu rosto e deixando o cimento refrescar meus pés descalços.

Meu cérebro estava envolto em uma nuvem desde que saí do teatro, tudo aconteceu rápido demais. No entanto a névoa está se dissolvendo agora, e a realidade da noite começa a aparecer, afiada e fria. Meu estômago embrulha quando penso de novo sobre o assento vazio ao lado de James, sobre o vestido que não posso pagar e sobre meu prazo final iminente.

O alívio momentâneo por estar em casa sumiu, e meus passos são pesados e vagarosos enquanto subo a escadaria, e, embora a visão de Dan em seu lugar de sempre ainda seja reconfortante, não consigo me livrar da dor que começou a corroer meu estômago.

Sem trabalho. Sem perspectiva. Sem relacionamento.

Largo minha bolsa na mesa perto da porta com um baque acidental, e Dan olha em minha direção, tombando a cabeça.

— E então? — pergunta, depois de um momento, recostando-se em seu assento, com seus longos braços, num alongamento.

— O quê?

— Como foi?

— Bem.

— Então por que você está em casa tão cedo?

Suspiro, depois me jogo no sofá, movendo minha cabeça pela almofada até achar um lugar relativamente confortável onde não serei espetada por todos os grampos presos no cabelo.

— Bem, aconteceu uma coisa engraçada no caminho do banheiro.

Olho para o teto, pois não quero que Dan veja que minha expressão não combina com meu comentário despreocupado. Existe algo tranquilizador em olhar para o mar de branco e não fazer contato visual. Simplesmente vou encarar esse teto para sempre, acho. Será muito mais fácil que conversar com alguém.

— Você não desmaiou, não é?

— O quê? Não, não desmaiei. Por que você pensaria que desmaiei?

— Estou brincando. É só que você me fez lembrar de... é o que acontece com a Franny na história do J.D. Salinger. Você conhece? Ela tem uma experiência ruim em um encontro e então se sente mal e desmaia no caminho do banheiro.

Tenho que desviar meu olhar do teto que havia jurado nunca abandonar. Tenho que colocar os pés no chão e sentar, para olhar Dan nos olhos, pois não acredito que ele esteja tocando nesse assunto.

— Essa sou eu.

— Quem é você?

— Eu sou *essa* Franny. Quero dizer, não sou ela exatamente, mas ela é a personagem que inspirou minha mãe a me dar esse nome. Eu já tinha dito isso pra você antes?

Ele nega com a cabeça.

— Não.

— Tem certeza?

— Eu me lembraria. Ele é um dos meus escritores preferidos. Li as histórias uma centena de vezes.

— Só li uma vez, logo depois que a minha mãe morreu. Não entendi. Não entendi por que ela me daria um nome por causa de uma personagem que quer fazer um cara superficial gostar dela, e fica tão empenhada que fuma demais e não come nada, e desmaia no caminho do banheiro. Sem falar que é apenas um *conto*. Ela não podia pelo menos me dar o nome de um personagem de um livro completo?

Percebo que, enquanto falo, estou removendo distraidamente os grampos do cabelo, as mechas caindo sobre o rosto conforme são libertadas. Devo estar horrível, mas não me importo, pois os prendedores estavam machucando minha cabeça e queria me livrar deles.

— Você estava com 11 anos, não é, quando ela...?

Confirmo com a cabeça, mas a combinação da noite que tive com Dan trazendo à tona a história do meu nome faz as lágrimas se acumularem em meus olhos. Não quero que elas caiam, então me concentro em alinhar os grampos na mesinha de centro, como uma tropa se preparando para ser revistada.

— Bem, acho que significaria mais para você agora. Franny, a personagem, está tentando ser verdadeira em um mundo cheio de pessoas que constantemente falam sobre como são verdadeiras, mas que, para ela, parecem um bando de impostores. — A cabeça de Dan está um pouco inclinada, e posso ver que seus olhos brilham, como acontece quando fala sobre um cineasta que adora. — Meio como Franny, a pessoa, você não acha?

Penso sobre quantas vezes James Franklin usou a palavra "autêntico" para descrever tudo, desde Arturo interrompendo o trabalho no set à lanchonete cubana de que eu não gostava muito. Sinto meu peito apertado e minha respiração fraca. Sei exatamente o que Dan quer dizer. Faço que sim com um leve aceno de cabeça, mas continuo olhando para baixo, ainda aperfeiçoando minha tropa de grampos.

— Ela também quer ser atriz, você se lembra disso?

Confirmo com um aceno de cabeça, desolada. Estou lembrando de como foi doloroso quando li aquela história pela primeira e última vez, procurando por pistas, tentando achar alguma mensagem da minha mãe, algo que ela houvesse deixado para mim, alguma parte dela escondida naquelas páginas. Mas não encontrei absolutamente nada.

Dou uma rápida olhada para Dan, e ele sorri de volta, mas de forma distraída. Parece ao mesmo tempo muito focado em mim e totalmente perdido no próprio mundo, como se fosse muito importante que juntasse as partes da história do modo correto.

— Ela está em uma peça, lembra? Mas então desiste. E desiste também de atuar, quase porque ama muito isso. É tão importante para ela e ela não quer atuar pelas razões erradas, por nada que se assemelhe com *ego*. Tem vergonha de si mesma por nem ao menos querer competir, por "não ter a coragem de ser absolutamente ninguém". Sempre adorei essa fala.

Concordo novamente, mas agora estou fungando e meus olhos estão tão cheios que não consigo mais me segurar, e algumas lágrimas escorrem. Penso em quantas vezes quis desistir por não achar que era digna, e quantas vezes me senti culpada por não estar satisfeita com uma vida simples e normal com Clark, e em quantas pistas havia nessa história que minha mãe deixou para mim, e sobre como eu só começava a entendê-las agora.

— Além disso, tem o livro que ela carrega. — Ele assente, parecendo muito sério. — *O caminho de um peregrino*. Lembra disso? Na verdade é a parte mais bonita.

— Lembro, mais ou menos. É que... o livro é sobre entoar cânticos ou algo assim, certo? Não entendi.

— Bem, é, mas o místico que deveria ser o autor do livro que Franny está lendo não defende crença alguma. Ele sugere que a repetição de uma simples frase, só o ato de repetir propriamente dito, traz iluminação. Esse sempre foi o mais importante para mim: a ideia de quantidade *se tornar* qualidade. Sempre interpretei como significado de que, se você faz alguma coisa por bastante tempo, se continua se esforçando, algo vai acabar acontecendo, com ou sem você. Não precisa ter fé quando começa, você só tem que se dedicar como se tivesse fé. Ela leva o livro consigo para se lembrar do objetivo dela. — Dan se cala por um momento, seus olhos descansando sobre minha agenda de couro marrom na mesinha de centro. — Você tem um livro assim — diz, apontando com a cabeça para a agenda.

— *Isto?* — digo, pegando-a, tentando imaginar minha agenda gasta de couro como algum tipo de livro místico. — Não. Isto é totalmente diferente. Isto apenas mostra que não conquistei nada. Isto, na verdade, *prova* que não conquistei nada.

— Talvez você ainda não tenha conquistado o que quer *ainda*. Mas o que esse livro mostra é que você esteve escrevendo as páginas. Quantidade se torna qualidade por si só, como a história conta. Você nem precisa acreditar no seu sucesso. Só continue correndo atrás, como a Franny da ficção, continue escrevendo as páginas, e alguma coisa tem que acontecer.

A teoria de Dan e a ideia de que meus dias não foram desperdiçados me consolam um pouco, mas não é essa a razão do pequeno, mas desconhecido, brilho subindo em meu peito, um fragmento feliz de alguma memória de tempos atrás. Posso quase, mas não completamente, sentir a presença da minha mãe na sala. Tento segurá-la, fazê-la durar mais, porém é como acordar de um sonho que se esvai quando a luz do dia chega. Ainda sim, estou feliz por ter sido aquecida por esse sentimento, mesmo que um pouquinho.

Estou uma bagunça total agora, meu nariz escorrendo e minha mente girando, e percebo que eu deveria me recompor e verificar o estrago no espelho do banheiro. Tento me firmar nos pés, mas meu vestido é tão apertado que o sofá fofo me puxa para trás, e meio que caio de volta nele, derrotada. Isso desencadeia uma nova onda de lágrimas.

— Você precisa de um lenço de papel, Franny? — pergunta Dan com suavidade, e faço um sim com a cabeça e soluço enquanto ele se levanta da mesa.

Dan volta momentos depois com uma bola de papel higiênico grande o suficiente para enxugar um oceano inteiro e uma cerveja gelada. Fica de pé ao meu lado pacientemente enquanto seco os olhos, assoo o nariz e tomo um gole da cerveja.

— Posso mostrar uma coisa? — pergunta ele, após minha respiração se acalmar um pouco.

— Pode — respondo, e Dan pega minha mão e me ajuda a me equilibrar enquanto me levanto do sofá.

Ele me guia pela sala de estar e pela cozinha sem soltar minha mão. E hesita, apenas brevemente, antes de continuar pela porta que nos leva da cozinha até o seu quarto. Tenho que suprimir o lampejo de irritação que sinto quando penso que Dan está tentando me seduzir mais uma vez, e na pior hora possível, quando nada faz sentido e estou chateada e vulnerável. Puxo minha mão.

— Olha, Dan, este realmente não é...

— Franny, está tudo bem, eu não... Só olha.

— Não posso... quero voltar para a...

— Só olha — insiste ele gentilmente, apontando para a janela acima da sua cama, que fica bem diante do apartamento do nosso vizinho, Frank.

O solitário e misterioso Frank, cuja rotina metódica serve algumas vezes para sabermos que horas são. De início, tudo parece normal. Deve ser por volta das nove, e, como sempre, lá está a costumeira silhueta da parte de trás da cabeça dele, formada contra o brilho da luz da televisão.

— Não estou enten... ah!

Respiro fundo quando a vejo: uma mulher no apartamento de Frank. Ela entra no cômodo segurando duas taças de vinho que deve ter servido na cozinha que não podemos ver, mas que sabemos que existe. Ela entrega uma taça a Frank e senta ao lado dele no sofá, então, agora, duas silhuetas brilham sob a luz da televisão, uma cena que eu não havia visto sequer uma vez nesses três anos.

Quietos, Dan e eu os observamos por um momento, embora eles não fizessem nada mais emocionante que tomar alguns goles de suas taças e assistir TV.

— Viu, Franny? — diz Dan com um pequeno nó na garganta. — Sempre há esperança.

Junho 1995

26 Segunda-feira

- APENAS
- CONTINUE
- ENCHENDO
- AS
- PÁGINAS

27 Terça-feira

    CORRI 5km

28 Quarta-feira

    CORRI 5KM

    Ligar para Barney Sparks?

filofax

Junho-Julho 1995

Quinta-feira 29

CORRI 5KM

Drinques
depois da aula
No Joe Allen
c/ Deena
e Penny (!)

AULA DO STAVROS

Sexta-feira 30

LIGAR PARA BARNEY SPARKS????
(MUITO MEDO)

Sábado 1

ENVIAR CHEQUE DO ALUGUEL

Melhores Intenções 15H30 South St. Seaport
→ Bufê Casamento Preto/Branco & Gravata-Borboleta

Domingo 2

LIGAR PRO PAPAI

James ligou
NÃO LIGUE DE VOLTA PRA VOCÊ
Coma cheetos. Muito melhor!

Julho 1995

PRAZO FINAL

③ Segunda-feira

R.I.P. CARREIRA DA F. B.

---

4 Terça-feira

LIGUEI PARA BARNEY SPARKS

(ninguém atendeu)

4 DE JULHO – DÃ, É FERIADO!

Festa no terraço
c/ Jane & Dan
Não deu pra ver os fogos,
mas acendemos
umas estrelinhas

---

⑤ Quarta-feira

CORRI 5km

VENCIMENTO DO ALUGUEL

$111,48 sobrando na conta

LIGUEI PARA BARNEY SPARKS!!!!!!
Muito bem

filofax

J. K. F. U. T. P.   **Julho 1995**
                                      Quinta-feira **6**

Fraldas Baby Well 11H
Agência de Elencos Donna Deseta
Broadway, 584/1001

Aula do Stavros

                                      Sexta-feira **7**

Corri 5km

10H
C/ BARNEY SPARKS

Não fale demais na entrevista

Já é alguma coisa

                                      Sábado **8**

AULA DE STEP C/ PENNY
10H
AIIIIIIIIIIIIII

                      Preto/Branco   Domingo **9**
                      Gravata-Borboleta

Melhores Intenções
Casamento 11h
Fulton Market Building

GORJETA EXTRA $50 OBA
De algum bêbado que disse:
Me liga, Dr. Joe ECA

30

Apesar de já terem se passado quase seis meses, parece que o tempo parou no escritório de Barney Sparks. Ele está usando o mesmo blazer azul que vestia na primeira vez, e, quando bate no peito para ajudar a tosse a escapar, a poeira explode nos raios do sol da tarde como pequenos fogos de artifício, assim como aconteceu no dia em que nos conhecemos.

Faz vinte minutos que estou sentada na agora familiar cadeira gigante em que é impossível sentar-se ereta, e, tomando uma xícara de café extremamente fraco que ele nos serviu ("Não deveria beber isso, a Sra. Sparks arrancaria o meu couro"), consigo explicar a maior parte do que aconteceu comigo desde a primeira vez em que subi as escadas barulhentas do seu escritório. Foi tudo muito rápido: como consegui meu primeiro teste e assinei com Joe Melville, como fui despedida do clube e tive que voltar aos bufês, o filme que recusei e como fui descartada pela agência. Até contei a ele sobre minha primeira estreia e o quão excitante achei que seria, mas como, no final das contas, havia sido uma decepção — apesar de não contar todas as razões de por que a noite fora tão dolorosa.

— Maneira horrível de se ver um filme. Toda aquela puxação de saco. Evito estreias como se fossem a PRAGA — concordou ele, levando com um tremor sua caneca branca lascada aos lábios para outro gole.

E, com isso, chegamos ao dia em que liguei para ele, na semana passada, quando lutei e gaguejei ao colocar para fora as informações mais básicas: meu nome e o motivo da ligação.

— Franny BANKS, minha DESASTRADA favorita — gritou ele animado ao telefone naquele dia, e então perguntou se eu gostaria de passar por lá na sexta-feira, por volta das quatro horas da tarde.

Então, aqui estamos, sexta-feira um pouquinho após as quatro horas, e estou confortavelmente afundada na poltrona pré-histórica, imaginando, mas ainda com medo de perguntar, se Barney Sparks talvez ainda quer ser meu agente.

— Meu episódio de *Kevin & Kathy* deve ir ao ar na semana que vem — digo a ele, tentando não parecer muito inocentemente otimista. — Poderia ser um... você acha que poderia significar algo, ou... hum... fazer algo por mim?

Barney se reclina de forma precária de volta à sua cadeira, com as dobradiças rangendo em protesto.

— BOA NOTÍCIA — grita ele para o teto. — É o primeiro episódio de volta ao ar e terá muita divulgação. MÁ NOTÍCIA: o programa está em seu nono ano e já perdeu um pouco do charme, mas EI, nunca se sabe.

— É só que, bem, estipulei um prazo para mim mesma, e, na verdade, ele acabou de expirar, e jurei que não seria uma daquelas pessoas que insiste por muito tempo, e me pergunto se não estou me enganando ao pensar que sou...

Eu paro, incapaz de sequer dizer as palavras.

— BOA o suficiente? — Barney late as palavras num tom prático, como se eu tivesse acabado de dizer a coisa mais óbvia do mundo.

— Bem, é.

— Minha querida — suspira ele, debruçando-se sobre a mesa e juntando as mãos. — Meu pai, o grande diretor da Broadway Irving

Sparks, frequentemente perguntava aos seus atores: "Como se chega ao Carnegie Hall?"

Eu o encaro, sem saber se está brincando.

— Hum. Espera aí. Você está me dizendo que "treine, treine, treine" foi *inventado pelo seu pai*?

— Bem, ele nunca levou o CRÉDITO por isso, mas você acha que Jack Benny inventou essa fala sozinho? RÁ! Um comediante talentoso, sim, mas NÃO um mestre com as palavras como meu pai.

— Uau.

— É. E me parece que talvez você ainda não tenha treinado o suficiente. Isso vem com o tempo. E com a IDADE.

Barney parece positivamente animado com a minha idade, como se a proximidade dos 27 anos não fosse motivo para se entrar em pânico. Fala comigo como se eu fosse jovem. Ele não sabe que Diane Keaton tinha 24 quando era a substituta da atriz principal de *Hair*, na Broadway, e que Meryl Streep ganhou um Oscar antes dos 30? Mas, por alguma razão, ele não parece nem de perto pensar que estou ficando para trás.

— Mas mesmo com todos os testes que fiz, e frequentando aulas de teatro, não consigo afastar o sentimento de que estou fazendo algo de errado ou deixando de fazer algo certo... De um jeito ou de outro, existe algum truque que não aprendi, um segredo que outras pessoas sabem e eu não. É como esses pesadelos que tenho às vezes: estou no palco e não sei qual peça estou fazendo, ou tem uma música ou um texto que deveria representar, mas abro a boca e não sai nada. E não tenho certeza se me sinto dessa maneira porque não tenho experiência, ou treino, como você disse, ou se é porque não sei o segredo... a linguagem secreta...

Não consigo explicar exatamente o que estou sentindo, e fico sem fôlego, como se tivesse acabado de subir os quatro lances até o andar de Barney de escada pela segunda vez.

Desvio os olhos do furo no tapete persa gasto em que havia fixado o olhar para ver as mãos de Barney dobradas sobre a mesa e seus olhos azuis brilhantes e focados, como se estivessem muito interessados no que eu dizia e tivessem todo o tempo do mundo caso eu quisesse continuar. Ele levanta as sobrancelhas e sorri de forma encorajadora, mas percebo que, pela primeira vez, eu tinha dito mesmo tudo o que pensava — pelo menos por enquanto.

— Minha querida — começa ele, fazendo uma respiração rasa que soa como se duas folhas de lixa estivessem sendo esfregadas uma na outra. — É triste, mas é VERDADE. Mesmo que você TENHA talento, esse negócio NÃO é para todo mundo. Pense na querida Marilyn. Sensível DEMAIS.

— Como eu?

Barney franze as sobrancelhas por um momento como se eu o houvesse confundido. Mas então o franzido diminui um pouco e seus olhos se iluminam, e seus ombros chacoalham para cima e para baixo. Ele se permite um som agudo, como um assobio escapando do peito, sinalizando que ou o seu sistema respiratório parou por completo ou ele estava rindo — não consigo dizer qual dos dois. Por um momento precário realmente não tinha certeza se sorria para ele ou se ligava para a emergência pedindo ajuda.

— Pelo contrário. Você pode ser sensível POR DENTRO, mas o que vejo por fora é um SOLDADO. Você caiu no palco naquela noite e SE LEVANTOU, melhor e mais focada que antes. Você não CHOROU, ou esqueceu o seu lugar, ou pediu para começar de novo. TUDO isso EU JÁ vi acontecer. Você acha que tem algum truque que pessoas de sucesso por aí sabem e você não. Entendo seu sentimento, mas estou aqui para dizer que isso NÃO existe.

Barney cruza os dedos sobre a cabeça, o que faz sua cadeira reclinar tanto que tenho certeza de que vai tombar para trás e ele vai cair. Mas ela para em um ângulo impossível, quase paralela ao chão, e de alguma forma Barney evita a queda.

— Minha QUERIDA. Eu já disse alguma vez a você o que meu pai, o grande diretor da Broadway Irving Sparks, sempre dizia?

— Bem, sim, você *disse* algumas coisas...

— Quero dizer, o que ele dizia para os seus atores. Antes de cada ensaio? O melhor conselho para atores que consigo pensar.

Tento ao máximo me aproximar dele em meu assento afundado. Minha garganta está seca. Meu coração bate rápido. Não quero perder uma palavra.

Barney olha para longe com uma expressão sonhadora de sua posição quase inclinada, e então vira para mim e fala tão suavemente que preciso me esticar mais para a frente para ouvi-lo.

— Ele dizia: "Lembrem-se, crianças. Mais rápido, mais engraçado e mais alto."

Ainda estou tentando me esticar para a frente, mas a poltrona finalmente vence e me suga de volta para suas profundezas, as almofadas se esvaziando num suspiro. Fui sugada para trás, porém ainda estou segurando os braços da poltrona com força, querendo que ele continue, mas Barney vira o rosto para o outro lado agora e parece perdido em uma lembrança feliz.

— Espera, me desculpa. É só isso? Esse é o melhor conselho que ele deu?

Barney volta a sua cadeira com um solavanco para a posição original e se dirige de volta à mesa, juntando as mãos novamente e voltando o olhar azul iluminado para mim.

— Sim, querida. Esse é o conselho. Por quê? Você já ouviu isso antes?

— Bem, já. Quero dizer, é claro. É uma expressão famosa. *Todo mundo* já ouviu isso.

— Já, querida? — indaga ele, enrugando o canto dos olhos. — Que maravilha!

— Mas, acho — começo a dizer, procurando pela palavra —, sempre achei que fosse algum tipo de... de piada?

Barney parece confuso.

— Quero dizer, não uma piada exatamente, mas, bem, faz tudo parecer tão simples, acho. Simples *demais*.

Ele me dá uma longa olhada, e depois se retrai, respirando tão fundo que assobia.

— MAIS RÁPIDO: não menospreze o público, não pense que estamos confusos, não nos solte tudo, nós somos tão espertos quanto você; presuma que somos capazes de acompanhá-la; MAIS ENGRAÇADO: nos entretenha, nos ajude a ver o quão ridícula e linda a vida pode ser, nos dê uma razão para nos sentirmos melhor a respeito de nossos defeitos; MAIS ALTO: entregue a história do tamanho apropriado, NÃO seja indulgente ou guarde para si mesma, seja generosa, você está lá para NOS emocionar. — Barney traga um pouco do ar e bate o punho uma vez em seu peito. — Aí está, querida. Pode PARECER simples, mas, se eu conheço você, sei que vai dedicar a vida para fazer isso certo. E é ISSO, minha querida. Nada na vida vem a preço de banana.

Julho 1995

10 Segunda-feira

6 MESES ATÉ O (NOVO)
PRAZO FINAL*

Vamos tentar outra vez

---

11 Terça-feira

Recebi cheQue Residual

    89,21
  - 20,00 taxa de saQue
  ───────
  = 69,21

BLART
AARF
BLECK

---

12 Quarta-feira

filofax

* Extensão única devido a uma situação nova: um agente de quem gosto de verdade!

Julho 1995

LEMBRAR PAPAI

Quinta-feira 13

20H30
KEVIN & KATHY NO AR

Comprar   Chips
          Água c/ gás
          Vinho
          Pastinha
          Fitas VHS virgens

— Aprender a mexer
  no videocassete

Sexta-feira 14

Corri 6,5km
   NOSSA

Sábado 15

Domingo 16

31

Você tem nove mensagens.

BIIIP

Sim, alô, é a Frances Bakes? Ou, desculpe, Frances Backs? Estou ligando do escritório da Dra. Leslie Miles, nutricionista. Tenho um horário para você amanhã, quinta-feira, às nove da manhã. Caso não tenhamos uma resposta sua em uma hora, ou se por alguma razão você tiver que remarcar, infelizmente será colocada novamente na lista de espera. A lista de espera atual é de 52 meses. Obrigada.

BIIIP

Oi, Franny, é a Gina da Agência Brill. Por acaso você tem problemas com higiene feminina? Com os produtos, quero dizer. E, também, você sabe montar um cavalo? Eles precisam de alguém que monte um cavalo na praia. Ou em uma montanha ou algo assim. De qualquer forma, me liga de volta!

BIIIP

Franny! É a Katie. Estamos todos aqui (Oi, Franny!). Shhhh, galera. Você está tão incrível no programa! Aquela risada! Nós estamos só no primeiro comercial, mas uau. Ótimo trabalho. Isso é tão emocionante!

BIIIP

Franny, é Casey. Estou assistindo! E deixando uma mensagem! Ao mesmo tempo! Você é tão engraçada. E, sério, essa calça jeans deixa você minúscula, você está com 68 de cintura agora? Ainda está fazendo aquela dieta SaborVida?

BIIIP

Cara, é a Deena. Você roubou o programa. Eles são doidos de pedra se não chamarem você de novo. A última vez que esse programa foi tão engraçado foi no final dos anos 1980. Embora não tenha certeza de como continuam fingindo que Kathy está na casa dos 30. Aliás, vou trabalhar em Law & Order na semana que vem. Dá pra acreditar? Bebidas por minha conta.

BIIIP

Alô, querida, é o seu pai. Mary e eu assistimos ao programa esta noite, no apartamento dela como foi pedido, para que eu pudesse ver você nessa nova tecnologia que eles chamam de cores. É incrível o quão desnecessariamente grandes essas telas de televisão estão se tornando. De qualquer forma, acho que você pareceu uma personagem muito interessante, apesar de desejar que eles tivessem dado mais falas a você, como certamente merece. Mary disse que também deveria lhe falar que você estava muito bonita, apesar de eu achar que isso nem precisa ser dito. De qualquer forma, eu... nós dois... estamos muito orgulhosos.

BIIIP

Alô, hum... (limpa a garganta) é o Dan... aqui de casa. Só queria dizer que por mais engraçada que você tenha sido no seriado na noite passada isso não te dá o direito de roubar quase toda a minha cerveja. Estou ligando para convidá-la para jantar, quem sabe naquele chinês que ninguém nunca lembra o nome, para conversar sobre o roteiro que estou escrevendo, que pode ou não ter sido inspirado em você. Isso é apenas um convite formal para uma reunião de negócios, sem segundas intenções, a menos que você em algum momento ache que eu possa fazer parte de uma das estranhas formas geométricas que às vezes dominam os seus sentimentos. Bem, nos vemos daqui a pouco. Quando você chegar. No nosso apartamento. Nosso apartamento. Isso soa bem, você não acha?

BIIIP

Alô, Srta. Banks (respiração ofegante), aqui é o Barney Sparks, seu AGENTE. Os pontos de audiência foram muito melhores do que eu esperava. E recebi uma adorável ligação esta manhã de um velho amigo meu da COSTA OESTE que está produzindo um piloto de meia hora (cof). Ele viu você na noite passada e gostaria de uma gravação sua para o teste do programa. É uma série para um novo canal de TV A CABO e não tem NENHUM dinheiro, MAS, se eles gostarem de você, pagarão sua ida a LOS ANGELES na semana que vem para um teste. Você está disponível, querida? (cof, cof)

BIIIP

Franny. Sou eu de novo. James. Por favor, me ligue. Sinto muito.

BIIIP

Estou tremendo por causa do ar-condicionado do camarim, que está ventando a toda na minha nuca, ou dos nervos, ou possivelmente dos dois. Estou há poucas horas em Los Angeles, mas já notei que, ao que parece, só existem duas temperaturas: muito quente e muito frio. Meu estômago vazio dói, e sei que deveria ter comido mais no avião vindo de Nova York hoje de manhã do que o café e a metade de bagel que consegui mastigar, mas toda vez que dava outra mordida meu estômago meio que revirava e meu coração começava a bater sem ritmo num estranho misto de agitação e pavor.

Mal consegui aproveitar a viagem de primeira classe, experiência que nunca tinha vivido antes. Os assentos eram tão espaçosos e confortáveis que durante aquela primeira hora nem notei os botões no braço que fazem a poltrona reclinar. Estava perfeitamente confortável daquele jeito. Havia até um frasco de loção na pia do pequeno banheiro, e os fones de ouvido para o filme eram de graça. Mas eu não podia deixar de pensar no quanto seria mais divertido se estivesse viajando com Jane ou Dan, fingindo sermos executivos importantes, aceitando uma mimosa da bandeja estendida pela aeromoça, ou montando nossos próprios sundaes com os ingredientes do carrinho de sobremesas. Estava ao mesmo tempo muito nervosa e muito sonolenta para aproveitar de verdade a experiência. Em vez disso, passei as duas primeiras horas do voo estudando minhas falas e as três últimas caindo acidentalmente no sono, algo de que me arrependo agora que conheci as outras duas garotas que vão fazer o teste hoje: uma morena esguia com uma pele leitosa e olhos azuis brilhantes e uma loura alta e bonita com o corte de cabelo de um duende e covinhas que piscam toda vez que ela sorri, o que parece ser quase sempre. Ambas moram aqui em Los Angeles e já participaram de testes antes — é o que deduzo dos alegres trechos da conversa entre elas, que me esforço para não ouvir.

— Você perdeu, tipo, uma tonelada desde que fizemos o teste para *Cubículos?* — pergunta a morena.

— Eu sei, eu, tipo, consegui ficar totalmente gostosa — concorda a loura, revirando os olhos.

— Sortuda — diz a morena, estreitando os olhos de inveja.

Abaixo a cabeça, me concentrando no roteiro que já revisei mais de uma centena de vezes. Este é o *meu* trabalho, me permito pensar, e imaginar isso me faz sorrir. *Pensamentos positivos.*

Jeff e Jeff se revelaram os diretores de elenco em Nova York para *Sr. Montague*, o piloto para TV a cabo sobre um playboy milionário decadente. Eles pediram que eu fizesse as minhas cenas como Belinda, a *dog walker*, inúmeras vezes, rindo com apreciação em todas as tomadas.

— Um pouco mais dessa voz abobalhada, acho — disse Jeff, de forma encorajadora. — Isso se parece com ela.

— É, tente de novo, assim ofegante — concordou o outro Jeff.

Alguns dias depois, veio o telefonema de Los Angeles, e o diretor voou para se encontrar com alguns de nós, e tive que fazer as cenas todas novamente para ele.

— É a nossa favorita — sussurrou alto o Jeff de camisa apertadinha, falando por trás da palma da mão e me dando uma piscadela.

A segunda ligação veio logo em seguida: que, dentre todas as pessoas que viram em Nova York, eu era a única que estavam mandando para fazer um teste em Los Angeles.

— SUCESSO! — berrou Barney no telefone.

O diretor estará aqui em Los Angeles hoje, junto de alguns produtores e pessoas da Rede de Televisão e do Estúdio, que imagino como um pelotão de pessoas usando terno e balançando a cabeça em uníssono, assim como O Cliente fazia no meu comercial do sabão. Tudo aconteceu tão rápido que os últimos dias eram um borrão. Planos de viagem foram feitos, e meu contrato teve que ser negociado rapidamente. Perdi meu horário com a Dra. Leslie Miles e não tive tempo de jantar com Dan, nem sequer para pensar como, ou até se, queria responder a mensagem de James Franklin. Se conseguir o papel, vou faturar 7.500 dólares por episódio que filmarmos, o que é apenas um pouquinho mais da metade do que ganhei durante todo o ano passado, então faço o possível para me manter focada.

Estou com os olhos grudados no meu próprio papel.

Meu pai queria me encontrar na cidade no dia anterior à minha partida.
— Vamos ao Oak Bar, no Plaza — diz ele, com uma animação incomum.
— Sério? Pai, não sei... tenho tanta coisa para fazer antes da viagem.
— Essa é uma conquista especial. E quero ver você antes que viaje.
— Certo, tudo bem então. Você gostaria de... deveríamos convidar a...? — gaguejei.
— Acho que só nós dois, não?
— Parece bom — falei, aliviada.
Na bilheteria do metrô, ostentei uma das notas de 20 dólares recém-tiradas do caixa eletrônico, que tinha acabado de visitar em preparação para a viagem.
— Cinco, por favor — pedi, gastando irresponsavelmente os 6,25 dólares, mesmo que isso não fizesse sentido, visto que eu iria partir no dia seguinte.

A atendente do guichê mal hesitou, mas no quase imperceptível esbugalhar de seus olhos, algo que suponho ter imaginado, porém garanti a mim mesma que não, senti que era como se ela estivesse erguendo o polegar para mim na versão da "atendente nova-iorquina da bilheteria do metrô".

Meu pai estava enfiado numa poltrona de couro num canto do bar, debaixo de um imenso mural da cena de uma carruagem sendo puxada por um cavalo na neve. Com seu jornal amassado e o cardigã marrom tricotado em ponto trança, comparado ao mural, ele parecia confortável e aquecido.

— Aí está ela! — Ele sorriu quando me viu, abaixando suas palavras cruzadas pela metade, e meu coração inflou com a visão dele.

Havíamos estado ali duas vezes antes: após minha graduação da faculdade, e depois para o aniversário de 50 anos dele, e eu me sentia orgulhosa de a minha viagem para Los Angeles estar entre esses outros motivos de comemoração.

Como sempre, ele estava cheio de perguntas sobre o papel e sobre o canal de TV a cabo do qual nunca ouvira falar antes.

— Mas como eles podem cobrar as pessoas para assistir televisão? Televisão é grátis — disse, algum tempo depois, saboreando um gim-tônica.

— A televisão *aberta* é de graça. Mas TV a cabo é, em alguns aspectos, melhor que a televisão aberta.

— Então por que eles não passam os programas da TV a cabo na aberta e fazem uma televisão gratuita melhor?

— Bem, porque eles fazem coisas na TV a cabo que não podem ser feitas na TV aberta.

— Como o quê?

— Bem, tem... você pode xingar na TV a cabo e mostrar cenas contendo nudez.

— Eu pagaria mais só para ouvir uma linguagem correta e manter todo mundo vestido — disse ele com uma careta zombeteira. — E você falou que o salário é menor na TV a cabo do que seria em outra emissora?

— Sim. Foi o que Barney disse.

— Mas, se eles estão cobrando a mim e ao resto da audiência para assistir, você não deveria receber *mais* do que atuando nos canais gratuitos?

— Acho que tem algo a ver com as propagandas na TV aberta.

— Então você está me dizendo que, se continuo sentado durante aqueles comerciais de estranhos desodorizadores de ambiente, o salário da minha filha aumenta de alguma forma?

— Acho que sim. Algo assim.

Ele jogou as mãos para o alto se rendendo.

— Não faz sentindo para mim — disse, fechando os olhos alegremente. — Mas espero que você consiga. Nunca fui a Los Angeles.

Até aquele momento, não tinha chegado a pensar que conseguir o trabalho significava que eu teria que me mudar para longe do meu pai e dos meus amigos. E de Dan. Fechei os olhos e os espremi apertado. Ainda não era hora de pensar naquilo.

— Eu te amo, papai.

— Eu também, querida.

Depois disso, havia uma fila de espera para o táxi, e então ficamos lado a lado na escadaria acarpetada do lado de fora do hotel, olhando conforme o porteiro de quepe com tranças douradas sinalizava com destreza para os táxis que passavam, indicando a entrada, e então acenando grandiosamente para o passageiro seguinte na fila.

— Sabe, Franny, ela ficaria tão orgulhosa — disse meu pai, sua voz um pouco rouca.

A menção à minha mãe me espanta; parecíamos falar menos dela ultimamente. Na mesma hora, meus olhos se encheram d'água ao pensar nela e sobre o que acharia de mim hoje, e as lágrimas arderam em minhas pálpebras. Mas continuei olhando para a frente, não me permitindo chorar, não ali.

— Eu me preocupo sobre você esperar o pior às vezes, por causa do que aconteceu — continuou ele, suavemente, e eu consegui responder com um pequeno aceno de cabeça. — Imagine o melhor para você agora e sempre, certo, querida?

Minha visão estava embaçada das lágrimas que eu estava segurando, mas, quando enxuguei os olhos e ergui a cabeça mais uma vez, de repente reconheci o que estava bem na minha frente esse tempo todo, o dramático, quase teatral pano de fundo que ganhava importância, preparando o palco atrás do porteiro que acenava para um táxi, e uma estranha e rouca risada escapou de mim.

Meu pai me olhou, confuso.

— O que foi?

E, enquanto admirava a cascata de água caindo pelos azulejos da fonte do hotel, lembrei da conversa que tive com Dan vários meses atrás, quando nós mal nos conhecíamos, e quando tudo que eu queria parecia tão fora de alcance. E pensei em como era maravilhoso vê-la esta noite, a gloriosa estátua da deusa de bronze brilhando lá no alto.

Olhei para o meu pai, sorrindo.

— É a... Abundância — disse a ele.

— Prontinha — diz Linda, a cabeleireira, e tiro os olhos do roteiro que estava em meu colo para ver que, enquanto sonhava acordada, meu cabelo tinha sido escovado liso.

Está com uma aparência completamente macia e brilhante, um efeito que tentei milhares de vezes no passado sem sucesso. Mas agora pareço mais com uma corretora da bolsa de valores do que com uma *dog walker*. Todos os meus outros testes para o papel foram com meu outro cabelo, o de verdade. E, apesar de me ocorrer como algo engraçado o fato de que, de repente, me tornei protetora de um aspecto da minha aparência que sempre me deixou maluca, também tenho uma onda de pânico de que as pessoas para quem estive fazendo os testes não vão sequer me reconhecer.

— Ah, uau, ficou ótimo. Mas... é um pouco diferente do que...

— Os produtores pediram para que todas as garotas tenham os cabelos alisados hoje — diz ela, exibindo um sorriso que me diz que este é o final de nossa discussão. — Agora, passe duas cadeiras para o lado, para a maquiagem!

— Ah. Ótimo. Obrigada.

Terei que me resignar mais uma vez a aceitar todas as decisões feitas em relação a mim e que não parecem me encaixar na equação. Mudo para onde a loura de covinhas estava acabando com uma pequena e pálida maquiadora de gorro e com uma expressão preocupada.

— É que não sou mesmo do *tipo* que usa batom vermelho, sabe? — diz a loura de sua cadeira para o próprio reflexo e então fica de pé para examinar o rosto mais de perto, levando-o a centímetros do espelho e estreitando os olhos. Ela balança a cabeça e pega um lenço da caixa, então limpa o brilhante gloss cereja que estava perfeitamente aplicado. O lenço faz um borrão bagunçado em volta da boca, deixando seus lábios manchados e secos. Ela dá um passo para trás, feliz com seu trabalho. — Assim — dirige-se à maquiadora. — Gosto deles apagados.

A maquiadora assente e dá um sorriso fraco, e a loura vai fazer o cabelo enquanto deslizo para a cadeira recentemente vaga.

— Sally — apresenta-se a maquiadora, nervosa por baixo do gorro, e aperto sua mão, que parece fria e um pouco úmida.

Sally limpa de forma metódica seu balcão, fechando os pós compactos abertos e colocando de lado os pincéis usados. Ela observa meu rosto de perto por um momento, e então esfrega de leve seu polegar em minha bochecha.

— Você parece um pouco ressecada — observa, mas não de maneira grosseira.

— Acabei de chegar de Nova York esta manhã — digo, me desculpando.

Ela faz que sim com a cabeça, como se soubesse exatamente o que fazer nesses casos, e começa a juntar um novo grupo de pincéis e potes de plástico brilhantes divididos por tamanhos e formas, alinhando-os pelo perímetro de seu local de trabalho.

— Você tem alguma preferência ou alergia que eu deva saber? — pergunta, e eu hesito por um segundo antes de balançar a cabeça em negativa.

É besteira, mas me lembro da primeira vez que me perguntaram isso, na gravação do sabão em pó Niágara, e tenho que me forçar contra o sentimento de decepção por, depois de tudo que passei, ainda não ter uma resposta para uma pergunta tão simples.

Conforme continua a organizar seu balcão, acredito ter visto suas mãos tremerem. Ou será a minha imaginação? Talvez também esteja com frio, por conta do ar-condicionado.

— Está ventando em você? — pergunto, apontando para a saída de ar no teto. — Porque estou congelando.

Ela me dá uma olhada de baixo de seu gorro e diz baixinho:

— Desculpa, não. Quero dizer sim, mas não é por isso. — Ela abaixa a cabeça, tímida. — É só que é o meu primeiro dia... Minhas mãos estão tremendo porque sou nova.

— Ah. — Foi tudo que pude pensar em dizer, então sorri de uma forma que esperava ser encorajadora.

Sally passa uma bola de algodão pelo meu rosto, e então começa a aplicar uma camada fina de base com um pincel sedoso.

Não sei por que estou tão surpresa de mais alguém ser novo. Acho que é meio chocante perceber que qualquer um poderia ser mais novato que eu. Nos últimos três anos, fiquei acostumada a sempre ser a pessoa no cômodo com menos experiência, e nunca me ocorreu que algum dia esse não seria mais o caso, que algum dia seria o primeiro dia de outra pessoa.

Sally começa a aproximar do meu rosto um objeto que agora me é familiar, algo que era completamente estranho para mim até poucos meses atrás, e, apesar de pequeno, algo sobre ele me faz lembrar das tantas coisas que aprendi desde aquele dia em que estabeleci meu prazo final há três anos, coisas tanto profundas quanto triviais. Não apenas esses pequenos sinais, mas os maiores também, que me dizem que mudei: ser capaz de entender o significado da história que inspirou minha mãe sobre meu nome, o calor da voz de Barney Sparks e a sinceridade nos olhos castanhos de Dan — todos eles me dizendo que talvez, pouco a pouco, eu esteja indo na direção certa.

Agora, a apenas centímetros de distância, Sally está me olhando com expectativa.

— Posso...

Pego o curvador de cílios da mão esticada.

— Obrigada — digo com confiança. — Eu mesma posso fazer.

32

TRIM TRIM TRIM

CLIQUE

Não posso atender no momento, por favor, deixe uma mensagem.

BIIIP

Oi, Dan, é a Franny. Estou ligando do meu quarto de hotel em Los Angeles. Muito louco, não é? Como você está? Hum... então... é, acho que foi tudo bem hoje. Muito bem, na verdade. Devemos descobrir amanhã; com sorte vou saber de algo antes de pegar o avião. Ei, você assistiu Law & Order *esta noite? Foi o professor! Não imaginei essa, e você? Aposto que já tinha descoberto, do jeito que você é. De qualquer forma, é estranho, mas queria que pudesse ver o que estou vendo agora. O hotel é bem do lado do estúdio onde fizemos o teste; é um prédio gigante e alto com vista para uma autoestrada imensa, o que parece realmente terrível, eu sei, mas meu apartamento é tão no alto, e os carros estão tão distantes, que, na verdade, as luzes lá embaixo são bonitas, consegue imaginar? Meio que coloca tudo em perspectiva. Me faz lembrar de quando cruzo a ponte do trem D... ah, conto no nosso jantar, é difícil de explicar. De qualquer forma, estou parada aqui por um tempo, só olhando pra eles, e... droga... quer saber? Acabei de perceber... ah... esqueci do fuso horário, deve estar bem tarde aí. Vou desligar agora. Só queria dizer que estava pensando sobre...*

Ouço um clique e um farfalhar, e, por um momento, acho que o telefone ficou mudo, mas então a voz sonolenta de Dan entra na linha.
— Franny? É você?
— Sim, oi, sou eu — sussurro. — Desculpe... acordei você?
— Sim, mas, não... quero dizer, está tudo bem. Só me deixa desligar a secretária... a fita ainda está gravando...
— Dan, você mal está acordado. É muito tarde?
— De jeito nenhum... Estou feliz, bem, eu só... Estou quase conseguindo. Estou quase alcançando a... Arrá! Pronto. Então, Franny, me conte tu...

BIIIP

Agradecimentos

Eu não poderia ter escrito este livro, ou ter chegado a algo próximo disso, sem minha genial editora, Jennifer Smith. Jen, tive a sorte de ter você como mentora neste processo. Obrigada por acreditar em mim, me desafiando e aceitando minha vaga noção de "prazo".

Esther Newburg é a agente literária ideal: esperta, sincera, engraçada, durona e tão desdenhosa das minhas dúvidas quanto é de qualquer pessoa que não ame o Boston Red Sox. Obrigada, Esther, por mandar este manuscrito antes mesmo que eu estivesse preparada para que as pessoas o lessem.

Minha irmã, Shade Grant, foi uma obstinada campeã, líder de torcida e melhor amiga por todo o processo — contribuindo imensamente para ele. Shade, sua ambição, inteligência, bondade e excelente senso de estilo teriam deixado nossa mãe muito orgulhosa.

Obrigada, Diane Keaton, por responder a uma longa história entediante da que eu estava provavelmente contando com um "Você devia escrever um livro" em vez de "Você devia realmente guardar isso para o seu terapeuta". A inspiração que você me deu vale o mundo para mim.

Meus primeiros leitores são de valor inestimável. Obrigada, Hannah Elnan e Ratna Kamath, por suas anotações úteis, e Allison Castillo, Ellie Hannibal e Mae Whitman, pelo atencioso feedback e por serem algumas de minhas pessoas preferidas.

Obrigada, Kathy Ebel, por ser minha amiga apesar de eu ter usado aquele macacão e por seu generoso apoio e incentivo como escritora.

Sou abençoada por ter um time que me representa na minha vida como atriz com uma combinação perfeita entre humor, visão, amor e pura e fria agressividade. Obrigada, John Carrabino, Adam Kaller, Caryn Leeds, Gary Mantoosh, Leslie Sloane e Eddy Yablans.

Obrigada também, Sam Pancake, Oliver Platt, Gary Riotto, Jen e Pete e todos de *Parenthood*. Nenhum de vocês teve nada a ver com este livro, mas não podia desperdiçar a oportunidade de dizer o quanto são importantes para mim.

Obrigada, mãe, por viver com criatividade, originalidade e coragem. Você pavimentou o caminho para que eu imaginasse possibilidades. Sua beleza, sabedoria e brilhante gargalhada fazem falta.

Obrigada, pai, por sempre me deixar comprar tantos livros quanto eu pudesse carregar e por ler para mim todas as noites até que achei que eu fosse maneira demais para isso. Este livro, sem contar a minha carreira como atriz, é um resultado direto de todas as vozes engraçadas que você provavelmente se cansou de fazer.

Obrigada, Karen, Chris, Maggie, os Grahams (Cousinhood!), Mama e todos os Grants, Roman e os Krauses, e todos os seus entes queridos. Tenho tanta sorte por ter uma família tão animada, repleta de histórias interessantes e excelentes contadores de histórias.

Obrigada a você, Peter, por carregar a minha cômoda há tantos anos, por me fazer companhia no trabalho quando a inspiração me abandonava e por milhares de outros gestos de força e bondade. Te amo muito.

Este livro foi composto nas tipologias Adobe Jenson Pro, Bodoni Std, Courier New Helvetica Neue e Modern no. 216, e impresso em papel off-white 80g/m² na Yangraf.